Alexa Hennig von Lange

Leichte Turbulenzen

Alexa Hennig von Lange

Leichte Turbulenzen

Roman

C. Bertelsmann

MIX
Papier aus verantwortungsvollen Quellen
FSC® C014496

Verlagsgruppe Random House FSC-DEU-0100
Das für dieses Buch verwendete FSC®-zertifizierte
Papier *Munken Premium Cream* liefert
Arctic Paper Munkedals AB, Schweden.

1. Auflage

Satz: Uhl+Massopust, Aalen
Druck und Bindung: GGP Media GmbH, Pößneck
Printed in Germany
ISBN 978-3-570-10073-8

www.cbertelsmann.de

1.

Ivy war nicht mehr ansprechbar. In ein paar Augenblicken würde sie nämlich sterben. Sie saß hinten auf der Rückbank des silbergrauen Volvo-Kombis, der von ihrem Schwager Peer Richtung Flughafen gelenkt wurde. Die Anzeigentafel mit den blinkenden Lichtern der Ankunfts- und Abflugzeiten flog vorbei. Dahinter hing der schwarzblaue Abendhimmel, in den die Flugzeuge steil nach oben schossen oder aus dem sie im Sinkflug auftauchten. Es war ihr unerklärlich, wie sich diese schweren Maschinen wie Pfeile von der Erde wegbewegten. Wenn man einen Apfel in die Luft warf, kam er ja auch gleich wieder herunter. Sicher, er verfügte weder über Cockpit noch Flügel, das war in Ivys Augen aber auch der einzige Unterschied. Mal abgesehen von der Technik, die ja überhaupt die größte Gefahr für ein Flugzeug darstellte. Bekanntlich reichte es, wenn eins der vielen Kabel zu schmoren anfing. Schon brannte das ganze Flugzeug lichterloh, und am Ende explodierte der Kerosintank. Ivy atmete tief ein. Sie hätte einfach zu Hause in London bleiben und ihren fünfunddreißigsten Geburtstag mit Alice im Sun in Splendour mit einem Guinness begehen sollen, anstatt sich in Berlin den mitleidigen Blicken ihrer Familie auszusetzen. Ivy spürte ein Streicheln auf ihrer Hand, sie drehte ihren Kopf zur Seite und blickte in das niedliche Gesicht ihrer vierjährigen Nichte. Lucy lächelte, wobei sie ihre auseinander stehenden Milchzähne entblößte.

Ihr hellblonder Pony war viel zu kurz geraten. Nathalie, Ivys ältere Schwester, hatte ihn ihr gestern vor dem Zubettgehen mit der Nagelschere gestutzt, damit die Eltern in der Kita »Rasselbande« nicht dachten, dass sie ihre Tochter verwahrlosen ließ, und anfingen, sich untereinander mit Mutmaßungen anzustacheln, aus was für heiklen Verhältnissen Lucy kam. Das war Nathalies größte Sorge: dass die Kita-Eltern schlecht über sie dachten. Sie saß vorne auf dem Beifahrersitz, neben Peer, der nur auf Nachfrage einen Laut von sich gab.

Gestern Abend, als Nathalie mit Lucy im Bad verschwunden war, hatte Ivy sich in der Küche mit ihm über die Wahrscheinlichkeit eines Flugzeugabsturzes unterhalten wollen. Doch anstatt sie dezidiert von der absoluten Ungefährlichkeit des Fliegens zu überzeugen, hatte er eilig einen eingehenden Anruf auf seinem Handy weggedrückt und abwesend gemeint: »Mach dir keine Sorgen! Wir müssen alle mal sterben.«

Das Dröhnen der Turbinen breitete sich vibrierend über das flache Flughafengebäude und in Ivys Zellen aus. Sie sah Lucys rote Lackschühchen, den dunkelblauen Faltenrock, die weinrote Daunenjacke. Ihre Nichte saß sicher und mit leuchtenden Augen im gepanzerten Kindersitz. Gleich würde Ivy aussteigen und alleine weitergehen müssen. Wenigstens hatte Peer es am Morgen geschafft, sie online einzuchecken, und zwar in Reihe 28, auf einen Gangplatz. Von da aus konnte sie sich leicht zur Stewardess umsehen, um an ihrem Gesichtsausdruck sofort ablesen zu können, wenn etwas mit dem Geräusch der Turbinen nicht in Ordnung war. Lucy drehte an Ivys Ring herum. »Tante Ivy, warum hast du keine Kinder?«

Was sollte das denn jetzt? Ihre Nichte blinzelte interessiert, als wüsste sie bereits die niederschmetternde Antwort. Ivy zuckte mit den Schultern. »Weil mich kein Mann will.«

Augenblicklich drehte sich Nathalie, so gut es mit dem Anschnallgurt über der Schulter ging, zu ihnen um. »Ivy-Schatz! Erzähl dem Kind doch nicht solches Zeug. Du bist es doch, die keinen Mann will.«

»Ach ja?« Ivy blickte ihre Schwester erstaunt an. »Wer sagt das denn?«

»Würdest du einen wollen, hättest du einen. Du hast Angst, dich zu binden. Das ist alles.«

Ivy hatte gerade keine Kapazitäten frei, zum zehnten Mal an diesem Wochenende mit ihrer Schwester über ihre angebliche Bindungsunfähigkeit zu diskutieren. »Ich hab überhaupt keine Angst, mich zu binden.« Und zu Lucy gewandt. »Ich hab nur noch nicht den richtigen Mann gefunden.«

Natürlich hätte sie auch sagen können: »So einen wie deinen stummen Papa würde ich nicht für eine Million heiraten.«

Andererseits: Ohne Peer gäbe es ihre Nichte gar nicht. Dieser Mann hatte etwas geschafft, was sie bisher nicht hinbekommen hatte und – so wie es aussah – auch nicht mehr hinbekommen würde: Er hatte diesem süßen Wurm das Leben geschenkt. Vielleicht nahm Ivy sich zu wichtig. Womöglich war sie aber auch nur anspruchsvoller als ihre Schwester. Nathalie schien die Vorstellung, sich für diesen einen Mann entschieden zu haben, überhaupt nicht zu beunruhigen. Im Gegenteil. Mit Feuereifer sortierte sie Spielsachen in Plastikboxen und kutschierte Lucy zur musikalischen Früherziehung und zum Ballett. Und an jedem zweiten Wochenende fuhren sie alle miteinander zu ihrem Vater ins Wendland, einem pensionierten Historiker, dessen Hobby es neuerdings war, die Familiengeschichte bis ins 14. Jahrhundert zurückzuverfolgen. Walter sollte staunen, wie groß Lucy schon wieder geworden war und wie schön sie sich artikulieren konnte. Eine Kostprobe ihres Könnens hatte sie ja gerade erst zum Besten gegeben: »Tante Ivy, warum hast du keine Kinder?« Was in Lucys Hirn los war, wollte sich Ivy besser nicht vorstellen. Vermutlich analysierte sie bereits nach Freud'schem Vorbild die Psyche ihrer Tante und machte sich heimlich Notizen, um ein ausgefeiltes Psychogramm über sie zu erstellen. Nachmittags ging Lucy mit Opa, als könnte sie kein Wässerchen trüben, in Gummistiefeln hinaus in den Garten und sammelte mit ihm im hochgeschossenen Gras heruntergefallene Äpfel oder Zwetschgen auf. Oder sie unternahmen zu viert lange Spaziergänge über die Äcker, auf denen Nathalie und Walter sich von früher erzählten und Peer, mit Lucy auf den Schultern, nebenherging. Schweigend natürlich. Und offenbar wurde bei der Gelegenheit auch über Ivys verkorkstes Leben diskutiert: »Wenn Ivy weiterhin derart ablehnend auf die Männer reagiert, die sich für sie interessieren, wird sie niemals Mutter werden.« Wie sonst konnte Lucy auf solch eine perfide Frage kommen? Vielleicht sollte Ivy einfach mal klarstellen, dass sie exakt das Leben führte, das sie führen wollte. Also sagte sie laut: »Ich bin wirklich glücklich!« Im Übrigen würde sie sowieso gleich tot sein.

Bei ihrem letzten Wendlandbesuch hatte Nathalie sich die alten Glasperlenketten ihrer Mutter aus dem Schmuckkästchen genommen und beim gestrigen Mittagessen umgehängt. »Sind das etwa Mamas Ketten?« Einen schmerzlichen Augenblick war es Ivy so vorgekommen, als säße ihre Mutter dort. Ihre Schwester hatte nur kühl mit den Schultern gezuckt und Peer die Schüssel mit dem Salat gereicht. »Mama hätte sie uns sowieso irgendwann gegeben.«

»Uns?«

Das vertraute Geklimper der Glasperlen hatte Ivy schlagartig ins Giebelzimmer zurückversetzt, zu ihrer Mutter in ihrer ausgebeulten, meergrünen Strickjacke und der alten zerschlissenen Schlaghosenjeans, die sie aus den Siebzigern mit herübergerettet hatte. Als sei kein bisschen Zeit vergangen, hatte sie noch immer am Zeichentisch gestanden und märchenhafte Illustrationen für Kinderbücher koloriert, während draußen die Erlen durch die Blätter blinkende Lichtreflexe aufs hohe Gras fallen ließen.

Die plötzliche Erinnerung an ihre Mutter hatte Ivy Tränen in die Augen getrieben, die sie nur mühsam hatte zurückhalten können. Eilig war sie mit der Salatschüssel in der Küche verschwunden, wo sie ein paar Male tief durchatmete.

Dabei schien sie nicht zu sehen, dass sie in Vielem ihrer Mutter ähnelte. Wie sie trug Ivy geflickte Jeans. Und eine Karobluse. An ihrem Ringfinger steckte der Verlobungsring ihrer Mutter, den sie von ihr zum Trost bekommen hatte, nachdem ihr Shetlandpony Trixi auf der Landstraße von einem Kleinlaster erfasst und zu Ivys Entsetzen hatte eingeschläfert werden müssen. »Pass gut darauf auf, mein Sternenkind! Dass du ihn nie verlierst.« Jetzt drehte sie ihn langsam herum und fühlte den geschliffenen Turmalin unter ihren Fingerspitzen. Bindungsangst! Das war vielleicht ein Quatsch. Sie fand einfach niemanden, der zu ihr passte. Ivy lächelte Lucy an. »Weißt du, ich brauch kein Kind, um glücklich zu sein.«

Peer warf ihr über den Rückspiegel einen irritierten Blick zu und fuhr die Auffahrt hinauf, auf das flache Flughafengebäude zu. Er sah Ivys eigenwilliges Gesicht mit den zurückgebundenen blonden Haaren. Im Grunde genommen hatte sie keinerlei Ähnlichkeit mit ihrer älteren Schwester, die viel mehr nach ihrem pragmatischen Vater kam. Woher allerdings dieses Übermaß an Sorge kam, das Nathalie zeitweilig an den Tag legte, hätte er wirklich gerne gewusst. »Ich hab eben Angst, so plötzlich wie meine Mutter zu enden«, lautete ihre nüchterne Erklärung. Manchmal wünschte er sich, seine Frau verfüge über etwas mehr Vertrauen in die gemeinsame Stärke. Denn es gab da ein paar beunruhigende Entwicklungen, die er dringend mit ihr hätte besprechen müssen.

Schon wieder wendete sich Nathalie zu ihrer Schwester um. »Sag mal, Ivy! Was erzählst du denn da vor Lucy? Lass das mal bitte! Oder willst du, dass sie ein Trauma kriegt?«

Ivys Stimme klang rau. »Wovon soll sie denn bitte ein Trauma kriegen?« Von der Wirklichkeit?

Nathalie zog die Stirn in Falten und setzte sich wieder richtig hin. Es brachte ja nichts. Ihre kleine Schwester hatte – im Gegensatz zu ihr, die mehrere Fachblätter zum Thema Erziehung abonniert hatte – von Pädagogik keinen blassen Schimmer, außerdem wurde sie zusehends widerspenstiger. Vor drei Jahren hatte sie zum letzten Mal einen Freund gehabt. Das war doch nicht normal. Schließlich brauchte man jemanden, mit dem man etwas aufbaute. Jemanden zum Reden. Jemanden, mit dem man einschlief und aufwachte. Jemanden, mit dem man alt wurde und sich an die durchlebte Vergangenheit erinnern konnte. Ein letztes Mal durchstöberte Nathalie ihren Kopf nach alleinstehenden Männern in ihrem Bekanntenkreis. Vielleicht fiel ihr ja doch irgendeiner ein. Oder wenigstens einer, dessen Beziehung am seidenen Faden hing. Aber da war keiner. Alle befanden sich – wie man so sagte – in festen Händen. Sogar dieser Umwelttechniker aus dem Kindergarten, der sich weigerte, seine sommersprossige Freundin zu heiraten, die sich in der Kita-Garderobe permanent über seine lasche Art aufregte, sogar der wurde nun schon zum zweiten Mal Vater! Sie fuhren am Gate A und den wartenden Taxen mit den gelb leuchtenden Dachschildern vorbei. Hinter einem weißen Kleintransporter stellte Peer den Motor ab und sah seine Frau an. »Am besten, du bringst Ivy alleine rein, Schatz. Ich kann hier nicht stehen bleiben.«

Lucy betrachtete ihre Tante, die bewegungslos neben ihr auf der Rückbank hockte. Das ganze Wochenende über hatte sie schon diese alte Jeans an. Nur die karierten Blusen und die bunten Halstücher hatte sie gewechselt. Sogar auf dem Friedhof war sie in ihren silbernen Sandalen herumgelaufen, als sie einen Strauß weißer Astern vor Omas Grabstein gelegt hatten. Die verwelkten Rosen hatte Tante Ivy hochgenommen und eilig zum Komposthaufen gebracht, wobei ihre Sandalen bei jedem Schritt auf dem matschigen Weg kleben geblieben waren. Hinterher waren ihre Füße mit den rot lackierten Zehennägeln ziemlich dreckig gewesen. Lucy beugte sich vor, um zu sehen, ob Tante Ivy noch immer die Sandalen trug. Doch bevor sie das feststellen konnte, stieß ihre Tante mit einem Seufzer die Beifahrertür auf und stieg hinaus in die kühle Luft des Herbstabends. An ihr hetzten Reisende mit ratternden Rollkoffern vorbei. Sie knöpfte ihren schwarzen Wollmantel zu und zog die Mundwinkel mit aller Kraft nach oben. Gut, dass ihr Vater damals gleich ein Familiengrab gepachtet hatte. Wenn sie jetzt abstürzte, würde sie wenigstens neben ihrer Mutter zu liegen kommen. Während der Zeremonie würde es entsetzlich regnen, alle würden unter schwarzen Schirmen im Matsch stehen und bröcklige Erde auf ihren Sargdeckel werfen. Wenn sie doch nur gewusst hätte, woher diese sinnlose Flugangst kam? Jetzt war sie auch noch auf einen frisch ausgespuckten Kaugummi getreten. Ihre Sandale, die nur mit zwei dünnen Lederbändern am Fuß gehalten wurde, klebte am Asphalt fest. Über ihren Köpfen schoss wieder eine riesige Maschine dröhnend in den Abendhimmel. Nathalie und Peer schlugen die Wagentüren zu, Peer hob Lucy aus dem Kindersitz und kam mit ihr zu Ivy herum.

»Pass auf dich auf, Yvonnchen.«

»Ich bin in einen Kaugummi getreten.«

Sie beugte sich hinunter und rupfte ihre Sandale von dem klebrigen Batzen. Nathalie nahm die Reisetasche aus dem Kofferraum und ging damit vor bis zur Glastür. Dort wartete sie auf ihre zierliche Schwester, die sich von Lucy mit mehreren Küssen auf die Wangen verabschiedete. »Mach's gut, mein süßer Wurm.«

Während Ivy in die Maschine steigen musste, blieb die glückliche Familie am Boden und fuhr angeschnallt, eine Kinderlieder-CD hörend, nach Hause. Zu ihren selbst genähten Kissen, ihren Büchern, Blumenvasen, gestaffelten Bilderrahmen, der Espressomaschine und den Bauernhofmagneten an der Kühlschranktür.

Ivy folgte ihrer Schwester ins Flughafengebäude und blies die Backen auf. Sollte sie es wider Erwarten schaffen, ohne tödlichen Zwischenfall nach London zu kommen, würde sie erst mal ein Dreivierteljahr lang Pause haben, bis sie erneut nach Berlin zu Lucys Einschulung fliegen musste. Das kommende Osterfest würde sie nämlich ausfallen lassen und in ihrer Wohnung mit einer Schlafkur bewältigen. Am Gate A11 blieb Nathalie stehen und reichte Ivy ihre dunkelgrüne Reisetasche, deren Reißverschluss kaputt war. »Ivy-Schatz, soll ich dir mal eine neue besorgen?«

»Nein, danke.«

»Du hättest doch etwas sagen können. Dann hätten Peer und ich dir nicht dieses marokkanische Kochbuch geschenkt, das du jetzt auch noch mit dir herumschleppen musst.«

»Wozu? Die nächsten neun Monate bleib ich zu Hause und arbeite. Da brauche ich keine Reisetasche.«

»Wie? Und was ist mit Ostern?«

»Da mache ich eine Schlafkur.«

»Eine was?« Nathalie nestelte unwillig an ihrem Perlenohrring herum.

»Eine Schlafkur. Da schläft man mehrere Tage und Nächte durch.«

«Ja, aber Ivy! Letztes Jahr war es doch so lustig, wie du mit Lucy zusammen die Ostereier gesucht hast. Weißt du noch, wie du …«

»Vergiss es, Natti.«

»Außerdem will Papa, dass wir mal Mamas Sachen durchgucken.« Nathalie schüttelte ihre langen Locken zurück, um sie am Hinterkopf lose mit einer breiten Spange festzustecken. »Als wir am Wochenende bei ihm waren, hatte er schon sämtliche ihrer Zeichenmappen vom Dachboden geholt und wollte wissen, ob wir davon etwas aufheben wollen. Ich fänd's gut, wenn du dich mal ein bisschen mit einbringen würdest. Bitte! Ihre Kleider wollte er nämlich auch schon …«

Ivy gab ihrer Schwester einen Kuss auf die Wange. Und wehrte mit aller Macht das Bild ab, wie sie zwischen alten Kisten Hinterlassenschaften ihrer Mutter sortierte, die für sie nie gestorben war. Sie wollte keine Trauernde sein.

»Danke für alles. Auch, dass du dich so um Papa kümmerst. Das finde ich wirklich toll, hab ich gestern gedacht. Wirklich. Du hast dein Leben fest im Griff.«

Nathalie blickte ihre kleine Schwester hilflos an. Was in Gottes Namen war mit ihr los? Ihre großen grünen Augen schossen ruhelos durch die Flughafenhalle, blieben einen Augenblick an dem Illy-Espressostand hängen, sausten dann weiter ins Nirgendwo. Ivys Wangen waren eingefallen, ihre hellblonden Haare zu einem unordentlichen Pferdeschwanz gebunden. Ihre Bluse war ungebügelt, ihr buntes Halstuch hatte ein paar rote Flecken vorne drauf. »Ist das da etwa Tomatensoße?«

Ivy blickte an sich herunter und hob das Halstuch leicht an. »Scheint so.«

Ihre Jeans hatte ein Loch am Knie; und dass sie zu dieser Jahreszeit noch immer ihre alten Prada-Sandalen trug, war komplett besorgniserregend. Wieso konnte Ivy denn nicht wie jeder normale Mensch eine Familie gründen? Nathalie war doch auch das Wagnis eingegangen, sich mit Peer zu verbinden und ihn zu lieben, bis dass der Tod sie scheidet. Sie lächelte: »Wie läuft's eigentlich bei Madame Tussauds? Ich meine, wir sind ja gar nicht zum Erzählen gekommen.«

»Normal. Sollte ich nicht abstürzen, fange ich morgen mit Vincent van Gogh an. Dem alten hat ja irgendein Besucher vor ein paar Wochen das Ohr abgeschlagen. Frag mich nicht, wie. Dafür brauchst du richtiges Profiwerkzeug. Mit einem Hammer kommst du da nicht weit.«

»Warum hast du denn nichts gesagt? Ich hätte mich gefreut, wenn ich dir ein bisschen hätte helfen können. Recherchematerial aus dem Netz zusammensuchen. Oder mit dir überlegen, was er für ein Mensch gewesen sein könnte. Das hätte mir großen Spaß …«

Ivy nahm ihre Tasche hoch und hängte sie sich über die Schulter. »Danke, aber ich brauche keine Hilfe beim Modellieren. Das bekomme ich noch ganz gut alleine hin.«

»Aber«, Nathalie machte einem vorbeihetzenden Reisenden Platz, »warum kannst du ihm denn nicht einfach ein neues Ohr anfertigen?« Sie schien beunruhigt.

»Weil Fortier will, dass ich einen neuen modelliere.«

»Der ist doch schon so lange tot.«

Gleich würde Ivy tot sein. Abgestürzt. Das war ein weitaus größeres Problem, als dass sie Vincent van Gogh noch einmal neu modellieren musste. Um ehrlich zu sein, war ihr diese Tatsache vollkommen egal. Durchdringend sah sie ihre Schwester an. »Meinst du, die Maschine stürzt ab?«

Das war so ein Tod, der gut zu ihr passte. Sie war zu einer Frau geworden, die in Kaugummis trat, mit dem Flugzeug abstürzte und die vergeblich darauf hoffte, dass das Leben endlich auch für sie weiterging. Dabei hatte alles so verheißungsvoll begonnen. Ivy hatte ihr Kunststudium mit einem Master abgeschlossen, war bei jeder Party dabei gewesen, bis das Licht anging, und hatte diese beneidenswerte Unerschütterlichkeit besessen, die ausschließlich Menschen innewohnte, die über ihren Platz in der Welt nicht nachdachten, sondern ihn einfach einnahmen. Doch seit ein paar Jahren waren unglaubliche Kräfte am Werk, die Ivys persönliches Glück mit aller Macht verhindern wollten und die viel stärker waren als all ihr Mühen, wieder aufs Gleis zurückzukommen.

Nathalie blickte sie irritiert an. »Welche Maschine?«

»Na, meine!«

»Nein! Warum sollte sie?«

»Weil ich drinsitze.«

»Wie kommst du denn auf den Quatsch?« Nathalie sah hinüber zur Schlange der Fluggäste, die durch die Sicherheitskontrolle mussten. »Sag mal, hat sich Mister Fortier eigentlich inzwischen von seiner Frau scheiden lassen? Hattest du nicht so etwas erzählt?«

Ivy hob die Hand. »Keine Ahnung. Interessiert mich auch gar nicht.«

»Wieso denn nicht? Der verdient doch bestimmt nicht schlecht als Tussauds-Manager. Ich meine, ihr arbeitet doch im selben Gebäude, oder nicht?«

»Mach's gut, Natti. Und guck, dass Lucy nächstes Mal nicht mit im Raum ist, wenn ihr über mich redet.«

Die Schwestern umarmten sich, dann reihte sich Ivy in die Schlange der Wartenden ein, die sich ihre Mäntel und Gürtel auszogen und in die grauen Plastikschalen auf dem Fließband legten. Dabei machten sie möglichst harmlose Gesichter, als hätten sie definitiv etwas zu verbergen. Warum mussten die Leute in Ivys Umgebung ständig von irgendwelchen Männern reden, die für sie nicht in Frage kamen? Fortier! Das war doch lächerlich! Auf einen erneuten Beziehungsreinfall konnte sie gut verzichten. Schließlich hatte sie ganze drei Jahre gebraucht, um sich einigermaßen von ihrem letzten Beziehung-Revival mit Javis zu erholen. Wobei, wenn sie ehrlich zu sich war, hatte sie sich bis heute nicht davon erholt. Wäre Javis hier zufällig vorbei gekommen, hätte sie ihm ihre Reisetasche mit Wucht in die Kniekehlen gehauen.

Nathalie winkte verspannt lächelnd. »Na dann, guten Flug. Holt Willem dich wenigstens in Heathrow ab?«

Ivy tippte sich an die Stirn. »Wieso sollte er?«

Die Leute hinter ihr in der Reihe drängten sie weiter nach vorne. Nun war nur noch Nathalies Kopf hinter den Schultern der Mitreisenden zu sehen. »Na ja, ich dachte, ihr seid Freunde. Ich finde ihn ja nicht verkehrt. Er hat dieses Sinnliche …«

Ivy drehte sich einfach um und stellte ihre Reisetasche aufs Band. Willem, ihr Kollege, war nicht sinnlich, sondern übergewichtig. Sie kannten sich seit dem ersten Trimester ihres Kunststudiums an der St. Martins und hatten zusammen in einer Wohngemeinschaft gelebt, bis Ivy sich in diesen destruktiven, total besessenen, kettenrauchenden Schauspielstudenten Javis verliebt hatte, der sogar nachts aufgestanden war, nur um weiterzurauchen oder stümperhaft auf seiner Gitarre »Songs zu improvisieren«. Kein Mensch wusste, was er den lieben langen Tag getrieben hatte. Noch jetzt kam Ivy nicht von dem Verdacht los, dass er, statt die Theaterproben zu besuchen, die Vormittage bei einem Mädchen namens Larissa verbracht hatte. Ivy zog ihren Mantel aus. Von hinten hörte sie ihre Schwester rufen: »Und iss mal ein bisschen mehr.« Nathalie fand, dass ihre Schwester sich ein paar weibliche Rundungen zulegen sollte, um ihrer Umgebung Lebensfreude zu signalisieren. Oder Fruchtbarkeit. Irgendwie so etwas. Sie fand, dass Ivy mal über ihre vernachlässigte Attraktivität nachdenken sollte. So wie sie herumlief, würde sie keinen Mann langfristig an sich binden können. Der musste ja das Gefühl haben, dass er Ivy total egal war. Irgendwie war ihr das Feuer verloren gegangen, sich jemandem unerschrocken und mutig mit Haut und Haaren hinzugeben. Kein Wunder, dass Javis sie am Ende betrogen hatte. Im Grunde genommen war es unfassbar, dass Ivy die Tochter ihrer schillernden Mutter war. Sie sah zum Weglaufen aus. Wie sollte da ein Mann Lust bekommen? Sie sah aus wie ein Opfer.

Zwanzig Minuten später setzte sich Ivy auf ihren Gangplatz. Direkt auf den gekreuzten Sicherheitsgurt, den sie nun mühsam wieder unter ihrem Po hervorzerrte. Es würde an ein Wunder grenzen, wenn sie nicht an einem Herzschlag draufginge, bevor sie abstürzte. Ihre Sandalen würde irgendein Förster im Morgengrauen auf einem gepflügten Feld finden. Vermutlich erst am nächsten Dienstag, neben ihren Haaren, die ihr büschelweise vom Kopf weggeplatzt wären. Ivy zog ihren Mantel fester um sich. Auf dem Fensterplatz saß ein Mann. War das ein Typ, der mit dem Flugzeug abstürzte? Interessiert blickte er hinaus auf den nebligen, von Flutlichtern erhellten Flugplatz, sodass Ivy nur feststellen konnte, dass er nicht zur Glatzenbildung neigte. Hätte er sich zu ihr umgedreht, hätte sie sein Gesicht auswerten können. Ihrer Überzeugung nach gab es Menschen, die eher prädestiniert waren, mit dem Flugzeug abzustürzen, als andere. Fortier, ihr Chef, zum Beispiel, war ein Typ Mann, der garantiert nicht mit dem Flieger verunglückte. Er strahlte eine gewisse Sicherheit oder Zuversicht aus. Nie würde er in eine Maschine einsteigen, hätte er ein ungutes Gefühl. Da aber auch kein Flugzeug der Welt es wagen würde, mit Fortier an Bord abzustürzen, würde er nie ein ungutes Gefühl haben. Mit ihm würde sie vielleicht sogar mal nach China fliegen. Rein platonisch. Sollte das jemals aus beruflichen Gründen nötig sein.

Die Stewardess in weinroter Bluse und knallroten Lederhandschuhen lief durch den Gang und schloss die Plastikklappen der Gepäckablagen. Dabei sah sie nach rechts und links auf die Füße der Passagiere, ob auch die Gepäckstücke unter den Vordersitzen vorschriftsmäßig verstaut waren. Egal. Die flogen einem sowieso um die Ohren, wenn die Maschine vom Himmel rumste. Noch vor ein paar Jahren war Ivy häufig geflogen. Ohne sich Gedanken darüber zu machen. Sie war einfach davon ausgegangen, dass sie heil landete. So, wie sie jetzt davon ausging, dass sie abstürzte. Dabei hatte sich die Welt gar nicht verändert. Nur ihr Blick darauf. Endlich lehnte sich der Mann am Fenster mit einem leisen Seufzer in seinem Sessel zurück und blickte nach vorne auf die Sicherheitskarte in der grauen Vordersitztasche. Kaum zu glauben. Er sah gut aus. Hohe Stirn und dunkelblonde Haare mit leichtem Graustich. Im Grunde genommen sah er aus wie die zehn Jahre ältere Version von Ryan Reynolds. Trotzdem faltete er plötzlich seine Hände im Schoß. Himmel, er betete! Gleich fing Ivys Herz wieder heftiger an zu schlagen, das Flugzeug setzte sich Richtung Rollfeld in Bewegung. Wieso betete dieser

Mann jetzt? Er war doch eher der Nicht-Absturz-Typ! Warum war sie nur nach Berlin geflogen? Damit sich alle über ihr verkorkstes Leben auslassen konnten? Sie schloss die Augen, um sich wegzudenken, irgendwohin, wo sie nicht abstürzen konnte. In ihre Einzimmerwohnung in Notting Hill hinein. In ihr Bett unter der Dachschräge. Mit Schlafbrille. Eine Schlafkur machend. Der Versuch scheiterte. Überdeutlich sah sie sich auf Platz 28c sitzen, die Armlehnen umklammernd. Überhaupt roch es stark nach Kerosin. Vermutlich schmorten gerade ein paar Kabel hinter der Deckenverkleidung durch. Die Stewardess hinten in der Kabine blätterte in einem *OK!*-Magazin, als sei ihre Arbeit bereits erledigt. Offenbar hatte Ivy die Sicherheitshinweise verpasst. Sie lächelte ihren Reihennachbar an, dessen irritierter Blick gerade an ihren silbernen Sandalen hängen blieb. »Entschuldigung. Sind heute die Sicherheitshinweise ausgefallen?«

Er schüttelte den Kopf. »Ich glaub, die haben eben diese Sicherheitskarten hochgehalten. Diese Braunhaarige da vorne und die Blonde da hinten.«

Er wies mit dem Daumen über seine Schulter nach hinten, zur ins *OK!*-Magazin vertieften Stewardess. Es ruckte.

»Ich hab Angst.« Ivy lächelte.

Der Mann mit den Ryan-Reynolds-Haaren lächelte auch. »Wird schon gut gehen.«

Die Maschine beschleunigte, es wackelte. Sie rollten schneller und schneller. Gleich würden sie abheben. Nur einen kurzen Moment, und dann würden sie wie ein Stein vom Himmel plumpsen. Ivy wusste genau, dass das passieren würde. In ein paar Sekunden würde sie tot sein. Mit hundert anderen, ihr vollkommen fremden Menschen schoss Ivy in den Himmel. Wieso schafften es Männer nie, einen zu beruhigen? »Wird schon gut gehen.« Warum mussten Männer nur alles schlimmer machen, als es schon war? Sie flogen noch immer. Es ging steil hinauf. Ivy atmete. Das war das letzte Mal, jetzt war es klar, das letzte Mal, dass sie einen Flieger bestiegen hatte. Warum saß niemand bei ihr, der sie beruhigen konnte? Der Mann, der für sie in Frage kam, würde daran zu erkennen sein, dass er ausnahmslos das Richtige sagte. Zum Beispiel: »Mit einem Flugzeug abzustürzen ist so ziemlich das Unwahrscheinlichste – nein! –, es ist das Unwahrscheinlichste auf der ganzen Welt.«

Doch die Existenz dieses Mannes war noch unwahrscheinlicher als die Möglichkeit, dass dieses Flugzeug in der Luft blieb. Hatte sie eigentlich ihr Handy ausgeschaltet? Nicht, dass das gleich klingelte. Normalerweise rief Nathalie nämlich direkt nach dem Start an, um auf die Mailbox zu sprechen. »Ivy-Schatz! Hallo! Wir stehen hier unten, und siehst du! Dein Flieger ist noch immer am Himmel. Juhu! Schön, dass du da warst, und geh doch mal mit Mister Fortier ins Theater oder mit Willem in dieses Museum, in dem wir das letzte Mal waren, als wir dich im Mai besucht haben, da, wo diese weißen Marmorstatuen standen und die riesigen aus Elfenbein geschnitzten Säulen der alten Mayas, wo Lucy in der Kinderecke mit Kartoffelstempeln Servietten bedruckt hat, mir fällt der Name gerade nicht ein – und was ich dich noch fragen wollte: Hat man diesen Mann eigentlich gefasst, der Vincent van Gogh das Ohr abgeschlagen hat? Die Vorstellung, dass sich ein Irrer in deiner Nähe …«

Ivys Tasche lag oben in der Gepäckablage, in der die Mailbox ihres Handys Nathalies gesammelte Sorgen aufnahm. Die Leute lasen Zeitung, schauten mit gerunzelter Stirn aus den kleinen Fenstern oder schliefen. Gleich würde diese irrwitzige Sache ihr Ende finden. Kam eigentlich vorher noch eine informative Durchsage, bevor ein

Flugzeug abstürzte? Oder passierte das unvermittelt? Der Mann neben ihr strich sich seine Jeans an den Oberschenkeln glatt. Wenn Ivy wenigstens seinen Namen gewusst hätte. Für ihn schien das Fliegen kein Problem. Das merkte sie daran, dass er schon wieder interessiert aus dem Fenster auf das erleuchtete Berlin blickte. Am liebsten hätte sie ihn gebeten, die Luke zu schließen. Wären sie ein Paar gewesen, hätte sie mit Sicherheit gefragt, ob er vielleicht etwas unsensibel sei. In jedem Fall sah er aus wie ein Amerikaner. Wie einer, der als Teenager Baseball gespielt hatte. Absolut durchschnittlich. Harmlos. Konventionell.

Mit aufgerissenen Augen blickte Ivy den langen Gang zwischen den Sitzreihen hinunter. Ihre kalten Hände lagen erst in ihrem Schoss, jetzt wieder um die Armlehnen. Der Mann trug einen grauen Wollpullover, darunter ein kleinkariertes Hemd. Seine breiten Schultern, die muskulöse Brust waren aber auch ein Zeichen dafür – das musste Ivy zugeben –, dass er im Sonnenuntergang Holz hacken konnte und in Gummistiefeln zum Pferdestall ging, um frisches Stroh in die Boxen zu füllen. So einen hatten Natti und sie sich früher immer als zukünftigen Ehemann vorgestellt. Was völlig egal war, weil sie alle sterben würden. Es wackelte und holperte, die Röhre schoss steil in den Himmel, durch die Wolkendecke. Alle Turbinen würden ausfallen, und die Schubumkehr würde sich mit einem Ruck anschalten, ohne Chance auf eine Notlandung. Und bis sie unten ankamen, würden sie alle miteinander entsetzt aus der Wäsche gucken. Ivy starrte an dem Mann vorbei aus dem Fenster. Draußen stießen sie durch dichte neblige Wolken. Hätte Nathalie neben ihr gesessen, hätte sie Ivy ständig mit dem Ellbogen angestubst und aufgeregt auf den »knackigen Typen« am Fenster hingewiesen. »Wäre der nicht was für dich?«

Irgendwann, wenn die Anschnallzeichen über ihnen erloschen wären, hätte sie ihn höflich angelächelt. »Und? Fliegen Sie nach Hause?«

Und er hätte gesagt: »Nein, zu Freunden.«

Nathalie hätte Ivy voller Begeisterung angesehen und geflüstert: »Hast du gehört? Er besucht Freunde in London. Ist das nicht toll?!«

Ivy hätte gesagt: »Na und? Heißt das jetzt, er passt perfekt zu mir?«

2.

Der Mann, Desmond Gayle, kam aus North Carolina, er war Einzelkind, seine Eltern pensionierte Soziologie-Professoren an der Greensboro University. Seine Mutter stammte aus Deutschland, er kam gerade von einem Besuch bei seiner dreiundachtzigjährigen Tante, wohnte aber vorübergehend in Brüssel, wo er die letzten Wochen in einer Maisonettewohnung in der Rue des Sablons, über dem Pain Quotidien, von morgens bis abends auf iTunes die Filmtrailer all jener Blockbuster angesehen hatte, die der Filmkomponist Hans Zimmer vertont hatte. Seine Markenzeichen, die drängenden afrikanischen Trommeln, das Klirren der Schwerter, die schweren Rüstungen, hatten Desmond regelrecht aufgepeitscht, sein Blut zum Kochen gebracht, seine Atemfrequenz erhöht, auf der Suche nach Konfrontation und Kräftemessen im Nahkampf. Jetzt flog er nach London, zu seinen drei besten Freunden, die in Kensington lebten und als Banker arbeiteten. Ende November würde er nach New York gehen, um dort ein paar Wochen bei seinem ehemaligen Mitbewohner Eric zu wohnen, bis er in Los Angeles als Filmkomponist Fuß fassen wollte. Eigentlich hatte er nie wieder nach New York zurückkehren wollen, nachdem er miterlebt hatte, wie damals die Zwillingstürme eingestürzt waren. Tatsächlich! Das fiel ihm jetzt wieder ein. Am Vormittag war er den Block hinuntergejoggt. Mit Kopfhörern in den Ohren und hatte U2 gehört. Achtung, Baby. Plötzlich hatte es einen lauten Knall gegeben. Wem sollte er erzählen, was er da Außergewöhnliches gesehen hatte? Seine Freundin Christy hatte ihn tags zuvor aus unerfindlichen Gründen und ohne Vorwarnung verlassen, weswegen er zu seinem Mitbewohner Eric zurückgejoggt war, der mit einem schlimmen Hangover in der Badewanne gelegen und auch beim vierten Erklärungsversuch noch immer nichts kapiert hatte.

Desmond sah hinüber zu der Frau, die zwei Plätze von ihm entfernt saß und sich an den Armlehnen festklammerte. Vielleicht sollte er ihr noch einmal sagen, dass sie wirklich keine Angst zu haben brauchte? Die meisten Dinge, die einem Furcht einflößten, überlebte man. Während seines Studiums in Greensboro hatte er auch mehrere beängstigende Initiationsrituale über sich ergehen lassen müssen, zum Beispiel die Sache mit dem Bierfass und der Windel. Meine Güte! Er grinste in sich hinein. Warum musste er ausgerechnet jetzt daran denken? Oder er holte seine alten Klaviernotenblätter von »Für Elise« heraus, die ihm seine Tante zur Erinnerung mitgegeben hatte. Um dieser Frau zu signalisieren, dass er kultiviert und trotzdem ganz entspannt war. Er räusperte sich. Er war voller Geschichten. Als Teenager hatte er in Madagaskar gelebt; vermutlich sprach er physisch deshalb so intensiv auf die afrikanischen Hans-Zimmer-Trommeln an. Sie rührten in ihm einen Urinstinkt an, den Kampfgeist eines Mannes, der bereit war, sein Leben für das seiner Familie zu opfern. Sie hatten einige Angestellte gehabt, ein Kindermädchen, einen Koch, zwei Security-Männer, eine Putzfrau und einen Gärtner. Wenn er jetzt darüber nachdachte, wie es wohl wäre, alt zu sein, sah er sich in den Hamptons auf der Veranda eines Strandhauses sitzen. Im Schaukelstuhl, neben ihm seine für ihn bestimmte Frau; ebenfalls im

Schaukelstuhl mit einem handgemachten Quilt über den Knien – bis dahin allerdings musste er noch einiges Geld verdienen, um sich so ein Ding leisten zu können. Und seine Frau musste er noch finden. Aber gerade sah er keinen Grund, warum das nicht klappen sollte. In seinem bisherigen Leben hatte alles geklappt. In etwa dreißig Jahren würde er mit dieser Frau aufs milchige Meer hinaussehen, die Möwen kreischen hören, Rootbeer mit einer Kugel Vanilleeis löffeln und Joe's New Hampton Pizza essen.

Er mochte das Loch in ihrer Jeans. Die silberglänzenden Riemchensandalen an den Füßen fand er zu dieser Jahreszeit etwas befremdlich. Außerdem sah sie aus, als müsse sie mal wieder an die Luft. Schon in der Primary School hatte seine Mutter ihn vor zu eigenwilligen Mädchen gewarnt, und gleich hörte er wieder ihre Stimme: »Desmond, dein Vater und ich sind so enttäuscht von dir. Warum suchst du dir nicht ein nettes, verlässliches Mädchen?« Wann verstummten eigentlich endlich diese kommentierenden Stimmen in seinem Kopf? Er konnte doch nichts dafür, dass Christy ihn verlassen hatte – oder etwa doch? Konventioneller als sie konnte ein Mensch schließlich kaum sein. Dass er seit der Trennung bombastische Musikarrangements in seinem Kopf hörte, interessierte seine Eltern überhaupt nicht. Und darum hatte er ihnen bisher auch noch nichts von seinen Hollywood-Plänen erzählt.

Über ihnen erloschen die Anschnallzeichen, und Desmond zog aus seinem schwarzen Nike-Rucksack, den er unter dem Vordersitz verstaut hatte, seine alte Klaviermappe aus roter Pappe. Mal sehen, wie die Frau neben ihm auf Notenblätter reagierte. In der Highschool hatte er mal Koks probiert, sich in einem fremden Wohnzimmer im Vollrausch auf den cremefarbenen Teppich unter einem dunkel eingetönten Glastisch übergeben und mit ein paar

Mitschülerinnen in der Schulaula diesen Isolationstanz einstudiert, bei dem sich nur der Kopf von rechts nach links bewegte. Das war, zugegebenermaßen, das Wildeste, was er je in seinem Leben gewagt hatte. Bestimmt konnte diese Frau mit ganz anderen Erfahrungen aufwarten. Die Stewardessen kamen mit ihrem Getränkewagen vorbei. Eine von ihnen blickte ihn direkt an. »Was möchten Sie trinken?«

»Einen Baileys auf Eis, bitte.« Dabei lächelte er die Frau neben sich an, die vermutlich in seinem Alter war. Ein auffälliger Ring mit großem, geschliffenem Stein steckte an ihrem feingliedrigen Finger. Ob sie auch davon träumte, in den Hamptons alt zu werden, mit Blick auf die diesige See? Darüber allerdings würde immer die Sonne diffus zu erahnen sein. Das würde er ihr bei Gelegenheit sagen, sollte sie es nicht schon wissen. In Gedanken sagte er es ihr sofort, quasi als Trockenübung, um den Satz im entscheidenden Augenblick gut draufzuhaben. »Über den Hamptons scheint eigentlich immer die Sonne – hinter all dem Nebel.« Eventuell war sie bereits geschieden. Das konnte doch sein, ein ganzer Haufen von Leuten aus seiner Highschoolzeit lebte schon wieder in Trennung, die meisten von ihnen hatten sich auf würdelose Weise gegenseitig betrogen. Er hatte noch nie eine Frau betrogen, er hätte gar nicht gewusst, wozu. Und auch nicht, wie. Von einem alten Collegefreund, mit dem er über Facebook eine Zeit lang in regem Austausch gestanden hatte, wusste er, dass man die Schuldgefühle nie wieder loswurde. »Desmond, ich kann dich nur warnen, so eine Geschichte anzufangen. Ich hab meine Ehe entweiht. Vermutlich bring ich mich deswegen noch mal um. Demnächst.«

Nach diesem Chat hatte Desmond den Kontakt abgebrochen und augenblicklich seinen Facebook-Account gelöscht. Weitere Beichten wollte er nicht abnehmen. Vielleicht hatte sie sogar Kinder? Seine Eltern würden besorgt sein, würde er ihnen eine geschiedene Frau mit Kindern präsentieren. »Desmond! Bist du sicher, dass diese Frau dich nicht einfach nur ausnutzt? Außerdem musst du dich darauf einstellen, dass sie ihre Kinder immer mehr lieben wird als dich. Für dich wird keine Liebe übrig bleiben.«

Als gäbe es ein vorgegebenes Maß an Liebe. Die Generation seiner Eltern war wirklich vollkommen verklebt mit seltsamen Vorstellungen und ungeprüften Konzepten, mit denen sie ihre Kinder plagten und in das Schicksal handlungsunfähiger, an das Falsche glaubender Erwachsener trieben. Kein Wunder, dass sie sich gegenseitig betrogen, vermutlich, weil sie alle meinten, grundsätzlich zu wenig Liebe abbekommen zu haben für das Maß an Liebe, das sie vermeintlich täglich zur Verfügung stellten. Bei diesem jämmerlichen Kuhhandel würde er nicht mitmischen. Überhaupt hatte Desmond noch nie das Gefühl gehabt, zu wenig Liebe zu bekommen – was definitiv nicht an seinen Eltern lag. Vielleicht war er von Natur aus davon erfüllt. Es war ein guter Zustand, kein Bedürfnis nach Liebe zu haben. Im Grunde genommen konnte er sich außerordentlich glücklich schätzen. Wirklich! Ein Mensch, dem es nie an Liebe mangelte, hatte gute Karten. Nie würde er sich welche erzwingen müssen. Wow! So direkt war ihm seine exquisite Besonderheit noch nie aufgefallen. Eigentlich erlebte er gerade eine Art innere Erleuchtung. Kurz überlegte er, ob er damit zur Jimmy-Kimmel-Late-Night-Show sollte. Als einer der wenigen, wenn nicht sogar als »der« einzige Mensch auf der Welt – mal abgesehen von Jesus –, der über mehr als genug Liebe verfügte. Das machte ihn erstaunlich unabhängig. Er sollte bei der Show anrufen. Denn wenn einer ein originelles und tiefgründiges Interview zum Thema würde führen können, war das der geniale Jimmy Kimmel. Desmond bekam einen Baileys auf Eis, den er einen kurzen Augenblick auf dem heruntergeklappten Tischchen abstellte und dann in einem Zug leerte. Die Frau neben ihm trank Apfelsaft. Das war vernünftig. Trotz akuter Flugangst.

Erstaunlich.

Ivy nippte an ihrem durchsichtigen Plastikbecher. Wenn dieser Mann seine Noten hervorholte, holte sie eben das klobige, marokkanische Kochbuch heraus. Gab es eigentlich eine plausible Erklärung dafür, warum sie ein marokkanisches Kochbuch geschenkt bekommen hatte? Sie war mit Abstand die unbegabteste Köchin auf dieser Welt. Nie im Leben würde sie für sich etwas Marokkanisches zubereiten, überhaupt müsste sie sich dafür einen Grundstock an exotischen Gewürzen zulegen, die sie nie wieder verwenden würde. Mit ihrer besten Freundin Alice ging sie zum Essen ins Sun in Splendour, wo sich Alice unverzüglich betrank, um sich vom Drama ihrer On-off-Beziehung mit Dave, dem ewigen Philosophiestudenten, zu erholen. Was man in Marokko kochte, interessierte Ivy überhaupt nicht. Sie hatte jetzt schon eine Wut auf das Buch mit dem Hammelfleischeintopf auf dem Cover und irgendwie auch auf ihre Schwester. Die ganze Zeit war Nathalie scharf drauf, die Familienbande zu stärken, ständig telefonierte sie Ivy hinterher, um zu hören, wie es ihr ging, was sie machte, was sie dachte, was sie tat. Wenn sie derart interessiert an Ivy war, hätte sie wissen müssen, dass ihre kleine Schwester niemals kochte. »Ivy, ich sage dir, auch du wirst wieder glücklich!« Manchmal schickte Nathalie ihr sogar Ratgeber für mutlose Singles, die solch vielversprechende Titel trugen wie: *Wege und Umwege zum Glück* oder *Wo, bitte, geht's zum richtigen Leben?* Die Teile verbrannte Ivy augenblicklich in ihrem Waschbecken im Badezimmer. Einmal war dabei versehentlich das Händehandtuch in Flammen aufgegangen und der Duschvorhang geschmolzen. Wäre das Haus gleich mit abgebrannt, es hätte Ivy nicht gewundert.

Sie trat ja auch in Kaugummis.

Jetzt im marokkanischen Kochbuch zu blättern würde diesem Mann neben ihr den absolut falschen Eindruck vermitteln, nämlich, dass sie sich für ein gemütliches Leben mit Kochrezepten interessierte. Zu Hause würde Ivy das Buch direkt aufs Bücherregal legen und die nächsten zehn Jahre nicht wieder herunterholen oder an ihre Nachbarin Eve verschenken, die mit Frank und ihren beiden Kindern unter ihr wohnte. Eve liebte Rucksackreisen ins Ausland.

Früher hatte Ivy ein paar Male für Javis gekocht, der jedes Mal allergisch darauf reagiert hatte. Er war nämlich davon überzeugt gewesen, dass sie ihn auf diese Weise zu einem sozial agierenden Menschen mit Anstand und Familiensinn hatte umkrempeln wollen. Es war gar keine Freude gewesen, ihm auch nur ein Ei zu kochen. Javis hatte wirklich alles in Ivy verwüstet. Einmal hatte er sogar eine Zigarettenkippe im Kartoffelpüree ausgedrückt. Und Ivy hatte gedacht, mit so jemand Kaputtem käme sie klar, beziehungsweise – was noch viel erbärmlicher war – sie hatte geglaubt, sie könne Javis' kindliche, reine Seele retten, sein egozentrisches Wesen austreiben und ihn bis in alle Ewigkeit von sich abhängig machen. Ivy hatte tatsächlich gedacht, sie würde etwas schaffen, woran bereits eine ganze Mädchenriege vor ihr gescheitert war: Javis gefügig zu machen. Sie hatte geglaubt, als Kunststudentin bräuchte man einen Exzentriker als Freund. Sie hatte wirklich gedacht, dass in dieser hohlen Nuss ein Geheimnis verborgen lag, das strahlender war als alles, was die Welt bisher geschaut hatte.

Oder aber Ivy holte den schmalen Bildband über Vincent van Gogh aus ihrer Tasche, den ihr die Verwaltung von Madame Tussauds am Freitag, kurz vor ihrem Abflug, über die Hauspost hatte zukommen lassen. Vermutlich würde der Mann auf dem Fensterplatz sie dann für eine Kunsthistorikerin halten, so wie sie ihn aufgrund der Noten für einen feinsinnigen Pianisten hielt. Eingehend betrachtete sie seine Hände mit den kurz geschnittenen Fingernägeln. Eindeutig Pianistenhände! Dummerweise hatte Javis auch Pianistenhände gehabt. Ohne seine Pianistenhände hätte Javis einpacken können. Im Grunde genommen waren die sein einziges Kapital gewesen. Die hatten ihm etwas Verletzliches und Tugendsames verliehen. Dieser Mann hier war nichts für sie! Seine Hände erinnerten Ivy zu sehr an Javis. Schade, dass man Hände nicht einfach umformen konnte, so wie bei Wachsfiguren. Am besten, sie modellierte sich selber einen Mann. Mit passenden Händen, bei dem war dann wenigstens von vornherein klar, dass er komplett hohl war.

Ivy schnallte sich ab, holte den Bildband über van Goghs Meisterwerke aus der Reisetasche und setzte sich damit wieder hin.

Sie blätterte darin herum, ohne überhaupt mitzukriegen, was sie da sah. Eigentlich blickte sie direkt nach innen. Bloß nicht auf die Hände des Mannes neben ihr! Mit jedem flüchtigen Blick nach links erwachten immer mehr von Ivy mühsam verplombten Erinnerungen an damals. Mit Macht zwang sie sich, die Bildunterschriften zu lesen, um vor dem Mann so zu tun, als sei sie sehr beschäftigt. »Kornfeld unter einem Gewitterhimmel«, »Quitten, Zitronen, Birnen und Trauben«, »Kornfeld mit Rebhuhn«. Schließlich, nachdem sie den Band einmal durchgeblättert hatte, hielt sie es nicht mehr aus, klappte das Buch zu und fragte, mit Blick auf die Noten: »Sind Sie Musiker?«

Warum sollte er nicht die gleichen Hände wie Javis haben? Immerhin hatte er nicht das gleiche Gesicht. Das musste man diesem Mann zugute halten.

Augenblicklich sah der Mann auf. »Na ja, also, ich komponiere hin und wieder fürs Fernsehen.«

Er machte eine Pause, offenbar um zu sehen, wie Ivy reagierte, aber die reagierte gar nicht. Dafür arbeitete es gewaltig in ihrem Kopf. Wenn dieser Mann komponierte, konnte er nicht ganz dumm sein, oder? Zum Komponieren brauchte man mit Sicherheit einen gewissen IQ oder ein speziell mathematisches Bewusstsein. Doch bevor sie ihren Nachbarn dazu nach seiner Meinung befragen konnte, fuhr er fort: »Momentan komponiere ich noch für Soaps. Aber ich würde gern mal etwas für eine richtige Hollywood-Liebeskomödie komponieren.«

»Für eine Liebeskomödie?«

»Ja, mit Isla Fisher oder Reese Witherspoon.«

»Reese Witherspoon? Haben Sie sich mal ihre Füße angesehen? Ehrlich gesagt sind ihre Füße der Grund, warum ich den Johnny-Cash-Film nicht mag. In einer Szene legt sie ihre Füße auf den Vordersitz und …«

Desmond nickte verwirrt. »Und was arbeiten Sie? Arbeiten Sie?«

Ivy trank ihren Apfelsaft aus, klappte das Tischchen hoch und klemmte den Plastikbecher in die Vordersitztasche, wobei er knackend zerbrach. »Ja, bei Madame Tussauds. Als Bildhauerin. Fünf Tage die Woche, zehn Stunden. Ich arbeite gerne und viel.«

»Dann sind Sie ja in gewissem Sinne auch in der Filmbranche tätig. Mussten Sie mal die Füße von Reese Witherspoon modellieren?«

Desmond setzte sich auf und löste seinen Sicherheitsgurt, obwohl in diesem Augenblick über ihren Köpfen die

Anschnallzeichen aufleuchteten, der Flieger wackelte spürbar.

Ivy hielt sich mit den Augen an seinen fest. »Glücklicherweise ist mir das erspart geblieben.«

Das waren eindeutig Turbulenzen!

Demonstrativ zog sie ihren Gurt enger und lehnte sich zurück. Dabei konnte sie ihren Blick nicht von Desmonds geöffnetem Gurt lösen. Das kannte sie schon, dieses Unbehagen, das sie überkam, wenn die Dinge nicht nach Vorschrift abliefen. Das war der absolut einzige Charakterzug den sie von ihrem Vater geerbt hatte, alles hatte seine Ordnung, und wenn die Ordnung nicht eingehalten wurde, bekam er Zustände. Ivy spürte diesen schwelenden Widerstand. Irgendwann musste sie über diesen Ordnungsfanatismus – was Situationen anbelangte – hinwegkommen! Dieses Unwohlsein überdeckte gerade sogar ihre Angst vor Turbulenzen. Sie schluckte. »Die Füße werden nur selten ganz und gar ausgeformt, da …«

»Aber Sie modellieren doch die Stars, oder?«

»Ja, richtig.« Es kostete Ivy viel Kraft, dieses Gespräch trotz Turbulenzen zu führen. »Zuerst vermesse ich sie, fotografiere sie aus sämtlichen Perspektiven, Detail für Detail, und modelliere dann anhand der Maße ihre Körper. Wenn sie bereits tot sind, hab ich natürlich ein Problem. Dann geht das selbstverständlich nicht mehr. Obwohl ja erzählt wird, dass Madame Tussauds während der Französischen Revolution losgezogen ist, um die äh … abgetrennten Köpfe der französischen Königsfamilie aus den äh … Leichenbergen zu sammeln, um ihre Totenmasken anzufertigen.«

Die Stewardess kam vorbei. »Klappen Sie bitte das Tischchen hoch und schnallen sich an! Wir durchfliegen gerade leichte Turbulenzen.«

Desmond lächelte und schnallte sich endlich an. Als die Stewardess den Gang hinunter verschwand, blickte er Ivy ernst an. »Sie brauchen wirklich keine Angst zu haben.«

Ivy machte ein erstauntes Gesicht. »Sehe ich aus, als hätte ich Angst?«

»Ich weiß nicht. Wie sehen Sie denn normalerweise aus, wenn Sie Angst haben?«

»Keine Ahnung. Ängstlich?«

Dieser Mann, das musste Ivy zugeben, hielt einiges aus. Woher nahm er das Vertrauen, dass alles gut ging? Woher sollte er das wissen? War er Gott, oder was? Oder hatte er nur »das Gefühl«, dass alles gut ging? Niemand auf der Welt konnte mit Gewissheit sagen, dass ein Flugzeug in der Luft blieb, so, wie man nicht definitiv wissen konnte, dass man immer die richtigen Entscheidungen traf oder nicht irgendwann einmal die Kellertreppe hinunterstürzte. Neulich erst war Ivy im Treppenhaus bei Madame Tussauds ausgerutscht und versehentlich in ihren Chef hineingeschlittert, der vor ihr die Stufen hinuntergegangen war. Am liebsten hätte sie Fortier auf der Stelle für das Missgeschick verantwortlich gemacht. Besorgt hatte er ihr auf die Beine geholfen. »Haben Sie sich wehgetan?«

Mit klopfendem Herzen hatte sie tapfer gelächelt: »Alles bestens.« Hätte sie nicht mit aller Macht die hochsteigenden Tränen zurückgedrückt, wäre sie total zerflossen – oh! –, dann hätte sie nicht mehr aufhören können zu weinen. Und das war das Letzte, was sie vorhatte. Schon als Jugendliche hatte sie begriffen, dass Weinen nichts brachte, egal, wie einsam man sich fühlte. Nicht einmal während der Trennungsphase von Javis hatte sie eine Träne vergossen, woraufhin er gemeint hatte: »Das ist der Grund, warum ich mich von dir trenne. Weil du nicht mal imstande bist zu weinen.« Dabei hatte Ivy sich doch von ihm getrennt, da er nicht imstande gewesen war, treu zu sein. Woraufhin er erwidert hatte: »Ja, weil du gefühlskalt bist.«

Wenn man sich erst einmal eingestand, dass man Grund hatte zu weinen, weil man sich tief in seinem Innersten, egal, wie heftig man sich dagegen wehrte, jemanden wünschte, der am Abend nach Hause kam und fragte: »Wie geht es dir, mein Schatz? Wie war dein Tag?« – dann war man verloren! Irgendwann musste dieses Warten, dieses Hoffen, dass endlich jemand kam, der einen rettete, zu Ende sein. Nur wann? Ivy hätte zu gerne gewusst, wann der Tag ihrer Erlösung eintreffen würde. Was hielt ihren Vater nach dem Verlust seiner Liebe noch am Laufen? Würde sich Ivy, genau wie er, mit einem drögen Stammbaum-Computerprogramm trösten müssen, das er sich auf ihren alten Rechner geladen hatte? Früher hatte sie mit dem Nachbarsjungen Sascha darauf *Doom – die Verdammnis* gespielt und sie hatten als Space Marines unter Einsatz von Kettensägen, Pistolen, Schrotflinten, Gatling-Gewehren, Plasmagewehren und Raketenwerfern Dämonen abgeschlachtet, die die Forschungseinrichtung der Union Aerospace Corporate (UAC) besetzt und sich in Zombies verwandelt hatten.

Desmond blickte Ivy abwartend an, sollte er noch etwas zur Flugsicherheit sagen? Oder diese eigenwillige Frau doch besser ablenken? Christy, seine letzte Freundin, hatte nur jemanden gewollt, den sie begleiten konnte. Das hatte eine Beziehungen ohne Witz und doppelten Boden ergeben. Diese hier strahlte, obwohl sie nach außen hin etwas gestresst wirkte, eine gewisse Kraft und Neugier aus, die er nie zuvor bei einer anderen Frau wahrgenommen hatte. So, als sei sie grundsätzlich bereit, sich voll ins Leben zu stürzen. »Und an wem formen Sie gerade?«

Ivy lächelte. Dieser Mann war nicht so blöd. Er machte

nicht alles noch schlimmer, ganz im Gegenteil. Er versuchte, sie zu zerstreuen.

»Sollte ich den Flug überleben – wovon ich nicht ausgehe –, fange ich morgen mit Vincent van Gogh an.«

»Ah, darum das Buch? Darf ich mal?«

Es wackelte.

»Von mir aus.« Ivy reichte Desmond den Band über den freien Sitz hinweg und hielt ihn einen Moment fest. Es ruckelte. Trotzdem fühlte sie sich einen kurzen Augenblick sicher und beschützt. Als sie das Buch schließlich losgelassen hatte, schlug Desmond es ungerührt auf. So, als würde sich nur Ivys Sitzplatz durch Turbulenzen bewegen. Er blätterte die Seiten um.

»In der Highschool hab ich versucht, seine Bilder so perfekt wie möglich abzumalen, um sie auf dem Schwarzmarkt zu verkaufen und mein Taschengeld aufzubessern.«

»Hat's geklappt?«

Grinsend nickte Desmond vor sich hin. »Wenn meine Eltern an der Uni ihre Seminare gaben, habe ich mich nackt in unseren Wintergarten in Greensboro, das ist in North Carolina, gesetzt und mich komplett mit Ölfarbe beschmiert. Ich dachte, das gehört zum Künstlerdasein dazu. Den ganzen Körper mit Farbe zu beschmieren. Ich sah aus wie ein Kunstwerk von …«

»Jackson Pollock.«

»Ja! Richtig. Wie ein Gemälde von Pollock. Kennen Sie ihn? Ihn und Jasper Johns verehre ich, wenn man das so sagen kann. Na ja, und George Grosz.«

»George Grosz? Wieso denn ausgerechnet den?«

»Aus politischen Gründen vermutlich. Natürlich hat das mit dem Schwarzmarkt nicht geklappt. Ich wusste ja nicht einmal, wo der sein soll. Ich glaubte, das sei ein geheimer Ort mit schwarz lackierten Buden und Ständen, die …«

Jetzt hielt er das Buch hoch und tippte auf das Gemälde vom gelb angestrahlten Nachtcafé in Arles. »Ha! Dieses da! Das hab ich abgemalt! Ich würde so gerne einmal dorthin. Waren Sie schon einmal in Arles?«

Ivy schüttelte den Kopf, bemüht, nicht verstimmt auszusehen. Musste sie diesem Mann denn noch deutlicher sagen, dass sie üblicherweise nicht flog? Einen Augenblick sah er Ivy irritiert an, so, als befürchtete er, sie verbinde schlimmste Erlebnisse mit Arles, und fuhr dann, um Ablenkung bemüht, fort: »Werden Sie van Gogh denn mit einem oder mit zwei Ohren ausstatten? Ich für meinen Teil, mal angenommen, ich wäre an Ihrer Stelle, würde ihn vermutlich mit beiden Ohren ausstatten, weil der Betrachter ihn sonst womöglich auf den Akt der Selbstverstümmelung und seinen Irrsinn reduziert und darüber vergisst, dass er eben vor allen Dingen ein großartiger Maler war. Nun muss man sich allerdings fragen, was wäre passiert, hätte van Gogh bereits zu Lebzeiten dieses Ausmaß an Popularität erlangt. Hätte er sich dann überhaupt noch das Ohr abgetrennt?«

»Vermutlich nicht.«

»Verstehen Sie? Jedes Kind kennt van Gogh, weil er sich ein Sinnesorgan abgeschnitten hat. Seine Bilder betrachten wir nicht mehr vorurteilsfrei, sondern immer im Hinblick auf seine Andersartigkeit. Für uns sind es die Gemälde eines Wahnsinnigen. Die Menschen kennen van Gogh im Grunde genommen gar nicht mit beiden Ohren, in ihrer Rezeption ist er ein Mann, der mit nur einem Ohr herumläuft und derart verwirrt ist, dass ihm nichts anderes übrig bleibt, als diese kreiselnden Pinselstriche zu vollführen, egal, ob er einen Himmel oder einen Baum oder einen Tisch malt. Dass er aber womöglich in all diesen Dingen das pulsierende Leben sehen konnte, bleibt vollkommen unerkannt. Vielleicht sollte man – ohne dass ich mich zu sehr in Ihre Arbeit einmischen will – den Leuten einen Vincent präsentieren, den sie so noch nicht kennen. Einen fröhlichen, unversehrten, lebensbejahenden van Gogh. Dadurch würde sich vermutlich ihr Blick und ihre Rezeption seiner Bilder auch noch einmal verfeinern oder sogar ändern. Die Leute würden sie ernster nehmen und vielleicht erkennen, dass hier ein … ein echter Meister am Werk war. Also: Modellieren Sie ihn mit einem oder mit beiden Ohren?«

»Vielleicht mit beiden. Vielleicht auch nicht.«

Ivy versuchte, sich ihre Begeisterung für den Mann nicht anmerken zu lassen. Und auch nicht ihre plötzliche Blödheit, die mit einem schwallartigen Ausstoß von Adrenalin im limbischen System zusammenhing. Grinsend zuckte sie mit den Schultern, dann noch einmal. Und noch einmal. Bis sie sich einigermaßen gesammelt hatte und wieder fähig war, ganze Sätze zu bilden. »Vermutlich aber doch mit beiden. Allerdings aus purem Eigennutz. Ich mag das Unversehrte …. Das ist ja nun auch eine ethische Forderung des philosophischen Humanismus.«

»Ach ja?« Desmond beugte sich etwas zu ihr herüber.

»Sicher!« Ivy zuckte noch einmal mit den Schultern. Wie ferngesteuert sauste sie in Lichtgeschwindigkeit und unaufhaltsam mit quietschenden Bremsklötzen auf gleißenden Schienen hinunter, die nicht ihre, sondern die von Alices Freund waren – dem ewigen Philosophiestudenten. Zu ihrem eigenen Entsetzen hörte sie sich dozieren: »Die Übereinstimmung zwischen idealistischen Werten und dem alltäglichen Mit …«

»Ich dachte, wir reden über eine Wachsfigur.«

»Sicher! Doch irgendwo muss man ja mal mit der Unversehrtheit anfangen.«

»Woher haben Sie das mit der Unversehrtheit?«

»Ich weiß nicht.« Ivy wünschte sich nichts sehnlicher, als das ihr Mund aufhörte, Halbwissen herauszuposaunen. »Ich interessiere mich eben für bestimmte … philosophische Themen.«

»Für den Humanismus?«

»Besonders für den.«

Desmond nickte. Ivy zwinkerte verlegen. In der vergangenen Woche hatte sie sich intensiv mit Dave unterhalten, der plötzlich, spätabends, im zu großen Tweedjackett und quietschbunten Adidas-Sneakern, hilfesuchend bei ihr vor der Tür gestanden hatte. »Ich weiß nicht mehr weiter.«

Eigentlich hatte er von Ivy weiblichen Rat einholen wollen, wie er mit der »bockigen« Alice umgehen sollte, damit es sich nicht ständig zwischen ihnen zuspitzte. Doch Ivy war gar nicht an ihn herangekommen, weil er alles, was sie zu ihm gesagt hatte, unter philosophischen Gesichtspunkten von sich gewiesen hatte, wobei er immer wieder auf den Humanismus zu sprechen gekommen war. In seinem Namen forderte er von Alice Toleranz für mimosenhaftes Verhalten seinerseits. Unterdessen hatte er sich eine Haschzigarette nach der anderen gedreht und, auf Ivys Bettkante sitzend, weggeraucht.

»Warum das?«

»Bitte?«

Ivy lächelte Desmond an. Nachdem Dave gegen drei Uhr nachts ihre Wohnung mit den Worten: »Du darfst Alice niemals verraten, dass ich hier war!« verlassen hatte, war sie an ihr Laptop gegangen, um die wichtigsten Begriffe des Humanismus nachzuschlagen. Beim nächsten Beratungsgespräch mit Dave wollte sie ihn mit seinen eigenen Waffen schlagen. Überhaupt verfügte er über die nervtötende Angewohnheit, seinem Gesprächspartner das Wort im Mund herumzudrehen und schon bei den simpelsten Beweisführungen zu behaupten: »Du attackierst mich!«

Desmond sah Ivy abwartend von der Seite an. Jetzt endlich reagierte sie. »Entschuldigung. Haben Sie etwas gesagt?«

»Ja. Ich sagte: Ich auch.«

»Was denn?«

»Ich mag auch das Unversehrte.«

Ivy lächelte und nahm das Buch zurück. »Unserem alten Vincent van Gogh wurde von einem Besucher das Ohr abgetrennt, weswegen es sein kann, dass unser Manager dafür ist, ihn sicherheitshalber gleich nur mit einem Ohr auszustatten.«

»Verstehe. Wenn's gut gemacht ist, kann solch einer Verstümmelung ja auch eine ganz eigene Schönheit innewohnen.« Desmonds Blick zuckte zu Ivy, die nun an ihm vorbei aus dem Fenster hinaus in die Nacht sah. Tatsächlich guckte sie direkt in den Himmel hinein und kam zu ihrer großen Verwunderung damit zurecht.

»Dass Figuren bei uns im Haus zerstört werden, kommt allerdings nur sehr selten vor«, gab Ivy zu. »Ich würde sagen, zum letzten Mal während des Zweiten Weltkriegs, abgesehen von Kratzspuren, die die Besucher den Figuren zufügen, um zu sehen, was sich unter der durchscheinenden Oberfläche befindet. Und dem abgetrennten Ohr.«

»Hat man herausgefunden, wer das war?«

»Bis jetzt noch nicht. Es gibt zwar Sicherheitsleute, aber die können ja auch nicht überall gleichzeitig sein.«

»Seltsame Geschichte, finden Sie nicht?«

Als sich der Flieger in eine Kurve legte, tauchten Londons Lichter unter ihnen auf. Der Sinkflug machte Ivy nichts aus, das Landen bedeutete, sich der Erde gleichmäßig zu nähern. Weil sie nicht antwortete, redete Desmond nach einer kurzen Pause einfach weiter: »Das heißt also, Sie sitzen in London fest?«

»Bitte?« Ivy fuhr sich durchs Haar, wobei sich ihr Ring verfing und sie ihre Hand nicht mehr vom Kopf bekam. Das passierte ihr öfter. Im Atelier hatte Willem ihr schon mehrfach helfen müssen, den Ring wieder aus den Haaren zu bekommen. Trotzdem hörte Ivy nicht auf seinen Rat, ihn einfach zu Hause im Schmuckkästchen zu lassen. Na gut. Dann war es eben so, dass sie schon wieder festhing. Schicksal. Nichts geschah ohne Grund, wie Ivy gerade beglückt feststellte und sich innerlich dazu gratulierte, das Schmuckstück nicht abgelegt zu haben. Auch, wenn sie sich mit der Hand am Kopf albern vorkam, hatte ihre Zwangslage durchaus etwas Wunderbares an sich.

»Entschuldigung, aber könnten Sie mir vielleicht helfen? Mein Ring hat sich …«

»Hm?«

»Mein Ring hat sich in meinen Haaren verfangen, ob Sie mir vielleicht helfen könnten?«

»Natürlich! Warten Sie!« Desmond beugte sich zu ihr hinüber. Und Ivy beugte sich in seine Richtung. Vorsichtig zog er an der Haarsträhne, die sich fest um den meergrünen Turmalin gewickelt hatte. Er fuhr fort: »Ich meine, wenn es Ihr Job ist, Wachsfiguren zu modellieren, können Sie das vermutlich nur in London tun, das meine ich.«

Die Armlehne drückte in Ivys Brustkorb, ihr Blick ging hinunter auf die dunkelblaue Ledersitzfläche zwischen ihnen. Sie spürte seine kühlen Finger auf ihrer Haut. Hoffentlich hatte sich ihr Ring gehörig verfangen! »Darüber hab ich noch gar nicht nachgedacht, also, dass ich nur in London arbeiten kann. Wahrscheinlich, weil für mich bisher nichts dagegengesprochen hat. Ich mag London. Und Sie?«

Desmond hatte seine liebe Mühe mit Ivys Fingern, dem

Ring und ihren Haaren. Genieß es trotzdem, sagte er sich. Genieß es! Dummkopf! Schließlich gelang ihm die geschickte Entwirrung. »So! Ja, ich bin auch ganz gern in London. Wie gesagt: Meine drei besten Freunde aus dem Studium wohnen in Kensington, aber letztlich mag ich wohl doch lieber die Ostküste. Virginia Beach und noch ein Stück weiter runter …«

Ivy setzte sich mit geröteten Wangen auf. In Kensington? Das war nicht weit von ihr entfernt. »Wie heißen Sie eigentlich?«

»Desmond Gayle.«

»Wie bitte?«

»Gayle. Desmond Gayle.«

Der Name klang ein wenig negativ. Wie Desillusion. Oder Desinteresse. Ivy streckte ihm trotzdem erfreut ihre Hand entgegen. »Halten Sie sich gerne in der Natur auf?«

Desmonds Blick wanderte nach schräg oben, wobei er sich hinter dem Ohr kratzte. »Also, ich gehe gerne an den Strand oder wandern und so. Ja, aber so richtig … Meinen Sie Camping oder so etwas?«

»Keine Ahnung. Irgendwie erinnern Sie mich an ein Stück Wald mit Lichtung und ein paar abgesägten Baumstümpfen.«

»Tatsächlich?«

»Ja, an so ein Stück Kiefernwald mit Lichtung, auf der die Leute picknicken und Bier trinken. Ich heiße übrigens Ivy.«

»An ein Stück Nadelwald, mit Lichtung, auf der Leute Bier trinken. So, so.« Etwas derart Hübsches hatte noch nie eine Frau zu ihm gesagt. Wirklich. Er war gerne ein Stück Kiefernwald mit Lichtung, auf der die Leute Bier tranken. Ivy. Poison Ivy. Desmond hielt noch immer ihre schmale Hand, sein Blick fiel hinunter auf ihren Ring mit dem beachtlichen Stein, vielleicht war es ja doch ein Verlobungsring. Er ließ Ivys Hand los. Bei einem Polterabend in Los Angeles hatten er und ein paar Kumpels eine Toilettenschüssel vor den Eingang des Château Marmont geworfen, um für richtig viele Scherben zu sorgen. Auch beim vierten Versuch war das Ding nicht kaputtgegangen, dafür aber die Steinplatten vor dem Hotel. Da der Flieger in Kürze aufsetzen würde, traute er sich noch mal etwas. »Sie haben da einen sehr schönen Ring.« Wenn diese Ivy ihn jetzt zu aufdringlich fand, würde er gleich nach der Landung aufstehen und nach vorne laufen. Ganz cool. Und anschließend seinen drei Freunden davon erzählen und sich über die Geschichte amüsieren. Wie man das halt so machte, wenn einem etwas wirklich Peinliches passiert war.

»Danke.« Ivy hielt ihre Hand hoch, um den großen Stein eingehend zu betrachten. So, als hätte sie den Ring gerade erst von Desmond geschenkt bekommen.

Auch er warf noch einmal einen Blick darauf. »Sieht ein bisschen aus wie ein Verlobungsring … finden Sie nicht?«

»Das ist auch einer. Darum trag ich ihn ja.«

»Ah, natürlich. Selbstverständlich. Würde ich auch an Ihrer Stelle.« Die Worte polterten wie heiße Kartoffeln aus seinem Mund.

»Vermutlich … Sagen Sie, was für Bäume haben Sie in North Carolina?«

»Na ja, also, da an den Outer Banks wachsen sicherlich auch ein paar Kiefern, soweit ich mich erinnere. Durch den Golfstrom haben wir natürlich ein sehr spezielles Klima, weswegen die Ironwoods, glaube ich, typisch für unsere Region sind. Eisenbäume. Die sind sehr schön, haben eine graue feine Rinde, wenn die Sonne daraufscheint, auf ihren sich gabelnden Stamm, dann hat das eine ganz eigene Schönheit. Das erinnert mich an meine Kindheit, als ich mit meinen Kumpels darauf herumgeklettert bin. Um uns nur hochgewachsenes Gras.«

Also war sie verlobt. Okay. Desmond war bemüht, Facekeeping auf höchstem Niveau zu betreiben. Dass sie verlobt war, war nicht wirklich zu erwarten gewesen. Dafür hatten sie sich zu angeregt unterhalten, oder? Von seiner Zukünftigen würde er sich in jedem Fall etwas mehr Zurückhaltung gegenüber fremden Männern wünschen, sollte sie ohne ihn im Flugzeug sitzen. War nicht sogar Ivys Hand flüchtig über sein Knie geglitten? Hatte sie ihm nicht diesen speziellen Blick zugeworfen? Oder bildete er sich das nur ein? Ivy. Was für ein schöner Name. Er hätte gerne eine Frau gehabt, die so zart aussah und Ivy hieß.

Desmond räusperte sich. Zum Glück hatte man als Mann sehr viel mehr Zeit zur Verfügung eine Frau zu finden, als Frauen einen Mann, die ja bekanntlich ab einem bestimmten Alter die biologische Uhr ticken hörten. Desmond wollte sich bei der Gründung seiner Familie nicht unter Druck setzen. Das hatte er oft genug an der Uni getan, um während seines Medizinstudiums, das er zum Entsetzen seiner Eltern nie abgeschlossen hatte, gute Noten zu bekommen. Wenn er jetzt darüber nachdachte, hatte er sich, so konnte man das sagen, regelrecht seelisch vergewaltigt. Nur um seinen Eltern eine Freude zu machen, hatte er Leichen seziert und sie in hauchdünne Scheibchen geschnitten. Sie hatten überhaupt kein Recht darauf, enttäuscht zu sein, dass er das Medizinstudium nach drei Jahren abgebrochen hatte. Die Sache mit der Familiengründung wollte er von seinen Eltern unbeeinflusst angehen lassen. Irgendwann würde er schon die Frau seines Lebens treffen. Und doch: Ein wenig ernüchtert oder frustriert war er schon. Diese Ivy gefiel ihm. Warum nur hatte er nicht eher realisiert, dass aus ihnen nichts werden konnte. Dann hätte er sich nicht derart geöffnet und seiner Fantasie vom gelungenen Leben freien Lauf gelassen, sondern sich wie üblich ein Magazin zum Lesen besorgt.

Er musste sie schnellstmöglich wieder vergessen.

Die Maschine setzte mit einem ordentlichen Holpern auf, sodass ihre Köpfe nach vorne ruckten. Ivy spürte Lebensfreude. Unbändige Lebensfreude. Wie schon seit Langem nicht mehr. Wann hatte sie zuletzt derartige Lebensfreude empfunden? Sie rollten übers Rollfeld, und am Ende bogen sie alle miteinander ab, geradewegs auf ihren Parkplatz zu. Desmond nickte tapfer lächelnd. »Herzlichen Glückwunsch!«

»Wozu? Dass wir heil gelandet sind? Hatten Sie also doch Bedenken?«

»Ach, nein! Ich meine zur Verlobung!« Er versuchte ein heiteres Lachen.

»Was denken Sie! Ich bin doch nicht verlobt! Das ist der Ring meiner Mutter.«

»Sie tragen den Verlobungsring Ihrer Mutter?« Desmond schlug das Herz bis zum Hals. Was hatte das wieder zu bedeuten? Diese Frau steckte voller Überraschungen.

Ivy zuckte mit den Schultern. »Sie hat ihn mir zum Trost geschenkt, nachdem mein geliebtes Shetlandpony auf der Landstraße von einem Kleinlaster erfasst worden war und eingeschläfert werden musste.«

»Ein interessantes Geschenk, muss man sagen.« Hatte er das gerade richtig verstanden? Diese Frau war doch nicht verlobt? Das waren ja wunderbare Neuigkeiten! Desmond grinste von einem Ohr zum anderen. »Aha!«

Bevor Ivy noch etwas antworten konnte, kam die Durchsage, dass die Parkposition eingenommen sei. Augenblicklich klickten die Schnallen der Sicherheitsgurte, und die

Passagiere standen um sie herum von ihren Plätzen auf und öffneten die Klappen der Gepäckablagen.

Desmond starrte wieder auf die gemalte Sicherheitskarte im Vordersitz, während Ivy ihren Mantel im Sitzen zuköpfte. Sollte sie jetzt beunruhigt sein, dass dieser Desmond gar nicht darauf eingegangen war, dass ihr geliebter, weißbraun gescheckter Trixi hatte eingeschläfert werden müssen? Hatte er kein Herz? Oder war die Geschichte zu abstrakt? Oder hatte Ivy das Ereignis einfach zu anekdotisch erzählt? Trixi, mit seinen lieben, treuen Knopfaugen. Er hatte ihr vertraut.

Ivy schluckte trocken.

Desmond blieben nur noch ein paar Augenblicke, um die Angelegenheit unter Dach und Fach zu bringen. Sollte er jetzt noch einmal auf das überfahrene Pony zu sprechen kommen? Dafür war es vermutlich zu spät. Er hätte gleich erschüttert gucken müssen. Außerdem wollte er nicht alte Wunden aufreißen. Er selbst hatte nie ein Haustier besessen, womöglich fiel es ihm deshalb so schwer, angemessen zu reagieren. Außerdem hörte er schon wieder die kommentierende Stimme seiner Mutter: »Leute, die Haustiere haben, versuchen, bei sich ein psychisches Defizit auszugleichen.«

Plötzlich war Desmonds Kopf ganz leer. Wenn er jetzt nichts Verbindliches sagte, wenn er Ivy jetzt nicht nach ihrer Telefonnummer fragte, wenn er jetzt keine Verabredung mit ihr traf, würden sie sich vermutlich nie wiedersehen. »Sind Sie auf Facebook?«

Ivy schlug den Mantelkragen hoch. »Nein.«

Und mit ihm klappte sich in ihr die bitterste aller Kindheitserinnerungen hoch. Wie eins der vielen bunten, fröhlichen Pop-ups aus den Bilderbüchern ihrer Mutter. Plopp. Plopp. Plopp. Ihre leblose Mutter im weißen Kleid, die langen roten Haare über das schlammige Seeufer verteilt. Ivy blickte im Badeanzug auf sie hinunter. Die sommersprossigen Arme leicht verdreht, die Hände wie Muschelschalen geöffnet, als hätten sie etwas anzubieten. Die Finger ihrer Mutter. Der Ehering war fort. Ivy stand von ihrem Platz auf. Ihre Stimme klang etwas dünn, als sie fragte: »Und? Was, äh, was machen Ihre Eltern?«

»Bitte?« Nun stand Desmond auch auf, und Ivy machte einen Schritt zur Seite, während sich die Passagiere hinter ihr vorbeidrängten. »Ich wollte wissen, wo Ihre Eltern heute leben.«

»Ach so! Immer noch in North Carolina.« Er zog seinen Rucksack unter dem Vordersitz hervor. »Gerade bauen sie sich ein neues Haus, ohne Treppen, da meine Mutter ziemliche Probleme mit der Hüfte und den Knien hat. Ein Haus, in dem sie später auch mal im Rollstuhl rumfahren kann.«

»So ein Haus könnte ich jetzt schon gebrauchen!« Ivy hatte alle Mühe, sämtliche Fäden zusammenzuhalten: Facebook, Verlobungsring, Eltern in Rollstühlen. Sie wollte doch nur, dass dieser Mann sie endlich nach ihrer Handynummer fragte. Desmond zog sich seinen Trenchcoat an und hängte sich den schwarzen Nike-Rucksack über die Schulter. Konnte er sie nicht wenigstens umarmen? Nur kurz? Sodass ihre Wange über seinen grauen Wollpullover rieb, er würde tief einatmen und sich vorstellen, sie würde ihn ein Leben lang begleiten, nie mit ihm streiten, ihn immer lieben, er würde sie immer anrufen, sie nie zweifeln lassen, nie eine andere angucken, mit ihr eine Familie gründen, mit ihr alt werden, mit ihr eine Lesebrille kaufen, sie zum Arzt begleiten, mit den Enkeln Weihnachten feiern. Beinahe hätte Desmond in der Aufregung gefragt: »Und, was denkst du? Wollen wir meine Eltern in diesem Jahr noch in Greensboro besuchen?« Er schaffte es gerade noch, sich die Frage zu verkneifen. »Vielleicht zu Thanksgiving?«

»Bitte?«

Desmond schüttelte verwirrt den Kopf. »Hab ich gerade etwas gesagt?«

»Ich weiß nicht, ich dachte. Irgendetwas mit Thanksgiving. Ob ich ...«

Er hatte sie wirklich gefragt! Oh, mein Gott! Ivy hängte sich ihre Reisetasche über. Sie plapperte los: »Ich glaub, Sie haben mich gefragt, ob ich zu Thanksgiving mit zu Ihren Eltern nach Greensboro kommen möchte. Danke, aber ich befürchte, das ich nicht flie...«

Desmond hob abwehrend die Hand. »Bitte! Ist schon gut. War nur ein Witz. Ich wollte ...«

Gerade konnte er keinen klaren Gedanken mehr fassen. Das alles war ziemlich peinlich. Ein wenig zu direkt. Sie musste ihn für einen Verrückten halten. Für einen Stalker. Für einen, der es nötig hatte, Frauen im Flugzeug anzusprechen. Diese Frau erlebte das bestimmt öfter. »Verzeihen Sie! Machen Sie es gut! Und denken Sie an mich, wenn Sie Vincent van Gogh modellieren. Oder nein, besser nicht!«

Mit wehendem Trenchcoat lief Desmond den Gang hinunter. Glücklicherweise hatte sich die Maschine inzwischen fast vollständig geleert, sodass er relativ gut durchkam. Was redete er da für ein dummes Zeug?! »Und denken Sie an mich, wenn Sie Vincent van Gogh modellieren!« Meine Güte! Glücklicherweise hatte er nur Handgepäck. Er trabte die Gangway hinunter, durch die Drehtür, raus in die überfüllte Ankunftshalle.

Überall standen die Reisenden herum.

Als sei nichts geschehen.

Vor den Fahrkartenschaltern, am Costa-Coffee-Stand,

bei den Autovermietungen. Sollte er vielleicht doch auf sie warten? Es noch einmal versuchen? Sie war ja nicht einmal bei Facebook. Und ihre Telefonnummer hatte er auch nicht. Doch diese Ivy war etwas Besonderes. Das wusste er. Er hatte, durch einen kurzen Moment der Unbewusstheit, alles zunichte gemacht. »Wollen wir meine Eltern in diesem Jahr noch in Greensboro besuchen? Vielleicht zu Thanksgiving?« So eine Frage stellten nur Leute, die nicht mehr Teil der Gesellschaft waren. Leute mit ernsten psychischen Problemen. War er denn überhaupt auf der Suche? Sie in Europa, er in den USA. Wie sollte das gehen? Diese Ivy würde garantiert niemals einen Interkontinentalflug antreten. Überhaupt wollte er sich doch jetzt ganz und gar auf seine Komponistenkarriere konzentrieren, damit er seinen Eltern endlich etwas Erfreuliches zu vermelden hatte. Auf der anderen Seite würden sie sich über eine Schwiegertochter freuen. Er würde ihnen einfach verheimlichen, dass sie je ein Pony besessen hatte. Hauptsache, sie war nicht auch noch Spielkameradin von Hunden, Kaninchen und Katzen gewesen. Er machte ein paar tapsende Schritte Richtung Costa Coffee. Sollte er sich dort drüben hinter der Vitrine mit den Muffins verstecken und auf sie warten? Und wenn sie dann mit ihren silbernen Sandalen und ihrer kaputten Reisetasche kam, sollte er sie dann ansprechen oder ihr unauffällig hinunter zu den Zügen folgen? Er wusste ja nicht einmal, wo sie wohnte! Was sollte er denn im Zug zu ihr sagen? »Hallo, da bin ich wieder?!« Sie musste ihn für einen Wahnsinnigen halten. Für einen Wahnsinnigen? Was, bitte, war in dieser Welt schlimmer und hinderlicher, als für einen Wahnsinnigen gehalten zu werden?

3.

Anstatt den Zug in die Innenstadt zu nehmen, hatte Ivy sich mit ihrer schweren Reisetasche durch die Ankunftshalle, am Costa-Café vorbei geschleppt und vergeblich nach Desmond Ausschau gehalten. Bedauerlicherweise war er weg. Schließlich war ihr nichts anderes übrig geblieben, als ins letzte Taxi zu steigen und sich ihre schwarze Hornbrille aufzusetzen, von der Alice meinte, dass sie zehn Nummern zu groß für ihr schmales Gesicht war. Aber mit Verlaub: Alice hatte keine Ahnung von der Aufgabe eines Brillengestelles. Damit signalisierte man seiner Umgebung, wer man zu sein glaubte. Ivy wäre gerne die Griechin Nana Mouskouri gewesen, wofür es keinen bestimmten Grund gab. Wenn Ivy jetzt darüber nachdachte, musste sie sich eingestehen, dass Nana Mouskouri absolut nichts für sie verkörperte. Früher, in den Siebzigern, hatten sie diesen einen Song in der Reithalle, die als langer hellgrüner Riegel am Ortsausgang lag, hoch und runter gespielt. »Ich will heim zu dir, Blue Bayou«. Das war's aber auch schon. Vermutlich hatte Alice recht: Ivy musste sich die Sache mit dem klobigen Brillengestell noch einmal durch den Kopf gehen lassen. Für solche geschmacklichen Fragen wäre es eben gut gewesen, einen Partner zu haben – Desmond. Würde er jetzt neben ihr im Taxi sitzen, würde sie fragen: »Liebling, was hältst du eigentlich von meiner Hornbrille?« Und Desmond würde ehrlich antworten: »Nichts, mein Schatz. Sie ist eindeutig zu groß für dein feines Gesicht.«

Leider saß Ivy alleine hinten im Taxi, was immerhin angenehmer war, als auf dem kalten Bahnsteig herumzustehen. In letzter Zeit hatten die Züge dauernd Verspätung oder fielen ganz aus, wodurch die Anschlüsse verpasst wurden und man stundenlang bibbernd und hilflos im Pulk der anderen Reisenden hoch zur Leuchttafel blickte, auf der unaufhörlich neue Nachrichten von ausfallenden Zügen angezeigt wurden. Bestimmt stand jetzt Desmond am Rollband und wartete auf sein Gepäck. Natürlich hätte Ivy sich, obwohl sie kein Gepäck aufgegeben hatte, ebenfalls dorthin stellen und so tun können, als wartete auch sie auf ihre Koffer. Bestimmt wäre er augenblicklich zu ihr herübergekommen und hätte sie nach ihrer Telefonnummer gefragt. Ganz organisch. Irgendwann, im Laufe des Gesprächs, wäre ihm aufgefallen, dass Ivys nicht vorhandenes Gepäck nicht auf dem Fließband auftauchte, also hätten sie auch noch gemeinsam eine Vermisstenanzeige aufgegeben. Danach wären sie im Taxi zu seinen drei Freunden nach Kensington gefahren, um mit ihnen Wein zu trinken. Die Freunde wären begeistert gewesen, was für eine fabelhafte Frau Desmond da mitgebracht hatte. Sie hätten ihm auf die Schulter geklopft und ihm beim Abschied ins Ohr geflüstert: »Kumpel, das ist *sie*!« Doch Ivy hatte diese einmalige Chance nicht erkannt. Stattdessen entfernte sie sich Straßenecke für Straßenecke von dem Mann, von dem sie nur den Namen kannte. Desmond Gayle. Ivy trommelte nervös mit den Fingerspitzen auf ihrem Knie. Dieses Stopp-and-go machte einen fertig. Am liebsten wäre sie ausgestiegen und zu Fuß nach Hause gelaufen, nur, um sich schnellstmöglich bei Facebook registrieren zu lassen und nach Desmond zu suchen. »Vielleicht zu Thanksgiving?«

Nach vierzig zähen Minuten hielt das Taxi endlich vor dem gelben Backsteinhaus in der Portobello Road, in dem Ivy seit drei Jahren alleine lebte.

Wahrscheinlich war es klüger, ihn zu vergessen, um die eigene Unabhängigkeit nicht zu gefährden. Nathalie hätte ihm bestimmt auf einem kleinen Zeitungsschnipselchen heimlich Ivys Telefonnummer zugesteckt und sie dann mit diesem Mann alleine fertigwerden lassen.

»Was denn?«, hätte sie gesagt. »Er hat doch gesagt, er kommt aus gutem Hause.«

Würde es eine entsprechende Studie geben, würde die belegen, dass die wirklich Partnerschaftsuntauglichen durch die Bank weg aus hervorragenden Verhältnissen kamen. Javis war das beste Beispiel dafür. Er kam aus einer Diplomatenfamilie und war der Ansicht gewesen, dass allein diese Tatsache schon ausreichte, sich wie ein verlotterter Gigolo aufzuführen. Er fand das bohemienhaft. Das Gleiche galt für Zigaretten im Kartoffelpüree ausdrücken. Ivy blies die Luft aus. Diesen Desmond, das beschloss sie in diesem Augenblick, wollte sie genau jetzt für immer aus ihrem Gedächtnis löschen. Das war das einzig Vernünftige, was sie tun konnte, um sich gar nicht erst in so einer hoffnungslosen Träumerei zu verlieren. Vermutlich hielt er sich ebenfalls für unwiderstehlich. Noch einmal würde ihr so eine Javis-Geschichte nicht passieren. Ivy spürte, wie sie rot vor Scham wurde. Ständig hatte sie diesem Egoisten Tee gekocht oder den Rücken massiert, weil sie sich vor nichts mehr fürchtete, als von diesem liederlichen Chauvi verlassen zu werden. Sie war sich wirklich für nichts zu schade gewesen. Eins war klar: Bedürftige Menschen waren nicht gerade angesagt. Im Grunde genommen war es Ivys Verdienst, dass die Beziehung zu Javis gescheitert war – und auch alle weiteren Beziehungen würden scheitern, solange sie derart bereit war, sich zu unterwerfen, nur um dem anderen zu gefallen. Wenn Desmond etwas von ihr wollte, dann sollte er am besten jetzt gleich anfangen, nach ihr zu suchen. Er sollte ihre Spur verfolgen. Einen Detektiv anheuern, was auch immer man als Mann tat, wenn man eine Frau wirklich wollte.

Ivy reichte dem Taxifahrer das Geld durch die Luke in der Trennscheibe und nahm ihre Reisetasche mit dem kaputten Reißverschluss vom Klappsitz. Das war auch so ein Zeichen – die Dinge griffen nicht ineinander. Sie schlug die Tür hinter sich zu und lief zwischen dem Vorderhaus, in dem sich Woods verwinkelter Buchladen befand, und dem Quergebäude hindurch. Weiter über den gepflasterten Hof, an den Überwachungskameras vorbei, die überall an den Giebeln der Häuser befestigt waren. Die flachen Ledersohlen ihrer Sandalen klatschten auf die feuchten Pflastersteine. In den offenstehenden Garagen lagerten die Kisten der Gemüsehändler. Sie kam direkt auf ihr Zuhause zu, dessen Backsteinfront mit verwelkten Glyzinien und Efeu fast vollständig überwuchert war. Da oben, im zweiten Stock, wohnte sie. Das große Fenster war ihres.

Morgen früh würde sie gleich mit den ersten Skizzen von van Goghs Gesichtszügen beginnen. Eigentlich hätte sie letzte Woche bereits mit dem Modellieren anfangen müssen, doch das Einsetzen der Haare von Pippa Middleton hatte derart lange gedauert, dass sie ihrem Zeitplan hinterherhinkte. Um die verlorene Arbeitszeit wieder aufzuholen, würde sie keinesfalls in dieser Woche mit Willem ins Kino gehen. Und schon gar nicht hinüber in The Globe zum Mittagessen. »Ich kann nicht«, würde sie zu ihm sagen. Sie würde gar nichts essen, sondern nur arbeiten. Überhaupt war Ivy am leistungsfähigsten, wenn sie hungerte. Schon während des Studiums hatte sie bemerkt, dass sie halluzinogene Stoffe freisetzte, die sie unheimlich produktiv machten und in ihr ein Gefühl von Stärke und Überlegenheit aufkommen ließen. Von morgens bis abends würde Ivy im Atelier bleiben und Vincent Van Gogh materialisieren. Strich für Strich. Tonklumpen für Tonklumpen. Auch wenn der Herbst sich golden über London legte, würde sie nicht hinausgehen, nicht am gegenüberliegenden Unigebäude für Architekten vorbeischlendern, was sie für gewöhnlich gerne tat, um sich die jungen Studenten in ihren schwarzen Röhrenjeans und zu kleinen Jacketts anzusehen, die unter dem Vordach Zigaretten rauchten. Mit ihrem eigenwillig mädchenhaften Gesicht ging Ivy gut als Fünfundzwanzigjährige durch, weswegen die männlichen Studenten des Öfteren versuchten, sie auf einen Kaffee einzuladen oder sie zu einem Clubkonzert mitzunehmen. Was Ivy grundsätzlich mit einem breiten, höflichen »No! Thank's!« ablehnte. Solche Verabredungen führten nirgendwohin. Abgesehen davon, dass man am nächsten Morgen neben einem dünnen Studenten in einer unaufgeräumten WG aufwachte. Im Prinzip wusste Ivy genau, was sie wollte. Eine Familie. Sie wusste nur nicht, wie sie an dieses Ziel gelangen sollte. Offenbar hatte sie vor Jahren den falschen Abzweig genommen und fand nun nicht wieder zurück auf ihren eigentlich zugedachten Pfad des Glücks.

Ivy schloss die Haustür auf und knipste das Licht im Treppenhaus an, dessen mintgrüne Wände mal wieder einen Anstrich gebraucht hätten. Vielleicht würde dieser Desmond ihr schon morgen nach Feierabend im Halbdunklen vor Madame Tussauds auflauern und sie die Marylebone Road hinunter verfolgen, bis zur Baker Steet, wo sie hinunter in die Station lief, er immer hinterher. Nie wieder würde sie ihn loswerden. Kein normaler Mensch lud eine wildfremde Frau zu Thanksgiving zu seinen Eltern nach North Carolina ein. Vermutlich war er längst besessen von ihr. Grundlos. Das würde sie ihm im Zug Richtung Notting Hill Gate sagen: »Sie sind grundlos besessen von mir!« Sie würde sich an der Haltestange festhalten, in der anderen Hand ihre kleine, tannengrüne Harrods-Tüte, und ihm sagen: »Ich bin eine reine Projektionsfläche für Sie. Ich bin nicht das, was Sie glauben!«

In der ersten Etage brüllten die beiden kleinen Nachbarjungs und Frank. Kinder zu erziehen war offenbar eine ziemliche Herausforderung. Das meinte sogar Nathalie, die nichts anderes tat, als Lucy zu erziehen, wobei sie bemüht war, auf keinen Fall die »psychische Belastungsgrenze« ihrer Tochter zu überschreiten. In dem Pädagogikfachblatt *Familie & Co* hatte sie unter der Überschrift »Mütter – eine Negativliste« gelesen, dass man Kindern relativ leicht ein Trauma beibringen konnte. Aus diesem Grund achtete Nathalie penibel darauf, sich weder wie die »einsame Mutter« noch wie die »Mitmachmutter« zu verhalten. Einmal allerdings war ihr die Hand ausgerutscht, als Lucy eine volle Traubensaftflasche auf die Küchenfliesen gefallen war. Die daraus resultierende Aufregung war so allumfassend gewesen, dass ihr Vater aus dem Wendland hatte anreisen müssen, um Nathalie über die schwersten Schuldgefühle hinwegzutrösten. Einmal hatte Ivy im Sommer gehört, wie einer der beiden Nachbarjungs, vermutlich der fünfjährige Neal, unten aus einem der gekippten Fenster gerufen hatte: »Mummy, Daddy, könnt ihr mir bitte mal die Tür aufmachen?« Offenbar hatten sie ihn eingeschlossen. Ivy hatte in ihrem Leben nicht ein einziges Mal Zimmerarrest bekommen. Diesen Kindern schien es trotzdem nicht zu schaden. Sie stieg die Treppe hinauf, in der Manteltasche klingelte ihr Handy. Gemeinsam mit ihrem Haustürschlüssel zog sie es hervor. Nathalie war dran.

»Ivy-Schatz! Bist du gut angekommen?«

»Ja, natürlich. Bis darauf, dass so ein Verrückter neben mir im Flieger saß, der mich zu Thanksgiving nach North Carolina zu seinen Eltern mitnehmen wollte.«

»Woher weißt du, dass er verrückt war?«

»Er hat mich zu Thanksgiving nach North Carolina eingeladen! Reicht das nicht als Beweis?«

»Ist doch nett. Wie hieß er denn?«

»Hab ich vergessen. Desmond oder so.«

Ivy schloss die Wohnungstür auf, während ihre Schwester immer weiter redete. »Hat er dich nach deiner Telefonnummer gefragt?«

»Nein.«

»Warum nicht?«

»Wahrscheinlich weil ich gesagt habe, dass ich ihn nicht nach North Carolina begleiten werde.«

»Sah er denn wenigstens gut aus? Hast du ihn schon gegoogelt?«

»Nein, denn ich komme gerade erst nach Hause.« Ivy trat in ihre kalte Wohnung ein und ließ die Tür ins Schloss fallen.

»Und warum hast du nicht zugesagt? North Carolina soll total schön sein. Spielt da nicht auch dieser herzzerreißende Film mit Kevin Costner, den wir uns Weihnachten vor vier Jahren auf DVD angesehen haben? *Message*…«

»Hallo?! Ich kenne diesen Mann doch gar nicht!«

»Und warum lädt er dich dann zu Thanksgiving ein?«

»Ich sage doch: Das war ein Wahnsinniger.«

»Oh, aber Ivy, dann schraub endlich mal die Sicherheitskette an, die Peer und ich dir letztes Weihnachten geschenkt haben. Nicht, dass der Typ plötzlich nachts in deiner Wohnung steht. Hast du ihm gesagt, wo du wohnst?«

Ivy nahm ihre schwere Tasche von der Schulter und stellte sie auf einem der Sessel ab. »Nein! Aber wo ich arbeite.«

»Wieso das denn?« Nathalie klang ziemlich aufgeregt. »Hinterher ist es der Gleiche, der Vincent van Gogh das Ohr abgesägt hat.«

»Mein Gott!« Ivy rieb sich unwillig die Nase. »Er ist gerade erst nach London geflogen. Er kann es gar nicht gewesen sein.«

»Wieso? Er kann doch hin- und herfliegen.«

Nathalie neigte dazu grundsätzlich vom Schlimmsten auszugehen. Auf dem Spielplatz ließ sie Lucy nicht eine Sekunde aus den Augen, weil sie befürchtete, ihre Tochter könnte sterben, wenn sie sich eine Zigarettenkippe in den Mund steckte. Das hatte Lucy dummerweise einmal getan, als Ivy auf sie aufgepasst hatte, während Nathalie wild gestikulierend mit einer Kindergartenmutter diskutiert hatte, ob man Kinder gegen Masern impfen lassen sollte oder nicht.

Durch das große Fenster kam das gelbliche Licht der Laternen herein. Ivy hatte keine Lust, die Deckenlampe anzuknipsen. Ihre Schwester steigerte sich zunehmend in ihre Alarmbereitschaft hinein. »Dann tu mir wenigstens den Gefallen, dass du in den nächsten Wochen nur noch mit Willem das Gebäude verlässt.«

Gott, das nervte vielleicht.

»Natti, ich muss auflegen. Danke noch mal für alles, auch, dass du immer für mich da bist. Das wollte ich dir schon lange mal sagen. Und ich find's auch nicht schlimm, dass du Mamas Glasperlenketten trägst, sie stehen dir sehr gut, und ich finde es schön, wenn Lucy mit ihnen spielt, und ich bin froh, dass ihr Papa so oft zu Hause besucht und dass ihr so eine glückliche Familie seid. Mach's gut.«

»Versprich mir, dass, wenn der Typ…«

Ivy legte auf, schaltete den Ton ab und warf das Telefon hinüber aufs Bett, bevor ihr Nathalie noch einen Haufen guter Ratschläge mit auf den Weg geben konnte. Auf der meergrünen Überdecke, die früher über der Pritsche im Zeichenzimmer der Mutter gelegen hatte, blinkte das Handydisplay. Dieser Irrsinn – woher kam der nur?

Schließlich gab Nathalie es auf, ihre Schwester zu erreichen, stellte das Telefon zurück in die Ladestation und setzte sich zu Peer aufs rote Viersitzersofa. Zum fünften Mal, seitdem sie Lucy ins Bett gebracht hatten, hörte er jetzt schon die von Maria Callas gesungene Arie »Vissi d'arte« aus Puccinis *Tosca*, weil die Peer an ihr Kennenlernen bei den Trawallys zu Silvester vor knapp sechs Jahren erinnerte. Eigentlich waren das weder Freunde von Nathalie noch von ihm gewesen, viel eher protzige Bekannte, die Nathalie wiederum beim Geburtstagsessen ehemaliger Arbeitskollegen kennengelernt hatte. Peer war den beiden auf der Hochzeit eines alten Schulfreundes begegnet. Nathalie lehnte ihren Kopf an seine Schulter. »Ich sage dir, die wollten sich mit mir intellektuell aufwerten.«

»Wer?«

»Na, die Trawallys.«

»Wie kommst du denn darauf?«

»Was soll sonst der Grund gewesen sein, mich zu ihrer Silvesterparty einzuladen?«

»Vielleicht fanden sie dich einfach nett?«

»Mich hat noch nie jemand einfach nur nett gefunden. Schon in der Schule fanden mich meine Klassenkameraden blöd, weil ich ehrgeiziger war als sie«, sagte Nathalie.

»Tamara, die Tochter unserer Nachbarn, hat mich ab der neunten Klasse nicht mal mehr gegrüßt, weil sie dachte, ich will mich an ihren Freund heranmachen.«

»Und? Hast du?«

Nathalie grinste. »Was blieb mir anderes übrig? Die Mädchen haben mich gehasst, also musste ich mich an die Jungs halten. Und heute laden mich die Leute ein, weil sie glauben, dass sie sich mit mir intellektuell aufwerten können, weil ich Politikwissenschaften studiert habe und sie nicht.«

Trotz dieser Einsicht hatte Nathalie die Silvestereinladung des »Glamourpärchens« angenommen, für die die Trawallys extra einen Sushimeister angestellt hatten, der bis zum Morgengrauen Sushis rollen sollte. Das hatte Nathalie bereits bei der Begrüßung von der in ein schwarzes, glitzerndes Cocktailkleid gehüllten Gastgeberin erfahren. »Bis zum Morgengrauen wird der Meister Sushis rollen.«

Im Badezimmer, das komplett mit stumpfschwarzen Schieferplatten ausgekleidet gewesen war, hatte Nathalie keine zehn Minuten später, mit bereits einem doppelten Wodka-Martini im Blut, damit geliebäugelt, das Duschgel von Aveda in ihrer Handtasche verschwinden lassen. Die mintgrüne Plastikflasche hatte auf dem Wannenrand der frei schwebenden Edelstahlbadewanne gestanden, und Nathalie hatte im Kopf überschlagen, was so ein Ding im freien Handel kostete. Bestimmt nicht unter zwanzig Euro. Ihr hatte die Vorstellung gefallen, mit Leuten befreundet zu sein, die Herzspezialisten waren und sich solche Luxusseifen leisten konnten.

Peer war mit seiner damaligen Freundin Jenny, einer Malerin, erschienen. Den ganzen Abend über hatte sie Peer nicht aus den Augen gelassen, der sich bereits kurz nach seinem Eintreffen ausschließlich mit Nathalie auf dem silbergrauen Sofakomplex über die Faszination am

Kampfsport unterhalten hatte. Drei Tage später hatte er die überraschte Jenny für Nathalie verlassen. Sie schloss die Augen und fragte sich, warum nicht jede Frau auf der Welt einen so wundervollen Ehemann haben konnte. Sie flüsterte: »Ich mach mir Sorgen, dass Ivy gestalkt wird.«

Peer hob den Arm und stellte den dramatischen Gesang mit der Fernbedienung leiser. »Warum sollte jemand Ivy stalken?«

»Na ja«, Nathalie richtete sich auf. »Offenbar ist sie jemandem im Flieger begegnet, der sich ziemlich merkwürdig verhalten hat.«

Peers Handy vibrierte, das mit dem Display nach unten neben ihm auf dem weiß lackierten Beistelltischchen lag. Seine linke Hand, die auf der Sofalehne ruhte, zuckte, griff aber nicht zu. Nathalie musterte ihren Mann argwöhnisch, der sie verspannt angrinste. »Wird schon nicht so wichtig sein.«

Nathalie schluckte trocken und verschränkte die Arme vor der Fleecepullibrust. »Wer schickt dir denn bitte jetzt noch SMS?«

Peer zuckte mit den Schultern. »Keine Ahnung.«

Nathalie hatte eigentlich noch den Abwasch machen wollen. Vorhin war ihr nämlich der Milchreis am Topfboden angebrannt. Doch sie schaffte es nicht, sich vom Sofa zu erheben. Wie angewachsen saß sie da. Als hätte sie Wurzeln ins verdammte Polster geschlagen. Wie konnte man sich mit 37 Jahren nur derart hilflos fühlen? Wieso konnte sie nicht einfach das Handyvibrieren ignorieren? Warum schellten bei ihr gleich sämtliche Alarmglocken. Wem diente es, dass sie automatisch fürchtete, dass ihr Mann sie betrog? Was konnte sie dagegen tun, dass, sobald sein Handy klingelte, Setkarten von Models vor ihrem inneren Auge vorbeiflatterten? Bis sie Peer getroffen hatte, war sie nie verbindliche

Beziehungen eingegangen, weil sie glaubte, sich auf niemand verlassen zu können, außer auf sich selbst. Aus Liebe zu ihm hatte sie eine Ausnahme gemacht, und nun war so viel Schönes aus dieser Gemeinschaft entstanden. Ihr Zuhause, ihre Tochter, die Vertrautheit und das Gefühl von Sicherheit. Doch sobald sie sich ihr ungebrochenes Glück vergegenwärtigte, meldete sich die Angst, all das auf einen Schlag zu verlieren. Durch Krankheit, Unfall oder Betrug. Warum zwang sie ihren Mann nicht einfach nachzusehen, von wem er da gerade eine SMS bekommen hatte? Seltsam, dass ihn das nicht selbst interessierte.

Seitdem sie verheiratet waren, stand Peer nämlich kaum noch mit seinen Freunden in Kontakt. Nathalie hatte ihn definitiv nicht dazu gedrängt. Zugegeben, sie hatte es nicht leiden können, wenn Peer nach Feierabend noch zum Karatetraining ging.

»Na, weil«, Nathalie hob hilflos die Hände und versuchte sich mit der Sorge um ihre kleine Schwester abzulenken, »weil Ivy eben so ein Typ Frau ist, den Männer gerne stalken.«

»So ein Quatsch.« Peer grinste noch immer, so, als versuchte er etwas zu verbergen. Dabei zupfte er nervös mit den Fingern an der Armlehnenkante herum. Sein Fuß wippte auch verdächtig.

»Sag mal, versuchst du, etwas zu verbergen?« Nathalies Augen waren zu schmalen Schlitzen verengt.

»Nein, wieso?« Peer lachte verlegen.

»Weil du nicht nachsiehst, von wem du eine SMS bekommen hast. Stattdessen aber einen knallroten Kopf bekommen hast.« Nathalie klang ziemlich aufgebracht.

Peer wusste, was diese Schärfe zu bedeuten hatte. Dass die Stimmung auf Messers Schneide stand und Potenzial hatte, komplett zu eskalieren. In dem Fall würde seine Aufgabe darin bestehen, dafür zu sorgen, dass Nathalie im vorderen Bereich der Dachgeschosswohnung blieb, damit Lucy nichts von ihrem Wutrausch mitbekam, der durchaus damit enden konnte, dass Gegenstände herumflogen. Warum geriet er eigentlich verlässlich an Frauen, die diese gewisse Schärfe in der Stimme hatten? Seine Mutter hatte auch schon diese Schärfe in der Stimme gehabt, ebenso seine Exfreundin Jenny, Malerin dekorativer Gemälde im barocken Stil. Lange war er nicht mit ihr zusammen gewesen, höchstens vier Jahre. Gemeinsam hatten sie ein Loft bewohnt, in dem Jenny tagsüber an ihren riesigen Gemälden gearbeitet hatte. Was die wahre Länge ihrer Beziehung anbelangte, hatte Peer Nathalie nicht ganz die Wahrheit gesagt. Von einem halben Jahr sporadischer Treffen war die Rede gewesen – was für ihn keinen so großen Unterschied machte. Schließlich waren Jenny und er sich auf selbstverständliche Art und Weise bis zum Schluss fremd geblieben. Im Übrigen wusste Nathalie sowieso nicht alles über Peer, was definitiv nicht daran lag, dass er etwas Verbotenes tat oder seine Frau betrog. Das hätte er nie getan. Schließlich wollte er sich selbst jeden Tag aufs Neue im Spiegel ansehen können. Seine Frau reagierte eben auf bestimmte Themen extrem nervös oder wütend oder hysterisch, weswegen Peer es für sinnvoller hielt, manche Angelegenheiten etwas zu verschleifen, wie er und seine Kollegen das im Büro nannten. Peer verschliff gerne ein paar Details, die einerseits unwichtig waren, sich andererseits aber hervorragend dazu eigneten, das eheliche Gleichgewicht nachhaltig zu stören. Nathalie projizierte in jede noch so unbedeutende Geschichte furchtbar viel hinein. Genau wie jetzt in diese eingegangene SMS, die garantiert von Jenny kam. Aus unerfindlichen Gründen hatte sie ihm mit ihren letzten beiden Textnachrichten seltsam beunruhigende Botschaften geschickt. »Ich hab deine Stimme vermisst all die Zeit.« Und: »Ehrlich, Peer. Das war ein Fehler, uns aufzugeben. Du weißt es, ich weiß es. Wann erfährt es deine Frau?«

Davon musste Nathalie wirklich nichts wissen.

Waren Jennys Gefühlswallungen ernst zu nehmen?

Oder erlaubte sie sich einen makabren Scherz?

Was stand in dieser neu eingegangenen Nachricht? Peers Hände wurden feucht. Sein Herz pochte. Noch eine Provokation? Sollte er sich mit Jenny treffen, um ihr unmissverständlich klarzumachen, dass sie ihn in Ruhe lassen sollte? Womöglich stachelte er sie auf diese Weise nur noch mehr an. Warum flippte sie erst sechs Jahre nach der Trennung aus? Weil er sie neulich aus dem Büro, aus rein nostalgischen Gründen, zum Geburtstag angerufen und sich mit ihr an lustige Begebenheiten aus der gemeinsamen Vergangenheit erinnert hatte? War es vernünftiger, sich eine Geheimnummer zuzulegen? Doch dann würde Nathalie zu Recht fragen, was das wieder sollte. Er war ein Gefangener der Umstände. Er würde Jenny treffen. Er würde ihr ins Gewissen reden. Er würde sie dazu bringen, dass sie von ihm und seiner Familie abließ. Er würde ihr nachher, wenn Nathalie sich die Zähne putzte, heimlich eine SMS schreiben: »Lass das bitte bleiben.«

Seine Frau stand nun direkt vor ihm, die Fäuste in die Seiten gestemmt. »Ich hab dich etwas gefragt!« Ihre Stimme überschlug sich fast. »Ob du mir etwas verheimlichst.«

»Nein.« Peer schüttelte langsam den Kopf, wobei er seiner Frau direkt und ohne zu zwinkern in die dunkelbraunen Augen sah. »Ich schwöre es dir. Ich verheimliche dir nichts.«

Ivy ging hinüber ins Badezimmer und drehte die Heizung hoch. Bis es in ihrer Wohnung einigermaßen warm geworden war, setzte sie sich in ihrem Wollmantel neben die Reisetasche auf den federnden Sessel und starrte ins Halbdunkel, hinüber zum Nachtschränkchen, auf dem ein leeres Wasserglas und eine dänische Leselampe aus den Fünfzigern stand. In der Wohnung unter ihr war es jetzt still. Vermutlich hingen Eve und Frank erschöpft auf ihrem mit Lamafellen bedeckten Bett herum, umgeben von Souvenirs aus aller Welt, und gaben sich alle Mühe, die Augen wenigstens für die nächste halbe Stunde offen zu halten, um sich ihre Lieblingsserie *UFO UK: New Evidence* auf NG-Channel anzusehen. Manchmal kam Frank hoch und fragte: »Willst du nicht zu uns runterkommen, Ivy-Pivy?«

Bisher war sie nur ein einziges Mal der Einladung gefolgt und hatte sich mit ihm und Eve *UFO UK* angesehen, das einen mit Hilfe von nervenaufreibenden Sound- und Spezialeffekten glauben machen wollte, dass zweifelsfrei außerirdisches Leben im All existierte, und dazu Toast mit Baked Beans und Spaghetti aus der Dose gegessen.

Ivy strampelte sich die Sandalen von den kalten Füßen und beschloss, sie erst wieder im nächsten Sommer anzuziehen. Vermutlich waren es die Sandalen gewesen, die Desmond aus dem Flieger getrieben hatten. Nicht seine unumwundene Frage war ihm peinlich gewesen, sondern die plötzliche Einsicht, dass er mit einer Frau flirtete, die im Herbst Riemchensandalen trug. Ivy nahm sich vor, wieder mehr auf sich zu achten. Ihre Arme lagen auf den fadenscheinigen Lehnen. Hier saß sie nun. Ivy Bachmann. Anfang, nun ja, fast Mitte dreißig. Was würde sie als Zuschauerin über sich denken, würde sie eine BBC-Fernsehdokumentation über sich ansehen? Würde sie sich beim

Anblick ihres aktuellen Lebens als einzigartig, aufsehenerregend oder anbetungswürdig empfinden? Ivy in ihrer Wohnung auf dem Sessel. Ivy mit Schlafbrille in ihrem Bett. Ivy in der überfüllten Underground. Ivy im Atelier. Ivy beim Zeichnen. Ivy beim Modellieren. Ivy beim Haarewaschen. Ivy gähnend mit Alice im Sun in Splendour. Ivy am Telefon mit Nathalie.

Hätte es so eine Fernsehdokumentation über Ivy gegeben – so, wie es gut recherchierte Fernsehdokumentationen über Prinzessin Diana oder Jackie Kennedy oder Maria Callas gab –, hätte Willem als Talking Head mit sonorer Stimme und bedeutungsschwangerem Gesichtsausdruck in die Kamera erklärt: »Nun ja. Ivy und ich haben zusammen schon so einiges durchgemacht. Seitdem ich sie kenne, arbeitet sie ausgesprochen viel, überaus ambitioniert, leider hat sie überhaupt kein Interesse am Angelsport, was wirklich schade ist, da ich sehr gerne angle.« Und ab da hätte Willem wahrscheinlich nur noch über sich geredet. Vielleicht hätte er noch gesagt: »Was ich wirklich von ganzem Herzen bedaure, ist, dass Ivy nur so selten mit mir zum Lunch in The Globe geht. Früher haben wir das viel öfter gemacht. Schade auch, dass sie sich einfach nicht in mich verlieben will, für mich spräche nämlich nichts dagegen. Damals, als wir noch zusammen in unserer Künstler-WG gelebt haben, haben wir ja mal eine Nacht miteinander verbracht. Ich würde sagen, dass es ihr zu hundert Prozent gefallen hat. Sie war unglaublich leidenschaftlich. Bis heute ist mir nicht ganz klar, warum sie sich anschließend so von mir abgewandt hat. Irgendwann, wenn die Stimmung passend ist, werde ich sie danach fragen, was damals der Grund dafür war. Vielleicht haben wir ja noch eine Chance, verstehen Sie? Aber ich glaube, die Tragik besteht ganz einfach darin, dass Ivys Funke restlos erloschen ist.« Er hätte sich seine rotblonden Haare nach hinten gestrichen und sein verheißungsvolles Lächeln aufgesetzt, das Ivy so an ihm hasste. Dazu hätten seine hellblonden Wimpern gezittert. Womöglich hätte er noch gesagt: »Ich wünsche mir die alte Ivy zurück. Früher war sie richtig auf Zack. Nichts konnte sie stoppen. Egal, welchen Raum sie betrat, die Leute waren platt. Peng! Die Sonne geht auf! Mann, ihr hättet sie erleben sollen! Wie ungezwungen die auf Partys abgegangen ist, bevor sie diesen Loser Javis getroffen hat! Sie war ein echter Feger, selbstbewusst, selbstbestimmt, witzig, kokett. Ein Traum. Aber dieser F***** Javis hat sie kleingekriegt. Danach war ja auch erst mal mit unserer Freundschaft Schluss. Es ist schockierend, aber manchmal kommt es mir so vor, als würden Frauen verlässlich Probleme kriegen, wenn Gefühle ins Spiel kommen. Oder als würden sie nur auf Typen stehen, die ihnen Probleme machen. Wenn du als Typ keine Probleme machst, kriegst du keine Frau ab. So einfach ist die Rechnung. Na ja, aber was Ivy und mich anbelangt, da ist meiner Ansicht nach das letzte Wort noch nicht gesprochen. Ich denke, sie muss erst einmal wieder zu ihrer Selbstliebe zurückfinden. Manchmal habe ich schon das Gefühl, dass sie sich stark zu mir hingezogen fühlt, aber Angst hat, sich zu öffnen. Kein Wunder nach der Geschichte in ihrer Jugend. Ich meine die Sache mit ihrer Mutter. Da redet sie ja mit niemandem drüber. Im Grunde genommen bin ich der Einzige, der darüber wirklich Bescheid weiß. Aber ich bin auch der Meinung, es würde ihr mal ganz guttun, sich der Vergangenheit zu stellen. Nicht mal mit Walter – ihrem Vater – hat sie bisher drüber geredet. Sie trägt ja diesen klobigen Verlobungsring ihrer Mutter – wie ich das finde? Da enthalte ich mich lieber der Stellungnahme. Sie legt ihn nie ab, ständig verfängt sich das Ding in ihren Haaren, und ich muss ihr helfen, es wieder rauszubekommen. Ohne Übertreibung kann ich sagen: Ich bin ihr einziger Vertrauter.«

Ivy schloss kurz die Augen. Es gab keinen Grund, über sie eine Fernsehdokumentation zu drehen. Früher, als kleines Mädchen, hatte sie fest daran geglaubt, dass sie aufgrund ihrer Einmaligkeit weltberühmt werden würde. Selbstverständlich war sie davon ausgegangen, so bedeutend zu sein, dass ständig Dokumentationen über sie gedreht werden würden, um den Leuten weltweit von ihrem schillernden Leben zu erzählen. Wo war es hin? Willems Talking Head wusste die Antwort: »Ivy hat ihren Funken verloren. Er ist verglüht. Der Einzige, der sie da wieder rausholen kann, bin ich. Jemand, der sie an ihre Wurzeln erinnert. An ihre künstlerische Urkraft.«

Ivy versuchte, in ihrer Vorstellung Willems gegen Desmonds Gesicht auszutauschen, was ihr nicht gelang. Dafür gewann Willems Gesicht zunehmend an Dreidimensionalität, als schwebte es direkt vor ihr im Raum. Wie einer dieser riesigen, mit Helium gefüllten Aluballons, die man auf dem Trafalgar Square kaufen konnte, tanzte es glänzend vor ihr auf und ab. Willem hatte schon ein paar Male versucht, Ivy zu küssen. Volltrunken bei Betriebsfeiern oder damals, wenn sie in ihrer WG nachts in der Küche gesessen und Psychospielchen gespielt hatten, um an ihr verschüttetes Unterbewusstsein zu gelangen. »Wir passen so gut zusammen, Chuck.« Das erklärte er auch heute noch, weshalb er sie – darum hatte ihn Ivy schon hunderttausendmal gebeten – nicht Chuck nennen sollte. Aber der Spitzname kam noch von früher, als Ivy während des Studiums ausschließlich grasgrüne Chucks getragen hatte. Irgendwie sehnte sie sich nach Desmond. Das brachte ja nichts. Wie gerne sie ihm all ihre kleinen Geschichten erzählt hätte. Vermutlich würde sie ihn nie wiedersehen.

Ihr Funke war eben erloschen.

Jetzt saß er bei seinen drei besten Freunden gleich hier um die Ecke in Kensington. Überraschend kamen noch vier gut aussehende, ungebundene Studienabsolventinnen dazu. Und eine davon war vermutlich die Frau seines Lebens. Ivy schluckte. Der Gedanke, dass Desmond, dem sie im Flugzeug so nah gewesen war, mit dem sie sich so angeregt unterhalten hatte, gerade einer wohlerzogenen, dunkelhaarigen Betriebswirtschaftlerin am Küchentisch gegenübersaß, machte Ivy fertig. Garantiert sah sie so unproblematisch und tatkräftig aus wie Pippa Middleton, und gerade in diesem Augenblick fragte er sie, ob sie Lust hatte, ihn nach North Carolina zu begleiten. Und sie sagte auch noch spontan Ja, weil sie aus geistigem Purismus und fehlender Fantasie keine Angst vor Interkontinentalflügen hatte.

Diese Vorstellung machte Ivy fix und fertig.

Sie nahm den Verlobungsring vom Finger und ließ ihn hinter das Sitzpolster des Sessels fallen. Am liebsten hätte sie sich für die nächsten Monate betäubt. Mit dem letzten Rest von Javis' Whiskey. Warum hatte sie bloß derart abweisend auf diese wundervoll mutige Einladung reagiert? Ein einfaches, fröhliches: »Ja, ich fliege mit!« wäre angebracht gewesen. Ihr Blick schwebte hoch zum obersten Regalbrett, wo die Whiskeyflasche lagerte. So wie die Dinge in den letzten Jahren gelaufen waren, würde Desmond sich nicht die Mühe machen, sie vor Madame Tussauds abzufangen, um sie näher kennenzulernen. Warum auch? Sie hatte ihm keinerlei Interesse signalisiert. Früher hätte sie zu allem »Ja!« gesagt. Damals – als ihr Funke noch glühte – hatte Javis sie auf einer Studentenparty begeistert unter einen Tisch gezogen, es gab sogar Beweisfotos, wie sie lachend versuchte, ihren Rock auszuziehen, um ihm zu beweisen, wie hemmungslos und frei sie war.

War Desmond auf der Suche nach einer Frau, mit der er eine Familie gründen konnte? Wollte er ankommen? So nannte man das doch. Ankommen. Ankommen in der eigenen Idee.

Ivy erhob sich von ihrem Sessel und ging hinüber zum Bücherregal, das schon in ihrem Jugendzimmer im Wendland gestanden hatte. Während des Studiums war kein Geld da gewesen, um sich ein neues zu kaufen, also hatte sie es nur hellblau lackiert. Und danach hatte sie andere Probleme zu lösen gehabt. Sie stellte sich auf die Zehenspitzen und angelte nach der verstaubten Whiskeyflasche, die ganz oben auf den Kunstbüchern lag. Sie bekam den Deckel zu fassen, und schon auf dem Weg zurück zum Sessel schraubte Ivy die Flasche auf und trank den goldbraunen Rest in einem Zug aus. Vielleicht wusste Desmond aber auch gar nicht, was seine eigene Idee vom Leben war. Womöglich wollte er ein erfolgreicher Komponist werden, den man nicht bei seiner Arbeit stören durfte. Auf den Gedanken kam er nur gar nicht, weil er das Familienkonzept seiner Eltern für sein eigenes hielt. Und Ivy hatte als Symbol mitfliegen sollen, um den Eltern das gute Gefühl zu geben, dass es bald Enkelkinder geben würde. Dass die Menschen alle dachten, dass das der einzige Weg war, adäquat auf der Erde zu existieren. Sie war doch nicht dämlich und ließ sich ihr Leben madig machen, weil sie diesem Konzept nicht folgen konnte! Vermutlich hatte Nathalie recht, Ivy wollte gar keinen Mann.

Aber: Was wollte sie dann?

Die Wochenenden im Vicky Park beim Angeln verbringen – so wie Willem? Der hielt seine Rute doch auch nur in den See, um nicht zu fühlen, wie unglücklich und einsam er unleugbar war.

Mit dem Alkohol im Blut wurde Ivy ganz warm und

weich ums Herz. Ihr Blick verfing sich im smaragdgrünen Läufer, den ihre Mutter in der Diele ihres ausgebauten Bauernhauses gewebt hatte. Jetzt lag der schmale Teppich hier und verströmte noch immer die Erinnerung an Kindheitstage. Treuer Wegbegleiter. So nannte man doch Gegenstände, die einen bis in den Tod begleiteten, oder?

Es war, wie es war: still.

Ivy legte sich bäuchlings auf den Boden. Neulich hatte ihr Nathalie am Telefon erzählt, dass jetzt alle im Prenzlauer Berg Familien gründeten, süße cremefarbene Kinderzimmer im französischen Stil einrichteten und die Geburtshäuser oder die Operationssäle belagerten. Kaiserschnitte waren ziemlich angesagt, wie Nathalie wusste. Um die Babys sanft und geschmeidig auf die Welt zu bringen. Wodurch sie aber einen satten Schock erlitten, sobald ihnen das Leben die ersten Herausforderungen stellte. Nathalie selbst hatte zu viel Angst vor der Narkose gehabt und vorsichtshalber in einem anthroposophischen Geburtshaus mit Klinikanbindung entbunden. Zur Sicherheit.

Eine wildfremde Frau zum Thanksgiving einzuladen, war aber auch keine Lösung.

Ivy sah dicht über den Dielenboden hinweg, der mit einer dünnen Staubschicht überzogen war, hinüber zur Steckdose neben der Tür, in der ihr alter Staubsauger seit ungefähr zwei Wochen unbenutzt steckte. Sie wollte sich nur noch auf Dinge konzentrieren, die sie auf dem Pfad des Glücks hielten. Nie wieder wollte sie etwas gegen ihren Willen tun. Dazu musste sie sich jetzt eine Liste machen. Eine Liste, die veranschaulichte, welche Steine Ivy hintereinanderzulegen hatte, damit daraus der ultimative Pfad des Glücks entstand. Womöglich stimmte, was ihr Vater gerne sagte: »Der Weg ist das Ziel.«

Sie rappelte sich auf und knipste ihre Schreibtischlampe an. Bis vor zwei Jahren hatte sie noch häufig gezeichnet. Meistens ihren nackten Körper, um für später einen Beleg dafür zu haben, wie wohlgeformt er einmal gewesen war. Mit einem riesigen Skizzenblock hatte sie sich vor den schmalen Spiegel gestellt, der neben dem Kleiderschrank hing, und sich mit Kohle verewigt. Überhaupt musste ein guter Bildhauer im Schlaf wissen, an welchen Stellen ein menschlicher Körper Dellen und Wölbungen aufwies. Die Aktzeichnungen ihres jungen Körpers lagen in den verstaubten Sammelmappen unterm Bett.

Aus der Schublade nahm sie ein weißes Blatt Briefpapier, auf dessen Kopf eine goldene Krone eingeprägt war. Alice hatte es ihr im letzten Jahr zu Weihnachten geschenkt. Dies schien der geeignete Augenblick zu sein, das Briefpapier einzuweihen und somit den Wendepunkt ihres Lebens zu markieren. Genau in diesem Moment würde Ivy zu dem für sie ursprünglich vorgesehenen Leben zurückkehren.

Mit Hilfe eines Lineals zog sie feine waagerechte Bleistiftlinien und notierte, was sie sich (nicht mehr) wünschte:

– Einen witzigen, klugen, mutigen, kultivierten Partner bis zum Lebensende

– Kinder

– Keine Orgasmusprobleme

– Nicht ausgebeutet werden

– Nie wieder Erbrochenes aufwischen müssen

– Sich nicht abhängig machen

– Geliebt / vergöttert werden

~~– Ruhe~~

~~– Genügend Schlaf~~

~~– Zeit nur für mich~~

– Eine Gehaltserhöhung

– Gesundheit

– Die Flugangst loswerden
– Frieden
– Intelligenz
– Keine Falten
– Eine wichtige, die Welt erschütternde Entdeckung machen
– Nicht aufgeben

Nicht aufgeben? Das war ja ein grauenhafter Plan!

Ivy zerknüllte die Liste und warf sie in den kleinen Mülleimer im Bad. Der Deckel klappte mit einem blechernen Scheppern wieder zu. Dann, nach kurzem Zögern, holte sie den zerknüllten Zettel wieder aus dem Mülleimer und hielt über dem Waschbecken ein brennendes Streichholz daran, bis nichts als schwarze Asche von ihm übrig blieb. Noch war Ivy nicht bereit für den Wunsch aller Verzweifelten: nicht aufzugeben. Denn dann war es bereits zu spät, um noch die Kurve ins Glück zu kriegen. Im Nebenzimmer klopfte es an die Wohnungstür. Es war klar, wer das war. Und es war klar, dass Ivy nicht die Tür öffnen würde. Sie hielt die Luft an, um keinen Laut von sich zu geben.

»Ivy, ich weiß, dass du da bist, mach auf.«

Es klopfte wieder. Natürlich wusste Eve, dass Ivy zu Hause war. Sie lief ja seit einer Stunde über ihrem Kopf hin und her. Vielleicht konnte Ivy so tun, als würde sie schon schlafen. Oder als würde sie duschen. Oder sich die Haare föhnen. Das war alles zu aufwendig und würde Eve auch nur kurzfristig vertreiben. Wenn Eve um diese Uhrzeit klopfte, brauchte sie seelischen Beistand. Also ging Ivy zur Tür, öffnete sie und drehte sich wieder um, ohne ihre Nachbarin anzusehen, die mit strähnigem Haar, T-Shirt und engen Jeans auf der Schwelle stand. »Komm rein.«

»Ich hab meinen Mann geschlagen.«

Um Ruhe auszustrahlen, setzte sich Ivy auf ihre Bettkante und nahm die Farbkopien hoch, die auf dem Bücherstapel neben ihrem Nachtschränkchen lagen. Die Bildbände über Vincent van Gogh hatte sie sich in der letzten Woche unten in Woods Buchladen auf Kosten von Madame Tussauds besorgt. Seitdem galt sie als Woods Premiumkundin. Das Problem war nur: Ivy hatte die Quittung für diese enorme Anschaffung verloren und konnte sie somit nicht mehr bei ihrem Arbeitgeber einreichen. Jedes Mal, wenn sie zur Recherche Material einkaufte, verlegte sie die Belege, und ihr Gehalt schrumpfte auf ein Minimum zusammen. Sogar die Reise quer durch England, hoch nach Schottland, um an Tilda Swinton Maß zu nehmen, hatte sie ausgelegt, inklusive der vier Tage Aufenthalt im idyllischen Aurora-Hotel. Sämtliche Belege hatte sie verloren.

Eve machte einen Schritt herein. »Ivy! Ich hab gesagt, ich habe Frank geschlagen.«

Ivy schaute Eve entgegen, die nun hinter sich die Tür ins Schloss drückte. Ihr irritierter Blick fiel auf die am Boden liegende leere Whiskeyflasche. Ivy lächelte. »Setz dich.«

»Ich hab auf ihn eingeschlagen, als die Jungs noch nicht im Bett waren. Die beiden Mäuse haben alles mitbekommen.«

Eve setzte sich auf die Sesselkante und knetete verzweifelt die Hände. »Was soll ich denn jetzt machen?«

»Dich bei ihm entschuldigen und ihm versprechen, dass das nicht wieder vorkommt.«

Ivy blickte ihre Nachbarin aufmunternd an. Dabei notierte sie sich im Hinterkopf, dass sie dringend Fortier, ihren Chef, mal ansprechen musste, wie sie sich einig werden konnten, was die von ihr ausgelegten Beträge anbelangte. Die Farbkopien von van Goghs Selbstporträts hatte Willem extra für sie unten in Fortiers Vorzimmer angefertigt – dabei hatte Ivy ihn gar nicht darum gebeten. Ständig erledigte er solche Handlangerdienste für sie. Auch mit Willem musste sie sprechen.

Ivy legte die Blätter beiseite und blickte Eve abwartend an. Es war nicht das erste Mal, dass ihre Nachbarin hier oben saß und berichtete, dass sie Frank geohrfeigt hatte. Um genau zu sein, hockte sie einmal im Monat hier oben auf der Sesselkante. Kurz bevor sie ihre Tage bekam. Eve lernte einfach nicht dazu. Langsam musste sie doch begriffen haben, dass sie sich in dieser Zyklusphase besser von ihrem Mann fernhielt. Eve knirschte mit den Zähnen. »Gott, ich bin so genervt von ihm.«

»Du weißt doch«, Ivy blinzelte hinüber zu den Farbkopien. Vincent im meergrünen Leinenanzug. »Das hört in ein paar Tagen wieder auf. Gerade findest du ihn nur aufgrund deiner Hormone schrecklich.«

»Ich hab ihn geohrfeigt. Das hab ich noch nie getan. Ich habe Frank mit der flachen Hand ins Gesicht geschlagen. Jetzt hat er eine ganz rote Wange.«

»Ja, genau wie letzten Monat.«

»Da hab ich das auch schon getan?« Eve schien verwundert. »Meinst du, ich sollte mal eine Therapie machen? Vielleicht stimmt mit mir etwas nicht. So eine Antiaggressiontherapie.«

»Hm?« Ivys Blick schweifte schon wieder hinüber zu den Farbkopien auf dem Bettüberwurf. In den kommenden Tagen musste sie allerhand Entscheidungen treffen. Wie breit seine Schultern, wie groß seine Füße und seine Hände gewesen sein mochten. Darüber gab es keinerlei Angaben, nicht einmal im Archiv von Saint-Rémy hatten sie brauchbare. Ebenso nicht über den Zustand seiner Zähne. Es existierte keine einzige Fotografie von van Gogh, abgesehen von der, die ihn im Gespräch mit seinem Freund Emile Bernard von hinten auf einem Stuhl sitzend zeigte. Aufgenommen 1886, in Asniètes.

»Ivy? Hörst du mich? Ich hab gefragt, ob du meinst, dass vielleicht etwas mit mir nicht stimmt?« Eve schlug ihr Bein über und ließ den Fuß in der pinkfarbenen Socke wippen. »Hast du eine Zigarette für mich?«

»Ich weiß nicht, vielleicht. Mal gucken.« Ivy erhob sich. Auf dem untersten Bord des Bücherregals stand eine verdellte Quality-Street-Blechdose, darin musste noch ein altes American-Spirit-Softpack von Javis vergammeln. Sie hob den festsitzenden Deckel ab, wobei sie sich beinahe einen Fingernagel umknickte, und reichte Eve die zerdrückte, mintfarbene Packung, aus der der getrocknete Tabak herausrieselte. Und ein Briefchen mit Streichhölzern aus dem Landmark Hotel, wo sie sich mit Javis vor zehn Jahren zu ihrem ersten Date in der Blauen Bar getroffen hatte. Eve lehnte sich zurück.

»Okay«, sie blies den Rauch aus, »und jetzt sag mir, ob ich verrückt bin.«

Ivy wollte nicht unhöflich sein, auch wenn sie sich gerade fragte, wie oft sie dieses Gespräch noch würde führen müssen. »Natürlich bist du das nicht. Du bist völlig normal. Du projizierst auf Frank einfach nur all die männlichen Verbrechen, die in den vergangenen zweitausend Jahren an Frauen verübt wurden, und verwechselst ihn mit den einstigen Tätern. Deswegen schlägst du auf ihn ein.«

Eve sah sich nach einem geeigneten Aschenbecher um. »Wie alt sind diese Zigaretten, bitte?« Ihr Blick blieb an dem Schraubdeckel der Whiskeyflasche hängen. Sie nahm ihn ab und aschte in das kleine Gefäß. Ivy rechnete nach. »Mindestens drei Jahre.«

»Woher weißt du das?«

»Was meinst du?«

»Die Sache mit der jahrtausendealten Leidensgeschichte?«

»Von Alice, du weißt schon, meine Freundin, die mit den schulterlangen, hellbraunen Haaren. Die ist Psychologin.« Alles, was Ivy hatte, waren van Goghs Selbstporträts, an denen sie sich orientieren musste. Aus eigener Erfahrung wusste sie allerdings, man selbst nahm sich ganz anders wahr, als die Umgebung einen wahrnahm. Der liegende Akt, den Willem im fünften Trimester von ihr aquarelliert hatte, zeigte ein völlig anderes junges Mädchen als die Aktzeichnungen, die sie von sich selbst angefertigt hatte. Irgendwie bizarrer. Eve zündete sich eine neue Zigarette an.

»Hast du das neulich in der Zeitung gelesen, dass schon eine Zigarette dein gesamtes Erbgut umschreibt und du deswegen bereits von der allerersten Zigarette Krebs bekommen kannst? Ich meine, ich habe während meines Studiums so viele Zigaretten geraucht, dass es jetzt sowieso schon scheißegal ist. Weißt du, was ich meine? Meine Gesundheit ist mir gerade sowieso scheißegal, weil ich mich so beschissen fühle. Am liebsten würde ich weglaufen nach Usbekistan oder Kirgisien und im Tianshangebirge in einer Blockhütte ein neues Leben anfangen. Ohne Frank, ohne die Kinder. Ganz allein. Du kannst dich so abartig glücklich schätzen, dass du ungebunden bist, Ivy. Ich rate dir, aus meiner heutigen Lebenserfahrung heraus, binde dich nie!« Eve atmete aus und stierte wütend vor sich hin.

Ivy nickte lächelnd und hob die Farbkopie von Vincents rechtem Auge hoch. Sein Blick schien eine ganz eigene Welt zu erfassen, die viel wunderbarer und wahrhaftiger war als die Welt, die all die anderen Menschen sahen. Er schien sich zu fragen, warum niemand seine wabernde Welt bemerkte, wenn sie doch viel lebendiger war. Nur so hätte er sich mit den Menschen verbinden können. Und von dieser Sehnsucht getragen, hatte er gemalt, was er sah. Doch die Leute um ihn weigerten sich zu erkennen, folglich blieb er alleine. Darum also schuf van Gogh Selbstbildnisse, um sich im eigenen Blick zu spiegeln. Er war gefangen in seiner Welt, in der die Formen einem ständigen Wandel unterlagen, alles flüchtig war, nichts unbewegt blieb, sondern sich stetig neu formierte und sich eins aus dem anderen ergab. Alles lebte. Und Ivy war allein. Und betrunken. Gott, war sie betrunken von den paar Schlucken widerlichem Whiskey.

Eve drückte die halb aufgerauchte Zigarette aus. »Ich überlege ja, ob ich Psychopharmaka nehmen sollte. Solche Gemütsaufheller. Etwas gegen Depressionen. Eine Arbeitskollegin von mir nimmt die. Das weiß natürlich keiner. Weder die Schüler noch die anderen Lehrer. Aber sie war so gestresst vom Unterricht, dass sie ihn nicht mehr ohne ertragen hat. Seitdem sie sich hat Psychopharmaka verschreiben lassen, läuft für sie alles ziemlich gut. Sie ist relaxt. Die Schüler sind relaxt. Der Unterricht ist relaxt. Alle sind relaxt.«

Neben Ivy blinkte das Display ihres Handys bläulich auf. Es war Alice. Vermutlich brauchte auch sie Beistand. Ivy hielt das Telefon hoch. »Entschuldige, es ist Alice, du weißt schon, die Psychologin. Ich müsste da mal eben....«

»Meinst du, sie kann mir Psychopharmaka verschreiben, wenn sie dich demnächst mal wieder besuchen kommt?«

Bevor Ivy abheben konnte, brach das Klingeln plötzlich ab. Sie legte das Handy verkehrt herum auf ihren Nachttisch und blickte Eve an. »Ich werd sie fragen. Aber glaub mir, du brauchst keine Psychopharmaka. Wann immer du deine Tage bekommst, denk daran, es sind die Hormone. Erinnere dich daran, die Wut geht vorbei. Und hör auf, Frank zu ohrfeigen. Er tut dir doch gar nichts.«

Eve erhob sich vom Sessel und ließ die Arme hängen. »Ich will ihn aber hassen.«

»Warum das denn?«

»Wen soll ich sonst für meine Unzufriedenheit verantwortlich machen?«

»Aber er liebt dich doch.«

»Tut er nicht. Ganz ehrlich, Ivy, ich komm nicht drüber weg, unter welchen Umständen er mir damals den Heiratsantrag gemacht hat. Seitdem ist mein Vertrauen irgendwie in ihn zerstört. Ich meine, er taucht da einfach beim sechzigsten Geburtstag meines Vaters auf, den er damals in Sevilla gefeiert hat. In diesem wunderschönen alten Hotel, direkt an der gigantischen Kathedrale Santa Maria de la Sede. Im Innenhof hatten sie ein üppiges Büffet mit Paëlla und den ganzen Tapas aufgebaut, und er dachte, ich falle ihm voller Dankbarkeit um den Hals, nachdem ich alleine nach Jerez fliegen und ohne Navi mit dem Auto weiter nach Sevilla fahren musste, weil er wegen seiner Dozentur nicht hatte mitkommen wollen. Und plötzlich tippt mir so eine Kellnerin, so eine Serviererin vom Hotel auf die Schulter und meint, ein Herr würde auf der Dachterrasse auf mich warten. Mir ist das Herz in die Hose gerutscht – du weißt, ich habe damals während der Uni ein paar schräge Dinger abgezogen, die Sache mit dem Rubinhandel in Thailand, ich dachte, Gott, ich werde verhaftet, oder Interpol sucht mich.«

Bevor Eve mit ihrer unfassbaren Geschichte fortfuhr, stellte sie den Schraubdeckel mit den beiden Zigarettenkippen auf die Sessellehne, von da aus rutschte er aufs Polster und gesellte sich zu Ivys Verlobungsring. »Entschuldige.« Emsig fegte Eve die Asche mit der Handkante in die hohle Hand. »Entschuldige. Ich bin so … Na ja, auf jeden Fall kam ich dann da hoch auf die Dachterrasse, es war ein herrlicher Tag, Anfang März, ich kam hoch, der Himmel war strahlend blau, und da stand *er*. In kurzen Hosen, mit einer auf der Straße gepflückten, von Tauben zerhackten Orange in der Hand.«

Ivy lächelte. »Ist doch süß.« Es roch ziemlich heftig nach Javis' Zigarettenqualm.

»Eben nicht. Wie hätte ich Nein sagen sollen? Konnte ich ja gar nicht. Sonst hätte ich meinem Vater den Geburtstag ruiniert, mit einem betröppelten Frank. Schon allein sein geknicktes Gesicht hätte ich nicht ertragen. Dabei wollte ich ihn gar nicht heiraten.«

»Bitte?«

Eve ging zur Tür, öffnete sie und ging hindurch. »Bitte frag deine Freundin nach den Psychopharmaka, ich will, dass meine Kinder eine glückliche Kindheit verleben. Und die ist nur gewährleistet, wenn ich es schaffe, ruhig zu bleiben.« Dann zog sie die Tür hinter sich zu. Ivy setzte sich zurück an den Schreibtisch, wo sie sich bei Facebook unter Sally Salmon anmeldete. Auf der Suche nach Desmond Gayle. Doch der war nicht da.

4.

Am nächsten Morgen stand Ivy in der Schlange in Gail's Artisan Bakery, drei Straßenecken von ihrer Wohnung entfernt, und gab sich alle Mühe, ihren Albtraum von letzter Nacht nicht wiederaufleben zu lassen. Schweißgebadet war sie gegen vier Uhr morgens aufgewacht mit der Gewissheit, vollkommen allein auf der Welt zu sein, ohne Aussicht auf Rettung. Im Traum hatte Javis ihr auf einer Studentenparty, in einer wildfremden WG-Küche, mit wenigen Sätzen verklickert, dass er nicht mit ihr, sondern mit einer gewissen Miranda nach Hause gehen werde. Ivy hatte Einspruch erheben wollen, aber Javis war bereits wieder auf dem Weg nach draußen gewesen. »Fang bloß nicht an zu heulen.« Schon war er im Partygetümmel verschwunden, um Miranda einzusammeln.

Ivy hatte sich im Bett aufgesetzt, überschwemmt von bodenloser Hilflosigkeit. Die einzige Person, die sie von diesen Zwangsreisen in die Vergangenheit hätte befreien können, wäre selbstverständlich Desmond gewesen. Schniefend hatte Ivy ihre Nachttischlampe angeknipst und auf Facebook noch einmal nach ihm gesucht, ihn aber nicht gefunden. Irgendwo musste er doch in diesem Netzwerk stecken. Schließlich hatte sie auf Google-Bilder ein älteres Foto in Schwarz-Weiß von ihm gefunden, das ihn lächelnd neben einer Topfpalme als Mitarbeiter der ABC Daily Soap *All My Children* zeigte.

Nun, um acht Uhr morgens, war Ivy in der Verfassung, Javis eine zu scheuern. Sie hatte seinen verächtlichen Gesichtsausdruck genau vor Augen. In Gedanken schlug sie kräftig zu und trat ihm mehrfach und kurz hintereinander gegen das Schienbein. Gleichzeitig hielt sie Ausschau, ob Desmond zufällig die Bäckerei betrat, was theoretisch möglich gewesen wäre. Dieses Mal hätte sie alles richtig gemacht. Souverän hätte sie ihm mitgeteilt, dass sie ihn selbstverständlich zu Thanksgiving begleiten würde. Dann starben sie wenigstens gemeinsam beim Flugzeugabsturz.

Die Touristen drängten sich um die hübsch dekorierten Tische, auf denen Berge von Croissants, bunten Kringeln und Cup Cakes aufgebaut waren. Es duftete nach Lasagne und Kaffee. Wenn Desmond schon nicht hereinkam, dann bitte wenigstens Javis. Ivy hätte nur zu gerne gewusst, wo er jetzt wohnte. Sie würde Willem nachher fragen. Sporadisch hatte er noch Kontakt zu den Leuten von damals, mit denen sie während des Studiums exzentrische Poetry-Slam-Performances auf die Beine gestellt hatten. Mit nasaler Stimme hatte Javis selbstverfasste Gedichte über eine Frau namens Bunny vorgetragen, die sich gefesselt in einem brennenden Bett räkelte, während gleichzeitig eine Kuh namens Buffy auf einem saftigen Grashügel muhte und wehmütig über Colorados weite Steppe blickte. Dazu hatte der wasserstoffblondierte Tom, der an der University of Surrey Theaterwissenschaften studierte und Regisseur werden wollte, Techno aufgelegt, wodurch Javis immer schneller hatte sprechen müssen, um mit dem stampfenden Rhythmus irgendwie mithalten zu können. Ivy und Willem hatten dazu die Multimediashow kreiert, wozu sie den Blasenwurf der WG-Lavalampe und einen an einer Angelschnur befestigten pinkfarbenen Dildo (den hatte Willem souverän in einem Sexshop erstanden) abgefilmt und übereinandergeschnitten hatten. Willem hatte ihn oben an der Schnur festgehalten und wie ein Wahrsagerpendel von sich weggehalten: »Chuck, glaub's mir! Das ist Avantgarde! Wir schreiben Kunstgeschichte!«

Ivy würde Javis finden, ihre Würde wiederherstellen und mit der Vergangenheit ein für alle Mal abschließen. Vorne am Fenster war noch ein einzelner Barhocker frei. Vor ihr standen noch fünf Leute in der Schlange, einer von ihnen setzte sich garantiert dorthin. Jeden Morgen trank sie zwei doppelte Cappuccini. Grundsätzlich bestellte sie gleich beide, um nicht zweimal anstehen zu müssen. Dazu aß sie einen *chausson aux pommes* und einen *fruit danish.* Anschließend beschloss sie, nie wieder etwas von dem süßen Blätterteigzeug zu essen, das ihr bis mittags schwer im Magen lag. Doch am nächsten Morgen stand sie wieder mit all den Touristen in der Schlange und hörte sich »fruit danish« sagen. Und schon im Gehen, bevor sie ihren Platz am Fenster erreicht hatte, steckte sie sich das dick mit Zuckerguss übergossene Blätterteigteilchen in den Mund. Dafür bemühte sich Ivy, bis zum Nachmittag gar nichts mehr zu essen. Oder besser gleich bis zum Abend. Das klappte, solange sie sich nicht mit Alice zum Lunch traf, deren psychotherapeutische Praxis sich wenige Straßenecken von Madame Tussauds entfernt in einem weißgetünchten Backsteinhaus in der Knox Street befand. Oder aber Willem brachte Ivy ungefragt etwas von der Mittagspause mit. Er hörte einfach nicht darauf, wenn sie zu ihm sagte: »Willy, bitte bring mir nichts mehr mit. Ich kann nicht arbeiten, wenn ich mit Essen vollgestopft bin.«

Vielleicht sollte Ivy es mal mit Jogging versuchen, die Portobello Road rauf und runter. Oder sie konnte Willem mal wieder in den Vicky Park begleiten. Während er angelte, würde sie mehrere Runden um den Westsee drehen, um ihr Blut mit Sauerstoff anzureichern, und hoffen, auf diese Weise eine gesündere Gesichtsfarbe zu bekommen. Am Wochenende hatte Nathalie beim Spazierengehen zu ihr gemeint: »Ivy, du musst dringend mehr Vitamine essen, sonst kriegst du Falten.«

Ja, mein Gott! Auf dem *luxury fruit danish* lagen doch kleine Stücke Kiwi und Rhabarber und gehackte Pistazien. War das nichts? Würde Javis jetzt hereinkommen, wäre Ivy für ihr Rehabilitationsvorhaben in ihrer Jogginghose und den Ugg-Boots zugegebenermaßen unpassend gekleidet. Frisch sah sie nun wirklich nicht aus. Nach dem Albtraum hatte Ivy beschlossen, nicht wieder einzuschlafen, sondern die pinkfarbene Polly-Pocket-Dose zu suchen, die sie mit sieben Jahren von Cynthia geschenkt bekommen hatte, einer Freundin ihrer Mutter aus alten Findhorn-Tagen, wo sie in den Siebzigern in einer schottischen Selbstversorgersiedlung gelebt hatte, um sich der Spiritualität und Liebe zu öffnen und sich mit der Natur und allem Lebendigen zu verbinden. Ivy wusste, dass diese kleine, heile Welt irgendwo in ihrer Wohnung herumliegen musste. Tatsächlich war sie davon ausgegangen sie in ihrer Schreibtischschublade ganz hinten links zu entdecken. Stattdessen war sie auf einen Stapel Fotos aus ihrer Poetry-Slam-Zeit gestoßen. Sie, Javis, Willem und Tom mit rot geblitzten Augen, zu Besuch in Berlin im Sommer 1998, wo sie an drei Abenden hintereinander aufgetreten waren und auf der Insel der Jugend versehentlich Atropinpillen geschluckt hatten. Kurz darauf war Willem ohne Jeans zwischen den Bäumen und den anderen Ravern über die Wiese geirrt auf der Suche nach seinem Kleiderschrank, in den er seine Hose hängen wollte. Das war wieder einer von Javis' Menschenversuchen gewesen. Dieses Mal war Willem das Opfer. Sonst hatte es Ivy getroffen. Eilig hatte sie die Fotos zurück in die Schublade gelegt und noch zwei weitere Stunden erfolglos nach der Polly-Pocket-Dose gesucht. Sogar hinter den Büchern hatte sie die Regalbretter abgetastet. Je unwahrscheinlicher das Auftauchen der herzförmigen Dose wurde, desto größer wurde die Befürchtung, dass Javis sie damals einfach mitgenommen hatte. Als Trophäe oder aus sadistischen Gründen. Ivy würde sie sich wiederholen!

Jetzt hatte sie violette Ringe unter den Augen.

Ihr Handy piepste. Schon wieder eine Nachricht von Alice. »Ivychen, du hast gar nicht auf meine letzte Nachricht reagiert. Ist bei dir alles in Ordnung? Ich mache mir Sorgen. Sehen wir uns zum Lunch?« Ivy ließ das Telefon zurück in die Manteltasche gleiten. Sie würde Alice später antworten, wenn sie in der Underground saß und hinüber zur Werkstatt in der Marylebone Road fuhr. Da hatte sie Ruhe. Außerdem nahm Alice um diese Uhrzeit für gewöhnlich ihren ersten Patienten in Empfang. Wie, das fragte sich Ivy immer wieder, konnte man anderen Menschen helfen, wenn man selbst so ratlos war?

Mit ihrem Teller schlängelte sie sich vor bis zum freien Hocker. Bevor sie sich setzte, stellte sie ihre Blätterteigpasteten auf dem schmalen Bord ab, das am Fenster entlanglief. Anschließend zog sie sich ihren dunkelblauen Trenchcoat aus, hängte ihn am Haken unterhalb des Bordes auf und – gerade, als sie sich rücklings auf den Hocker schieben wollte, spürte sie einen leichten Luftzug über ihr Gesicht gleiten. Verwundert sah Ivy hinüber zur Tür, die gerade von einigen hereinkommenden Touristen aufgedrückt wurde. Eine Zehntelsekunde meinte sie, Desmonds Gesicht hinter der Scheibe erkannt zu haben. Doch als sie noch einmal genauer hinsah, war die Straße leer.

Es war fünf nach acht. Ivys Herz klopfte.

Vermutlich würde es gleich anfangen zu regnen. Sie

würde gelassen bleiben. Einfach ihrem gewohnten Leben weiter nachgehen und diesen Amerikaner vergessen. Ivy zog aus ihrer tannengrünen Harrods-Plastiktüte ein Buch hervor, das sie ebenfalls letzte Woche vorne im Buchladen bei Mister Wood gekauft hatte. *Vincent van Gogh – Briefe an seinen Bruder.*

Ivy blätterte darin herum, ihre Brille hatte sie dummerweise im Bad auf dem Waschbeckenrand liegen lassen, weswegen sie sich das aufgeschlagene Taschenbuch dicht unter die Nase halten musste. Warum konnten nicht wenigstens ihre Augen funktionieren? Ivy überflog die Seiten. Ununterbrochen fabulierte van Gogh von seinen Nöten, verglich sich mit anderen zeitgenössischen Künstlern, die kommerziell erfolgreicher waren als er, und beschwerte sich bei seinem Bruder, dass nicht alle Welt andächtig vor ihm auf die Knie fiel. Aber auch sonst empfand er seine Umgebung als die reinste Zumutung. Die Geräusche, der Lichteinfall, die Farben, die Orte, die Ignoranz – ach, im Grunde genommen war nichts so, wie es für Vincent hätte sein sollen. Er jammerte, zweifelte, fasste ein bisschen Mut, um ihn sofort wieder zu verlieren. Ivy hätte gerne mal das Gesicht seines Bruders Theo gesehen, als er den fünftausendsten Brief öffnete und ihn seiner ermatteten Frau, die gerade ihr erstes Kind geboren hatte, vorlas. »Bitte! Verschon mich!«

Ivy klappte das Buch zu. Ihrer Einschätzung nach hatte sich Vincent geradewegs in sein Leid hineingeredet, anstatt erleichtert zu sein, dass er etwas gefunden hatte, worüber er sich ausdrücken konnte. Nathalie verhielt sich da ganz ähnlich. In der Schulzeit hatte sie ihren Eltern ständig unterstellt, nie von ihnen gelobt zu werden. Noch heute war sie süchtig nach Anerkennung. Genau da lag ihr Problem. Seitdem sie nicht mehr für die Zeitung schrieb, konnte Walter ihr keine hymnischen Mails mehr schreiben oder ihre Artikel einscannen, um sie auf direktem Wege an Ivy weiterzuleiten.

Wie konnte man sich nur so vom Zuspruch und der Liebe anderer abhängig machen? Sobald man das tat, war man schon verloren. Alice sagte immer: »Ich wünschte, ich könnte mich selbst befruchten, dann bräuchte ich keinen Mann.« Und mit einem Mal hörte auch Ivy in sich dieses leise, stetig lauter werdende Ticken, als hätte sie statt des *fruit danish* eine Zeitbombe verschluckt. Ivy atmete tief ein und aus. Sie war nicht bereit, sich diesem Ticken zu unterwerfen. Sie sah ja an Alice, wohin der unerfüllte Kinderwunsch führte. In die totale Abhängigkeit. Dieses neuartige Ticken wurde lauter. Also summte Ivy. Als das auch nichts brachte, schlug sie ganz leicht mit dem Kaffeelöffel gegen die Cappuccinotasse, um dieses Ticken zu übertönen. Neulich hatte Alice – im leicht angetrunkenen Zustand – gemeint: »Da hilft kein Beschönigen. Ivy, wir stehen kurz vor der Menopause!« Damals hatte diese Bemerkung überhaupt keine Wirkung gezeigt. Aber jetzt. Ivy steckte sich das letzte Stück Plunder in den Mund, trank ihren zweiten Cappuccino aus, nahm ihren Mantel vom Haken und zog ihn erst draußen im Nieselregen an. Von der Natur würde sie sich nicht auch noch in die Knie zwingen lassen.

Trotz allem fühlte sich Ivy seltsam befreit, als sie die Portobello Road hinunter, am Sun in Splendour vorbei, dann nach rechts in die Plembridge Road hineinlief. Es war, als könnte Desmond sie sehen. In Gedanken erzählte sie ihm, dass sie auf dieser Strecke des Weges grundsätzlich auf der rechten Straßenseite ging, an den nach Räucherstäbchen duftenden Hippieläden vorbei, die ihrer Mutter gut gefallen hätten. Wie alles, was sie an ihre New-Age-Kommune oben an Schottlands Küste erinnert hatte. Jahre später hatten sie dort in einem silbriggrünen Trailer die Sommerferien verbracht. In der Vormittagshitze waren Nathalie und Ivy den »Field of Dreams« unter den tiefhängenden Ästen der Blutbuchen und Birken hinunter gelaufen, am niedrigen Druckereigebäude vorbei bis zum Shop, in dem neben Biogemüse auch spirituelle Ratgeber wie *Kindness Is the Best Investment* angeboten worden waren. Hier also hatte die Mutter als junges Mädchen versucht die Welt zu einer besseren zu machen.

Ivy beschleunigte ihre Schritte, bis die Plembridge auf die Kensington Park Road traf. Sie überquerte den Zebrastreifen, der hinüber zur Notting-Hill-Gate-U-Bahnstation führte. An der Ampel staute sich der Verkehr. Sie sah sich mit Desmonds Augen, wie sie sich geschickt zwischen den hupenden Autos hindurchschlängelte und in die Station hineinlief. Sie sah sich mit seinen Augen auf der Rolltreppe stehen. Eine zähe Frau, Mitte dreißig, die unerschrocken ihren Tagesablauf absolvierte. Station für Station. Gut, dass sie ihre Arbeit hatte. Gut, dass sie Vincent hatte. In der Manteltasche klingelte schon wieder das Handy. Auf dem Display leuchtete jetzt Nathalies Name auf. Ivy musste laufen, um die nächste Bahn zu bekommen. Es galt, einen Zeitplan einzuhalten. Sie hatte etwas zu erledigen.

Nathalie schaltete den Ton ihres Handys aus, um nicht die ganze Zeit auf das erlösende Klingeln von Ivys Rückruf zu warten, und trank den Rest ihres kalten Milchkaffees aus. Den klobigen Starbucks-Becher hatte ihr Peer im vorletzten Jahr zum zweiten Hochzeitstag als Scherz vom Potsdamer Platz mitgebracht. Für Nathalie war dieses schaurige Mitbringsel Grund genug gewesen, sich ernsthaft zu fragen, ob sie womöglich den falschen Mann geheiratet hatte. »Du schenkst deiner Frau einen grottigen Starbucks-Becher zum zweiten Hochzeitstag? Willst du damit irgendetwas zum Ausdruck bringen?«

Peer war sämtliche Freude aus dem Gesicht gewichen. »Bitte?«

Während des anschließenden Telefonats, das im Badezimmer unter dem Waschbecken stattgefunden hatte, war es Ivy von Notting Hill aus gelungen, ihre aufgebrachte Schwester so weit zu beruhigen, den Starbucks-Becher nicht als Demütigung, sondern als lieb gemeinte Geste eines unbedarften Mannes anzuerkennen. Nathalie hätte jetzt auch wieder Ivys pragmatischen Beistand gebrauchen können. Pragmatismus war Ivys große Stärke. Sie blieb cool. Ivy blieb grundsätzlich cool. Nathalie konnte sich an kein einziges Mal erinnern, dass ihre kleine Schwester die Beherrschung verloren hätte. Wie machte sie das nur? Sie hatte dieses unerschütterliche Selbstbewusstsein eines Menschen, der wusste, dass er von Natur aus etwas ganz Besonderes ausstrahlte. Schon als Kind hatten die Nachbarn mit Verzückung auf Ivy reagierte. Nathalie hingegen hatte gemeinhin als unberechenbar und jähzornig gegolten, als kaum zu bremsende Amazone mit zu Schlitzen verengten Augen und zusammengebissenen Zähnen. In der Schule hatte sie jeden Sportwettkampf gewonnen und ihr Abitur mit Auszeichnung bestanden. Mit leichten Kopfschmerzen hing sie jetzt am Schreibtisch in Peers Arbeitszimmer, dessen Wände mit Regalen voller Aktenordner und Schuhkartons vollgestopft waren, in denen sich vergilbte Fotos und verblasste Quittungen aus den Jahren vor ihrer Ehe befanden. Normalerweise nutzte Nathalie die freien Stunden, bis sie Lucy um zwölf Uhr aus der Kita abholte, um aufzuräumen und das Mittagessen vorzubereiten. Doch heute googelte sie Krankheiten. In der Nacht hatte Lucy herzzerreißend geweint, was überhaupt nicht ihre Art war. Als

Nathalie das Licht im Kinderzimmer angeschaltet hatte, waren die Augen ihrer Tochter ganz glasig gewesen. Alarmiert hatte sie Peer aus dem Tiefschlaf geweckt und ihm mehrfach demonstriert, wie empfindlich ihr süßer Wurm reagierte, wenn sie das Deckenlicht im Kinderzimmer an- und ausschaltete. »Siehst du! Sie hält sich den Unterarm schützend vor die Augen! Sie ist absolut lichtempfindlich.«

Peer war, zu seiner eigenen Verzweiflung, nicht imstande gewesen, seiner Frau glaubhaft zu versichern, dass sie sich geradewegs in eine panische Stimmung hineinmanövrierte. Schluchzend hatte sie mit dem Laptop auf dem Schoß auf dem Sofa gesessen und Peer mit zittriger Stimme die wichtigsten Fakten zum Thema Hirnhautentzündung vorgelesen. »Die häufigsten Symptome einer Meningitis sind Kopfschmerzen und Nackensteifheit, verbunden mit Fieber, Verwirrtheit oder Bewusstseinsminderung, Übelkeit und einer Überempfindlichkeit gegen Licht und laute Geräusche.«

Peer hatte einen letzten Versuch gestartet, seine Frau wieder in Sicherheit zu wiegen. »Aber, Schatz, du weißt doch gar nicht, ob Lucy unter Nackensteifheit oder Kopfschmerzen leidet.«

Um den sofortigen Beweis anzutreten, war Nathalie zurück zu ihrer Tochter ins Kinderzimmer gerannt, hatte das Licht angeschaltet, woraufhin Lucy, die gerade wieder eingeschlafen war, vor Schreck angefangen hatte zu weinen. Um keine Zeit zu verlieren, hatte Nathalie ihr einen roten Buntstift, den sie vom Maltisch gegriffen hatte, unters Kinn gehalten. »Schätzchen, tu Mama den Gefallen und halte den Stift mit dem Kinn fest.« Was Lucy nicht gleich hinbekam. Auf die Frage: »Hast du Kopfschmerzen, Schätzchen?«, hatte sie brav genickt. Ihr Kind würde in zwei Tagen tot sein.

Nathalie stellte den unförmigen Starbucks-Becher neben dem gerahmten Familienfoto ab. Im letzten Sommer auf Bornholm war noch alles in Ordnung gewesen. Peer war mit Lucy im Schlauchboot gepaddelt, gemeinsam hatten sie Sandburgen gebaut, waren mit flatternden Windjacken an der stürmischen Steilküste entlang gelaufen, im Kamin hatte das Feuer geknistert und nachts waren Peer und sie in dem schmalen Holzbett hinter der Tür nackt und engumschlungen nach innigem Sex eingeschlafen. Ihr Kiefer malmte. Alles, was Nathalie hier auf www.netdoktor.de über die Symptome von Hirnhautentzündung las, traf eigentlich mehr oder weniger auf Lucy zu. Taubheit, Epilepsie, ein Hydrozephalus oder kognitive Beeinträchtigung waren die entsetzlichen Folgeschäden. Nathalie musste ihr Kind sofort aus der Kita holen oder am besten gleich einen Krankenwagen vorbeischicken. Wenn sie doch nur Ivy erreicht hätte, um von ihr zu hören, dass sie eine gute Mutter war und das Richtige tat.

Nach dem Frühstück war Peer bestens gelaunt ins Büro gefahren, als sei nichts passiert. »Bis heute Abend, mein Schatz!« Als gäbe es keinen Grund zur Sorge. Dann rief sie eben ihren Vater im Wendland an, um ihn über die Bedrohung in Kenntnis zu setzen. Bestimmt würde er in Ruhe überlegen, was zu tun war. Oder nein! Besser, sie verlor doch keine Zeit, alarmierte gleich den Notarzt und raste mit dem Rad hinüber zur Kita, um dort zeitgleich mit dem Rettungswagen einzutreffen. Und wenn Peer gegen Mittag versuchen würde, sie zu erreichen, würde seine Frau nicht ans Telefon gehen. Bis zum Abend nicht. Am besten, sie schaltete es gleich ganz aus. Er, der den ganzen Tag in seinem Büro mit bonbonlutschenden Sekretärinnen verbrachte und entspannte Plauderstündchen mit seinen Kollegen einschob, hatte ja keine Ahnung, was es bedeutete, von morgens bis abends herumzulaufen, um Besorgungen zu machen, zum Kinderarzt zu gehen, mit einem Haufen röchelnder und schniefender Kleinkinder im Wartezimmer zu sitzen, Wäsche zu waschen, zu kochen, aufzuräumen, sich mit den Kita-Eltern gut zu stellen, auf gesunde Ernährung zu achten, den Dauerauftrag für die Ballettschule einzurichten und Lucy so zu erziehen, dass sie später als junges Mädchen nicht behauptete, sie hätte die schrecklichste Kindheit aller Zeiten durchlitten. Peer war fein raus. Er hatte Spaß mit seinen Kollegen. Er konnte Karriere machen und mittags zu Starbucks gehen, Zeitung lesen und einen Truthahnbagel essen.

Nathalie hasste es, eine Frau zu sein, und schaltete ihr Handy ab. Dann schaltete sie es wieder an und versuchte, noch einmal, Ivy zu erreichen, die gerade in der Hammersmith-&-City-Linie in die Station Baker Street einfuhr und von einem ignoranten Anzugtypen im Vorbeihasten auf den Fuß getreten wurde. Ivy konnte jetzt mit ihrer Schwester weder über die noch nicht angeschraubte Sicherheitskette noch über ihre mangelhafte Ernährung sprechen und erst recht nicht darüber, dass sie aus Sicherheitsgründen nur noch in Willems Begleitung das Madame-Tussauds-Gebäude verlassen sollte.

Vom Strom der Herde ließ sich Ivy in die beigefarben gekachelte Station mit dem weinroten Sherlock-Holmes-Dekor schleusen. Sie lief die Rolltreppen hinauf, am Imbiss vorbei, in dem sich Willem täglich zwei kleine Tüten seiner Lieblingschips Hula Hoops – BBQ Beef und McCoy's Sizzling King Prawn besorgte, die letzten Stufen hoch, auf die zugige Marylebone Road. Inzwischen regnete es richtig. Ein scharfer Wind ging, vor den Souvenirläden flatterten die I-♥-LONDON-T-Shirts unter durchsichtiger Plastikfolie. Die Postkartenständer waren zum Schutz vor der Nässe ins Innere der Shops gerollt worden. Ivy überquerte den Allsop Place und lief direkt auf das weiße Madame-Tussauds-Gebäude mit der hellgrünen Kupferkuppel zu. Obwohl sie nicht daran glaubte, ihn hier irgendwo zwischen all den Touristen zu entdecken, sah sie sich nach Desmond um. Sollte er sie wiedersehen wollen, blieb ihm nichts anderes übrig, als hier auf sie zu warten. Womöglich war es noch zu früh. Normalerweise fing Ivy erst eine Stunde später an zu arbeiten. Oder es regnete zu stark. Gegen halb zehn würde sie noch einmal nach unten auf die Straße gehen und sich gegenüber vom Haupteingang gut sichtbar neben den Hotdogstand stellen. Jetzt schlängelte sie sich zwischen den Besuchermassen hindurch zum Seiteneingang fürs Personal, vor dem Tony von der Security im roten Windblouson und mit Walkie-Talkie ausgestattet den Neuankömmlingen geduldig und doch irgendwie automatisch die immer gleichen Fragen beantwortete: »Ja, richtig! Der Aufsteller dort vorne auf dem Gehweg bedeutet, dass Sie von da an noch zwei Stunden warten müssen, bis Sie drin sind.« Oder: »Wenn Sie bereits Tickets bestellt haben, müssen Sie sich an Tür 2 anstellen.« Oder: »Sie können die Tickets auch unter dieser Nummer telefonisch buchen und dann in drei Stunden wiederkommen. Bitte benutzen Sie Tür 3 als VIP-Eingang für Reisegruppen.«

Sie winkte Tony kurz zu und stieg im Vorraum in den Lift. Hier draußen wirkten die Touristen noch richtig harmlos, doch sobald sie auf die Wachsfiguren losgelassen wurden, nutzten sie deren Wehrlosigkeit voll aus. Besonders die Männer freuten sich, dass sie Angelina Jolie endlich mal an den Po oder den Busen fassen konnten. Unanständig drückten sie sich an die weiblichen Figuren heran und ließen sich von ihren Angehörigen in zweifelhaften

Posen fotografieren. Als wollten sie sagen: »Guck mal, was ich mit dir machen kann, du eingebildete Pute.« Es war, als hätten die Leute eine regelrechte Wut auf die Prominenten und bräuchten den Akt der Erniedrigung, um auf diese Weise ihr gestörtes Selbstbewusstsein aufzubauen. Vermutlich lag darin das ganze ernüchternde Erfolgsgeheimnis von Madame Tussauds. Aber es gab auch eine Handvoll ehrfürchtiger Besucher, die staunten, wie es möglich war, dass die Stars derart lebendig wirkten. Sie waren daran interessiert, wie die Figuren hergestellt wurden und wie lange es dauerte, ihnen die Haare einzusetzen. Ob es aufregend war, die echten Berühmtheiten zu treffen, und worüber man während des Maßnehmens mit ihnen plauderte.

Als Ivy in der dritten Etage aus dem Lift ins ketchuprot gestrichene Treppenhaus stieg und hinüber zur Werkstatttür ging, hörte sie Fortier von oben ihren Namen rufen. »Ivy!«

Eilig kam er die Treppe herunter. »Ivy, warten Sie!« Die letzten Stufen nahm er sportlich mit einem kleinen Hopser. Ob er wusste, dass er wie Jeff Bridges' Doppelgänger aussah? »Wie geht es Ihnen? Hatten Sie ein schönes Wochenende?«

»Ja. Danke.« Ivy nahm sich vor, ihn gleich auf ihre Ausgaben anzusprechen, für die sie die Quittungen verloren hatte.

Fortier war offenbar in Plauderstimmung. Die oberen beiden Knöpfe seines karierten Hemdes standen offen. »Was haben Sie gemacht? Ein bisschen entspannt?«

Es war nicht das erste und auch nicht das zweite oder dritte Mal, dass er unvermittelt die Treppe heruntergesprungen kam, wenn sie gerade aus dem Lift gestiegen war. Ivy griff nach der Klinke, um so schnell wie möglich in der

Werkstatt zu verschwinden. »Ich war bei meiner Schwester in Berlin.«

»Ah! Tolle Stadt.« Fortier lächelte fröhlich und blieb ein gutes Stück entfernt von Ivy stehen, um sie zu zwingen, die Klinke wieder loszulassen und zu ihm herüberzukommen. »Haben Sie sich was angesehen? Den Funkturm, die East Side Gallery, Checkpoint Charly? Ich werde nie vergessen, wie ich und meine Exfrau Madeleine damals unser Flitterwochenende im Hotel Adlon verbracht haben. Das hatte sich Madeleine gewünscht. Eine Freundin hatte ihr von dem legendären Kasten erzählt und gemeint, sie müsse unbedingt dort übernachten. Ich fand es in Ordnung, ein bisschen bemüht vielleicht, aber die Betten waren wirklich außergewöhnlich bequem. Auf dem Rückflug gab's allerdings einen kleinen Zwischenfall. Plötzlich rief der Pilot die Crew zu sich, von wegen: ›Crew bitte ins Cockpit.‹ Und dann die nächste Durchsage: ›Tja, Leute, wir müssen uns auf eine Notlandung im Meer einstellen, legt besser mal die Schwimmwesten an.‹ Et cetera. Mich hat das überhaupt nicht gewundert, schon auf dem Rollfeld waren mir seltsame Geräusche aufgefallen.« Fortier nickte zufrieden vor sich hin. »Es war wirklich knapp. Seltsamerweise hatte ich überhaupt keine Angst. Man denkt ja, dass man in so einem Fall durchdreht. Aber die Leute um mich herum holten in aller Gemütsruhe ihre Mobiltelefone heraus, bereit, die Katastrophe fotografisch festzuhalten oder gefühlvolle Abschieds-SMS an ihre Liebsten zu verschicken.«

Ivy saugte jedes seiner Worte auf. Es war merkwürdig. Ihre Angst vor einer Flugzeugkatastrophe sorgte nicht dafür, dass sie nichts darüber hören wollte, ganz im Gegenteil: Sie war süchtig nach Details. »Und dann?«

»Hm?«

»Was ist dann passiert?«

»Ich weiß nicht«, Fortier zuckte mit den Schultern. »Wir sind dann ganz normal weitergeflogen und in London gelandet!«

Ivys Herz holperte. Ihre Stimme klang dünn, dennoch ehrfürchtig. »Ich hätte das nicht überlebt.«

Er nickte nachdenklich. »Ja.«

Da er nichts weiter sagte, nickte Ivy nun auch. »Hat man Ihnen denn hinterher gesagt, was das Problem war?«

»Nein.« Fortier schüttelte nachdenklich den Kopf. »Ich glaube nicht.«

»Ist der Flieger abgesackt?«

»Auch nicht.« Er überlegte. »Im Grunde genommen war gar nichts anders als sonst. Bis auf dieses merkwürdige Geräusch, das mir eben schon auf dem Rollfeld aufgefallen war.«

»Wie klang denn das Geräusch?«

»Puh, ich weiß es nicht mehr. Anders. Irgendwie anders.«

Offenbar waren aus Fortier keine weiteren Fakten herauszuholen, die Ivys Gruseln angenehm hätten verstärken können. Also fragte sie: »Und Sie? Ich meine, hatten Sie ein schönes Wochenende?«

»Ah ja. Ich hab…« Er machte eine wegwerfende Handbewegung. »Ich hab meine Sachen aus Madeleines und meiner Wohnung geräumt. Ein alter Schulfreund hat mir geholfen, den ganzen Kram in Pappkartons zu verstauen und mich vor meiner ›Exfrau‹ zu schützen.« Er lachte kurz auf, zum Zeichen, dass er einen Scherz oder so etwas in der Art gemacht hatte.

Was meinte Fortier denn mit »schützen«? Das hätte Ivy gerne gewusst. Konnte sie ihren Chef das fragen? »Und jetzt wohnen Sie in einer neuen Wohnung?«

Er verschränkte die Arme vor der Brust. »Ja, Gott sei

Dank. Allein, in einer neuen Wohnung. Ganz allein. Ich kann machen, was ich will. Alles. Egal, was.«

Was hieß das denn? Massen von Chips und Schokolade essen und bis nach Mitternacht fernsehen? »Klingt gut.«

Fortier hielt sich regelrecht selbst umschlungen. »Ja, wir haben ja auch Gott sei Dank keine Kinder, die jetzt unter der Trennung leiden könnten. Das ist der Vorteil.«

Ivy nickte. Es konnte also auch Vorteile haben, keine Kinder zu haben. Sie grinste, zum Zeichen, dass sie jetzt einen Scherz machte. »Sehen Sie! Meine vierjährige Nichte hat mich am Wochenende gefragt, warum ich keine Kinder habe. Jetzt kenne ich den Grund.«

»Ah. Sie sind doch aber verlobt. Oder? … Oder nicht? Da steht das Thema bestimmt noch …«

»Bitte?«

Ivy sah Fortier verwirrt an, der Ivy verwirrt ansah.

»Ich dachte«, Fortier suchte nach geeigneten Worten, wobei er sich nervös sein stufig geschnittenes graublondes Haar aus der Stirn strich. »Sie hatten doch immer diesen Ring mit diesem, diesem Stein am Finger. Da dachte ich …. Tragen Sie ihn gar nicht mehr? Haben Sie Ihre Verlobung aufgelöst? Das tut mir leid. Da sitzen wir ja quasi im selben Boot.«

»Ach, das!« Ivy lachte angespannt auf. »Das war nur der Verlobungsring meiner Mutter.«

»Oh.« Fortier tänzelte hilflos von einem Fuß auf den anderen.

Worum ging es hier eigentlich gerade? Suchte er nach Leidensgenossen? Dass Fortier unter der Scheidung von seiner Frau litt, hatte Ivy neulich von Chelsy erfahren, die in der Werkstatt ein Stockwerk höher arbeitete und deren einziges Hobby Fortiers Privatleben war. Chelsy wusste alles über ihn. Auch, dass er ein Wochenend-Emotions-

Seminar besucht hatte, um über die Trennung hinwegzukommen. Diese Chelsy fand alles heraus, indem sie Nicky, seiner Assistentin, ständig jede noch so winzige Bewegung in Fortiers Leben aus der Nase zog. Zu diesem Zweck ging sie mit ihr im gegenüberliegenden Coffee Shop Pizza essen oder lud sie am Wochenende zum Tee in die Tate Gallery ein, nur, um alles über ihren Chef zu erfahren. Was ein ziemlich anstrengendes Unterfangen war, wie Chelsy neulich zugeben musste, da Nicky »abartig« verschwiegen war. Doch Chelsy hatte nicht vor aufzugeben. Fortier sollte ihr verfallen und sie auf Knien anflehen, ihn zu erhören. »Er ist ein Romantiker. Wie Jeff Bridges in *Die fabelhaften Baker Boys.*« Solches Zeug äußerte Chelsy andauernd. »Er ist so sexy!« Sie war regelrecht besessen von ihm.

Bisher hatte Ivy noch nicht darüber nachgedacht, aber vielleicht sollte sie ihren Chef beizeiten mal darüber in Kenntnis setzen, wer wusste schon, wozu diese Chelsy fähig war? Kannte irgendjemand ihren wahren Lebenslauf? Ihren Angaben zufolge war sie in Castleford, Yorkshire, als siebtes von acht Kindern geboren worden, hatte bereits mit elf Jahren beschlossen, Bildhauerin zu werden, und mit Unterstützung ihres Kunstlehrers frühzeitig Ton modelliert und Holz behauen. Studiert hatte sie, wie sie behauptete, an der Leeds School of Art. Willem glaubte nicht daran. »Das klingt verdammt noch mal nach Henry Moores Werdegang. Ich sage dir, Chelsy hat in ihrem Leben noch nichts behauen.«

Es konnte allerdings auch sein, dass Willem sich einfach vor Chelsys Durchsetzungsvermögen fürchtete. Seit seiner Einstellung vor knapp sechs Jahren machte er sich Sorgen, dass Fortier ihm kündigen könnte.

Fortier räusperte sich. »Na, dann … ist ja noch alles möglich. Ich meine, die Sache mit den Kindern. Sie sind ja noch jung.« Nervös versenkte er seine Hände in den weiten Taschen seiner Club-of-Comfort-Bundfaltenhose, wobei die Schöße seines dunkelblauen Jacketts nach hinten wegstanden.

Ivy lächelte verlegen. »Immerhin ist meine Schwester verheiratet. Mit einem Firmenberater.«

»Natürlich.« Fortier nickte ihr zu, wobei er leicht die Luft ausblies. »Und?« Plötzlich zog er die Augenbrauen hoch. »Beginnen Sie heute mit Vince? Haben Sie genügend Material? Die Verwaltung müsste Ihnen am Freitag eigentlich noch einen Stapel Unterlagen ...«

Ivy schielte hinüber zur Werkstatttür, hinter der sie endlich verschwinden wollte. »Ja, ist alles angekommen. Vielen Dank. Ich habe mir auch noch zusätzliches Material besorgt. Fotografien seiner Eltern und seiner Geschwister hab ich mir ebenfalls bestellt, die müssten in den nächsten Tagen ankommen – hoffe ich.«

Mit einem Mal schien Fortier von einer inneren Unruhe heimgesucht worden zu sein. »Haben wir überhaupt schon besprochen, wie er werden soll?«

Bevor Ivy antworten konnte, klingelte es in ihrer Manteltasche. Ohne ihren Blick von Fortier abzuwenden, der nun seine Hände knetete, zog sie das Handy hervor. Dieses Mal war es ihr Vater. Ivy schaltete den Ton ab. »Ja.« Was nicht stimmte. Sie würde morgen die Sache mit den verlorenen Quittungen ansprechen.

»Prima.«

Sie war also seine Mitarbeiterin. Ivys eigenwilliger Gesichtsausdruck machte Fortier ganz kirre. Ihr hellblondes Haar band sie verlässlich zu einem unordentlichen Pferdeschwanz, als würde sie es nie kämmen. Ihre ausgetretenen Ugg-Boots mussten schon öfter vollkommen durchnässt gewesen sein, die Feuchtigkeit hatte hässliche Ränder auf dem dunkelgrauen Wildleder hinterlassen. Glücklicherweise trug sie diesen gut geschnittenen dunkelblauen Trenchcoat, wahrscheinlich hatte sie irgendjemand beim Kauf des Mantels beraten. Oder aber diese Ivy besaß wider Erwarten Geschmack, den sie leider viel zu selten für ihr Aussehen nutzte. Fortier machte einen Schritt zurück, um seine Angestellte eingehend von Kopf bis Fuß mustern zu können. Natürlich! Graue, ausgebeulte Jogginghosen! Wie war es möglich, dass eine so hübsche Frau sich mutwillig verunstaltete? Offenbar war es an der Zeit, für die Tussauds-Mitarbeiter einen Kleiderkodex durchzusetzen. Damals, als er 1994 jüngster Filialleiter aller Zeiten bei Woolworth gewesen war, hatte er im Personalbereich überall Spiegel aufhängen lassen, über denen Schilder mit der Aufschrift klebten: »So sehen unsere Kunden Sie.« Vielleicht sollte er diesen Brauch auch in diesem Hause einführen. Sein Blick blieb an Ivys abgeschräbbelter, tannengrüner Harrods-Plastiktüte hängen. Eine bunt geflochtene Bottega-Veneta-Handtasche wäre charmant gewesen. Elegant und fröhlich.

Ivy stopfte ihr Telefon zurück in die Manteltasche. »Verzeihung. Das war… mein Vater. Ich weiß nicht, was er wollte…«

Fortier winkte ab. »Kein Problem. Aber sagen Sie, haben wir tatsächlich besprochen, wie van Gogh werden soll?«

Breitbeinig baute er sich vor Ivy auf und blinzelte sie forschend an. Aus der Werkstatt über ihnen drang eine grauenhaft verzerrte Plastik-Pop-Frauenstimme. Im Prinzip war es ihm egal, wie Ivy Vincent van Gogh modellierte. Sie hatte noch nie kümmerliche Arbeit abgeliefert. Sie kannte ja seine Vorgaben. »Die Figuren müssen den Besuchern Spaß machen.« Er wollte einfach nur ein wenig mit ihr plaudern. Ihre Gedanken mitgeteilt bekommen und dabei ihre niedliche Nase beobachten. Er war ganz vernarrt in Ivys niedliche Nase. Fortier konnte auch genau sagen, seit wann. Seitdem er neulich bei ihr und diesem Willem in der Werkstatt gewesen war, um mit ihnen die Pläne fürs kommende Jahr zu besprechen. Da Miss Bachmann offenbar nicht mehr bereit war, Interkontinentalflüge anzutreten, was für einen Mitarbeiter eines international agierenden Unternehmens zugegebenermaßen etwas unangebracht war, flogen lediglich Willem und diese aufdringliche Bildhauerin von oben in die USA, nach China und Thailand. Tja. Die Menschen waren eben verschieden. Jeder hatte so seine Schwachstellen oder Eigenheiten. Gerade war Fortier zum wiederholten Male oben bei der Kollegin mit dem akkurat geschnittenen Bob gewesen, nachdem sie ihn nun schon zum zehnten Mal gelöchert hatte, dringend bei ihr vorbeizuschauen, um sich einen Eindruck von der ballonartigen, grasgrünen Shrek-Figur zu verschaffen. Dieser Comic-Oger füllte beinahe den gesamten Werkstattraum aus, weswegen unten in der Galerie einige Actionfiguren umgestellt werden mussten. Dummerweise fiel Fortier gerade der Name der Bildhauerin nicht mehr ein. Er beugte sich zu Ivy vor. »Es ist mir unangenehm, aber wie heißt die Kollegin da oben im Studio? Die Dunkelhaarige mit dem messerscharfen Scheitel.«

»Chelsy?«

»Exakt!« Erleichtert zeigte er auf Ivy. Ihre Nase war so hübsch. Neulich, bei der Besprechung, hatte er sie ständig ansehen müssen. Irgendwann würde er es ihr sagen. »Sie haben eine so schöne Nase. Könnten Sie mir die vielleicht modellieren? Für meinen Schreibtisch?«

Na ja. Man musste ja jetzt nicht albern werden, obwohl er in Ivys Gegenwart einen Hang zur fröhlichen Albernheit verspürte. Nur dumm – Fortier wurde schlagartig rot – dass er ihr von seinem Beinahe-Flugzeugabsturz erzählt hatte. Wie konnte man nur so blöd sein. Sie zu ängstigen, anstatt sie zu unterstützen. Irgendwann würde er sie zum Lunch … War es erlaubt, als Manager Angestellte zum Lunch einzuladen? Er hatte Verantwortung. Wenn er hier die empfindlichen Gefüge durcheinanderbrachte, würde es Monate oder sogar Jahre dauern, diese entspannte Stimmung wiederherzustellen, für die er berühmt war. Vielleicht würde es ihn sogar seinen Job kosten, nur wegen eines Lunches mit der Frau, die in ihm die poetische Ader erweckte. Die letzte Woche auf der Treppe in ihn hineingestürzt war! Blitzschnell hatte er sie an ihrem Oberarm gepackt und behutsam auf die Beine gezogen. Sie hatte die Zähne zusammengebissen, das hatte er deutlich bemerkt. In ihren Augen hatten Tränen geglitzert. Oha! Er wippte auf seinen Fußballen auf und ab. »Na gut. Übrigens: Ich liebe das Fliegen.«

Diese Feststellung war ein guter Gesprächsabschluss. Selbstbewusst ging Fortier an Ivy vorbei, einige Stufen hinunter. Ein paar Augenblicke sah sie ihm irritiert nach. Sie hatte es gewusst! Dieser Mann war kein Typ, der sich fürchtete. Nicht einmal nach einem Beinahe-Absturz. Wie bekam er das nur hin? Sie hätte ihn gerne gefragt: »Mister Fortier, gibt es überhaupt etwas, wovor Sie sich fürchten?« Doch stattdessen zog sie die ketchuprote Feuerschutztür zur Werkstatt auf.

Collin Fortier drehte sich noch einmal um und blickte zärtlich hinauf zu Ivy, die in der Werkstatttür verschwand. Er atmete tief ein. Da oben war sie. Diese anmutige Frau. Zart und doch drahtig, mit weißen, etwas zu groß geratenen Zähnen und einer seltsamen Mimik. Wenn sie redete, arbeitete ihr gesamtes Gesicht. Ob sie das wusste? Nun verbrachte sie ihren Tag mit diesem schwer schnaufenden Willem, der ständig etwas zu beanstanden hatte. Dass der Getränkeautomat unten in der Kantine nicht funktionierte, dass die Beleuchtung in den Toiletten viel zu grell war, dass im Hof ein Fahrradständer fehlte, dass er endlich einen eigenen Schlüssel fürs Haus bekam und so weiter. Unwichtige Kleinigkeiten. Ansonsten konnte sich Fortier keinen enthusiastischeren Bildhauer vorstellen als ihn. Willem machte seine Arbeit, wie man so sagte, mit Leib und Seele. Ja!

Fortier schlenderte zurück in sein Büro, das sich in der zweiten Etage, direkt über der Galerie, befand. Im Vorzimmer nickte er Nicky zu und verschwand dann in seinem Büro, dessen Wände mit smaragdgrünem Seidenstoff aus Frankreich bespannt waren. Er setzte sich an seinen Schreibtisch und starrte auf das goldgerahmte Bildnis der Madame Tussaud, das gegenüber an der Wand hing. Ihr hatten sie all das hier zu verdanken. Wie fröhlich und heiter sie aussah. Am liebsten hätte er sie um Rat gefragt. »Was meinst du, liebe Marie, sollte ich Miss Ivy Bachmann zum Lunch einladen? Vielleicht ins Landmark Hotel?« Er würde sich etwas einfallen lassen, um Ivy zum Lachen zu bringen. Einen schönen Ausflug würde er planen, unter einem kleinen Vorwand. Das würde doch wohl noch erlaubt sein, oder nicht?

5.

Ivy tastete nach dem Lichtschalter. In der Werkstatt war das Deckenlicht ausgeschaltet. Vor den Fenstern, die zur Marylebone Road hinausgingen, waren die Rollos heruntergezogen. Das war ungewöhnlich. Schnell drückte sie die schwere Stahltür wieder einen Spaltbreit auf, sodass das Flurlicht als scharfer, schmaler Lichtbalken in den dunklen Werkstattraum hineinfiel. Dann tastete sie weiter nach dem Lichtschalter, der sich rechts neben dem Türrahmen befand. »Willem? Bist du da?«

Ihr Kollege fing meistens schon gegen halb neun Uhr morgens an zu arbeiten, es sei denn, er hatte wieder einen grauenhaften Fahrradunfall im Londoner Straßenverkehr gehabt. Wie im letzten Herbst. Da hatte er sich das rechte Schlüsselbein gebrochen und sechs Wochen weder arbeiten noch angeln können, da sein Arm im rechten Winkel zum Körper hatte eingegipst werden müssen. Seit knapp drei Monaten war er mit diesem Motorradschrauber Jesse James beschäftigt, inzwischen war er ihm vermutlich näher, als es Sandra Bullock oder die komplett tätowierte Michelle Bombshell McGee es je gewesen waren. Willem wusste alles über ihn. Wo er geboren worden war, wie viele Geschwister er hatte, was sein Lieblingsgericht in der Kindheit, in der Jugend und als Gründer von West Coast Choppers gewesen war. Willem konnte sagen, wie viele Pitbulls er besaß, was Jesses Lieblingsfarbe war, ob er gerne kochte und dass er seiner Tochter Sunny »Hush, little Baby« zum Einschlafen vorsang. Willems Anspruch war es, sämtliche Aspekte von Jesse James' bewegtem Leben in die Nachbildung seiner facettenreichen Persönlichkeit einfließen zu lassen. Er meinte: »Nur so schaffe ich es, Jesse eine vitale und glaubhafte Ausstrahlung zu verleihen. Seine bulldozerhafte Art, das Leben bei den Hörnern zu packen, hat seine einzigartigen Gesichtszüge geprägt, und meine Aufgabe ist es, sie emotional nachzuempfinden.« Ihr Kollege war ein Maniker.

»Willem?«

Ivy bekam keine Antwort. Das alles war recht merkwürdig. Ihre Fingerspitzen fuhren tastend über die glatte Werkstattwand. Da, endlich hatte sie den Lichtschalter. Gerade als sie ihn betätigen wollte, klatschte ihr eine massige Hand auf die Finger. »Wage es nicht!«

»Was soll das?!« Ivy riss erschrocken ihre Hand zurück.

»Bleib cool, Chuck.«

Es war Willem.

»Mein Gott!« Ihr Herz klopfte noch eine Weile aufgeregt weiter. »Können wir bitte das Licht anschalten?«

»Ich muss mich, bevor ich mich an das Kolorieren von Jesse James' Gesicht mache, total auf ihn einstimmen. Dafür brauche ich absolute Dunkelheit.«

»Seit wann brauchst du Dunkelheit, um dich aufs Kolorieren einzustellen? Normalerweise untersuchst du die Farbverläufe mit der Lupe.«

Ivy machte ein paar Schritte in die vollkommen lichtlose Werkstatt hinein und bewegte sich tastend an dem mannshohen Metallrahmen vorbei, den sie in der vergangenen Woche für Vincents Körper bereitgestellt hatte, hinüber zu ihrer Arbeitsplatte, um dort ihre Harrods-Tüte abzulegen und die Ugg-Boots auszuziehen. Als das erledigt war, angelte sie mit dem nackten Fuß nach ihren Werkstatt-Badelatschen, die irgendwo unter der Arbeitsplatte liegen mussten. Zumindest hatte Ivy sie dort am Freitagnachmittag, bevor sie mit Magenschmerzen, bedrohlich niedrigem Blutdruck und unter dem einschläfernden Einfluss von zwei Vomexpillen zum Flughafen aufgebrochen war, einfach von ihren Füßen fallen lassen. In dem Glauben, dass sie sowieso nicht wiederkehren würde. Plötzlich erklang Willems leicht nölende Stimme direkt neben ihrem Ohr. »Ist die Frage ernst gemeint?«

»Mein Gott, Willem! Hör auf damit!«

»Womit?«

»Dich so anzuschleichen.« Ivy machte einen Schritt zur Seite. »Begib dich an deinen Arbeitsplatz und nimm ein bisschen Abstand.«

»Ist ja gut! Warum bist du denn so gereizt? Hattest du kein schönes Wochenende? Wie geht's deiner durchgeknallten Schwester? Kommt sie bald mal wieder nach London? Das war so lustig, als sie uns damals in der WG besucht hat und mit diesem – wie hieß er noch? –, diesem Heini aus dem Sun in Splendour – im Treppenhaus rumgemacht hat. Die beiden haben sich ja gegenseitig beinahe ausgezogen. Fünf Jahre muss das jetzt mindestens her sein, was?«

»Keine Ahnung. Kannst du bitte das Licht anschalten? Ich steh ein bisschen unter Druck, mit van Gogh anzufangen. Fortier hat mich eben schon abgefangen und gefragt, wie weit ich bin.«

»Entspann dich.« Willem schien sich wieder etwas von ihr entfernt zu haben. »Wie willst du dich in ihn hineinfühlen, wenn du selbst kurz vor dem Kollaps stehst? Nutz die Gelegenheit, und finde Ruhe in der formlosen Dunkelheit.«

»Ich steh vor keinem Kollaps!«

»Nenn es, wie du willst.« Willems Stimme kam jetzt aus der Mitte der Werkstatt. »Ich meine, du wirst zugeben müssen, dass du in letzter Zeit, sagen wir mal, etwas unzugänglich warst.«

»Ich? Das lag nur an dem Flug nach Berlin.«

»Tatsächlich?«, sagte Willem. »Jetzt hast du ihn doch aber hinter dich gebracht und bist noch immer gereizt.«

Ivy stöhnte auf. »Ja, weil ich unter Zeitdruck stehe!«

»Ich meine ja nur«, es raschelte, als würde Willem in einer Plastiktüte etwas suchen, »dass jede unserer Persönlichkeiten nach einer speziellen Behandlung verlangt. Und Jesses Wesen nähere ich mich eben über die Dunkelheit. Ich empfange sozusagen seine Schwingungen, indem ich sein T-Shirt betaste, das er uns am Wochenende aus Austin per UPS hat zukommen lassen. Möchtest du mal daran riechen? Was würdest du sagen, welches Aftershave er benutzt? Dior Homme Sport? Das hab ich mir damals bei Macy's in New York gekauft, als ich da war, um die Maße von Brian Adams zu nehmen. Ist schon ein paar Jährchen her. Ich schätze, Mitte der Neunziger. Und neulich, im März, hat er erst seinen Stern auf dem Walk of Fame bekommen, und gerade ist er zum ersten Mal Papa geworden. In seinem Alter! Das ist hart! Also, willst du mal riechen?«

»Nein, danke! Können wir jetzt wieder das Licht anschalten und die Rollos nach oben ziehen? Ich muss mich an die Arbeit machen.«

»Schenk mir noch zehn Minuten. Bitte.«

»Was soll der Quatsch?!«

»Bitte!«

Ivy ließ sich seufzend auf ihren Drehhocker nieder, der an ihrer Arbeitsplatte stand, und starrte ins Dunkel der Werkstatt. Die Minuten verstrichen unglaublich zäh. Hier, in der absoluten Schwärze, ging einem jegliches Gefühl für Zeit verloren. Vielleicht war schon längst wieder Abend. Gleich würde sie hinuntergehen und sich neben den Imbiss stellen und nach Desmond Ausschau halten. Wenn er heute nicht kam, würde er vermutlich nie kommen. Hatte er überhaupt erwähnt, wie lang er in der Stadt blieb? Wenn sie sich nicht gleich neben den Imbiss stellte, er aber dort vergeblich nach ihr Ausschau hielt, würde er vermutlich denken, sie hätte ihm absichtlich eine Falschauskunft gegeben. Er würde sie für eine Lügnerin halten und keine weiteren Anstrengungen unternehmen, sie zu treffen. Würde sie Desmond dort unten begegnen, wäre alles klar. Jeder weitere Schritt. Für ihn, das beschloss Ivy jetzt, würde sie tatsächlich einen Flug auf sich nehmen. Ein Risiko für die Liebe.

Was Nathalie vorhin schon wieder so Dringendes von ihr gewollt hatte? Vermutlich sichergehen, dass Ivy noch am Leben war. Diese ständige Sorge ihrer Schwester musste endlich aufhören. Momentan war Ivys Dasein schließlich vollkommen risikofrei. Risiken ging man erst mit einem Partner ein. Nathalie sollte sich auf ihre Familie konzentrieren. Endlich hörte sie Willem aus der entgegengesetzten Werkstattecke seufzen: »Na, dann wollen wir mal. Bist du bereit? Ich mache das Licht an.«

Doch bevor er dazu kam, spielte sein Mobiltelefon in der Kitteltasche den rockigen Hip-Hop-Jingle der Jesse-James-Motorradshow *Monster Garage*. Erschrocken ließ Willem Jesses T-Shirt sinken. »Entschuldige, mein Handy!«

Er griff in seine Kitteltasche, zog das Telefon hervor und blickte auf das bläulich leuchtende Display. »Was will der denn?«

Ivy war aus ihrer Schläfrigkeit erwacht und riss die Augen auf, in der Hoffnung, auf diese Weise mehr zu sehen als nichts. »Was ist los?«

»Keine Ahnung. Es ist Mister Fortier.« Willem klang alarmiert.

»Na, dann geh doch dran.«

»Hinterher will er mich feuern.«

»Wieso sollte er?«

»Weiß ich doch nicht.« Willem stöhnte. »Vielleicht, weil ich mich dauernd über alles Mögliche beklage.«

»So ein Schwachsinn.«

Willem nahm den Anruf entgegen und verlieh seiner Stimme einen geerdeten Tonfall. »Mister Fortier! Wie geht es Ihnen? Was kann ich für Sie tun?« Er lauschte. Schließlich räusperte er sich, doch das half nicht viel. Er brachte kaum einen Ton heraus, vor lauter Anspannung bekam er nicht richtig Luft. Regelmäßig, wenn Fortier ihn auf seinem Handy anrief, brach unter der Anspannung sein limbisches System zusammen. Er hauchte: »Sekunde, bin gleich bei Ihnen.«

Es schepperte, dann wurde die Werkstatttür mit Schwung aufgezogen. Augenblicklich verbreiterte sich der hereinfallende Lichtbalken. Ivy sah Willems massige Silhouette, die sich hinaus in den ketchuproten Flur bewegte.

Hinter ihm fiel die Feuerschutztür schwer ins Schloss, und Ivy saß erneut in vollkommener Dunkelheit. Und da war es. Mit einem Schlag. Vincents Gesicht. Es schwebte direkt vor ihr. Wie ein Hologramm. Er betrachtete sie ruhig aus seinen tiefgrünen Augen. Ivy zwinkerte ungläubig, und das Bild war weg.

Eilig griff sie in die Luft, dorthin, wo sie ihre Tischlampe vermutete. Sie drückte auf den Lichtschalter und blinzelte, geblendet vom plötzlichen Lichteinfall, auf den flachen Stapel weißen Zeichenpapiers hinunter. Konzentriert ließ sie ihren Blick auf den Papierbögen ruhen, die auf ihrer farbverschmierten Arbeitsfläche lagen. Wenn sie jetzt nicht hinunterging und sich neben den Hotdogimbiss stellte, würde sie Desmond verpassen. Ohne den Blick zu heben, streckte sie den Arm aus und tastete nach dem Marmeladenglas, in dem sie ihre Zeichenbleistifte aufbewahrte. Sie zog einen weichen 6B hervor und machte erst einmal ein paar zügige Striche in der Luft, dicht über das Papier hinweg. Wenn sie jetzt nicht loszeichnete, würde sie sich später nicht mehr an Vincents Anblick erinnern können. Noch sah sie ihn klar vor sich. Hauptsache, Willem kam nicht gleich hereingestürmt und okkupierte sie mit den neuesten Meldungen. Er mochte Fortier nicht sonderlich, was definitiv daran lag, dass er glaubte, er würde auf die untalentierte Chelsy hereinfallen und sie zur Chefbildhauerin befördern. Das war Willems fixe Idee, von der er nicht abzubringen war. »Das würde mich umbringen! Dann würde ich kündigen. Sofort!«

Ivy schaute auf das weiße, grell reflektierende Papier. Kein Strich durfte jetzt verrutschen. Das war ganz wichtig.

Endlich traute sie sich, eine sanfte, grausilbrige Linie zu ziehen. Von unten nach oben. Die Linie seiner, von ihr aus gesehen, rechten Wange. Noch einen raschen Strich – ja! – das war's! Sein hoher Wangenknochen. Noch ein Strich. Seine Stirn. Ivy sah ihn, sie sah ihn! Vincent. Ihre Hand machte immer raschere, immer sicherere Striche und zauberte seine Gesichtszüge aufs Papier. Sie lächelte und legte das erste Blatt zur Seite. Jetzt zeichnete sie ihn schräg von der Seite. Sie sah ihn. Sie sah ihn aus jeder erdenklichen Perspektive. Sie zeichnete ihn, Blatt für Blatt, sodass sie Vincent schließlich dreidimensional vor sich sah. So also hatte er ausgesehen. Ivy streckte sich durch. Wie konnte das sein, dass sie ihn plötzlich so deutlich hatte erkennen können? Durch Willems albernen Trick mit der Dunkelheit?

Ivy suchte in ihren Unterlagen, die ihr das Amsterdamer Vincent-van-Gogh-Museum zugeschickt hatte, die Kopie der Schwarz-Weiß-Fotografie, die Vincent von hinten auf einem einfachen Holzstuhl zeigte. Von der Stuhllehne ausgehend, konnte Ivy zumindest in etwa die Breite seiner Schultern und die Höhe seines Rückens ableiten. Doch das waren lediglich Anhaltspunkte. Ihre Aufgabe war es, exakt, wirklich exakt zu arbeiten. Ivy nahm eine der Bleistiftzeichnungen hoch und blickte diesen Mann neugierig an. Er war der Mann, den sie in den nächsten Wochen formen würde. »Hallo, Vincent.«

Sie lehnte sich zurück. Mit wem teilte Desmond sein Glück, seine Freude über seine Begabung? Seit heute Nacht mit einer ehemaligen Managerial-Economics-Studentin von der LSE University im Gästezimmer seiner drei besten Freunde? So eine unbeleckte Studienabsolventin hatte doch gar keine Ahnung, was es bedeutete, aus sich heraus etwas schöpfen zu können.

Bei ihrem Vater war die Telefonleitung besetzt.

Und Nathalie nahm nicht ab.

Also nahm Ivy ihren Mantel vom Haken, zog sich ihre Ugg-Boots an und lief die Treppen hinunter, um sich die nächste halbe Stunde gut sichtbar neben den Hotdogimbisswagen zu stellen und sich mit Alice zum Lunch zu verabreden.

Collin Fortier lag zurückgelehnt in seinem neuen cremefarbenen Ledersessel, den er sich selbst im August zu seinem fünfundvierzigsten Geburtstag geschenkt hatte. Für zweitausendvierhundert Pfund hatte er ihn im Internet bestellt und sich in einem zwei Quadratmeter großen Karton direkt ins Büro liefern lassen, um zu verhindern, dass seine Exfrau etwas davon mitbekam. Im Lauf der Trennung hatte sich Madeleine als äußerst raffgierig herausgestellt. Erschütternd raffgierig. So, als sei ihre Ehe eine einzige Qual für sie gewesen, die sie jetzt versuchte durch das An-sich-Reißen gemeinsam angeschaffter Besitztümer wieder wettzumachen. Im Grunde genommen ging alles an sie: das graue Sofa, die violetten Sessel, die Teppiche, er bekam nichts aus dem gemeinsamen Haus. Alles blieb an seinem angestammten Platz stehen, nur er verschwand. Dabei hatten er und Madeleine im Laufe der Jahre durchaus glanzvolle Phasen durchlebt. Sie hatten Urlaub in der Toskana und in Südfrankreich gemacht, waren auf großen internationalen Kunstausstellungen zu Gast gewesen und hatten versucht, ein Kind zu bekommen. Doch selbst die künstliche Befruchtung hatte nichts ausrichten können, zum Trost hatte Collin seiner Madeleine einen kleinen Scotchterrier geschenkt und ihr die Innengestaltung des Hauses überlassen. Sie hatten gemeinsam einen Kochkurs besucht und regelmäßig Freunde zum Essen eingeladen. Sie waren in die Oper und ins Theater gegangen und hatten sich einen schwarzen Jaguar Daimler V8 gekauft. Wo, das fragte sich Fortier, wo lag der Fehler? Es machte ihn wahnsinnig, keine Antwort auf diese simple Frage zu finden, nicht zu wissen, woraus sich Madeleines plötzliche Abneigung gegen ihn speiste. Von einem auf den anderen Tag war er abgemeldet gewesen.

Acht Wochen lang hatte er auf diesen Sessel warten müssen. Jetzt endlich war er da. Er roch ganz und gar herrlich nach Leder. Intensiv nach Leder. Collin hatte sich entspannt darin zurückgelegt, sodass seine Füße in den rotbraunen Lederslippern locker herunterhingen. Seine Arme ruhten rechts und links auf den kühlen Lehnen, und sein Kopf wurde sicher von der Nackenstütze gehalten. Seine Rolex legte er sich auch erst im Büro an. Gerade der

Wochenendtrip nach Nizza oder die kleine Reise nach San Sebastian waren doch von außergewöhnlicher Harmonie geprägt gewesen. Madeleine hatte an einem Marktstand sogar einen ungewaschenen Apfel gegessen und bei Bandol mit ihm im türkisfarbenen Mittelmeer gebadet, so entspannt war sie gewesen. Vom Monte Igueldo aus waren sie weiter nach Guernica gefahren und hatten von einem grasbewachsenen Hügel, auf dem die malerische Ruine einer Dorfkirche bröckelte, ergriffen auf die einst zerstörte Stadt hinuntergesehen, die mit ihren rostroten Neubauten wie ausgestorben in der Mittagssonne dalag. Auf der Ruine, das hatte Madeleine allerdings in Panik versetzt, hatte die ETA mit rotem Sprühlack ihre Initialen hinterlassen. Collin atmete tief ein und aus, wobei er von Willem argwöhnisch beobachtet wurde. Seine Lider mit den hellen Wimpern zuckten.

Willem knöpfte seinen mit Ölfarbe gesprenkelten Kittel über dem Bauch zusammen. Er war schon mal schlanker gewesen. Zugegebenermaßen hatte er Schwierigkeiten, den Kittel überhaupt noch zu schließen. Da Mister Fortier nicht die Augen geöffnet hatte, seitdem Willem von Nicky zu ihm hereingebracht worden war, wusste er nicht so recht, was er tun sollte. Möglicherweise praktizierte der Manager so eine Art autogenes Training, wobei er nicht gestört werden durfte. Wenn er nur gewusst hätte, was sein Chef von ihm wollte. Willem ging allerhand Beängstigendes durch den Kopf. »Chelsy wird befördert.« »Ich werde nach oben in Chelsys Werkstatt zwangsverlegt.« »In Zukunft werde ich nur noch Figuren ausbessern.« »Mir wird gekündigt.« »Ich werde wieder im Versand bei ClickSouvenirs jobben müssen.« »Ich werde wieder in einer WG leben müssen.« »Ich werde Zeichenkurse für Hausfrauen anbieten.« »Ich werde als Asphaltmaler vor dem Buckingham Palace enden.« Willem blies die Luft aus, um irgendwie diese innere Anspannung loszuwerden. In letzter Zeit litt er öfter mal unter krampfartigen Magenschmerzen. Hauptsache, da kündigte sich kein Geschwür an. Für die kommende Woche hatte er sich vorsichtshalber beim National Health Service einen Termin für die Darmspiegelung geben lassen. Ob Mister Fortier schon einmal so etwas bei sich hatte durchführen lassen? Als Mann sollte man ab einem gewissen Alter regelmäßig zu diesen Vorsorgeuntersuchungen gehen. Willem war nicht scharf drauf, das musste er in aller Deutlichkeit feststellen. Am meisten Sorge bereitete ihm die Vorstellung, dass eine junge, hübsche Krankenschwester die Angelegenheit erledigte, wobei sie zur Beruhigung ihre kühle Hand auf seinen nackten Po legte und mit sanfter Stimme auf ihn einredete. »Gleich haben wir's. Der Doktor guckt sich das dann nur noch mal eben rasch an.«

Fortier rührte sich kein bisschen. Nur das rote Lämpchen an seinem Schreibtischtelefon blinkte lautlos auf. Und während Willem hier stand, ging alles wieder verloren, was er im Dunkeln in Bezug auf Jesse James wahrgenommen hatte. Im Dunkeln hatte er genau gewusst, welchen Roséton er für seine Wangen auswählen würde. Jetzt hatte er vor lauter Aufregung die Artikelnummer vergessen, ebenso die für die Farbe seiner matten Lippen und seiner nicht ganz unkomplizierten Lidpartie. Willem spähte hinüber zur Lithografie von Madame Tussauds von 1778, die im üppigen Goldrahmen an der seidenbespannten Wand hing. Wie fröhlich sie wirkte mit ihren siebzehn Jahren und den Rosenblüten im toupierten Haar. Dieser verschmitzt in die Zukunft grinsenden Person hatten sie all das hier zu verdanken. Wie gerne er sich einmal persönlich mit dieser schwungvollen Marie unterhalten hätte, um von ihrem Wissen und ihren Erkenntnissen und ihrer Leidenschaft für das Modellieren zu profitieren. Willem hätte ihr gerne gesagt, wie leid es ihm tat, dass 1925 so viele ihrer Figuren durch einen schlimmen Brand vernichtet worden waren und dass er unerschüttert alles daran setzte, ihr wunderbares Erbe fortzuführen.

Wenn man ihn nur ließ.

Willem räusperte sich. Er war restlos angespannt. Er wollte endlich wissen, was Fortier überhaupt von ihm wollte. Wenn sein Chef ihm jetzt eröffnete, dass Chelsy befördert würde, war er mental und auch magentechnisch geliefert. Mal abgesehen vom Angeln hatte er nichts in diesem Leben. Er würde Chelsy umbringen. Er konnte unmöglich sein restliches Leben mit Angeln verbringen, sowieso würde der Westsee im Vicky Park irgendwann höchst persönlich von ihm leer geangelt sein. Es war schon jetzt nicht so ganz leicht, da einen ordentlichen Karpfen rauszuziehen. Wie nur brachte man eine Frau um? Das würde er heute Abend, auf dem Bett liegend, herausfinden. Auf YouTube würde er sich das Best of von *Cold Case – Kein Opfer ist je vergessen* ansehen. Bestimmt bekam er da einige Anregungen und auch Tipps, welche Fehler man beim Morden vermeiden sollte, um anschließend nicht erwischt zu werden. Bei solch kriminellen Unternehmungen war es unerlässlich, dass man keine Spuren hinterließ. Gar keine! Andererseits ärgerte es Willem inzwischen maßlos, dass dieser Fortier ihm alles kaputt machte, was er im Dunkeln hinsichtlich der Kolorierung von Jesse James' Gesicht herausgefunden hatte. Ganz zart, ganz zart wollte er ihm einen Hauch von Eleganz verleihen, nicht zu viel herumexperimentieren. Ganz hauchzart wollte er sich an sein Gesicht herantasten, mit dem *American Outlaw* ins Gespräch kommen, ihn in eine leichte Plauderei verwickeln, um ihn bei Laune zu halten. Ehrfürchtig machte Willem ein paar zögernde Schritte auf das Porträt von Madame Tussauds zu und kniff die Augen zu schmalen Schlitzen zusammen. Am Ende war sie genauso verrückt gewesen wie er. Wie er recherchiert hatte, hatte sie zum Teil mit echten Zähnen gearbeitet. Einmal – so ging die Legende – hatte sie beim Anfertigen eines Gesichtsabgusses wohl vergessen, ihrem lebenden Modell Strohhalme in die Nasenlöcher zu stecken, damit es während der Prozedur weiteratmen konnte. Um ein Haar wäre ihr Modell ums Leben gekommen. Die absolute Priorität eines echten Madame-Tussauds-Bildhauers war es nun mal, die Wachsnachbildungen so naturgetreu wie möglich hinzubekommen. Darin bestand das unumstößliche Bildhauerethos. Von Mister Fortier wollte er nicht daran gehindert werden, sein Meisterwerk zu vollbringen. Willem kam langsam wieder in Fahrt und klatschte in die Hände. »So.«

Ohne seine Augen zu öffnen, hob Fortier leicht seine rechte Hand. »Ich grüße Sie, Mister Clark.« Er hörte Willem schnaufen. Seiner Einschätzung nach stand er höchstens eineinhalb Meter vom Madame-Tussauds-Porträt entfernt. Collin vernahm das leichte Rascheln des Malerkittels. Willems tastende Schritte wurden gedämpft durch den dicken dunkelgrünen Teppichboden, den Madeleine zu Beginn ihrer Ehe für sein Büro ausgesucht hatte. »Collin, du sollst es in deinem Office gemütlich haben. Wie bei uns zu Hause.«

Da Willem nicht antwortete, hätte Fortier beinahe seine Augen geöffnet. Aber zu seiner eigenen Begeisterung schaffte er es, die Lider geschlossen zu halten. Er hatte einen Deal mit sich abgeschlossen. Er wollte es schaffen, Willem nicht allzu direkt nach Ivy auszufragen. Schließlich durfte sein misstrauischer Mitarbeiter keinen Verdacht schöpfen. Um sich bei dieser kniffligen Spionageaktion unter Kontrolle zu halten, hatte Fortier sich also vorgenommen, sich derart zu disziplinieren, dass er nicht einmal die Augen öffnete. Da Willem nichts sagte, fuhr Fortier fort: »Verzeihen Sie, dass ich nicht meine Augen öffne. Nehmen Sie es nicht persönlich, ich halte es nur für sinnvoll, ab und an die Augen zu schonen. Erst neulich habe ich in einem Fachblatt für Augenheilkunde gelesen, dass sich die Sehkraft abnutzt, wenn man zu viel sieht.«

»Bitte?«

Wieder hörte Collin Willems Kittel rascheln. Jetzt musste er ungefähr auf Höhe seines antiken Schreibtisches von 1879 stehen, den Madeleine ihm ebenfalls ausgesucht hatte. Was ihm, dem frischgebackenen Single Collin, plötzlich für irre Behauptungen einfielen! Einfach so. Mit Leichtigkeit. Dabei hatte er sich gerade erst schmerzhaft von seiner Identität als Ehemann verabschieden müssen. Er lächelte mit geschlossenen Lippen und zog leicht die Augenbrauen hoch. Das Leben war so schön. Das dachte er, bevor er heiter bemerkte: »Ich konnte es auch nicht glauben. Aber so ist es. Gucken macht blind, wenn man so will.«

»Macht dann Hören taub?«

Willem schluckte. Das war doch komplett unlogisch. Wozu hatte man denn dann seine Sinnesorgane? Fortier hob seinen linken Zeigefinger: »Ja! Und Lieben macht gefühlskalt.«

Willem atmete erleichtert auf. »Na, dann hab ich ja Glück, dass ich gerade niemanden zum Lieben habe.«

»Sehen Sie! Daraus ergibt sich eine philosophische Frage: Verzichtet man aufs Sehen, um nicht zu erblinden? Verzichtet man auf die Liebe, um sie nicht zu verlieren?

Verzichtet man aufs Leben, um nicht zu sterben? Denken Sie darüber nach!«

Er war genial. Collin Fortier fühlte das Leben durch sämtliche Venen und Arterien pumpen. Wie genial er war! Das machte die Liebe, die Verrücktheit nach Ivy. Sie brachte in ihm etwas zum Pulsieren, etwas nie Dagewesenes. Sie schenkte ihm plötzlichen Ideenreichtum. Es war faszinierend. Diese Kreativität in ihm zu erwecken, hatte nicht einmal Madeleine geschafft, obwohl sie diese unglaublich fordernde Begabung besessen hatte, sich Zweit- und Drittidentitäten zuzulegen. Je nachdem, auf wen sie traf, mutierte sie gerne zur politisch Vertriebenen, oder aber sie sah sich als gescheiterte Feministin, die zum Opfer ihres patriarchalisch agierenden (Ex-)Ehemannes geworden war. Am erfolgreichsten hatte sie allerdings die liebende und aufopfernde Ehefrau mimen können und er war gutgläubig wieder besseren Wissens darauf eingestiegen. Natürlich wusste Collin, dass er Willem verwirrte. Er sagte ja nichts. Fortier sah hinaus ins Himmelszelt seiner geschlossenen Lider. Hinein in die unendliche Weite des Orbits. Hier, in diesem grenzenlosen Raum, schwebte er und wurde doch weich und sicher gehalten von seinem nach Leder duftenden Sessel. Mit den Fußspitzen berührte er geradeso den Teppich. Er trippelte darüber hinweg, um sich in seinem zurückgeklappten Sessel in Willems Richtung zu drehen. Offenbar hatte der sich an eins der Fenster gestellt. Denn von da aus hörte er ihn nun etwas ungeduldig fragen: »Worüber wollten Sie denn nun eigentlich mit mir sprechen? Gibt es etwas, was ich für Sie tun kann?«

Wieder hob Mister Fortier seinen linken Zeigefinger. Es war faszinierend, wie sehr man sich mit geschlossenen Augen selbst wahrnahm. Sogar das Heben des linken Zeigefingers bekam man voll bewusst mit. »Mich interessiert, um ehrlich zu sein, wie Sie sich grundsätzlich mit Ihrer Kollegin Ivy Bachmann verstehen.«

Willem fuhr sich hektisch durchs Haar. »Gut. Wieso?« Jetzt keinen Fehler machen. »Sehr gut sogar. Wir können sehr gut zusammen in einem Atelier arbeiten. Wir unterstützen uns gegenseitig.«

»Mir ist wichtig, dass wir hier ein entspanntes Arbeitsklima hinbekommen, verstehen Sie?«

»Ja.« Willem spürte die Panik in sich aufsteigen. Was hatte Fortier ihm vorzuwerfen? Willem war gefangen in einem Albtraum. Seine Beine schienen aus dieser quietschbunten Play-Doh-Knetmasse zu bestehen, für die im Fernsehen geworben wurde. »Ich verstehe nicht, was Sie von mir wollen! Ich fange früher an als alle anderen und gehe als Letzter. Neulich haben mich die Sicherheitsleute sogar eingeschlossen, sodass ich gar nicht mehr aus dem Treppenhaus herauskam.« Willem holte tief Luft. Er war nahe dran, zu brüllen. »Ich weigere mich nicht, Interkontinentalflüge anzutreten, und hänge dem Zeitplan nie hinterher. Eine Gehaltserhöhung habe ich im letzten Herbst abgelehnt, nur das Weihnachtsgeld habe ich gewagt zu nehmen.«

»Und da dachte ich«, Fortier hob wieder seinen Zeigefinger, »da dachte ich also, dass es längst an der Zeit ist, Ihnen zur Anerkennung einen Schlüssel für unser Haus zu überreichen. Um den haben Sie mich ja schon vor geraumer Zeit gebeten, Mister Clark.«

»Oh …« Willem schoss das Blut in den Kopf. Schweißflecken bildeten sich unter seinen Achseln.

»Wenn Sie die obere Schublade meines Schreibtisches aufziehen, müsste er da direkt neben den Büroklammern und dem Klebestift liegen.«

Willem blickte sich Hilfe suchend um, in der Hoffnung, Mister Fortiers Assistentin Nicky würde wie durch Zauberei hinter ihm auftauchen. Doch er war ganz allein mit seinem Chef. »Sie meinen, ich soll an *Ihren* Schreibtisch gehen?«

»Ja, bitte! Ziehen Sie die Schublade auf.«

Willem trat an den klobigen Schreibtisch heran, der wie eine Kopie des Resolute Desk aus dem Oval Office aussah, und zog am Messingring der schweren Schublade, die nur widerspenstig hervorruckte. Tatsächlich. Dort, auf dem dunkel gebeizten Holz, neben den bunten Büroklammern, lagen zwei Schlüssel an einem roten Band. »Ich nehme die beiden Schlüssel jetzt heraus, ja?«

»Absolut.« Fortier lächelte in Willems Richtung. »Mit dem einen kommen Sie durch die Besuchereingänge, mit dem anderen können Sie die Personaltür aufschließen, sollten Sie wieder einmal als Letzter gehen.«

»Oh, danke!« Willem hätte jetzt gerne Mister Fortier liebevoll umarmt oder zumindest glücklich und ergeben angelächelt. Nur leider hielt er ja noch immer seine Lider geschlossen. Wie also, wie teilte man einem Blinden mit, dass man sich freute? Vermutlich, indem man es aussprach. »Ich freue mich sehr! Und entschuldigen Sie, dass ich gerade etwas, nun ja, laut geworden bin. Das war nicht persönlich gemeint.«

»Vergessen Sie's!« Mister Fortier schien mit einem Mal etwas ungeduldig. »Ich hätte nur eine Bitte: Sie wissen, dass ich nur äußerst ungern Schlüssel von unserem Haus verteile. Das mögen manche der Angestellten als albern oder unlogisch empfinden. Doch ich weiß eben gerne, wer Zutritt zum Haus hat und wer nicht. Diese beiden Schlüssel zu besitzen, lieber Mister Clark, dürfen Sie als echte Auszeichnung oder Anerkennung für Ihre außerordentliche Arbeit verstehen. Ich freue mich, einen derart engagierten Bildhauer bei uns zu wissen. Achten Sie gut auf die Schlüssel.«

»Ich werde Sie nicht enttäuschen, Mister Fortier.« Willem presste ergriffen die Lippen zusammen. Ich werde Sie nicht enttäuschen, Mister Fortier. Das klang vielleicht etwas unterwürfig. Sei's drum. Er besaß nun endlich eigene Schlüssel. Das war das Größte! Das Beste! Nur: Wem sollte er davon erzählen? War dieser Besitz am Ende geheim? Willem trat noch ein Stück näher an seinen liegenden Chef heran, dabei kratzte er sich hilflos hinter dem Ohr. »Darf ich meiner werten Kollegin Ivy Bachmann davon erzählen? Oder besser nicht?«

»Wie Sie wollen. Ich halte nichts von Geheimnistuerei. Es ist meine Entscheidung, Ihnen ein Paar Schlüssel zu geben, also zeigen Sie es stolz herum.«

Willem nickte. Dieser Fortier bauschte die Angelegenheit jetzt doch übertrieben auf; oder wollte er Willem am Ende auf den Arm nehmen? Das ließ sich so schlecht einschätzen, wenn das Gegenüber mit geschlossenen Augen dalag. Oder war das schon Teil des durchtriebenen Scherzes, den Mister Fortier sich mit ihm erlaubte? Willem schluckte. »Sie machen aber keinen Witz mit mir, oder?«

»Niemals!« Fast hätte Fortier vor Erstaunen die Augen aufgeklappt. Und bevor er sich stoppen konnte, verriet er sich selbst: »Im Gegenteil. Ich dachte eher, Sie sind mein Verbündeter und können mir sagen, ob sich Ivy Bachmann in einer festen Bindung befindet.«

Collin Fortier riss vor Schreck und Scham die Lider auf. Jetzt war es passiert! Er hatte die Frage gestellt, die er nie hatte stellen wollen. Er riss die Augen auf und starrte in Willems verblüfftes Gesicht, das mit hektischen roten Flecken übersät war. »Soweit ich weiß nicht.«

Am frühen Nachmittag saß Ivy auf der anderen Seite der Marylebone, ein Stück die Straße hinunter, im düsteren

Gastraum von The Globe und löffelte eine Kürbiscremesuppe, nachdem sie im Nieselregen an den Architekturstudenten, die in Trauben rauchend vor dem Hochschulgebäude gestanden hatten, mit hängenden Schultern vorbeigeschlurft war. Vierzig Minuten hatte sie dort vergeblich neben dem Hotdogimbisswagen im Wind ausgeharrt und nach Desmond Ausschau gehalten. Endlose Touristenströme waren aus den korpulenten Reisebussen geflossen und hatten sich schäumend und schwappend durch die drei Eingangstüren ins Innere von Madame Tussauds gewunden. Zuerst war Ivy voller Hoffnung gewesen, Desmond zwischen all den Leuten in den bunten Windjacken zu entdecken. Von zärtlicher Vorfreude getragen hatte sie sich ausgemalt, wie sie die Hand ganz leicht zum Gruß heben und ihm mit klopfendem Herzen entgegenlächeln würde, während er sich in Zeitlupe zwischen den Menschen zu ihr durcharbeitete. »Ich habe gewusst, dass du hier auf mich warten würdest.«

»Ja«, hätte sie gelacht. »Und ich komme mit zu deinen Eltern nach North Carolina.«

Nur leider war er nicht gekommen.

Normalerweise aß Ivy in Restaurants keine Gemüsesuppen und eigentlich auch keine Burger, die mit Salatblättern oder Tomaten garniert waren, und erst recht nicht gedünstetes Gemüse, das sie nicht selbst bei Planet Organic eingekauft hatte. Im *Guardian* hatte sie neulich gelesen, dass ein Cox-Orange-Apfel während seines Reifeprozesses bis zu sechzehnmal mit sechsunddreißig verschiedenen Pestiziden behandelt wurde. Gerade als Ivy beim Kellner die Rechnung bestellen wollte, kam Alice im Regenmantel zur Tür herein und entdeckte Ivy sofort, die in ihrer angestammten Ecke saß. Ihre nussbraunen Haare legten sich in feuchten Wellen um ihren Kopf. »Verzeih, dass ich so spät bin. Ich habe leider den Fehler gemacht, Dave noch schnell auf einen Tee im Duke of Wellington, dahinten beim Salisbury Place, zu treffen. Und natürlich haben wir uns bereits nach fünf Minuten entsetzlich gestritten.«

Ivy setzte das mitfühlendste Gesicht auf, das ihr zur Verfügung stand. »Worum ging's denn dieses Mal?«

Alice ließ sich ihr gegenüber auf den Stuhl plumpsen und nahm in der Abwärtsbewegung die Speisekarte hoch. »Ich habe nur gesagt, dass ich mir wünsche, dass wir abends öfter mal gemeinsam etwas unternehmen. Ins Restaurant gehen oder …«

Ivy tunkte ein Stückchen Brot in ihre Suppe. »Sag mal, wollen wir ausnahmsweise ein Glas Wein trinken?« Wen interessierte das, ob sie sich komplett zerstörte? Dieses krampfhafte Attraktivbleiben – für wen? War das nicht Anbiederung an einen Unbekannten, womit hatte der das eigentlich verdient?

»Mitten am Tag?« Alice lachte. »In einer halben Stunde kommt mein nächster Patient. Nicht, dass ich den am Ende mit meinen Problemen vollquatsche.«

»Dann nicht.« Ivy zuckte müde mit den Schultern. »Und was hat Dave darauf erwidert?«

»Er meint, er würde liebend gerne mit mir etwas unternehmen, was aber ja nicht möglich sei, da ich abends manisch immer Thriller lesen würde. Aber, Ivy! Meine Thriller lese ich doch nur, weil Dave die ganze Zeit vor seinem Computer hockt und Joints raucht.«

Ivy gab dem Kellner ein Zeichen und bestellte sich einen Chardonnay. »Dann lies doch mal einen Abend nicht in deinem Thriller und guck, was passiert.«

Alice nahm sich aus dem Brotkorb, der zwischen ihnen auf dem Tisch stand, das letzte Stück Baguette heraus und zerpflückte es zwischen den Fingern. »Er meint, wir würden uns nur deswegen dauernd streiten, weil ich abends meine Thriller lese. Er sagt, die peitschen mich auf!«

»Wieso peitschen die dich auf?«

Alice schüttelte unwillig den Kopf. »Was weiß ich? Er hat wohl neulich mal in einem herumgeblättert und meinte, sich daraufhin eine Meinung bilden zu können, die da lautet, dass die darin beschriebene Brutalität unweigerlich Aggressionen bei mir schürt.«

»Und? Was sagst du als Psychologin dazu?«

»Ich halte das für vollkommenen Schwachsinn. Ich kann ja wohl noch zwischen Fiktion und Realität unterscheiden. Es ist sogar eher so, dass ich es mit Hilfe der Thriller schaffe, meine angestaute Wut auf Dave abzubauen. Ich weiß überhaupt nicht, wie er auf so einen Gedanken kommt. Du müsstest mich sehen! Ich liege ruhig auf dem Sofa und lese. Und wenn ich müde bin, frage ich mit Engelsstimme, ob wir uns jetzt noch ein wenig zusammen ins Bett kuscheln wollen. Aber Dave fühlt sich von mir dann sofort unter Druck gesetzt …«

Und während Alice entschieden feststellte, dass sie an ihren Gepflogenheiten festhalten würde, fing Ivy an zu weinen. Um all das, was sie bereits in ihrem Leben hatte loslassen müssen. Die Tränen glitten an ihrem Nasenrücken hinunter, tropften auf den Tellerrand, flutschten in den Suppenteller hinein und vermengten sich mit der restlichen orangefarbenen Kürbissuppe.

Alice schlug sich erschrocken auf den Mund. »Ivy! Was ist denn? Ich quake hier so herum und merke gar nicht, dass es dir nicht gut geht. Was ist denn los?«

Schnell kam sie in ihrem knarzenden Regenmantel um den Tisch herum, setzte sich zu Ivy auf die Bank und nahm ihre Hände in die ihren. »Ivychen. Was ist denn passiert?«

Ivy schluckte trocken. »Ach, nichts.« Aus den Augenwinkeln sah sie hinunter zu ihrem Handy, das neben ihr auf der Bank lag. Das Display leuchtete auf. Eine Nachricht von Nathalie war eingegangen: »Probier's doch mal übers Internet!«

6.

Nathalie wusste genau, dass es unvernünftig war, gleichzeitig Auto zu fahren und SMS zu schreiben. Sie raste in einem goldfarbenen 5er BMW von Sixt über die A24, Richtung Lüchow-Dannenberg. Auf der Rückbank saß Lucy in einem von den Nachbarn geliehenen Kindersitz und schlief mit dem hässlichen uringelben Naturkautschukschnuller im Mund, der laut der *Bio-Baby-Welt*-Broschüre keinen Nährboden für Keime bot und somit die perfekte Grundlage für Hygiene schuf. Außerdem war er, im Gegensatz zum Silikonsauger, extrem elastisch und konnte nicht von »schlafenden Kinderzähnen« zerkleinert werden. Schlafende Kinderzähne! Was für ein abstruses Bild! An ihren eigenen Kindersitz war Nathalie nicht herangekommen, der befand sich nämlich im Volvo-Kombi, mit dem Peer, wie jeden Morgen, ins Büro gefahren war. Klar machte sie alle Besorgungen zu Fuß oder mit dem Rad. Offenbar gab es da für Peer gar keinen Diskussionsbedarf. Für ihn war es offenbar selbstverständlich, dass er als berufstätiger Mann den Wagen nahm, damit in die Tiefgarage unter seinem Bürogebäude fuhr, ihn, wie alle anderen Männer auch, dort den ganzen Tag über stehen ließ, um dann damit im Feierabendverkehr vom Potsdamer Platz zurück nach Hause zu schleichen, was mindestens doppelt so lange dauerte wie mit der U-Bahn. Es gab keinen vernünftigen Grund, warum er nicht die U2 zur Arbeit nahm. Einen solchen Grund gab es einfach nicht, mal abgesehen davon, dass er in aller Ruhe sein altes Sting-Album in voller Lautstärke hören und mitsingen konnte. »Hey, Mister Pinochet, you've sown a bitter crop.«

Nathalie kam gut alleine klar. Das Lenkrad mit einer Hand haltend, suchte sie in der schwarzen CD-Nylonhülle nach einer passenden Musik für ihre Fahrt bei knapp zweihundert Kilometern pro Stunde. Sobald Peer gegen achtzehn Uhr fünfzehn zu Hause war, sollten die Nachbarn bei ihm klingeln und sich von ihm Lucys Autositz leihen. Dann musste Peer eben noch einmal runter auf die Straße und das sperrige Teil von der Rückbank zerren. Sein Problem. Er rief ja nicht einmal an, um zu hören, ob mit Lucy so weit wieder alles in Ordnung war. Offenbar interessierte es ihn überhaupt nicht, ob sein Töchterchen gerade an einer Hirnhautentzündung starb.

Das war ein eindeutiges Signal.

Gegen elf Uhr fünfzig am Vormittag hatte Nathalie den Notarzt alarmiert und direkt zur Kita »Rasselbande« bestellt, wo die Sanitäter die eingeschüchterte Lucy abgeholt und im Krankenwagen abtransportiert hatten. Bedauerlicherweise hatte Nathalie es nicht mehr geschafft, mit dem Rad zeitgleich an der Kindertagesstätte einzutreffen, sodass sie von dort ein Taxi hatte nehmen müssen, um Lucy so schnell wie möglich in die Charité zu folgen. In der Charité stellte Nathalie allerdings fest, dass ihre Tochter wohl doch ins Kinderkrankenhaus in der Washingtonstraße gebracht worden war. Dort wartete Lucy vollkommen reglos auf einer Liege in der Notaufnahme, ohne dass sich eine Schwester in diesem emotionslosen Raum mit den angsteinflößenden technischen Apparaturen um das schwerkranke, eingeschüchterte Kind gekümmert hätte. Unfassbare Zustände herrschten hier. Verwundert hatte Lucy ihrer Mutter entgegengesehen und mit dünnem Stimmchen gefragt: »Werde ich sterben?«

Exakt so hatte sie es ausgedrückt. »Werde ich sterben?«

Wenn doch nur alle Menschen über eine derart ausgefeilte Sprachbegabung verfügten. Schlafende Kinderzähne! An der *Bio-Baby-Welt*-Broschüre waren gut bezahlte Werbetexter am Werk gewesen! Solch einen sprachlichen Schnitzer hätte sich Nathalie einmal in einem ihrer Artikel bei der *Sonntagszeitung* erlauben sollen! Die Leser schrieben einem noch Tage später erboste Leserbriefe, in denen sie ungnädig auf Rechtschreib- und Grammatikfehler hinwiesen. Manche fragten sogar, wo und ob man überhaupt zur Uni gegangen war! In der Notaufnahme hatte sich Nathalie schnell auf den Rollhocker gesetzt, war an ihre liegende Tochter herangerollt und hatte ihre warme, sandige Hand genommen. Gar nichts mehr hatte an das aufgeweckte Mädchen erinnert, das Nathalie am Morgen mit Küssen und Liebesbeteuerungen verabschiedet hatte. Nach einer Stunde war Lucy endlich von einer erschütternd jungen und extrem nervösen Assistenzärztin, die offenbar zum ersten Mal in ihrem Leben überhaupt ein Stethoskop benutzte, untersucht und leichtfertig für völlig gesund erklärt worden, woraufhin Nathalie darauf bestanden hatte, auf den Chefarzt zu warten, der schließlich merklich verärgert nach weiteren zwei Stunden auf das gleiche Ergebnis kam. Na gut. Schon möglich. In diesem speziellen Fall hatte Nathalie vielleicht etwas überzogen reagiert. Peer hatte recht: Sie sollte damit aufhören, Krankheiten zu googeln. Dennoch: Immerhin hätte es ja sein können, dass etwas mit Lucy nicht stimmte. Seit Nathalie 1995 den Film *Outbreak – Lautlose Killer* gesehen hatte, in dem sich Killerviren durch einen harmlosen Huster blitzschnell im Kinosaal verbreiten, litt sie unter Hypochondrie. Und auch diese Symptome hatte sie gegoogelt. Und nun zeigte sich, wie ihr Mann auf ihre irrationale, dennoch quälende Not reagierte. Nämlich gar nicht. Und exakt das war der Grund, warum Nathalie jetzt mit Lucy Richtung Wendland fuhr. In die Blaue Stunde hinein. Gewaltig dramatisch sah es am Horizont aus. Wie das letzte Szenenbild der Oper *Tosca*, in dem sich die schöne Liebende vor Verzweiflung in den Tod stürzt. Da, in diesen gewaltigen und alles verschlingenden Himmel, wäre Nathalie gerne direkt hineingefahren, um sich von ihm verschlucken zu lassen.

Peer würde am Abend eine komplett verwaiste Wohnung vorfinden – wie der letzte Mensch auf der Welt würde er sich vorkommen. So wie seine Frau sich täglich vorkam: wie der letzte Mensch, von dem niemand Notiz nahm, der kein Anrecht auf Sozialkontakte mehr hatte. Vor drei Jahren hatte sie zum letzten Mal einen aufrührerischen Essay für die Zeitung geschrieben. Das Thema war, warum Männer und Frauen unmöglich platonisch miteinander befreundet sein konnten. Von vielen betroffenen Frauen war ihr für diesen Artikel Sympathie bekundet worden, den sie in allererster Linie für Peer geschrieben hatte, der sich stoisch weiterhin montagnachmittags mit seiner besten Freundin Ariane im Café getroffen hatte, während Nathalie sich zu Hause um den Haushalt, die frisch geborene Lucy und ihre journalistische Tätigkeit gekümmert hatte. Damals hatte sie es unter enormer Kraftanstrengung hinbekommen, pro Woche noch einen polarisierenden Essay fürs Gesellschaftsressort der *Sonntagszeitung* zu schreiben, während sie Lucy stillte oder die Windeln wechselte. Nach einem Jahr war sie im Bad ohnmächtig zusammengebrochen, und Peer hatte besorgt festgestellt, es sei an der Zeit, dass Nathalie sich ein wenig schonte.

Das kam dabei heraus: eine Art Kaspar-Hauser-Schicksal.

Der Tag war einfach zu voll mit all den anderen Dingen, die auch noch zu erledigen waren, um nicht im Chaos der eigenen vier Wände unterzugehen. So etwas wie Hausarbeit und Kindererziehung wurde ja in dieser Gesellschaft überhaupt nicht goutiert. Diese Art der Arbeit fand unter Ausschluss der Öffentlichkeit statt. Offenbar war sie nichts wert. Niemand mit Rang und Namen kam und klingelte an der Tür, um festzustellen: »Unglaublich, wie toll Sie Lucys Spielzeug in die Plastikboxen räumen. Sie werden befördert!« Oder: »Haben Sie etwa heute auch noch die gesamte Wäsche gewaschen, in den Trockner gestopft, Staub gesaugt, die Betten neu bezogen und die Toilette geputzt? Sie bekommen eine Gehaltserhöhung!« Hätte Nathalie geahnt, wie chancenlos das Schicksal von studierten Müttern in diesem Land aussah, vielleicht hätte sie einfach – Nathalie warf einen verschämten Blick in den Rückspiegel –, vielleicht hätte sie damals darauf verzichtet, Mutter zu werden. Das hierarchisch durchstrukturierte Arbeitsleben hörte ja schlagartig mit der Geburt des Kindes auf, während der Mann seine Stärken und Begabungen im Vergleich und im Wettkampf mit seinen Kollegen ungehindert weiter austesten konnte und zufrieden seine Erfolge feierte. Er bekam E-Mails von seinen Mitarbeitern, witzige E-Cards mit Geburtstagsgrüßen von der Sekretärin, plauderte auf dem Gang mit dem Chef, erntete Schulterklopfer für erfolgreich abgewickelte Geschäfte und ging nach Feierabend zum Sport, um sich verdientermaßen zu entspannen. Bedankte sich irgendjemand bei den Frauen, dass sie sich mit ihren Kindern in volle Kinderarztpraxen setzten, um dort den Vormittag tot zu schlagen und sich in einem Schwung alle erdenklichen Kinderkrankheiten abzuholen?

Nathalie zog von Whitney Houston die Best-of-CD aus

der Hülle. Die erinnerte sie an das *Nelson Mandela 70th Birthday Tribute Concert* am 11. Juni 1988 im Wembley-Stadion, bei dem auch Tracy Chapman mit ihrer akustischen Gitarre und den Stummeldreadlocks aufgetreten war. In ihrem drei Nummern zu großen Tweedjackett mit den riesigen Schulterpolstern hatte Whitney Houston einen Song nach dem anderen in Londons bläulichen Abendhimmel intoniert, und Nathalie hatte ihr aus dem Wendland dabei verzaubert zugesehen und geglaubt, auch ihr sei für die Zukunft die Bewunderung all ihrer Mitmenschen gewiss. Im Grunde genommen war die junge Whitney Houston Nathalies Rolemodel, genau wie Alexis Colby aus dem *Denver Clan* oder die noch unverbrauchte Elizabeth Taylor.

Alle drei symbolisierten die starke, erfolgreiche, einzigartige, wunderschöne Frau, die Männer herumkommandierte und ihnen die Hölle heißmachte, wenn sie nicht spurten. Diese drei Frauen standen für die unabhängige und doch anbetungswürdige bis aggressive Selfmade-Frau. Die verruchte Künstlerin, die Liebhaberin, die wilde Furie, die sich nichts sagen ließ, gefühlvoll war und doch wusste, was sie wollte. Im Grunde genommen wohnte in Nathalie seit ihrer Heirat eine uralte, weggeschlossene Aggressivität, die nur darauf wartete, erneut zum Ausbruch zu kommen, um sich endlich das für sie vorgesehene Leben zurückzuerobern. Nathalie stand kurz davor, loszupreschen und sich das zu nehmen, was ihr zustand. Das spürte sie ganz deutlich. Doch noch hatte sie sich im Griff.

Sie war multitasking. Nathalie behielt alles im Auge. Sie war immer für andere da. Wer aber war für sie da? Seit heute Vormittag war ihr Vater nicht zu erreichen, und Ivy reagierte auch nicht mehr. Und um sich nicht weiter fragen zu müssen, ob überhaupt gerade jemand an sie dachte, würde Nathalie genau jetzt das Handy ausschalten. Sollte

Peer wider Erwarten doch irgendwann, wenn er sich ausreichend mit den Kollegen über Belanglosigkeiten ausgetauscht hatte, anrufen, würde er nur auf die Mailbox sprechen können. Mit jeder Faser seines Körpers sollte er spüren, wie beschissen es sich anfühlte, vollkommen abgeschnitten zu sein unter all den Menschen, die selbstbestimmt ihr Leben führten. Es war erniedrigend, ja! Das war es! Erniedrigend! Vollkommen isoliert, bedingungslos auf sich gestellt zu sein, weil niemand da war, der einem zur Seite stand, wenn man ins Wanken geriet. Nathalie hatte ja nicht einmal eine Freundin. Abends war sie zu müde, sich noch auf ein Glas Wein zu verabreden, um sich das lamentierende Geschwafel anderer Mütter anzuhören, die nichts außer ihren Hausfrauensorgen im Kopf hatten. Gott, das war so erbärmlich. So langweilig. So eine Zeitverschwendung.

Wie hielt Ivy eigentlich ihre Fehlplanung des Lebens aus? Sie hatte ja nicht einmal ein Kind, an dem sie sich festklammern konnte. Bald würde ihre jüngere Schwester in das Alter kommen, in dem es schon an absolute Leichtsinnigkeit grenzte, überhaupt noch schwanger zu werden. Sowieso lag die Chance einer Befruchtung pro Zyklus mit Mitte dreißig nur noch bei zehn Prozent. Eigentlich hätte Nathalie auch gerne noch ein Kind bekommen, nun wurde sie schon achtunddreißig. Das Für und Wider für eine solche Risikoschwangerschaft hatte sie neulich im Internet recherchiert. In jedem Fall würde sie eine Fruchtwasserpunktion durchführen lassen, um mögliche genetische Auffälligkeiten sofort festzustellen. Endlich ging ihr Vater ans Telefon. Sie ließ die Begrüßung gleich weg.

»Wo warst du denn den ganzen Tag?«

»Drüben, bei Heidi.«

»Was machst du denn drüben bei Heidi?« Nathalie

steckte sich den Kopfhörer ins Ohr, wobei der Wagen kurz ins Schlingern geriet und ein schwarzer Audi hupend an ihr vorbeizog.

»Ihre Enkelkinder sind zu Besuch. Sie hat mich gefragt, ob ich rüberkommen will, um ein bisschen mit den beiden Kleinen zu spielen.«

»Du hast doch selbst ein Enkelkind. Reicht das nicht? Brauchst du noch mehr davon? Dann frag Ivy! Die ist jetzt mal dran.«

»Wir haben doch nur draußen im Garten Kricket gespielt, und Heidi hat uns bekocht«, sagte Walter mit sanfter Stimme. »Dann hab ich den beiden Kleinen noch etwas vorgelesen, und danach haben wir eine Burg aus Lego gebaut.« Am anderen Ende der Leitung ertönte der Begrüßungsjingle, der immer ertönte, wenn ihr Vater den alten Siemens-Computer hochfuhr.

Nathalie überholte den schwarzen Audi und zeigte dem erstaunten Fahrer einen Vogel. »Papa! Es ist halb sechs! Du warst den ganzen Tag drüben bei Heidi und hast den Kindern vorgelesen und mit ihnen Lego gespielt. Es wäre schön, wenn du das auch mal für Lucy tun würdest. Ich habe bestimmt zehnmal versucht, dich zu erreichen, um dir zu sagen, dass ich mich mit deiner vierjährigen Enkelin in der Notaufnahme einer Kinderklinik befinde. Aber offenbar hattest du ja Besseres zu tun.« Von hinten holte der Audi auf, weswegen Nathalie ihre Geschwindigkeit rapide drosselte.

»Was habt ihr denn in der Notaufnahme gemacht? Ist alles in Ordnung? Geht es Lucy gut?«

Nathalie beobachtete im Rückspiegel angespannt den schwarzen Wagen, der unfassbar dicht auffuhr. »Zufällig ja. Fehlalarm. Aber es hätte ja sein können, dass es etwas Ernstes ist. Dann wärst du nicht zu erreichen gewesen, weil du drüben bei Heidi warst.«

Walter gab sich weiterhin Mühe, gelassen zu bleiben. Aus Erfahrung wusste er, es brachte nichts, sich mit seiner Tochter anzulegen. »Dann gebe ich dir für die Zukunft Heidis Nummer.«

Nathalie hupte und überholte auf der rechten Spur, ohne zu blinken. »Bevor ich diese Frau anrufe, bringe ich mich lieber um.«

»Sie hat dir doch gar nichts getan.« Durch den Hörer hörte sie, wie ihr Vater die Computertastatur betätigte.

Der Audi war aus ihrem Sichtfeld verschwunden. »Sag mal, tippst du, während ich mit dir spreche?«, fragte Nathalie irritiert. »Ich habe dir gerade gesagt, dass Lucy und ich in der Notaufnahme waren, und du tippst auf der Tastatur herum. Interessiert dich das alles nicht?«

»Entschuldige, mir war nur gerade ein Fehler im Stammbaum aufgefallen. Ich hatte da einen Dreher in dem Geburtsjahr meiner Mutter. Nicht 1980, sondern 1908.«

Nathalie hörte Walter tippen. Sie sog die Luft durch die Zähne ein. Warum musste ihr Vater sie eigentlich ständig reizen? »Bist du«, Nathalie klammerte sich ans Lenkrad, »bist du öfter drüben bei Heidi? Du weißt, dass ich sie nicht leiden kann. Sie konnte mich auch nie leiden, weil ich beim Ballett besser war als ihre sauertöpfische Tochter. Und Mama konnte sie auch nicht leiden, weil sie um Längen besser aussah als Heidi.«

»Ich habe eigentlich keine Probleme mit ihr.«

»Und aus welchem Grund triffst du sie?« Nathalie wollte es nicht hören. Sie verabscheute Heidi. Sie hatte diese eingebildete, total von sich überzeugte, extrem hübsche Tochter gehabt. Tamara, die meinte, alles besser zu können als Nathalie. Außerdem hatte sie überall im Dorf herumerzählt, Nathalie hätte sich an ihren Freund herangemacht.

»Was wird schon der Grund sein? Wir verstehen uns gut.«

»Seit wann?« Nathalie drückte das Gaspedal ein Stück weiter hinunter, sodass der Wagen nach vorne schoss. Hinter ihr rührte sich Lucy im Halbschlaf. Die gummierte Buddelhose knatschte.

»Wir haben uns doch schon immer gut verstanden. Hin und wieder gehen wir zusammen hinüber zum Friedhof und jäten Unkraut, und neulich hab ich Heiners Stein mit Mörtel ausgebessert. Jemand war wohl mit der Schubkarre dagegengestoßen, und Heidi …«

»Das ist geschmacklos!« Jetzt streckte Lucy sich durch und bohrte ihre Füße von hinten gegen die Fahrerlehne in Nathalies Rücken. Noch einmal so ein unangenehmer Tritt, und sie würde sich zu ihrer Tochter umdrehen und sie scharf zurechtweisen. Noch hatte Nathalie sich unter Kontrolle. Sie war normalerweise keine Mutter, die laut wurde. Sie war eine Mutter, die es schaffte, konstant ruhig und gelassen zu bleiben.

»Was ist denn daran geschmacklos?« Ihr Vater klackerte auf der Tastatur herum. Mit den Gedanken war er ganz offenbar nicht beim Thema. »Ich mochte Heiner. Er war ein lieber Freund von mir. Wieso soll ich mich, wenn Heidi mich darum bittet, nicht um das Ausbessern seines Steins kümmern?«

»Kannst du endlich mit diesem nervigen Tippen aufhören?!« Nathalie war nur einen kurzen Moment die Stimme entglitten. Sie atmete tief durch. »Entschuldige, Papa.«

Das Klackern der Tasten hörte schlagartig auf. Das tat gut. Gleich klang sie etwas versöhnlicher. »Mir ist es ja im Grunde genommen egal, mit wem oder mit was du deine Zeit vertreibst. Ich wollte dir nur mitteilen, dass Lucy und ich auf dem Weg zu dir sind.«

»Zu mir? Oh. Oh. Oh. Das passt mir gerade gar nicht so

gut. Ich hab noch so viel zu tun.« Das Klickern setzte wieder ein.

»Papa! Deine Enkelin kommt gerade mit Verdacht auf Hirnhautentzündung aus der Notaufnahme, und du sagst, dir passt es nicht sonderlich gut. Das trifft mich jetzt aber. Was hast du denn so Wichtiges zu tun?«

»Ich hab neues Material für meinen Stammbaum von Onkel Hans aus Buenos Aires bekommen. Er hat alte Briefe und Unterlagen unseres Vaters gefunden, in dem die Geburtsdaten seiner Adoptivmutter und die ihrer Eltern stehen. Da wollte ich recherchieren, wo deren Wurzeln liegen.«

»Kannst du das nicht später machen? Bitte!«

»Sicher.«

»Danke.«

»Ich bin nur gerade so angefixt. Ich habe nämlich den Eindruck, die Kopien der Kirchenbücher, die mir Hans eingescannt und rübergemailt hat, sind fehlerhaft. Ich weiß nicht, ob er sich da mit mir einen Spaß erlaubt oder aber ob da schon im letzten Jahrhundert an den Fakten herumgeschraubt wurde. Ich werde einige Gemeinden durchtelefonieren müssen, um an die Originale heranzukommen.«

Nathalie riss sich die Stöpsel aus den Ohren, schaltete das Handy aus und brauchte einige Augenblicke, um sich wieder zu beruhigen. Kreisten alle nur um sich selbst? Dass ihr Vater sich mit Heidi die Tage um die Ohren schlug, grenzte an Verrat. Diese Frau hatte ihre Mutter konsequent auf den Gemeindefesten ignoriert, sich dafür aber besonders intensiv mit Walter unterhalten, der Jahr für Jahr den Grill bediente. Diese Heidi sollte es wagen, sich in ihre Familie hineinzudrücken! All die Jahre hatte sie doch nur darauf gewartet, sich nach Heiners Tod endlich an Walter heranmachen zu können. Aus diesem Traum würde nichts werden. Nathalies Vater war mit ihrer Mutter verheiratet gewesen. Bei dieser getroffenen Entscheidung sollte er, Nathalies Ansicht nach, auch bleiben. Wo kam man denn dahin, wenn man sich immer wieder einen neuen Partner suchte? Man verriet die große Liebe! Nicht auszudenken, dass Peer sich eine neue Frau suchte, sollte Nathalie verunglücken. Er würde schön alleine bleiben bis an sein Lebensende und sie in wacher Erinnerung behalten.

Doch egal, wie sehr sie sich dagegen wehrte, Nathalie musste sich vorstellen, wie Peer nach ihrem Ableben mit einer anderen Frau neu durchstartete. Mit einer, die mitten im Berufsleben stand. Womöglich mit einer erfolgreichen Journalistin, die gerade ihren zweiten Bestseller über Kind & Karriere herausgebracht hatte.

Nathalie würde Peer nicht auf die Starbucks-Quittung über die zwei gekauften Caffè Mocha ansprechen, die sie heute Morgen in seiner Anzughose gefunden hatte. Sie würde ihre Entdeckung für sich behalten. Außer ausweichenden Erklärungen würde sie sowieso nichts von ihm zu hören bekommen. Nathalie wollte sich nicht vergegenwärtigen, was ihr Mann tagsüber heimlich tat. Gerade war sie in der Stimmung, alles für möglich zu halten. Sie würde ihn nicht fragen. Noch nie hatte sie sich so abgetrennt von ihm gefühlt. Oh, fühlte sich das beängstigend an. Nathalie war nahe daran, in den Straßengraben zu rasen, mit Lucy auf der Rückbank. Was, wenn sie den Wagen jetzt hinüber auf die entgegengesetzte Fahrbahn zog? Voll rein, in den entgegenkommenden Verkehr. Damit diese quälende Verlustangst endlich, endlich aufhörte.

Nathalie hatte doch schon jahrelange Life Coachings hinter sich, um diese typisch weibliche Eifersucht zu besiegen, die immer wieder an ihren Körperinnenwänden emporkroch und sich wie eine kalte, stählerne Hand um ihr armes Herz legte. Gut, dass ihre kleine Lucy sich nicht mehr rührte. Nathalie warf einen langen Blick in den Rückspiegel, ihrer schlafenden Tochter war der Schnuller aus dem Mund gerutscht und lag jetzt vermutlich im Fußraum. Gut, dass Lucy nicht quengelte, denn Nathalie hatte, entgegen ihrer Gewohnheit, keine Rohkostknabberei dabei. In diesem nervlich instabilen Zustand konnte sie nicht an einer Tankstelle anhalten, um beim Tankwart ein mit Benzin verseuchtes Sandwich zu kaufen. Es tat gut, die Autobahn mit überhöhter Geschwindigkeit hinunterzurasen. Mit der Aussicht auf einen schweren, tödlichen Unfall.

Walter stand im kamelbraunen Lambswoolpullover mit vor der Brust verschränkten Armen auf dem Hof. Feine Nebelschwaden stiegen aus dem Boden auf und kräuselten sich um seine Knöchel. Sein Atem stand als milchige Wolke in der Luft, über ihm blinkten die Sterne. Auf dem Nachbarhof hämmerten die neuen Eigentümer seit dem Mittag hilflos an dem baufälligen Dach herum, um es irgendwie winterfest zu machen. Von der über die Jahre stark geschrumpften Wagenburg, deren rostige Trailer am Ortseingang zwischen den Birken längst nicht mehr in einer Defensivformation standen, hörte er vereinzelt Kinderstimmen, die nach ihren semiaktiven Eltern riefen. Zum Zeichen ihres trägen Widerstandes baumelte seit den letzten Castortransporten unter den zerbeulten Briefkästen ein zerfleddertes Banner

KEINE SOZIALEN UNRUHEN IST AUCH
KEINE ALTERNATIVE.

Als Nathalie im goldfarbenen BMW über den Kies und um den Brunnen herumgeschossen kam, flatterten die Gänse aufgeregt in ihrem modernden Rinnsal, das sich um den Hof bis hin zur verfallenen Mühle hinter dem Birkenwäldchen zog. Unter den Reifen sprangen knirschend die Kiesel zur Seite weg und prallten gegen seinen dunkelblauen Citroën. Früher wäre Walter vor Entrüstung schlagartig eine Sicherung durchgeknallt, jetzt verspürte er nur noch einen schwach britzelnden Impuls, der sofort erstarb. So, als sei er längst vom Starkstromkabel gekappt worden. Am Morgen hatte er mit seinem Bruder Hans in Buenos Aires telefoniert und für den stetig wachsenden Stammbaum Daten aus der Vergangenheit abgeglichen. Dabei hatten sie sich, wie Walter es nannte, in die Wolle bekommen, da Hans meinte, von Dingen eine Ahnung zu haben, von denen er über die Distanz gar nichts wissen konnte. Walter war drauf und dran gewesen, den Hörer auf die Gabel zu knallen. »Ach! Hör doch auf! Das weißt du doch gar nicht!«

In letzter Zeit fing Hans immer wieder von Veronika an, als hätte man ihn beauftragt, sich detektivisch auf die Suche nach den wahren Beweggründen ihres »Weggangs« zu machen, wie Hans es elegant und doch zynisch formulierte. »Deine Frau war zu modern für dich, ich sage dir das. Zu modern! Sie wollte gar keine Familie. Sie wollte ein bisschen hier, ein bisschen da. Wenn du weißt, was ich meine! Ich hätte dir das gleich sagen können, dass sie nicht scharf drauf ist, mit dir da in der Walachei den Lebensabend zu begehen. Als sie damals wieder angefangen hat zu arbeiten, da wusste ich, eure Zeit ist um, weißt du, was ich meine? … Walter?«

»Nein.«

»Dass dieses Kuhkaff sie eines Tages noch umbringt.«

Walter sah ihr kupferrotes, lockiges Haar wehen. Im Herbst. Unter dem purpurnen japanischen Ahorn im Garten. Wie eine Corona hatten sich ihre Haare in der Sonne glühend um ihren Kopf gelegt. Sie war schön gewesen. Schön und vollkommen, sodass er sich neben ihr ganz mickrig vorgekommen war. Seiner Erinnerung nach hatte Veronika nie Sorge gehabt, in ihrem Leben könnte etwas schieflaufen. Sicherlich hatte er es seiner Frau nicht nur leicht gemacht. Es konnte schon sein, dass er ihr gemeinsames Leben als zu selbstverständlich hingenommen hatte. Aber sie war glücklich gewesen. War sie es nicht?

Er fröstelte.

Sonntagmorgens hatte sie sich, bevor sie aus dem Bett aufgestanden war, noch einmal mit all ihrer Schönheit zu ihm umgedreht, hatte sein Gesicht zärtlich in ihre Hände genommen und ihn geküsst. »Guten Morgen, Liebling.« Unermüdlich war sie im Haus die Treppen hinauf- und hinuntergelaufen. Gelaufen, gelaufen, gelaufen. Um für alle da zu sein.

Walter atmete tief ein.

Das Leben hatte sich um seine Frau formiert. Als hätte sie es mit ihrem fröhlichen Glanz angelockt. Nie wieder wollte er mit dem senilen Hans telefonieren. Er murmelte: »Der spinnt doch!«

Drüben bei Heidi ging das Licht in der Küche an, das sah er durch die beinahe kahlen Äste der umstehenden Erlen. Ihr lieber Schatten bewegte sich am Tisch vorbei, auf dem die Schale mit den Äpfeln stand, die er ihr in einer alten Obstkiste hinübergetragen hatte. Morgen Vormittag hatten sie eigentlich vorgehabt, gemeinsam mit ihren beiden Enkeln zur Reithalle zu gehen, um sich zwei störrische Shettys für einen längeren Spaziergang auszuleihen. Hatte denn seine Frau nicht hierherziehen wollen? Hatten sie sich da missverstanden?

Inzwischen war Nathalie aus dem Wagen ausgestiegen

und hatte mit Wucht die Fahrertür zugeschlagen. Jetzt war sie damit beschäftigt, eine Reisetasche nach der anderen aus dem Kofferraum zu zerren und auf dem Kies abzustellen. Wie lange hatte sie denn vor zu bleiben? Die weißen Steinchen knirschten unter Walters Schritten, als er sich, das linke Bein leicht nachziehend, auf den protzigen goldenen Wagen zubewegte. Drinnen, im dunklen Inneren, regte sich Lucy auf dem Rücksitz und quengelte. Nathalie eilte mit den schweren Taschen an ihm vorbei, Richtung Haus.

»Du brauchst mir nicht zu helfen, ich schaff's schon allein.«

»Ist alles in Ordnung, mein Kind?« Er sah das altbekannte Blitzen in ihren Augen. Manchmal fragte er sich, wie Peer mit ihr klarkam.

»Ihr Männer seid selbstbezogene Waschlappen.«

Damit hetzte sie hinüber zum Hauptgebäude. Walter öffnete hinten die Seitentür und setzte sich lächelnd neben seine Enkelin auf den Rücksitz. Peer musste über ein beachtenswert dickes Fell verfügen, um sich nicht persönlich angegriffen zu fühlen. Als Lucy ihren Opa erkannte, hörte sie schlagartig auf zu quengeln und versteckte ihr Gesicht verschämt hinter der Seitenschale des riesigen Kindersitzes. Walter zog die Wagentür sanft hinter sich zu. »Na, mein kleines Würmchen. Kommt ihr mich besuchen?«

Draußen hastete seine Tochter mit angespannter Miene wieder über den Hof zurück zum Auto. Sie knallte die Kofferraumklappe zu, der Wagen schaukelte, und zum zehnten Mal in dieser Stunde schaltete sie ihr Handy ein, um zu prüfen, ob Peer sich inzwischen gemeldet hatte. Mittlerweile war es halb acht. Er musste also längst aus dem Büro nach Hause gekommen sein. Gegen Viertel nach sechs war er meistens da. Und zu seiner Überraschung würde seine

Familie heute nicht wie sonst fröhlich im Windfang auf ihn warten. Ja, tatsächlich! Seine »beiden Frauen« waren allezeit verlässlich zu Hause. Wie praktisch für ihn. Nie musste er sich darüber Gedanken machen. Das war ganz normal, dass sie zu Hause waren, wenn er kam. Nie hatte er einen Zweifel daran haben müssen. Bis heute.

Zu Nathalies großer Entspannung hatte Peer inzwischen sechsmal angerufen. Wie weggeblasen war die tiefe Verzweiflung. Dafür stieg der süßeste, herrlichste Triumph in ihr auf, als stünde sie gerade ganz oben auf dem Siegertreppchen und würde vor den Augen der Welt die Goldmedaille verliehen bekommen. Für ihre besonderen Verdienste. Für ihre ganz persönliche Höchstleistung. Genüsslich hörte Nathalie sich seine Ansagen auf der Mailbox an. Zuerst klang ihr Mann noch relativ ahnungslos: »Hallo, meine süßen Frauen, wo seid ihr? Papa ist zu Hause, nur ihr nicht. Was macht ihr denn Hübsches? Seid ihr noch schnell etwas fürs Abendbrot einkaufen? Kommt ihr gleich wieder, damit wir es uns gemütlich machen können?«

Oh, es reichte schon, sich diese dümmliche Ansage anzuhören, dass eine gewaltige Wutwelle durch Nathalies Körper schwappte. Wie eindimensional ihr Mann war! Klar, das Einzige, was sie und Lucy in seinen Augen auf die Reihe bekamen, war noch »schnell« ein bisschen was einzukaufen. Weil sie, trottelig, wie sie waren, mal wieder etwas vergessen hatten. Was?

Die zweite Ansage, zehn Minuten später, klang schon etwas besorgter. »Hallo, hier ist Papa. Wo seid ihr denn? Ich bin schon seit einer Viertelstunde zu Hause. Nur ihr nicht. Ich erreiche euch auch nicht. Wo seid ihr denn? Ruft mal den lieben Papa an, wenn ihr das hört.«

Ha! Nathalie atmete tief ein und aus, um sie herum rauschten die Erlen, die Linden und der Ahorn. Das trockene Laub knisterte, und ab und an fiel ein welkes Blatt herunter. Über ihr spannte sich der wolkenlose, dunkle Abendhimmel, mit Sternen gespickt. Sie war zu Hause. Sie atmete die frische Luft ein und mit ihr den Frieden und die Behaglichkeit ihrer Kindheit. Und wenn sie einen Schutzwall mit Selbstschussanlage errichten musste, Heidi würde es nie schaffen, einen Fuß auf den Boden zu setzen, auf dem sie, Nathalie, aufgewachsen war. Viel zu tief war sie noch darin verwurzelt. Nie würde Heidi Nathalies Kindheit entweihen. Walter war der Großvater ihrer Tochter. Lucy brauchte ihn. Das allein war seine Aufgabe. Sie würde Peer zappeln lassen. Bis Mitternacht würde sie ihn zappeln und sich Sorgen machen lassen, damit er endlich mal merkte, dass es nicht selbstverständlich war, dass seine beiden Frauen geduldig auf ihn warteten. Nathalie war endlich heimgekehrt, sie spürte die ursprüngliche Kraft, die Sicherheit, den Schutz dieses Ortes, der den Schlüssel zu dem enthielt, was eigentlich in ihr steckte. Hier, unter der dunklen, sandigen Erde, unter all dem heruntergefallenen Laub, lag ihr Traum in einer schweren Truhe verborgen, wer sie hatte sein wollen. Morgen würde sie die Truhe heben und bergen. Sie würde sich ihren ganz persönlichen, alles überstrahlenden Traum mit dem Öffnen der Truhe wieder einverleiben und unter seinem stolzen und unanfechtbaren Geleit losziehen und sich selbst verwirklichen.

Peer war es nicht, der das Zepter in der Hand hielt.

Die dritte Ansage, acht Minuten später, klang nun richtig besorgt: »Hier ist Papa, wo seid ihr denn? Ich mache mir Sorgen, ist euch etwas passiert? Bitte ruft an!«

Nathalie blickte kurz ins Innere des Wagens, wo ihr Vater mit Lucy im Dunkeln Fingerspiele veranstaltete. Das konnte Peer wirklich vergessen, dass sie sich meldete. Endlich, endlich gehörte ihr der Triumph, das Gefühl, die Fäden in der Hand zu halten. Dieses wunderbar kostbare Gefühl wollte sie nicht wieder hergeben. Nein. Ihr Herz klopfte. Dies war das pulsierende Gefühl ihrer Jugend. Einen flüchtigen Moment meldete sich die zärtliche Liebe, die sie für ihren Mann empfand. Die Dankbarkeit, jemanden gefunden zu haben, mit dem man alt werden wollte, flackerte auf. Wenn Peer stolz darauf war, sie zur Frau zu haben, sollte er ihr das gefälligst zeigen. Und nicht nur, wenn er zu Hause war! Jetzt musste Peer leider erzogen werden.

Die vierte und fünfte Ansage waren nur das Klicken des Telefons, das aufgelegt wurde. Die sechste Ansage, eine Stunde später, machte nun ihr wiederum etwas Sorgen. »Nathalie, hier ist Peer. Gerade habe ich drüben bei Inga und Jens geklingelt, um zu fragen, ob sie euch heute gesehen haben. Sie haben mir gesagt, dass du dir ihren Kindersitz fürs Auto ausgeliehen hast. Was zum Teufel ist hier los? Ruf mich sofort an, oder ich verständige die Polizei. Ich hoffe wirklich, du hast eine gute Erklärung dafür, denn sonst haben wir ein ernsthaftes Problem. Dein Mann.«

Ach ja? Ein ernsthaftes Problem? Automatisch suchte Nathalie nach einer tränenrührigen Erklärung, die sie Peer auftischen konnte, vielleicht sollte sie die Sache mit der vermeintlichen Hirnhautentzündung etwas aufbauschen und ein Drama draus stricken. Im Grunde genommen kam ihr der hilflose Versuch, in der Klinik von fremden Menschen ein wenig Fürsorge abzugreifen, mit einem Mal wie die Tat einer Irrsinnigen vor. Ihre Hände wurden feucht. Es war, als wachte sie aus einem schlimmen Albtraum auf. Was machte sie hier eigentlich? Hatte sie den Verstand verloren? Mit zittrigen Fingern tippte sie Peers

Nummer ein, wobei sie immer wieder die falschen Tasten erwischte. Gleichzeitig rief Lucy aus dem Auto nach ihr und patschte von innen gegen das Wagenfenster. »Mama, Mama!«

Walter stieß die Seitentür auf. »Wollen wir nicht langsam mal reingehen? Uns wird kalt hier draußen. Lucy und ich frieren, und wir haben Hunger. Komm, lass uns reingehen!«

»Mein Gott!« Nathalie stöhnte auf, »warum geht ihr nicht einfach vor? Es muss doch nicht alles von mir abhängen! Ich komme gleich nach.«

Die Tür wurde wieder zugezogen. Nathalies Herz pumpte. Konnten die Leute denn nicht einmal für sich allein Entscheidungen treffen? Vor lauter Anspannung gehorchten ihr die Finger nicht mehr, sie traf die Tasten nicht. Das war ein Albtraum, vermutlich würde sie Peer nie wieder erreichen, wahrscheinlich würde er wütend auf sie sein und ihr diese verzweifelte Aktion niemals verzeihen können. Er würde ihr nie wieder vertrauen. Nie wieder konnte er sicher sein, dass Nathalie mit Lucy fröhlich und glücklich zu Hause auf ihn wartete, wenn er heimkam. Wie sollte er entspannt und ruhig im Büro sitzen, mit der Angst im Nacken, dass seine Frau mit seinem Töchterchen kopflos im gemieteten Wagen über die Autobahn schoss?!

Nathalie wollte versuchen, sich besser im Griff zu haben, auch, um Lucy kein Trauma beizubringen. In sämtlichen Erziehungsratgebern wurde den Eltern nachdrücklich ans Herz gelegt, sich nicht vor den Kindern anzubrüllen oder mutwillig zu demütigen. Noch einmal probierte sie, Peers Nummer einzugeben, es war, als sei sie mit einem Schlag verblödet. Ihr Vater und Lucy stiegen aus dem Wagen, wobei Walter unaufhörlich auf Lucy einredete, wohl, um zu verhindern, dass Nathalie plötzlich anfing, in die friedliche

Stille des Abends hinein zu schimpfen. Unschlüssig standen sie auf dem eisigen Hof herum, angeleuchtet von den drei Laternen, die zwischen den Bäumen gelblich strahlten. Lucy saß auf Opas Arm und schmiss sich ruckartig in ihrer Daunenjacke nach vorne, um den Arm ihrer Mutter zu fassen zu kriegen. »Mama, komm!«

Nathalie schrie. »Gleich, mein Hase! Gleich!«

Ihr Vater schüttelte den Kopf, hielt die wimmernde Lucy fest und ging mit ihr ins Haus. »Komm nach, wenn du dich beruhigt hast.«

Nathalie rieb sich über die Stirn und schlich, von sich tief enttäuscht, hinüber zum Brunnen, um sich dort auf den gemauerten Rand zu setzen und in aller Ruhe Peers Nummer einzugeben. Dieses Mal gelang es ihr. Sie atmete tief ein und aus. Die Bäume rauschten um sie herum, es war doch alles gut. Sie war zu Hause. Sie war doch da. In sich, bei sich. Es tutete an ihrem Ohr, dann endlich, als sie es schon nicht mehr erwartete, nahm ihr geliebter Peer ab. »Nathalie, wo zum Teufel seid ihr?«

Sie kam sich richtig schäbig vor. »Bei meinem Vater.«

»Bei deinem Vater?« Peer gab sich alle Mühe, seine Stimme ruhig zu halten. »Wieso bei deinem Vater? Ist etwas passiert? Geht es Walter nicht gut? Was ist los?«

»Doch.« Nathalie räusperte sich, ihr Mund war ganz trocken. Gott, sie hätte direkt losheulen können. Sie wollte doch vernünftig sein. Einfach nur heulen, bis all die bodenlose Hilflosigkeit weggeheult war. Hoffentlich war bald übermorgen, dann würde all das Düstere, Bedrohliche, alles Verschlingende vorbei sein. Dann würde sie wieder klar im Kopf und eine gute Ehefrau und Mutter sein. »Doch, ihm geht es gut«, flüsterte sie. »Nur mir ging es nicht so gut.«

»Wieso denn? Was war denn los?«

»Ich hab mich so verlassen gefühlt.« Plötzlich kam ihr dieser Satz wie eine Behauptung vor.

»Von mir?«

»Ja, auch.« Und in diesem Moment fühlte sich ihr Selbstmitleid wie eine einzige Lüge an, wie ein selbst gemachtes Drama, von dem sie nicht einmal den Sinn und Zweck kannte, außer, dass sie nun realisierte, wie weit sie sich von Peer wegbewegt hatte. Sie war es, die hier zerstörte. Und trotz dieser Einsicht konnte sie nicht mehr aufhören. Sie brauchte eine Rechtfertigung für ihren Wahnsinn.

»Und von wem noch?« Peer setzte alles daran, ruhig zu klingen. »Gab's Ärger mit Ivy?«

»Nein.« Nathalie kickte mit der Fußspitze einen Kiesel weg. »Die dumme Nuss hab ich auch nicht erreicht. Ich hab niemanden erreicht, nicht mal meinen Vater. Der war drüben bei der Nachbarin und hat mit ihren beiden Enkelkindern gespielt. Stell dir vor! Den ganzen Tag lang! Ich war so allein. Und als ich drüben mit Inga reden wollte, musste sie die Große zum Geigenunterricht bringen, und der Kleine hatte wieder Mittelohrentzündung und… Ich glaube, ich wollte nur, dass mich jemand hört, mich jemand sieht und mit mir spricht.« Es war beschämend, wie kindisch all das klang. Als sei sie fünf Jahre alt.

»Aber das tue ich doch alles.« Und Peers Stimmlage erinnerte an die ihres einfühlsamen Lebenscoachs. »Oder nicht?«

Jetzt war sie gefangen. In ihrer Rolle der Schwachen, die den Boden unter den Füßen verloren hatte. Da kam sie nicht so einfach wieder raus. Sie stand ja nun schon auf dem Hof ihres Vaters. Auch dafür brauchte es eine Rechtfertigung. Also sagte sie das, was gerade schon wieder nicht mehr ganz so dringlich war, da Peer sich ja nun um sie bemühte. »Irgendwie hab ich das Gefühl, das Leben geht an mir vorbei. Alle arbeiten, kommen unter Leute, reden mit Freunden, ziehen sich hübsch an, werden nach ihrer Meinung gefragt, nur ich kümmere mich um den Haushalt, dass Lucy etwas zu essen bekommt, bastelt und regelmäßig zum Ballett geht. Aber trotzdem ist es irgendwie so, als gäbe es mich gar nicht.« Und plötzlich klang alles wieder ganz und gar schlüssig, und die alte Verzweiflung gewann erneut die Oberhand, was in Nathalie für enorme Erleichterung sorgte. »Am liebsten würde ich gerade sterben. Ich hab das Gefühl, alles ist unrettbar verloren. Als wäre alles zum Scheitern verurteilt, als würde nichts weitergehen. Als würde jeder Versuch, etwas aufzubauen, es zu erhalten, es wachsen zu lassen, zum Scheitern verdammt sein.«

Peers Stimme klang nun besonders einfühlsam. »Schatz, was ist denn nur los mit dir? Wir haben uns doch! Uns kann nichts passieren. Hab doch Vertrauen.«

»Aber«, Nathalie stand vom Rand des Brunnens auf, lief ein paar Schritte über den Hof, setzte sich wieder hin. »Aber meine Mutter, sogar meine Mutter, hat es auf der Welt nicht mehr ausgehalten. Wenn sie es schon nicht geschafft hat, durchzuhalten, wie soll ich es dann schaffen?«

»Wir schaffen es gemeinsam. Du und ich. Wir sorgen dafür, dass unsere kleine Familie im Sturm überlebt.«

Jetzt ließ sich Nathalie mit Schwung in die Ausweglosigkeit fallen, aus Neugier, ob sie auch Peer zum Einknicken brachte. »Wie denn? Wenn ich kein Vertrauen habe? Meine Mutter ist einfach so gegangen. Und du wirst auch einfach gehen.«

Sie blieb stehen und lauschte.

»Wir finden dein Vertrauen wieder. Irgendwo muss es ja stecken, sonst hättest du mich nicht geheiratet.« Peer lachte.

Und Nathalie lachte und weinte und flüsterte: »Ich liebe

dich, Peer. Ich liebe dich so sehr. Ich kann dir nicht sagen, wie sehr ich dich liebe.«

»Ich liebe dich doch auch, mein Schatz. Kommt schnell wieder nach Hause.«

»Peer, ich …« In Natalies Kopf rauschte es. »Ich brauch jetzt mein altes Zuhause um mich herum. Den Wald. Die Felder. Die Luft. Es tut mir leid, ich hab das Gefühl, ich muss mich erden.«

»Dann bleibt, wo ihr seid. Und am Wochenende komme ich zu euch.«

»Danke.«

Nathalie legte auf und umklammerte mit beiden Händen ihr heiß telefoniertes Handy im Schoß, die Beine übergeschlagen von sich gestreckt. Sie weinte, ihre Unterlippe hing herunter, damit sie einigermaßen Luft bekam. Sie seufzte tief. Ein und aus. Zur Hölle mit der ganzen Emanzipation! Dieses ganze dualistische Denken! Dieser ganze Sermon von Mann und Frau. Sie waren doch längst ein Ganzes. Yin und Yang. Im Grunde genommen waren diese ganzen frontenbildenden Sichtweisen, die sie sich in der Jugend mit Simone de Beauvoir angelesen hatte, ein einziges intellektuelles, konzeptionelles Verbrechen, das ausschließlich mit Abtrennung, Gut und Böse, Hass, Minderwertigkeitsgefühlen und Opfertum operierte. Sie seufzte und schluchzte. Und irgendwo, in den Wipfeln der Kiefern, die hinter der Scheune standen, rief ein Käuzchen. Sie würden es schaffen. Peer und sie. Scheiß auf Mann und Frau. Egal, dass ihre Mutter ihr früher erzählt hatte, dass man sich vor dem anderen Geschlecht in Acht nehmen musste, wollte man sich nicht vom Mann zerstören lassen. Diese Warnung musste noch lange nicht auf sie zutreffen. Ein kleiner Funke Vertrauen glomm in ihr. Und ein ganz feiner Funke Hoffnung.

Nur: Von wem bekam Peer diese abendlichen SMS?

Für wen hatte er bei Starbucks den zweiten Caffè Mocha gekauft?

Nathalie trat über die holzwurmzerfressene Schwelle, hinein in die kühle, mit roten Backsteinen gepflasterte Diele. Am Ende des hohen, lang gestreckten Raumes standen ihre Reisetaschen neben dem Webstuhl ihrer Mutter. Über ihr im Gebälk flatterten die Tauben. Hinter der Treppe, die ins Obergeschoss führte, öffnete sie die niedrige Holztür und verschwand in der Wohnstube.

Ihr Vater saß mit Lucy am Tisch, auf dem eine Stumpenkerze aus Bienenwachs flackerte, und fütterte seine Enkelin mit dem in Würfel geschnittenen Käsebrot. Im Kamin hatte er Feuer gemacht, auf dessen Sims verkrumpelte Bauernhoftiere aus Ton standen, die Ivy und sie als kleine Mädchen im Sommerurlaub in Findhorn unter Anleitung von langhaarigen Männern mit Bärten getöpfert hatten, während ihre Mutter ein Stück weiter oben, zwischen den Bäumen im Blue-Angel-Café gemeinsam mit den Anwohnerinnen selbstgebackene Kuchen und Quiches an die Touristen verkauft hatte, als sei das ein Lebenszweck. Nie würde Nathalie ihre Tochter mit der unausgegorenen New-Age-Philosophie belasten. Wie bewusst weltfremd die Menschen dort oben in Schottland gewesen waren, im verzweifelten Versuch, ihrer inneren Freiheit ein Stück näher zu kommen. Lucy machte brav den Mund weit auf und kaute anschließend ordentlich. Walter sah müde aus, aber er lächelte. »Wenn du Lucy das Brot klein schneidest, dann isst sie ganz prima.«

»Aha.«

»Das macht sie richtig gut. Letztes Mal, als ihr hier wart, war das mit dem Essen ja noch ein schwieriges Unterfangen. Jetzt hab ich sie aber so weit, dass sie ganz brav am Tisch sitzen bleibt.«

Nathalie biss die Zähne zusammen. Es war nur schwer auszuhalten, wenn ihr Vater sich als Erziehungsprofi aufspielte. So, als müsse er irgendwelche erzieherischen Versäumnisse ihrerseits wieder ausbügeln. Hielt Walter sie für eine schlechte Mutter? Lucy blickte ihrer Mutter kauend nach, die mit mürrischem Gesichtsausdruck hinter den Tresen der offenen Küche getreten war. Durch die Butzenfenster sah Nathalie direkt hinüber in die Nachbarküche, in der Heidi am Tisch saß und verwundert zu ihr herüberblickte. Nathalie zog den Reißverschluss ihrer Fleecejacke ganz nach oben, als müsste sie sich rüsten. »Verständigt ihr euch nachts mit Taschenlampensignalen?«

»Bitte?« Walter hob den Kopf an.

»Heidi und du!« Nathalie machte eine abschätzige Bewegung mit dem Kinn. »Sie starrt so zu uns rüber, als erwarte sie ein geheimes Morsezeichen von dir. Hat sie etwas dagegen, dass ich hier bin? Soll ich das Licht an- und ausschalten, um sie zu beruhigen? Wollte sie nachher noch auf ein Schäferstündchen zu dir kommen?«

Ohne den Blick von ihrer Mutter zu wenden, sperrte Lucy den Mund auf, damit Walter ihr ein weiteres Brotstück hineinschob. Doch er hatte sich halb zu seiner Tochter umgewandt, die sich in der Küche mit dem Brotmesser eine dicke Scheibe vom Käse abschnitt, ohne Heidi dabei aus den Augen zu lassen.

Walter räusperte sich. »Vielleicht wundert sie sich, dass jemand bei mir ist.«

Nathalie trat dicht an das Fenster heran. »Wieso sollte sie sich wundern? Sie weiß doch, dass du zwei Töchter und ein Enkelkind hast. Soll ich ihr mal zuwinken?« Nathalie winkte Heidi heftig zu, die sofort vom Tisch aufstand und aus der Küche verschwand. »Und worüber redet ihr so, wenn ihr euch trefft?«

Walter räusperte sich erneut, als könnte er so der Verhörsituation entfliehen. »Über alles Mögliche. Über den Garten. Über fällige Sanierungsmaßnahmen an Heidis Haus. Über das, was wir Interessantes in der Zeitung gelesen haben. Über unsere Enkel …«

»Könntest du bitte nicht mit ihr über Lucy reden! Am besten redest du gar nicht von uns. Das wäre mir das Liebste. Du weißt genau, wie sie sich damals Mama gegenüber verhalten hat. Total arrogant. Mama hat darunter ziemlich gelitten.«

Walter drehte sich wieder zu Lucy um und steckte ihr mit zittriger Hand ein Stück Käsebrot in den Mund. Die Erinnerung daran, wie sein Bruder heute Morgen am Telefon genüsslich durch den Hörer gebrummt hatte: »Es war klar, dass dieses Kuhkaff sie irgendwann umbringen würde«, schoss ihm durch den Kopf.

Als hätte Hans ihm nach all den Jahren ein schlimmes Vergehen nachweisen wollen. Doch: Warum nur? Mit diesem einen Satz hatte er Walter einen Giftsamen mit lähmender Wirkung eingepflanzt, der ihn langsam von innen heraus außer Gefecht setzen würde. Aus heiterem Himmel, ganz ohne Anlass, hatte Hans das Gespräch auf Veronikas modernes Wesen gebracht. Dass sein Bruder die Vergangenheit mit einem Mal verzerrt und hässlich darstellte, konnte nur pure Berechnung sein. Aber mit welchem Ziel?

Es gab doch nichts Ungeklärtes zwischen ihnen.

Walter machte in Gedanken eine wegwerfende Bewegung, um die plötzliche Verunsicherung loszuwerden. Mit einem Mal schien seine Erinnerung an damals eine einzige Behauptung zu sein. Es gelang ihm einfach nicht, sosehr er sich jetzt auch bemühte, die verlässlich schönen Bilder von früher heraufzubeschwören. Bevor er seine Frau auch nur einigermaßen klar vor sich sah, verschwamm sie wieder in der Unendlichkeit der längst verstrichenen Jahre und löste sich schließlich in Luft auf. Stattdessen kamen wütend und bissig die gesäten Zweifel zurück und schlugen ihre Zähne in die unberührte Vergangenheit, damit diese augenblicklich von Walter auf ihren Wahrheitsgehalt hin überprüft wurde.

Wie sollte er das tun? Was vergangen war, war vergangen.

Lucy schloss den Mund und sah ihren Großvater aus schläfrigen Augen an. Er war es doch nicht gewesen, der Veronika am Ende umgebracht hatte! Oder? Er würde die alten Fotoalben heraussuchen und sich die darin enthaltenen Bilder ansehen, zum Beweis, dass seine Frau lächelte. »Ich weiß gar nicht, was du hast. Sie war doch glücklich!« Bei diesem Einwurf hatte sein Bruder am Telefon gelacht. »Wach auf, Walter! Du hast dich einfach nicht darum geschert, ob es ihr gut ging.«

Abends hatten Veronika und er einmal im Bett ein halbironisches Gespräch über Untreue geführt. Seine Frau hatte unglaubliche Geschichten aus der Gemeinde wiedergegeben. Er hatte gefragt: »Warum tun sich die Menschen das an?« Mehr aus Interesse oder Neugier, nicht, weil ihn dieses Thema tatsächlich betroffen hätte. Er war kein Mann, der betrogen wurde. Endlich sah Walter seine Frau wieder ganz deutlich vor sich. Ihr rotes langes Haar war ihr über die hellen Schultern gefallen, ihr sommersprossiges Gesicht hatte fröhlich ausgesehen. »Ich bitte dich!« Sie hatte ihren Kopf in seiner Armbeuge vergraben. »Ich bitte dich! Warum tun die Leute wohl so etwas?!«

Was hieß denn das? Hatte sie letzten Endes verstanden und akzeptiert, dass sich Liebende gegenseitig betrogen?

Veronika war doch gar nicht der Typ gewesen, der sich ernsthaft mit solchen zwischenmenschlichen Unaufrichtigkeiten beschäftigte. Mehr als ihre Familie hatte sie doch nicht gewollt. Hatte er sie hier in der Rundlingssiedlung von der restlichen Welt isoliert?

»Wenn du dich schon an deinen Familienstammbaum setzt, dann solltest du sehr gründlich dabei vorgehen«, hatte Hans gesagt. »Ich bin alt. Lange kann ich dir nicht mehr bei der Rekonstruktion deiner ganz persönlichen Familiengeschichte helfen.«

Walter würde das mit rotem Stoff bezogene Fotoalbum suchen. Sobald er es als Beweismittel vorliegen hatte, war alles gut. Unzählige Fotos hatte er von seiner Frau gemacht, auf denen sie freudig lächelte. Oder Bilder, auf denen sie verliebt die winzige Ivy im Arm hielt oder die Mädchen auf Trixies Rücken beschwingt den Feldweg hinunterführte. Doch! An eine Geschichte aus der Nachbarschaft, die Veronika an diesem Abend erzählt hatte, konnte er sich noch gut erinnern, an das kleine Mädchen mit den Albträumen, das nicht von dem Gefühl loskam, in einer fremden Familie gelandet zu sein. Hatte Veronika sich bei ihm nicht aufgehoben gefühlt? Hatte er den Subtext dieser Geschichte nicht verstanden? Er sah Lucy an, als wüsste sie die Antwort. Seine Frau hatte sich nicht umgebracht. Sie war durch eine Unachtsamkeit ertrunken.

Es gab keine offenen Fragen. Alles war gut, so wie es war.

»Nathalie«, sagte er und schob die Brotstückchen auf dem Teller wie Schachfiguren herum. »Erinnerst du dich noch an das rote Fotoalbum, das früher bei Mama oben auf der Pritsche lag?«

»Bitte?« Nathalie stand vor dem geöffneten Kühlschrank und blickte hungrig hinein, auf der Suche nach etwas Essbarem.

»Das rote Fotoalbum. Würdest du auch sagen, dass Mama auf den meisten Bildern gelacht hat?«

»Ich kann mich an kein Foto erinnern, auf dem Mama drauf war. Du hast doch nur Landschaften oder Grabsteine fotografiert.«

»Könntest du … «, Walter atmete schwer. »Könntest du den Kühlschrank bitte zumachen? Das verbraucht unnötig Energie.«

Nathalie reagierte überhaupt nicht, sondern hob die Alufolie an, die Walter als Deckel über einer Müslischüssel geformt hatte, und sah hinein. »Was ist das denn Ekliges?«

»Der Rest von Heidis Mittagessen!« Walter rutschte auf dem Stuhl hin und her. »Weißt du, wo das rote Fotoalbum liegt? Es lag doch früher immer auf Mamas Pritsche.«

Endlich gab seine Tochter der Kühlschranktür einen Stoß, sodass die Flaschen auf der Innenseite aneinanderschepperten, und entleerte umgehend den Schüsselinhalt in den Mülleimer. Von weit weg hörte Nathalie Lucys Stimme. »Mama, Opa hat dich was gefragt.«

Mit den Gedanken war Nathalie längst woanders. Bei dem Abend vor ein paar Tagen, als Peer nach dem Essen unvermittelt gemeint hatte, er habe plötzlich einen enormen Durst auf Coca-Cola. Und obwohl sich der Spätkauf direkt unten im Nebenhaus befand, hatte er bestimmt zwanzig Minuten gebraucht, um sich seine Dose Cola zu kaufen. Als er schließlich wieder zur Tür hereingekommen war, hatte er demonstrativ sein Handy in der Hand gehalten und so getan, als habe er unterwegs dringende, berufliche Nachrichten abgehört. Was hatte das zu bedeuten? Bis sie nicht genau wusste, mit wem er heimlich unten auf der Straße telefoniert hatte, würde sie diese quälende Unruhe nicht loswerden. Lucy probierte es noch einmal. »Mama, Opa hat dich was gefragt!«

Nathalies Fantasie produzierte ein unschönes Bild nach dem anderen und ließ ihre Welt zerbrechlich, wertlos und verlogen erscheinen. Hinter ihrem Rücken lief etwas ab, von dem sie noch keine Ahnung hatte, was es war. Sie spürte ganz deutlich diese unterirdische, blubbernde Strömung, die irgendwann mit voller Kraft durch die Oberfläche brechen und wie glühende Lava alles vernichten und fortspülen würde, was sie sich mühsam aufgebaut hatte.

7.

Um zehn Uhr am Freitagabend nahm Ivy Vincents Auge hoch und ließ sich von ihm eingehend betrachten. In der spiegelnd schwarzen Pupille schrumpfte ihr Kopf mit den zurückgebundenen blonden Haaren auf Ameisengröße. Dafür floss ihr Oberkörper im unteren Drittel der smaragdgrünen Iris unproportional auseinander. Wie eigenartig man doch im Auge des Betrachters aussehen konnte. Sie legte die Glaskugel zurück in die kleine Kiste mit dem Schaumstoff und drehte sich in den ausgeleuchteten Werkstattraum hinein. Der noch unförmige graue Tonkörper, den sie im letzten Monat um das Drahtgestell modelliert hatte, zeigte van Gogh in einer für ihn eher untypischen Pose. Er gestikulierte, ohne sich dabei an dem obligatorischen Pinsel oder der Farbpalette festzuklammern. Ivy wollte nicht, dass er seine Arme vor der Brust verschränkte oder, wenn er erst einmal angezogen war, die Hände in den Hosentaschen versteckte. Seine Körperhaltung sollte Offenheit und zugleich Unverletzbarkeit demonstrieren. Zu diesem Zweck hatte sie auf Google-Bildern aufmerksam Fotos des Dalai Lama studiert. Eines hatte sie sofort überzeugt. Das, auf dem das Oberhaupt der tibetischen Buddhisten wie eine Ballerina in der vierten Position einen Arm im Halbkreis über den Kopf und den anderen Arm im Halbkreis auf Höhe seiner Brust hielt. Wie einer, der die Schönheit und Einzigartigkeit der Welt zwischen seinen Händen vermaß. Dieses Mal ging Ivy viel freier an ihre Arbeit heran. Noch hatte Vincents unmodelliertes Gesicht eine aschfahle, ungesunde Färbung. Doch sein inneres Pulsieren, sein unbändiges Wesen war schon deutlich zu spüren.

Ivy war im Rausch. Willem hatte sich längst ins Wochenende verabschiedet, um sich auf seinen Angelausflug im Vicky Park vorzubereiten, und Chelsy war bereits am frühen Nachmittag gegangen. Nur Ivy mochte nicht nach Hause gehen. Diesen Abend wollte sie nicht auch wieder mit Eve verbringen, die vor einigen Wochen zu ihrer Überraschung von Frank verlassen worden war. Und zwar, wie er meinte, unwiderruflich. Mit all seinen Fachbüchern übers Filmedrehen war er in eine WG nahe der Artisan Bakery gezogen, wo er jetzt, zu Eves Entsetzen, mit zwei Ethnologiestudentinnen zusammenwohnte. Sie empfand das als »absolut schmerzhaft und unangebracht«, da sie sich unter gar keinen Umständen vorstellen wollte, wie ihr Mann mit den beiden Studentinnen morgens zusammen in der Küche frühstückte. »Cornflakes mit Orangensaft, oder was?« Die Trennung wäre für sie erträglicher gewesen, wenn Frank seinen Dozentenjob an der Uni verloren hätte und ein Stück weiter oben bei der Heilsarmee, neben dem Saints Tattoo Studio, in einem Dreibettzimmer untergekommen wäre. Und zwar unwiderruflich.

Die ganze letzte Woche war Eve Abend für Abend die Treppe heraufgekommen und hatte so lange gegen Ivys Tür geklopft, bis sie ihr mit tiefgefrorenem Lächeln geöffnet hatte. »Hallo, Eve, ist was passiert?«

Ihre Nachbarin war ausgerechnet immer dann erschienen, wenn Ivy gerade versuchte, Kontakt zu ABC in New York aufzunehmen, was absolut kein leichtes Unterfangen war. Im Grunde genommen war es unmöglich. Inzwischen kam es Ivy so vor, als handle es sich bei dem Fernsehsender um eine Art Briefkastenfirma. Denn jedes Mal, wenn sie in New York anrief, nahm die Empfangsdame Mrs. Hendson ab und gab vor, »Schwierigkeiten zu haben«, jemanden in der Personalabteilung zu erreichen. Und wurde Ivy wider Erwarten doch zu Mrs. Federline in der Personalabteilung durchgestellt, behauptete die, den Namen Desmond Gayle noch nie in ihrem Leben gehört zu haben. Daraufhin hatte Ivy ihr vorgestern Abend umgehend, nicht ohne Triumphgefühl, das Google-Foto mit der Topfpalme gemailt, unter dem eindeutig stand, dass dieser gut aussehende Mann als Komponist für die Serie *All My Children* tätig war. Das musste wohl als Beweis reichen. Tat es aber leider nicht.

Mrs. Federline blieb hart.

Ivy rieb sich die Augen.

An der gegenüberliegenden Wand hingen Skizzen und vergrößerte Detailaufnahmen von Fotografien in Schichten übereinander, wie Blätter am Baum. Sie zeigten die Hände, Nasen, Ohren und Augen von Albert Einstein, Bill Clinton und Marie-Antoinette. Dazwischen pinnte ein Selbstporträt ihrer Nichte Lucy: ein grinsendes Strichmännchen mit riesiger Schleife im Haar.

Gestern Abend war Eve hochgekommen, um auf der Bettkante sitzend die ganze schmerzhafte Geschichte rund um Frank und seine beiden Ethnologiestudentinnen noch einmal in allen Einzelheiten aufzurollen. »Ich glaube, mit der einen hat er was, obwohl die einen Freund hat. Diese jungen Dinger werfen sich jedem Mann an den Hals, um ihren aktuellen Marktwert auszuloten. Verheirateten Männern! Ich überlege schon, ob ich da mal vorbeigehen soll.«

»Aber«, gab Ivy zu bedenken, »vielleicht solltest du dir erst mal überlegen, ob du überhaupt noch mit Frank zusammen sein möchtest.«

»Natürlich!«, sagte Eve. »Ich liebe Frank. Er ist der Vater meiner Kinder. Sollen meine Jungs ohne ihn aufwachsen? Sie brauchen doch einen Mann in ihrem Leben, an dem sie sich orientieren können. Mich nehmen sie als Autorität doch gar nicht ernst. Das sehe ich ja an meinen Schülern im Unterricht. Die Jungs, die von ihren Müttern aufgezogen werden, haben jetzt schon verloren.«

Ivy hatte sich, mit dem Telefon am Ohr, gefragt, warum Eve sich all diese Gedanken nicht ein wenig früher gemacht hatte. Mit Frank war es offenbar nicht schlechter als ohne. Der Ärger schien für Eve derselbe geblieben zu sein.

Eve wischte sich mit dem Pulliärmel über die Augen. »Heute Nachmittag ruft er mich an und fragt mich gut gelaunt, wie es seinen beiden Jungs geht. Und kaum hab ich berichtet, dass es Probleme in der Schule gab, dass die beiden gerade mit Übelkeit im Bett liegen und ich nicht zur Arbeit gehen konnte, erzählt er mir, wie lustig sein WG-Leben ist. Er und seine beiden *Mitbewohnerinnen* kochen gemeinsam und gucken sich drüben im Electric-Cinema 3-D-Filme an.« Sie hatte sich eine mitgebrachte Zigarette angezündet. »Ivy! Frank und ich sind nie zusammen rüber ins Electric-Cinema und haben uns auf so ein Doppelsitzersofa gesetzt. Was meinst du, warum ich oft so unzufrieden war? Aus purer Langerweile. Weil nichts mehr passierte. Jeden Tag der gleiche Trott. Und nun kann ich plötzlich zusehen, wie aus meinem Mann der wird, den ich mir immer gewünscht habe. Nur ohne mich.«

Jetzt meldete sich wieder Mrs. Hendson, die behauptete, alle Leitungen in der Personalabteilung seien momentan besetzt. Ivy könne gerne warten. Oder noch einmal zu einem späteren Zeitpunkt anrufen. Ivy wartete.

Eve blies niedergeschlagen den Rauch aus. »Ich traue mich ja kaum noch auf die Straße! Will ich ihm und diesen beiden Früchtchen begegnen?!« Sie nahm überhaupt keine Notiz davon, dass Ivy gerade mit der Empfangsdame von ABC telefonierte. Sie entkorkte den mitgebrachten Rotwein und trank direkt aus der Flasche. »Hab ich dir schon gesagt, dass er nie pünktlich kommt, wenn er die Kinder abholt? Kurz bevor er eigentlich da sein sollte, schickt er eine SMS, dass es eine Stunde später wird, weil er in der Uni aufgehalten wurde. Ich könnte mir das nie erlauben, zu spät zu kommen. Und weißt du, Ivy, warum er sich das wie selbstverständlich erlauben kann? Weil er weiß, dass ich im Notfall einspringe. Und weil er weiß, dass die Kinder ihm seine Unzulänglichkeiten niemals übel nehmen werden, weil er sich durch sein ständiges Zuspätkommen nur noch unentbehrlicher macht.« Eve trank die Flasche in wenigen Zügen halb leer. »Am Dienstag hat er mit den Kindern und seinen beiden Mitbewohnerinnen *Star Wars* geguckt, die ganze Trilogie durch. Er und meine armen, kleinen Jungs. Das ist ein Fall fürs Jugendamt! Die Filme sind ab zwölf Jahre freigegeben! Jetzt behauptet mein Kleiner, er besäße *die Macht*. Und ich hätte ihm nichts zu befehlen. Gestern kam er mit dieser Darth-Vader-Wrap-Around-Maske nach Hause und erzählte mir, er habe bei Papa drei Dosen Red Bull getrunken. Daraufhin hat er sich im Wohnzimmer auf meine korrigierten Klassenarbeiten übergeben, und heute Nacht stand er plötzlich als Darth Vader verkleidet neben unserem Ehebett und wollte mich mit dem Lichtschwert bekämpfen. Ich sage dir, ich schmeiße diese bekloppten Lichtschwerter weg. Alles weg. Dieses«, Eve zeichnete zwei Anführungszeichen in die Luft, »dieses *Machogehabe* lasse ich nicht zu. Ich lass mir nicht meine Autorität untergraben.«

Nachdem Ivy nicht wieder aus der ABC-Warteschleife entlassen wurde, wechselte sie mit dem Telefon hinüber ins

Bad, drückte die Tür hinter sich ins Schloss und rief vom Wannenrand aus ihren Vater an, bei dem Nathalie gerade zu Besuch war. Im Laufe der letzten Wochen hatte er mehrfach vergeblich versucht, Ivy zu erreichen. Er klang etwas müde. »Ich greife Nathalie ein wenig unter die Arme, bis sie ihr Kinderbuch fertig geschrieben hat.«

»Wie bitte?« Ivy hielt sich am Duschvorhang fest. »Welches Kinderbuch?«

»Ich finde die Idee gar nicht so schlecht«, raunte ihr Vater und hatte sich offenbar ebenfalls ins Bad zurückgezogen, um mit Ivy ungestört zu reden. Er räusperte sich. »Nathalie möchte jetzt Kinderbücher verfassen.«

»Wie kommt sie denn darauf?«

»Na ja, sie hat neulich Abend auf dem Dachboden Mamas Zeichenmappen durchgesehen. Dabei ist sie auf einige ihrer noch nicht veröffentlichten Illustrationen gestoßen und dachte, sie könnte dazu ein Märchen schreiben. Über zwei Feen, die die Gabe besitzen, jede Lüge sofort zu enttarnen. Sie hat bereits ein Exposé geschrieben. Ich finde, es«, Walter räusperte sich, »ich finde, es hat seine Berechtigung. Hier und da klingt es vielleicht noch etwas didaktisch oder gouvernantenhaft, aber der Ansatz gefällt mir, die Kinder zur Wahrheit zu erziehen. Sag mal, erinnerst du dich zufällig an das rote Fotoalbum, das damals oben auf der Pritsche im Zeichenzimmer lag?«

»Das mit den Urlaubsbildern aus Buenos Aires?«

»Ja, richtig. Das suche ich seit einigen Wochen, kann es aber nirgends finden. Erinnerst du dich zufällig noch an die Bilder, die ich damals von Mama gemacht hatte? Wie sie dich bei Onkel Hans auf der Veranda auf dem Arm hält?«

»Das war Tante Agnes!«

»Bist du sicher? Aber ich hatte doch auch dich und

Mama mehrfach in unterschiedlichen Situationen fotografiert. Wie ihr gemeinsam vor Onkel Hans' altem Chevy steht. Oder zu Hause, beim Pflaumenpflücken.«

»Das war Tante Agnes.« Ivy untersuchte ihre Haarspitzen nach Spliss. Walter hatte nicht ein einziges Mal ihre Mutter fotografiert, worüber sie des Öfteren regelrecht betroffen gewesen war. »Du fotografierst mich gar nicht!«, hatte ihre Mutter ihn geneckt. »Liebst du mich nicht?«

Eve steckte ihren Kopf zur Badezimmertür herein. »Sag mal, kommst du bald wieder raus, Ivy? Ich muss nämlich leider gleich runter zu den Jungs, und ich dachte, wir unterhalten uns noch ein bisschen.«

Ivy nickte. »Bin gleich da.«

Gleichzeitig vibrierte die Stimme ihres Vaters durch die Hörmuschel. »Kannst du dich nicht an all die Fotos erinnern, auf denen Mama auf ihre typische Art befreit lacht …?«

»Nein. Ich glaube nicht.« Ivy stand vom Wannenrand auf und betrachtete sich im Spiegel des Medizinschränkchens. Zu ihrer eigenen Überraschung sah sie gar nicht mehr so mitgenommen aus. Die dunklen Augenringe waren verschwunden, und ihre Wangen waren leicht gerötet. Sie ging näher an ihr Spiegelbild heran, als sei sie nicht sicher, dass sie es wirklich war, die sich da im Spiegel ansah. »Und? Hat Natti schon angefangen zu schreiben?«

»Seit heute Nachmittag sitzt sie im Wohnzimmer und hämmert auf die Tastatur ihres Laptops ein. Lucy und ich sollen ganz leise sein, um sie nicht zu stören, weil sie sonst aus ihrer Fantasiewelt gerissen wird und nicht mehr weiß, an welcher Stelle sie welchen Plot Point unterbringen wollte.« Walter machte eine kurze Pause und fuhr dann fort: »Sie hat sich zwar ein genaues Konzept gemacht und auch eine Art Schautafel an der Wand neben dem Kamin angebracht, aber die Geschichte ist wohl relativ komplex und …« Walter holte tief Luft. »Ivy, wenn dir doch noch einfällt, wo das Album sein könnte, dann wäre ich dir sehr dankbar, wenn du es mir sagen könntest. Du hast es nicht zufällig nach London mitgenommen?«

Ivy drehte ihren Kopf leicht, um sich von der Seite zu betrachten. Irgendetwas war anders an ihr. Nebenan lief Eve nervös hin und her. Schließlich fiel die Wohnungstür ins Schloss, und sie war weg. Ivy zog ihr T-Shirt hoch und besah sich nach langer Zeit mal wieder ihre Brüste im weißen BH. Erstaunlich hübsch sahen sie aus. »Nein, hab ich nicht. Wirklich.« Und mit diesem Satz hatte Ivy auch schon vergessen, worauf sie ihrem Vater gerade geantwortet hatte. Im Hintergrund hörte sie Lucy schimpfen. Etwas fiel zu Boden. Ihr Vater flüsterte besänftigende Worte. »Lucy-Würmchen, willst du mal mit Tante Ivy sprechen?«

Jetzt fiel auch noch der Telefonhörer zu Boden. Lucy jammerte. Walter versuchte, sie zu beruhigen. »Schschsch. Wir müssen ganz leise sein, die Mama arbeitet. Soll Opa dir etwas vorlesen? Nicht das Buch auf den Boden schmeißen, das bekommt doch Ecken.«

Ivy rechnete nach, wann sie zum letzten Mal Geschlechtsverkehr gehabt hatte. Das musste Jahre her gewesen sein. Mit einem Typen aus dem Sun in Splendour. Erst jetzt fiel ihr allerdings auf, dass sie irgendwie Lust hatte, es mal wieder zu tun.

»Ivy?« Ihr Vater atmete in den Hörer. »Ich muss auflegen. Lucy wird langsam ungnädig.«

»Wo ist denn Peer? Kommt er am Wochenende?«

Walter sprach nun noch leiser. »Der kommt voraussichtlich morgen. Er hat wohl noch einige wichtige Termin. Das wird in nächster Zeit anstrengend für die beiden, wenn sie jetzt beide arbeiten wollen. Da müssen sie sich gut absprechen und alles koordinieren. Nathalie hat vor, ganztägig zu schreiben.«

Im Nachhinein hatte Ivy es etwas merkwürdig gefunden, dass sie nicht einmal gefragt wurde, ob es ihr recht war, dass Nathalie sich die Illustrationen ihrer Mutter unter den Nagel riss. Aber so war es schon immer gelaufen. Sie hatte gelernt zu akzeptieren. Einfach, um ihre Nerven zu schonen.

Jetzt ging ihr Blick an ihrem farbbekleckten Kittel hinunter, ihre nackten Füße steckten in den grünen Werkstatt-Badelatschen, auf ihren Händen trocknete eine dünne Lehmkruste. Nathalie war viel zu verkopft, um sich eine Kinderbuchgeschichte auszudenken. Kein Kind würde sie verstehen. Gleich würde Ivy auch nach Hause gehen. Sobald sie an Vincents Schultern noch eine letzte Tonschicht aufgetragen und den Nacken glattgestrichen hatte.

Als Ivy nach dem Telefonat mit ihrem Vater schließlich aus dem Bad zurückgekommen war, hatte Eve schon wieder von außen an die Tür geklopft. »Ich hab nur kurz nach den Kindern gesehen. *Thank God*, sie sind beim *Sponge-Bob*-Gucken eingeschlafen.«

Die Weinflasche stand halb leer auf dem Läufer. Es war für Ivy noch immer eine schwere Übung, ruhig zu bleiben, wenn ihre Ordnung durcheinandergebracht wurde, obwohl es ihr, das musste sie voller Stolz feststellen, Abend für Abend leichter fiel. Eve hockte sich mit hängenden Schultern auf die Bettkante und redete weiter. »Das Traurige oder Dramatische ist, dass Frank nie begreifen wird, warum ich oft so unzufrieden war. Sein Leben lang wird er davon ausgehen, dass er alles richtig gemacht hat, dass er der arme Mann ist, der ständig die Missmutigkeit seiner Frau ertragen musste, der so hart für seine Familie gearbeitet hat und sich keiner Schuld bewusst ist. Blablabla. Aber weißt du, woran ich im Grunde genommen schon zu Weihnachten gespürt habe, dass er mit uns beiden innerlich längst abgeschlossen hatte?«

Ivy schüttelte den Kopf und überlegte, wie sie die Nachbarin, zusammen mit ihrer Weinflasche, aus der Wohnung bekommen konnte. »Nein.«

Eve hob hilflos ihre Hände in die Luft. »Er fand mich nicht mehr sexy. In ihm hat sich alles gesträubt, mit mir zu schlafen. Wenn ich nachts an ihn herangerutscht bin, in der Hoffnung, dass er sein Ding zur Feier des Tages endlich mal wieder in mich, na, du weißt schon, ist er steif wie ein Brett geworden und hat sich an den Rand der Matratze gelegt, als würde er tief und fest schlafen. Er wollte mich nicht mehr.«

Eve weinte. Ivy setzte sich neben sie und legte den Arm um sie. »Das tut mir leid. Das wusste ich nicht.«

»Aber«, fuhr Eve mit einem Mal geheimnisvoll lächelnd fort, »am letzten Samstag habe ich auf der Kensington High zufällig einen alten Schulfreund von meinem Bruder wiedergetroffen.« Sie zeichnete erneut zwei Anführungszeichen in die Luft: *»Stephen.«*

Mit ihm wollte sich Eve heute zum Lunch treffen, um über alte Zeiten zu plaudern, bevor sie die Kinder aus der Preschool abholte. Zu diesem Zweck hatte sie sich von Ivy den dunkelblauen Cardigan ausgeliehen, den sie ihr wiederum neulich erst in einer Plastiktüte überreicht hatte mit den Worten: »Hier, Ivy. Schenke ich dir. Die Strickjacke erinnert mich zu sehr an Frank.« Und Ivys dunkelblauen Trench. »Ich mach ihn auch nicht dreckig. Versprochen.«

Ivy hatte ihr die Strickjacke aus dem Schrank geholt und ihr auch noch ihren geliebten Trench über die Sessellehne gelegt. »Viel Spaß damit, Eve. Tu mir nur einen Gefallen, geh nicht gleich mit ihm ins Bett.«

Eve hatte eifrig genickt. »Auf keinen Fall! Ich bin ja keine zwanzig mehr. Wie hat meine Mutter immer gesagt? Lernt euch erst mal kennen. Den Rat hätte ich mal damals bei Frank beherzigen sollen.«

Nachdem Eve einigermaßen getröstet gegangen war, hatte sich Ivy ans Laptop gesetzt, um auf Facebook nach Javis zu suchen. Sie wollte ihre Polly-Pocket-Dose zurückhaben. Und ihre Würde. Sobald sie die wiederhatte, würde sie ihre Zeit mit Javis vergessen.

Mit hochgezogenen Brauen betrachtete sie jetzt Vincents grauen Rücken und die muskulöse Nackenpartie. Auf ihrer Arbeitsplatte lag der ausgedruckte Plan, auf dem sie sich am Morgen in der U-Bahn die Zeitverschiebungen zwischen London und New York notiert hatte. Heute, um Punkt 22.30 Uhr, wollte sie bei ABC anrufen, dann war es in New York 17.30 Uhr. Dieses Mal würde sich Ivy als Desmonds aufgeregte Nachbarin ausgeben, die ihm dringend melden musste, dass es in seiner Wohnung zu einem Wasserrohrbruch gekommen war. Sie legte ihre feuchte Hand zwischen Vincents Schulterblätter und drückte sanft mit dem Mittelfinger in den weichen Lehm hinein, um die Linie an seiner Wirbelsäule zu vertiefen. Es war immer wieder erstaunlich, wie es möglich war, aus dieser grauen Masse menschliche Körper herauszuholen.

Hinter ihr ging die Werkstatttür auf. »Guten Abend!«

Sie fuhr herum. Fortier steckte seinen Kopf herein und grinste fröhlich. »Ach, Sie sind auch noch da?«

Seit vier Wochen ließ Collin sich seine Haare lang wachsen. Sein Herz schlug heftig. Kurz bevor er in die Werkstatt eingetreten war, hatte er noch schnell die beiden oberen Hemdknöpfe geöffnet, um ein bisschen sportlicher zu wirken. Außerdem war er gestern in der Old Brompton Road, nur einen Katzensprung von seiner neuen Bleibe am Sumner Place entfernt, bei der Maniküre gewesen, weil er irgendwo gehört hatte, dass Frauen manikürte Männerhände als attraktiv empfanden. Wer hatte ihm das bloß erzählt? Ah! Richtig, die Bildhauerin von oben, deren Namen er ständig vergaß. Als würde sich etwas in ihm mit aller Macht dagegen sträuben, sich ihn zu merken. Unter fadenscheinigen Gründen war sie vor ein paar Tagen in sein Büro eingedrungen. Vermutlich lag es an ihrer Haarfarbe, dass er sich ihren Namen nicht merken wollte. Seit der schmerzlichen Trennung mochte Collin Fortier keine Frauen mehr mit schwarzen Haaren. Nicht, dass er sie verabscheute, sie kamen für ihn als Partnerinnen nur nicht mehr in Frage. Es würde Jahre dauern, bis er sich davon erholt hatte, was Madeleine ihm angetan hatte. Vorausgesetzt, er verstand überhaupt erst einmal, was in sie gefahren war, sich einzureden, nur eine Ehe auf Distanz führen zu können. Wenn überhaupt. Immer wieder sah er diesen albtraumhaften Moment der Offenbarung vor sich. Von einem Augenblick auf den anderen hatte sich sein Leben radikal verändert. Ahnungslos hatte er vor dem Fernseher gesessen und sich die Wiederholung der Kochsendung *Hell's Kitchen* mit Gordon Ramsay angesehen, als Madeleine im Wohnzimmer aufgetaucht war, um ihm auf der Sofakante sitzend zu erklären: »Collin, hiermit erkläre ich unsere Ehe, so wie wir sie jetzt führen, für gescheitert. Ich halte es für gesünder, wenn wir etwas auf Abstand gehen und jeder in seinen eigenen vier Wänden lebt. Praktisch sähe das so aus, dass wir uns verabreden, wenn wir uns sehen wollen, und ansonsten über unsere Zeit frei verfügen und unabhängig voneinander

Entscheidungen hinsichtlich unseres Lebensweges treffen.«

Collin hatte keinen anderen Ausweg gesehen, als dankend abzulehnen und die Scheidung einzureichen. Er war ein absoluter Befürworter enger und monogamer Partnerschaften. Jetzt lächelte er Ivy so unbelastet wie möglich an, die vor der halb fertigen Vincent-van-Gogh-Figur stand, die ihre Arme seltsam gebogen vor dem Körper hielt, als wollte sie Ballett tanzen. An der Garderobe hing ein meergrüner Leinenanzug unter Schutzfolie.

»Ist das der Anzug für van Gogh?«

Er machte noch zwei Schritte auf sie zu. Wieso nur hatte er ausgerechnet jetzt an Madeleine denken müssen? Es wäre vernünftiger gewesen, noch einmal kurz im Treppenhaus zu verschwinden, dort dreimal tief Luft zu holen, um dann wieder jungfräulich hereinzukommen. In seiner Hosentasche steckte ein kleines, zugekorktes Glasfläschchen, das er Ivy besorgt hatte.

»Ja, die Schneiderin hat ihn gestern Abend noch gebracht.«

»Fabelhaft!« Er atmete aus. »Und sind die Augen aus Deutschland angekommen?«

»Ja.«

»Fantastisch! Das ist ja immer so eine Sache mit den Extraanfertigungen.«

Ivy blickte Fortier irritiert an. Es war ungewöhnlich, dass er sich für das Anliefern von Glasaugen interessierte. Ebenso, dass er um diese Uhrzeit in die Werkstatt hochkam. Seine Haare wurden immer länger. Inzwischen sah er aus wie die verwilderte Version von Jeff Bridges. Er schien auch gebräunter als sonst. Knapp hinter dem grauen Vincent-Corpus blieb er stehen und blickte Ivy an ihm vorbei an. »Ich habe Ihnen etwas mitgebracht.«

Mit feierlicher Miene zog er das Glasfläschchen aus der Hosentasche und reichte es seiner Angestellten, die inzwischen hinter dem Tonkörper hervorgekommen war. »Was ist das?«

»Ah! Das ist die Originalerde aus van Goghs Garten. Ich hab den Korken noch nicht geöffnet, aber als Kind ist er vermutlich mal mit nackten Füßen drübergelaufen …«

»Woher haben Sie das?« Ivy drehte das Fläschchen mit dem Sand in ihrer Hand. Auf dem Etikett war handschriftlich die Nummer 38 vermerkt, zuzüglich des Hinweises: *Geboortegrond van Vincent van Gogh.*

»Das hab ich Ihnen bestellt.« Fortier grinste, unsicher, ob er sich mit diesem Mitbringsel gerade etwas zu weit aus dem Fenster lehnte.

»Oh! Das ist …«, Ivy räusperte sich, » … erstaunlich.«

»Wollen Sie mich«, Fortier rieb seine Hände aneinander. In seinem Kopf rauschte es, er wusste, dass er das jetzt besser lassen sollte. Doch er war längst auf die Schiene der Unvernunft gesetzt und sauste mit Überschallgeschwindigkeit Richtung Peinlichkeit. »Wollen Sie nicht mal, also, wollen Sie nicht mal zu mir kommen und gemeinsam meine neue Küche einweihen? Ganz unverfänglich? Sagen wir morgen? Samstagabend?«

Ivy nickte sprachlos.

»Fantastisch!« Fortier hörte gar nicht mehr auf zu lächeln, da ihm gerade aufging, dass er tatsächlich, wider besseres Wissen, eine seiner Angestellten zu sich nach Hause eingeladen hatte. Er merkte, wie sich sein Gesicht unter der künstlichen Bräune grünlich verfärbte. »Prima!«

»Na dann!« Ivy schluckte trocken.

Fortier strahlte, wobei sein Gesicht wie tiefgefroren aussah. »Was halten Sie von Pasta?«

»Toll!«

»Klasse! Also, bis dann.« Fortier verschwand eilig aus der Werkstatt, wobei er mit seinem Jackett an der Klinke hängen blieb und es hektisch befreite. Hinter ihm fiel die Tür ins Schloss.

»Okay.« Über die Lösung des Problems würde Ivy später nachdenken. Sie stellte das Glasfläschchen neben den Farbtöpfen ab und nahm das Glasauge mit der smaragdgrünen Iris wieder hoch. Ihr Blick glitt von der spiegelnden Pupille über die Bleistiftzeichnungen, die sie über ihrem Arbeitsplatz an die Wand gepinnt hatte. Sie zeigten Vincents Kopf aus jeder erdenklichen Perspektive. Wie lebendig er wirkte! Als wollte er sie mit sich reißen, zu jenen Orten, an denen er gelebt hatte: Paris, Arles, Saint-Rémy, hinein in die raschelnden, von der Hitze ausgedörrten Felder. Die staubtrockene Platanenallee hinunter. Hand in Hand an der Rhône entlang. Durch Häuserschluchten und an der eingezäunten Arena Romana vorbei. Bis hoch zum sandigen Plateau der Kathedrale Saint-Trophime, von dort über die blassorangenen Schindeln von Arles sehen, weiter bis zu den Zypressenhainen von Saint-Rémy. Wie viel sie inzwischen über ihn wusste!

In ihrer Vorstellung saß Desmond auf dem Drehhocker vor ihrer Arbeitsplatte, locker das Bein übergeschlagen, fröhlich lauschend, was Ivy über van Gogh zu berichten wusste. »Ja, ich bin mir sicher«, sagte sie, »er hat mit sanftem Nachdruck gesprochen.« Ivy lächelte in Desmonds Richtung. Er streckte seinen Arm nach ihrer Hand aus, die einen Holzspatel hielt. Er zog sie zu sich heran und küsste sie. »Es ist so schön, dir in deiner Begeisterung zuzuschauen.«

8.

Nathalie beschlich das quälende Gefühl, niemals mit ihrem Kinderbuch fertig zu werden. Bei Licht betrachtet scheiterte sie schon am ersten Satz. Ein großartiger, welterschütternder, ein absoluter Bestseller sollte es werden. Mindestens so erfolgreich wie *Die kleine Raupe Nimmersatt*, nur besser. Ermattet lehnte sie sich in ihrem Stuhl zurück und legte die nackten Füße auf den Papierkorb, den sie sich vorsorglich unter den langen Esstisch in ihrer hellen Dachgeschosswohnung gestellt hatte. Es war elf Uhr dreißig am Vormittag. In einer halben Stunde musste sie los, Lucy aus der Kita abholen, und niemandem konnte sie von ihrem Problem erzählen. Bei ihrem Vater war seit halb zehn die Leitung besetzt. Und Peer hatte sie schon zweimal im Büro angerufen, nur um zu überprüfen, ob er auch wirklich an seinem Platz saß.

Die Tischplatte war mit Farbstiften und den märchenhaften Illustrationen ihrer Mutter bedeckt, die Nathalie im Haus ihres Vaters im Giebelzimmer gefunden hatte. Dort hingen an den Wänden noch immer die bunten Zeichnungen in mehreren Lagen übereinandergepinnt, wie Blätter an einem Baum. Prinzessinnen in wallenden Gewändern. Pferde. Prinzen. Zwerge. Rosenbüsche. Tauben. Könige. Königinnen. Die böse Fee. Die gute Fee. Ein Bär. Ein Reh. Bäume. Büsche. Eine hellblaue Meise. In der Zimmerecke waren die großen, schwarzen Zeichenmappen ihrer Mutter von Walter übereinandergestapelt worden, daneben hatten Bündel von bunten Stiften, Holzpantinen und die meergrüne Strickjacke ihrer Mutter gelegen. Außerdem lagerten dort noch einige zusammengerollte Webteppiche, getöpferte Vasen, Gesangbücher für Lagerfeuer, die Nathalie und Ivy als kleine Mädchen oben in der New-Age-Kommune in dem Lebensmittelladen vom graubärtigen Inhaber Rusty geschenkt bekommen hatten. Und *Das Kochbuch der Findhorn-Familie.* Nathalie kannte noch all die Namen der darin enthaltenen Gerichte: Luca's Nasi Goreng. Mary Coulman's Rice Pudding. Sophie's Red Lentil Soup und Hanna's Moist Apple Cake. Erstaunlich, wie ihre Mutter all ihre Aufgaben, trotz Arbeit, hinbekommen hatte. Nathalie hatte heute Morgen weder die Geschirrspülmaschine ausgeräumt noch im Bioladen eingekauft und auch kein Essen für Lucy gekocht. An diesem Mittag würde es Grießbrei geben, mehr war für sie als voll berufstätige Mutter nicht zu schaffen.

Das Kinderbuchkonzept mit den beiden Feen, die jede Lüge sofort entlarvten, hatte sie bereits wieder verworfen, nachdem Lucy während des ersten Testerzählens gähnend gefragt hatte: »Mama, darf ich lieber *Shaun das Schaf* auf DVD angucken?«

Daraufhin hatte Nathalie die letzten Tage damit zugebracht, genauestens den Buchmarkt abzuscannen und auszuwerten, um die Geheimformel für einen sicheren Bestseller zu destillieren. Sie hatte sich durch die im Internet archivierten Kinderbuch-Bestsellerlisten der vergangenen drei Jahrzehnte gearbeitet und versucht, einen darin enthaltenen Algorithmus zu entdecken, mit dessen Hilfe sie die Welt mit einem neuen Kinderbuchklassiker beschenken konnte. Auf Peers Druckerpapier hatte sie Hochrechnungen angestellt und Listen mit relevanten gesellschaftspolitischen und sozialpädagogischen Themen angefertigt.

Mit einem roten Faserschreiber, den ihr Peer aus dem Büro im ganzen Bündel mitgebracht hatte, notierte sie jetzt auf einen weißen Papierbogen:

Zwei-Helden-Kombi.

Auf einen weiteren Bogen:

Einzelheld.

Es war unglaublich, wie viele Gesetze es beim Schreiben eines Kinderbuches zu beachten gab. Sie würde definitiv erst mit dem schöpferischen Akt beginnen, wenn klar war, dass sich der Aufwand auch rentieren würde. Das Konzept musste stimmen. Scheitern kam für sie als Option nicht in Frage. Um sich zu motivieren, vergegenwärtigte sie sich die Kühlschranktür ihres Vaters, auf der beim letzten Besuch plötzlich ein älteres Foto von Ivy neben der Wachsfigur des verschwitzten Fußballers Wayne Rooney im rot glänzenden Manchester-United-Trikot unter einem Magneten geklemmt hatte. Damals war Walter zur großen Enthüllungszeremonie bei Madame Tussauds nach London gereist und hatte anschließend einen Haufen Zeitungsausschnitte aus der *Sun* und dem *Daily Mirror* über »Ivys neuestes Werk!« an sämtliche Verwandte in Buenos Aires verschickt. Ständig bekam Ivy Anerkennung für ihre Arbeit. Nie aber hatte ihr Vater Nathalies gesellschaftspolitische Artikel herumgemailt, mit der Begründung, sie seien für die Verwandten im Ausland nicht zu verstehen. Noch klemmten sie an der Kühlschranktür unter einem Magneten. Wahrscheinlich empfand er ihre Essays einfach nur als komplett irrelevant.

Nathalie blickte auf ihre Armbanduhr. In einer Viertelstunde musste sie los. Wie sollte sie unter diesem Zeitdruck überhaupt je etwas von Bedeutung hinbekommen? Kein Wunder, dass Ivy Erfolg hatte. Sie hatte ja nichts anderes als sich selbst. Streng genommen fehlten Nathalie überhaupt die entsprechenden Räumlichkeiten für ihr Geistesleben. Peer belagerte wie selbstverständlich das Arbeitszimmer, obwohl er von morgens bis abends im Büro saß. Sie rief ihn jetzt doch noch mal an.

»Nathalie?« Ihr Mann klang ein klein wenig unwillig.

Vorsorglich verlieh sie ihrer Stimme einen offiziellen Ton. »Tut mir leid, dass ich dich noch mal stören muss, aber mir ist gerade aufgefallen, dass ich dich hier bei uns zu Hause noch nie am Schreibtisch habe sitzen sehen«, sagte Natalie. »Das ist kein Vorwurf. Trotzdem bist du ja nicht gerade der geborene Geistesmensch. Du bist Sportler. Im Sommer spielst du mit deinen Kollegen Fußball, du fährst Rad und schlägst dich beim Karate …«

»Worauf willst du hinaus?« Peer atmete ungeduldig in den Hörer.

Davon wollte sich Nathalie jetzt nicht einschüchtern lassen. Ganz im Gegenteil. Seine Unwilligkeit reizte sie regelrecht. Was war schon diese kurze Störung im Gegensatz zu ihrem Arbeitsalltag, der vollkommen von Hausfrauen- und Mutterpflichten zerstückelt wurde. »Seit Lucys Geburt bin ich kaum noch zum Lesen gekommen, mal abgesehen von dem Buch über die Parabel vom Glück *Der Mönch, der seinen Ferrari verkaufte.* Und das halbe Duzend Erziehungsratgeber.«

Nathalie brauchte Belletristik um sich herum.

Ihr Mann seufzte. »Dann lies doch etwas. Du bist doch den ganzen Vormittag allein zu Hause.«

Das tat weh. Oh. Das tat richtig weh.

Nathalie sprang vom Stuhl auf, wobei der Papierkorb unterm Tisch umkippte. Sie rief: »Nur zu deiner Erinnerung: All meine Bücher lagern in Umzugskisten im Keller. Bei Licht betrachtet habe ich, dessen werde ich mir schlagartig bewusst, mein gesamtes Vorleben negiert, um mit dir auf Augenhöhe zusammen sein zu können. Tatsächlich habe ich meine intellektuellen Ansprüche auf ein Minimum reduziert, um nicht ständig spüren zu müssen, dass ich wesentlich gebildeter bin als du. Ich liebe dich. Aber: zu welchem Preis?«

Am anderen Ende der Leitung war es still.

»Peer?«, fragte Nathalie. »Bist du noch da?«

»Jep.«

Nathalie holte tief Luft. Sie wollte sich nicht streiten. »Eigentlich wollte ich nur mit dir besprechen, ob du etwas dagegen hast, wenn ich mich etwas im Arbeitszimmer einrichte, da du es ja tagsüber sowieso nicht benutzt.«

»Sicher, mach das.« Im Hintergrund piepste Peers Handy. Offenbar war eine SMS eingegangen. Beinahe hätte Nathalie gefragt, von wem ihr Mann da gerade eine Nachricht erhalten hatte. Beinahe. Aber sie presste fest die Lippen aufeinander und nuschelte: »Ich muss jetzt mal los, Lucy von der Kita abholen.«

Weil ihr Mann nichts mehr antwortete, legte sie schließlich auf. Gerade fühlte es sich an, als würde ihr Kopf mit Beton ausgegossen werden. Als sei sie dem Gutdünken ihres Mannes und dem Rest der Welt vollkommen ausgeliefert.

Nathalie hätte ihren heutigen Arbeitstag so gerne mit einer kleinen Sensation abgeschlossen. Mit ihrem ersten Satz fürs Kinderbuch. Dieser Triumph hätte ihr wieder auf die Beine geholfen. Wie fanden eigentlich all ihre Schriftstellerkollegen den ersten, vielversprechenden Satz?

Wenn der Erfolg erst einmal da war, würde sie wieder festen Boden unter den Füßen haben, wieder sicher stehen und sich keine Gedanken mehr über eingehende SMS machen. Dann hätte sie wieder ein eigenes Leben. Momentan fühlte es sich fast so an, als lebte sie von den Resten, die Peer ihr übrig ließ. Am Nachmittag würde Nathalie gemeinsam mit Lucy konzentriert die Illustrationen ihrer Mutter studieren. Vielleicht würde ihrer Tochter intuitiv etwas Kluges dazu einfallen. Etwas, das Nathalie auf eine geniale Idee brachte.

Ivy hätte längst eine Idee gehabt.

Früher hätte Nathalie ihre kleine Schwester regelrecht dafür lynchen können, wie selbstverständlich, ganz ohne Anstrengung, ihr lustige Dinge eingefallen waren. Vollkommen angstfrei. Nicht ein einziges Mal waren Ivy auch nur minimale Skrupel gekommen, ob man sie womöglich für dumm halten konnte. »Komm, Natti!«, hörte sie plötzlich ihre Zwergenstimme. »Wir suchen im hohlen Baum den Waldgeist.«

Nathalie krabbelte unter den Esstisch und sammelte die Papierknäuel auf, die aus dem Mülleimer gekippt waren. Erstgeborene wie sie hatten es in dieser Gesellschaft grundsätzlich schwieriger. Ständig wurden sie von ihren Eltern überfordert oder in die Pflicht genommen, wodurch sie pausenlos Gefahr liefen, etwas falsch zu machen und dafür gescholten zu werden. Zweitgeborene hingegen konnten unbehelligt ihrem Spiel und ihrer Fantasie freien Lauf lassen. Wann immer im Haus Hilfe benötigt wurde, mussten die Erstgeborenen springen. Erst neulich hatte Nathalie in einem der Erziehungsratgeber gelesen, die sich auf ihrem Nachtschränkchen, im Wohnzimmer und auf der Waschmaschine stapelten, dass man als Eltern dringend auf solch traumatisierende Ungerechtigkeiten zwischen den Geschwistern achten sollte. Psychische Störungen wie Depression und Versagensängste im Erwachsenenalter waren die Folge. Ebenso Migräne oder Neurodermitis. Überhaupt war Nathalie durch das Lesen all der Erziehungsratgeber erst aufgefallen, wie viel in ihrer Kindheit eigentlich schiefgelaufen war.

Ivy wusste gar nicht, wie gut es ihr ging.

Und Nathalie wollte von ihr nie wieder hören, dass sie eine Idee hatte. »Natti, wollen wir uns einen Kaugummiautomaten bauen?«

Gerade verspürte sie wieder diesen alten, aufquellenden Neid auf ihre kleine Schwester. Am liebsten hätte sie Ivy angerufen, nur um ihr ausnahmsweise mal den Boden unter den Füßen wegzureißen. »Ich weiß etwas, was du nicht weißt!«

Aber so grausam war sie nicht. Das, was ihr Tamara neulich im Garten ihres Vaters mit zittriger Stimme offenbart hatte, würde sie für sich behalten. Genau wie ihre Verdachtsmomente gegenüber Peer. Sie würde all diese scheußlichen Entdeckungen unter Verschluss halten, wie die verplombten Gorleben-Fässer mit atomarem Müll. Bis sie undicht wurden und die Erde mit ihrem gesammelten Grauen auslöschten.

Selbst schuld, wenn sich niemand um die Wahrheit scherte.

Damals, vor vier Wochen, war Nathalie am Morgen im Bademantel ihres Vaters vollkommen gerädert in die verlassene Küche heruntergekommen, um mit ihrem Vater und Lucy zu frühstücken. Doch neben dem Brotschneidebrett hatte lediglich ein aufgerissener Telekom-Briefumschlag gelegen, versehen mit einer Notiz: »Guten Morgen, mein Kind. Wir sind runter zum Wald, spazieren. Papa und Lucy.« Darunter: »rot. Fotoalb.?«

In dem quecksilbrigen Gefühl, von der restlichen Zivilisation abgeschnitten zu sein, hatte Natalie mit hängenden Lidern aus dem Küchenfenster gestiert, an der Blutbuche vorbei, deren dunkellila Blätter Richtung Rasen segelten. Ihr Blick war hinüber zu Heidis Küchenfenster gezuckt, hinter dem es dunkel war. Hundertprozentig war ihr Vater gemeinsam mit Lucy, Heidi und den beiden anderen Enkelkindern draußen unterwegs. Es war erbärmlich, wie er sich als Patchworkopa aufspielte. Sobald Nathalie sich angezogen hatte, würde sie auf ihrem alten Rennrad hinter der Truppe herrasen und sie zersprengen. Niemals würde es Heidi auf den computergesteuerten Stammbaum ihrer Familie schaffen. Egal, wie sehr sie sich ins Zeug legte.

Drüben, Nathalie wusste nicht, wohin mit sich, drüben im Gemüsegarten stand plötzlich Heidis sauertöpfische Tochter Tamara in einem grauen Strickmantel mit rot geschminkten Lippen. Mit Hilfe dieses albernen Markenzeichens hatte sie schon während des Abiturs Aufmerksamkeit geheischt. Die dunklen, langen Locken legten sich reizvoll um ihr gebräuntes, kirschförmiges Gesicht. Mit einem Kaffeebecher, den sie mit beiden Händen umklammerte, starrte sie Nathalie direkt über die welke Hecke hinweg an. Hier musste doch irgendwo das Luftgewehr ihres Vaters stehen. Nathalie duckte sich weg und krabbelte auf allen vieren über die Dielen ins Wohnzimmer. Mit der Vogelscheuche wollte sie definitiv nicht ins Gespräch über Mutterschaft und Hausfrauentätigkeiten kommen. Ebenso wenig wollte Nathalie von ihr gefragt werden, ob sie voll berufstätig sei. Tamara machte bestimmt als Anwältin Karriere und hatte ein Kindermädchen zu Hause. Sie würde sich duschen, anziehen, Lucy ins Auto verfrachten und zurück nach Berlin flüchten. Kam man denn nirgendwo zur Ruhe? Unterhalb des Fenstersimses hockend, spähte Nathalie dorthin, wo Tamara eben noch in den Rabatten gestanden hatte. Jetzt war sie weg. Nathalies Blick jagte hinüber zum Schuppen, zwischen den Apfelbäumen hindurch, weiter zum Karpfenteich, dessen Ufer dicht mit gelblichem, vertrocknetem Schilf bewachsen war. Vernünftigerweise hatte sich Tamara zurückgezogen. Erleichtert richtete sich Nathalie wieder auf und aß in der Küche das klein geschnittene Marmeladenbrot auf, das von Lucys Frühstück übrig geblieben war.

»Natti! Hallo!«

Es klopfte von außen ans Butzenfenster. Nathalie würgte das zerkaute Marmeladenbrot hinunter. Dahinter stand Tamara. Mit der Hand machte sie eine rührende Bewegung, wobei sie die Stirn in Falten zog und heftig nickte. »Lässt du mich rein?«

Offenbar hatte sie vor, ums Haus und in die Küche zu kommen. Nathalie tat so, als sei sie taub. Seelenruhig goss sie mit der kleinen Gießkanne Wasser in die Kräutertöpfe auf dem Fensterbrett. Tamara ließ ihre Hand sinken und verschwand aus Nathalies Sichtfeld. Kurz darauf klingelte es vorne an der Haustür. Alles in Nathalie sträubte sich dagegen, ihre Erzrivalin aus der Schulzeit hereinzulassen. Was wollte sie von ihr? Alte Kamellen aufwärmen? Doch der Drang zu erfahren, was sie wollte, war dummerweise stärker. Als hätte sie bereits auf dem Weg durch die Diele geahnt, was Tamara ihr zehn Minuten später neben den Himbeersträuchern, um Fassung ringend, eröffnen würde, waren ihre Hände vor Anspannung so feucht geworden, dass sie sie in den Bademanteltaschen ihres Vaters vergraben hatte. Und nun hatte Nathalie alle Mühe, Tamaras Worte wieder aus dem Kopf zu bekommen. Doch mit dem Schreiben des Kinderbuches würde sie es schaffen, sich abzulenken und den Augenblick der grausigen Offenbarung zu vergessen, bis sie bereit war, sich mit der Wahrheit auseinanderzusetzen und die damit einhergehenden Umwälzungen anzunehmen.

Draußen klarte der Himmel über den mit Folie abgedeckten Terrassenmöbeln auf. Die erste Frühlingssonne brach durch die Wolken und fiel auf Nathalie, die sich eine Haarsträhne aus dem Gesicht strich und entschieden die Luft ausblies. Ja! Vielleicht würde sie sogar eine erfolgreiche Merchandising-Figur erfinden, einen knuddeligen Plüschtroll mit einer kleinen blonden Elfe als Freundin. Sie stellte den Papierkorb zurück ins verwaiste Arbeitszimmer. Und mit einem Mal erschien es ihr ganz und gar logisch: Es wurde wieder Zeit für plüschige, rotnasige, freundlich-knorzelige Trolle!

Anstatt eilig in Richtung Kita aufzubrechen, erlaubte sie sich ausnahmsweise eine Viertelstunde Verspätung. Heute riss sie einmal nicht wie sonst ihr Rad aus dem Ständer und raste damit, ganz wie es normalerweise ihre Art war, kopflos über drei rote Ampeln, nur um pünktlich ihren süßen Wurm abzuholen. Zufrieden mit ihrer genialen Merchandising-Idee, stieg sie in den modrig riechenden Keller hinunter, um sich einen ersten Eindruck vom Zustand ihrer Bücherkisten zu verschaffen.

Nachdem Nathalie in dem engen Backsteinverschlag vier von zehn staubigen Kistendeckeln geöffnet und mit den Fingerspitzen andächtig über die Buchdeckel gefahren war, sah sie im flackernden Licht der nackten Glühbirne ihr neues Dasein als Kinderbuch-Erfolgsautorin ganz deutlich vor sich. Am Nachmittag würde sie sich Peers Arbeitszimmer kapern und es nach ihren Bedürfnissen einrichten. Seine Rudermaschine musste raus – oder aber sie fing an, daran zu trainieren. Während der Schulzeit war ihr Körper durch das Jazzdancetraining geschmeidig und durchtrainiert gewesen. An diese alten Leistungen musste sie wieder anknüpfen, um zu sich zu kommen. Erst jetzt wurde Nathalie in Gänze bewusst, wie sehr sie sich für dieses bürgerliche Leben aufgegeben hatte, das einen doch nie für das Nicht-aus-der-Reihe-Tanzen belohnte. Nur um gesellschaftlich anerkannt zu werden, hatte sie aus sich eine fürsorgliche und gut einschätzbare Ehefrau gemacht. Nicht einmal im Himmel würde sie für diese Selbstbeschneidung eine Medaille bekommen. Nathalie würde die Arbeitszimmerwände mit einem Regalsystem bis unter die Decke zustellen. Jeden Morgen würde sie, sobald Peer mit Lucy zur Kita aufgebrochen war, am Computer ihre Kinderbücher verfassen. Zwischendrin würde sie sich noch um die Wäsche kümmern und an der Rudermaschine trainieren. Sie würde all das ohne klagen und jammern hinbekommen. So wie ihre Mutter. Nur ohne aufzugeben, sie war eine Einzelkämpferin.

Sie war multitaskingfähig.

Plötzlich fühlte sich das Leben ganz leicht an. Leicht und voller unbegrenzter Möglichkeiten. Nathalie stieg auf ihr Rad und fuhr leise singend durch die laue Frühlingsluft, am in der Frühlingssonne ausgestorben daliegenden Spielplatz vorbei, der in wenigen Stunden aus allen Nähten platzen würde. Diese täglichen trägen Müttertreffen, während derer ausschließlich Sorgen ausgetauscht wurden, würden in Zukunft ohne sie stattfinden. Sie hatte Besseres vor. Es duftete nach den auf dem Asphalt zu gelbem Staub gemahlenen Lindenblüten und nach einer wundervollen Verheißung. Der Verheißung, dass nun endlich ihre Erfolgsgeschichte begann. Und niemand, wirklich niemand, würde sie an diesem kometenhaften Aufstieg hindern.

Praktischerweise kränkelte Lucy am Nachmittag. Vermutlich handelte es sich um eine harmlose Grippe, sodass sie nicht einmal ihre funkelnden Prinzessin-Lillifee-Perlen aufziehen wollte. Vor sich hin dämmernd lag sie in ihrem Kinderbett zwischen dem weißen Prinzessin-Lillifee-Einhorn und dem riesigen Winnie-The-Poo-Plüschferkel, das ihr Ivy zum vorletzten Weihnachten im Disney-Store gekauft hatte. Gerade hatte Nathalie ihrer Tochter zum fünften Mal das Hörbuch *Der kleine Prinz* angeschaltet und war eilig aus dem Zimmer geflüchtet, bevor Lucy noch die berechtigte Bitte an sie hätte richten können, bei ihr zu bleiben. Ab und an brachte Nathalie ihr ein Glas Früchtetee zu trinken. Das musste heute mal an Fürsorge reichen. Später, gegen siebzehn Uhr, wollte Nathalie ihrer geschwächten Tochter zum Ausgleich die ersten Sätze aus diversen Kinderbuchklassikern vorlesen, die sie im Keller aus den Bücherkisten gefischt hatte, um herauszufinden, auf welchen ersten Satz Lucy am eindeutigsten reagierte. Zu den ausgewählten Büchern zählten: *Die kleine Raupe Nimmersatt, Gullivers Reisen, Wo die wilden Kerle wohnen, Tom Sawyer, Emma Ententropf, Pippi Langstrumpf, Momo, Die Unendliche Geschichte, Ronja Räubertochter* und *Herr der Ringe.* Lucy sollte einfach intuitiv reagieren. Doch bereits nach drei Minuten fiel sie in einen unruhigen, fiebergetränkten Schlaf. Die Temperatur wurde von Nathalie nicht wie sonst liebevoll mit kalten Wadenwickeln, sondern mit fiebersenkendem Saft zurückgedrängt. Statt sich anschließend neben ihre winzige Tochter ins Bett zu legen, um ihr kummervoll übers hellblonde Haar zu streichen, erhob sich Nathalie, sobald Lucy wieder eingeschlafen war, von der Bettkante, um in den vorderen Teil der Wohnung zurückzukehren.

Sie räumte Peers alte Steueraktenordner in Umzugskartons, die sie den neu eingezogenen Nachbarn in der dritten Etage ungefragt vom Treppenabsatz entwendet hatte, und stapelte sie in der Garderobe übereinander. Anschließend beseitigte sie noch Peers CD-Rohlinge, Fotoalben und Fotokartons aus den Jahren, in denen sie sich noch nicht kannten, in den Hausflur. All das würde im Austausch mit ihren Bücherkisten in den Keller wandern. Während einer kurzen Verschnaufpause hob Nathalie, auf der obersten Treppenstufe sitzend, von einem dieser Schuhkartons mehr oder weniger interessiert den Deckel herunter und nahm dann doch relativ begierig einen Stapel Fotos heraus. Ihr Magen krampfte sich zusammen. Was bitte hatten diese Bilder zu bedeuten? Drinnen im ausgeräumten Arbeitszimmer klingelte das Telefon in der Ladestation. Ihre Hände wurden schon wieder feucht, sodass sich kleine Schweißperlen auf ihrem Handrücken bildeten. Bestimmt war es Peer, der nach dem missglückten Telefonat am Vormittag bemüht war, sich verstärkt als Hausmann zu engagieren und zu erfragen, ob er noch etwas fürs Abendessen einkaufen sollte. Nathalie konnte jetzt unmöglich mit ihm sprechen. Sie würde ihn auf der Stelle mit zittriger Stimme fragen: »Was–geht–hier–vor?«

Diese Fotos dokumentierten eine ganz andere Geschichte, als er ihr über sein Vorleben wiedergegeben hatte. Sie nahm das erste Bild vom Stapel, legte es weg und starrte das darauffolgende aus verhangenen Augen an. Von sämtlichen Schnappschüssen grinste ihr Peers Exgeliebte Jenny entgegen. Nathalie schluckte trocken. In ihrer Kehle brannte es. Auf neunzig Prozent der Bilder hockte diese dunkelhaarige junge Frau im Bikini auf dem Schoß ihres Mannes und schlang ihren heftig gebräunten Arm um seinen Hals. In der freien Hand hielt sie eine Kokosnuss mit pinkfarbenem Strohhalm. Im Hintergrund erstrahlte die unverwechselbare, sattgrüne Kulisse einer zugewucherten thailändischen Insel. Es tat weh. Der Schmerz der Erkenntnis schob sich langsam und stechend von ihren Füßen hinauf bis in die Stirnlappen. Peer trug knappe, rote Badehosen und lächelte leicht verschwitzt in Jennys Richtung. Niemals hatte er Nathalie davon erzählt, dass er mit dieser Frau, von der er behauptete, dass er sie so gut wie gar nicht gekannt hatte, im Paradies gewesen und auf einem Elefanten geritten war. Oder dass er mit ihr in quietschbunte Saris gehüllt in Hängematten zwischen zwei Palmen vor einer Bambushütte unterm Vollmond übernachtet hatte.

Nathalie schmiss den Stapel zurück in den Karton. Sie stand kurz vor einem Rappel. Um nicht laut zu schreien, presste sie ihre Hand mit dem Ehering auf den Mund. Wie eine Witwe kam sie sich vor, die gerade in diesem Augenblick vom tragischen Unfalltod ihres Mannes erfuhr. Ohne Erbarmen für sich selbst zog sie sich den festsitzenden Goldring vom Finger, wobei sie sich die dünne Haut über dem Gelenk einklemmte, wild entschlossen, ihn ein für alle Mal loszuwerden. Beziehungen waren offenbar, egal, wie sehr man sich bemühte, verlässlich mit Schmerzen verbunden. Sie waren einfach nicht unter Kontrolle zu bringen. Aus dem Kinderzimmer ertönte Lucys dünnes Stimmchen. »Mama, aua!«

Nein! Nathalie konnte jetzt nicht für ihr Würmchen da sein. Sie riss das Treppenhausfenster auf und schleuderte den Ring, in den *Peer und Nathalie in ewiger Liebe* in Schnörkelschrift eingraviert war, hinaus in den Hinterhof. Richtung Müllcontainer. Dorthin, wo sich schwarze Müllbeutel und durchweichte Pappkartons stapelten. Dorthin, wo die Fliegen im säuerlichen Gestank ausgelaufener Milchpackungen surrten und faulige Äpfel mit weißplüschigem Schimmel überzogen einen klebrigen Saftfleck auf dem Betonboden fabriziert hatten.

Das tat gut. Dieser symbolische Akt der ultimativen Befreiung schaffte kurzfristige Erleichterung.

Jetzt musste sie herausfinden, was hier lief. Offenbar hatte sie ihre Ehe auf einem Lügengebilde begründet. Wie ihre Mutter. Lucy klagte herzzerreißend. »Mama, aua!«

Heute war Nathalie ausnahmsweise einmal nicht sofort für ihre Tochter zu sprechen. Heute brachte Nathalie *ihr* Leben in Ordnung. Heute deckte sie alle Unwahrheiten auf. Heute machte sie reinen Tisch. Heute fing sie bei null an. Sie war keine verheiratete Frau mehr. Ab jetzt war sie nur noch Einzelkämpferin. Im Grunde genommen war sie das schon immer gewesen. Im Leichtathletikverein. In der Jazzdance-AG. Im Studium. Nun war sie wieder im Vollbesitz ihrer Kräfte. Der Kreis schloss sich. Tatkräftig, als würde sie bei Hochwasser einen gebrochenen Damm mit Sandsäcken sichern, warf sie alle Fotokisten aus dem Hausflur zurück ins Arbeitszimmer. Dort besah sie sich, im Schneidersitz auf dem Teppich hockend, gründlich und analytisch jedes verdammte, entlarvende Bild, das sich rund um die Rudermaschine auf dem Boden verteilt hatte. Jedes schmerzhafte Foto. Es war unfassbar, was sich ihr da Unglaubliches offenbarte.

Am Abend würde sie Peer ganz kühl vor vollendete Tatsachen stellen müssen.

Der Zeitpunkt war gekommen, an dem sie sich fragen musste, mit wem sie hier eigentlich verheiratet war. Sie kannte diesen Mann gar nicht, der hier, mit diesem Jennifer-Lopez-Verschnitt und vernebeltem Blick, Fruchtbowle durch pinkfarbene Strohhalme schlürfte. Auf jedem dritten Bild küssten sie sich mit weit geöffneten Mündern, als wollten sie sich verschlingen. Wie zwei Primitivlinge, deren Hobby es war, sich dreimal am Tag kräftig durchzuvögeln. Zu zweit hockten sie auf einem schrottreifen Moped mit

Badelatschen an den Füßen. Die beiden mussten viel unterwegs gewesen sein. Im Himalaya, vor dem Taj Mahal, in Singapur, in China. Den gesamten asiatischen Raum hatten sie mit ihrer Nacktheit beehrt, inklusive Sydney, wo sie sich mit ausgestrecktem Arm selbst vor dem schuppenartigen Opernhaus fotografiert hatten. Erschreckend! Einmal trug Peer einen Bart, dann wieder etwas längeres Haar, eine große, verspiegelte Fliegersonnenbrille, geflochtene Armbänder ums Handgelenk. Ein lächerliches Muschelkettchen hing ihm um den Hals, wie diesem Analphabeten aus *Die blaue Lagune.* Augenscheinlich hatte Peer zwei Gesichter. Diese Jenny lief in geknoteten Tüchern herum, mit rosa Lotusblüten im Haar und Hennatattoos auf den Füßen. Auf ihrer Schulter sprang ein tätowierter Delfin aus schäumender Gischt.

Peer war ein Abenteurer.

Lucy weinte.

Nathalies Herz schlug.

Das Telefon klingelte.

Es war ihr Vater. Jetzt war alles egal. Jetzt weihte sie ihn ein, in ihren ganz persönlichen Albtraum. Und im gleichen Atemzug würde sie ihm auch seinen ganz persönlichen Albtraum offenbaren, Tamaras Geheimnis, das sie ihr nervös und mit fliegendem Blick neben dem Himbeerstrauch eröffnet hatte, während ihre beiden Kinder mit ihren Cityrollern auf den Hof gerollt waren. Das blonde Mädchen hatte Nathalie, auf die Entfernung hin, mit einem Mal so sehr an Ivy erinnert. Wie sie früher auf ihrem kleinen Rad unermüdlich um den Brunnen … Sie nahm das Telefon aus der Ladestation und flüsterte in die Sprechmuschel: »Wach. Auf. Du. Bist. Nicht. Ivys. Vater!«

Nathalie wankte durchs Wohnzimmer, den Flur hinunter, der an diesem Nachmittag unendlich lang wirkte. Ihr Vater hatte auf die Offenbarung seines Albtraums kaum Reaktion gezeigt. Sein knapper Rat war gewesen: »Mein Kind, behalte es bitte für dich.« Nathalie hatte nur genickt. Die Welt bestand aus ineinandergekletteten Lügengebilden und Halbwahrheiten, auf denen die paar ehrlichen Mitstreiter, die sich für absolute Integrität entschieden hatten, wohl oder übel ihr Dasein errichteten, um dann irgendwann, erschrocken über die abgründige Wirklichkeit, ihre klaffenden Wunden lecken zu müssen. Und schon war sie wieder mit ihrem eigenen furchtbaren Schicksal beschäftigt. Jenny und Peer schienen wirklich gut zusammengepasst zu haben.

Am Ende des Flures kam Lucy bleich aus dem Kinderzimmer getaumelt. Wie ein kleiner, durchscheinender Geist. Nach einigen schleppenden Schritten fiel sie plötzlich nach vorne auf die Dielen und kroch tapfer in ihrem bodenlangen Nachthemd auf allen vieren weiter. Nathalie stürzte ihr entgegen und hob das entkräftete Kind auf, das sie aus dunklen Augenhöhlen flehend ansah. Lucy presste ihre Hände auf den Bauch und streckte ihre Beinchen durch. Als sei sie tiefgefroren. Unverständliche Worte krochen zwischen ihren blassen Lippen hervor, und als Nathalie ihren besorgten Blick über den kranken Körper ihrer Tochter schweifen ließ, bemerkte sie erschrocken die stark angeschwollenen Knie und Ellenbogen, die mit roten Pusteln übersät waren. Mit einem Mal war Nathalie ganz ruhig. Ganz klar. Und voller Liebe. »Ich trag dich zurück ins Bett, mein kleiner Wurm.«

Dieser Zusammenbruch kam ihr gerade recht. Er lenkte sie von ihrem eigenen Grauen ab. Im Kinderzimmer zog sie leise das Rollo herunter. Lucy lag steif in der hellrosa geblümten Lillifee-Bettwäsche, das Ohr ans weiße Einhorn gedrückt. Ihr kleines Mädchen. Morgen früh würden sie zum Arzt gehen und dafür sorgen, dass Lucy schnell wieder gesund wurde. Heute hatte Nathalie dafür keine Kraft mehr. Sie legte sich dicht neben ihr geliebtes Kind. Endlich hatten sie sich wieder. Nathalie strich ihrer wimmernden Tochter zärtlich über das Haar und die Wange. Sie gab ihr unzählig viele Küsse und schloss die Augen im abgedunkelten Zimmer. Eingelullt in die Hingabe einer Mutter.

9.

Ivy hatte es tatsächlich geschafft, von der Personalabteilung des Fernsehsenders ABC die Mail-Adresse von Desmond Gayle herauszubekommen. Zufrieden und mit sich im Einklang, formulierte sie an ihrem Schreibtisch, während sich über dem Hinterhof der Regen in einem einzigen grauen Schwall ergoss, eine Mail an den Mann, dem sie zum ersten und letzten Mal vor sechs Monaten begegnet war. Über dem Tisch hatte sie sich eine Kohlezeichnung von seinem Porträt an die Wand gepinnt, sodass sie ihn morgens gleich nach dem Aufwachen im Blick hatte. Die Zeichnung war ihr außerordentlich gut gelungen. Überhaupt gelangen Ivy in letzter Zeit überraschend viele Dinge, ganz ohne die sonst übliche Anstrengung. Dieser wunderbare Mann war hier bei ihr. Sie konnte ihn sehen, er war ihr Zeuge, dass sie täglich mehr aufblühte. Mit seinen ausdrucksstarken Augen.

Ivy zwinkerte ihm zu.

Seitdem sie zu Hause war, bewegte sie sich möglichst wenig. Eve sollte es nicht wagen, heute Abend an ihre Tür zu klopfen! Ivy war drauf und dran, die offenste E-Mail ihres Lebens zu schreiben. Inzwischen hatte sich so viel Bedeutsames in ihr aufgestaut, das sie unbedingt mit Desmond teilen wollte: Träume. Beobachtungen. Rückschlüsse. Eves Ehedrama hätte Ivy liebend gerne gemeinsam mit ihm analysiert. Ebenso Fortiers forderndes Verhalten, der offenbar nicht kapierte, dass sie sich keinesfalls mit ihm treffen wollte. Nach jeder Absage erfolgte verlässlich eine erneute Einladung. Desmond hätte bestimmt gewusst, wie sie sich in Bezug auf ihren Chef geschickt verhalten sollte, damit er von seiner Verliebtheit abließ.

Über die Gründe für die ständigen Sorgen ihrer Schwester, die sich permanent in ihr Leben einmischte, hätte sie mit Desmond natürlich auch gesprochen. Im schmalen Spiegel, neben dem Kleiderschrank leuchtete ihr Handy bereits zum dritten Mal tonlos auf. Vermutlich wollte Alice sich mit ihr auf einen Absacker im Sun in Splendour treffen, um zu berichten, dass ihr Leben mit Dave, seitdem sie ihre Thriller nur noch heimlich las, viel besser geworden war. Tatsächlich hatten sie sich in den letzten Wochen, laut Alice, wohl kaum noch gestritten, und Dave war überraschenderweise bereit, die Abende öfter auswärts zu verbringen. Sogar über die Möglichkeit einer baldigen Schwangerschaft war verhandelt worden. Sobald Ivy die Mail geschrieben hatte, musste sie sowieso mit ihr reden. Ihre Freundin sollte prüfen, ob damit grammatikalisch und inhaltlich so weit alles in Ordnung war. Vielleicht war es aber auch ihr Vater, der sie zum wiederholten Male bitten wollte nachzusehen, ob sich das rote Fotoalbum nicht doch in ihrem Besitz befand. Ohne danach zu suchen, hatte sie es ihm doch schon längst gesagt: »Es ist nicht hier.«

Lieber Desmond,
vor sechs Monaten saß ich neben Ihnen im Flieger nach London. Sie sagten, dass ich an Sie denken soll, wenn ich an van Gogh arbeite. Das tue ich gerade. Auf YouTube habe ich mir einige Folgen von *All My Children* angesehen, der Serientitel gefällt mir gut. Womit ich nicht sagen möchte, dass ich dringend Kinder haben möchte – ich bin mir da – im Gegenteil – gar nicht so

sicher. Wollen Sie eigentlich Kinder? Ich wüsste momentan gar nicht, wie ich in meinem Leben welche unterbringen sollte. Ich arbeite sehr viel, verstehen Sie mich nicht falsch, ich gehe auch gerne mal ins Kino, aber mein Job ist alles, was ich habe. (Das klingt jetzt bestimmt traurig. Wissen Sie, was ich meine?) Jeden Morgen gehe ich ins Atelier und forme menschliche Doppelgänger um Drahtgestelle. Es ist, als würde ich in einer Versuchsschale einen Klon züchten. Klingt das plausibel für Sie? Vielleicht sollte es mal eine TV-Serie geben, die heißt *All My Wachsfiguren*. Entschuldigen Sie, ich bin …

Es klopfte. »Ivy! Ich weiß, dass du da bist! Und ich weiß auch, dass du versuchst, dich nicht zu rühren, damit ich denke, dass du nicht da bist. Aber ich habe vorhin gesehen, wie du in deiner Regenjacke über den Hof gerannt bist. Und ich habe auch gehört, wie du eben die Toilettenspülung betätigt hast.«

Ivy hörte prompt auf zu tippen und schob ihre Nana-Mouskouri-Brille den Nasenrücken hinauf. Offenbar hatte Eve in ihrer momentanen Not den klaren Blick dafür verloren, was sich gehörte und was nicht. Es klopfte erneut. Es klang, als würde ihre Nachbarin dabei die Faust benutzen. »Ivy! Mach auf! Ich brauche deinen Rat!«

»Moment!«

Gemächlich erhob sich Ivy von ihrem Stuhl und überlegte, wie der Dalai Lama eigentlich auf solche massiven Ruhestörungen reagierte. Schon wieder leuchtete ihr Handydisplay auf. Ivy zog die Tür auf und zwang sich, milde zu lächeln. »Na, wie geht's dir heute?«

Eve stand davor. In schwarzen Hotpants, pinkfarbener Strumpfhose und einem schwarzen Paillettentop, in der Hand einen Bügel, auf dem eine türkisfarbene Tunika hing. Um ihren Hals trug sie eine gigantische Muschelkette. »Ivy, ich treffe mich gleich mit Stephen.«

Eve hatte überhaupt keinen Geschmack. Ivy lächelte noch immer milde. »Das freut mich. Ich hab gerade leider nur gar keine Zeit, ich muss dringend eine geschäftliche E-Mail wegschicken.«

Ihre Nachbarin drängte sich an ihr vorbei ins Zimmer. »Ich will auch gar nicht lange stören. Ich wollte nur mal eben deinen fachmännischen Rat hören, was ich anziehen soll. Dies?«

Eve stellte sich wie ein niedliches Schulmädchen hin und wies auf ihr schwarzes Paillettentop. »Oder diesen Fummel hier?«

Jetzt hielt sie den Bügel mit der sommerlichen Tunika hoch, die überhaupt nicht zu ihren winterlichen Hotpants mit den blickdichten Strumpfhosen passte. Wenn Eve allerdings das Paillettentop anbehielt, passte die hawaiianische Muschelkette nicht dazu.

Ivy legte den Kopf schief. »Ich finde dein jetziges Outfit sehr hübsch. Ich würde allerdings auf die Kette verzichten. Die sieht nach sportlichem Strandurlaub aus.«

»Ja, aber dann hab ich ja gar nichts um den Hals.«

»Na und? Macht doch nichts.«

»Nee, das mag ich nicht. Du meinst also, die Kette passt besser zur Tunika?«

»Ja, weil die auch sommerlich ist.«

»Dann kann ich ja die Bluse mit der Kette anziehen.«

»Genau.«

»Puh! … Danke, Ivy.« Eve ließ sich auf einen der Sessel fallen und streckte die Beine aus. »Ich bin am Ende. Sag mal, kannst du ab und an nach den Jungs sehen, solange ich weg bin? Wahrscheinlich bin ich so gegen Mitternacht wieder da.«

»Wo triffst du dich mit Stephen?«

»Keine Ahnung. In einer halben Stunde holt er mich ab. Er will mir »sein« London zeigen. Ich bin so was von durch den Wind. Vergangene Woche hab ich ihn ja zum letzten Mal gesehen, danach haben wir nur ein paar SMS hin- und hergeschickt. Ich glaube, er hat ziemliche Probleme mit seiner Männlichkeit.«

»Bitte?«

»Er scheint«, Eve zündete sich eine Zigarette an und sah sich nach einem geeigneten Aschenbecher um, »also, schon immer ziemliche Probleme mit seinem Durchsetzungsvermögen gehabt zu haben.« Eve blies den Rauch aus und aschte in die hohle Hand. »Als hätte er sich gesagt: bloß nicht massiv auftreten, weder vor meiner Frau noch vor Leuten aus anderen Lebensbereichen. Da er in seiner Familie in der Kindheit heftigste Auseinandersetzungen erfahren hat – seine Eltern führten wohl einen ziemlichen Kleinkrieg –, kann es sein, dass er damals die Rolle des Pazifisten angenommen hat. Defensiv. Das entsprach vielleicht einerseits seinem schüchternen Charakter, das formte ihn aber auch zu dem Mann, der er jetzt ist. Der zurückhaltende, feinfühlige Stephen.«

Ivy starrte Eve an. Sie hatte sich ja schon ein recht facettenreiches Bild von diesem Stephen gemacht. Good luck! »Wie kommst du darauf, dass es so ist?«

Wieder leuchtete das Handydisplay auf.

»Na ja. Da muss ich doch nur eins und eins zusammenzählen«, sagte Eve. »Er hatte immer starke Frauen an seiner Seite. Manche waren so stark, dass sie ihn geradezu erstickt haben. Seine Mutter ging in seiner Jugend wohl sogar so weit ...«

»Entschuldige, ich muss mal ganz kurz telefonieren.« Ivy schloss hinter sich die Badezimmertür und nahm den eingehenden Anruf an, während sie den Schlüssel herumdrehte. »Papa?«

»Ivy? Wie geht es dir, mein Kind?« Walters Stimme klang ungewohnt dünn.

»Gut.« Ivy knipste das Licht an und besah sich im Spiegel. Am Morgen hatte sie sich an einer Flechtfrisur versucht, die auf YouTube von einem jungen Mädchen Schritt für Schritt erklärt worden war. »Wie geht es dir?«

»Auch gut.« Ihr Vater machte eine Pause, in der er hörbar Luft holte. »Ich wollte dir nur eben mitteilen, dass«, er räusperte sich, »dass unsere kleine Lucy ins Krankenhaus eingeliefert wurde. Das arme Seelchen liegt wohl auf der Intensivstation.«

»Wie bitte?« Ivy hörte sofort auf, ihre Augenbrauen zu zupfen, und ließ sich auf den kalten Badewannenrand sinken. Hinter ihr rutschte die Shampooflasche polternd in die Wanne.

»Die Ärzte tippen auf Hirnhautentzündung in Kombination mit einer Sepsis. Jetzt müssen sie sehen, ob die Therapie überhaupt noch anschlägt. Oder ob es schon …«

»Was? Wieso sollte die nicht mehr anschlagen?«

Von außen klopfte Eve an die Tür, und die Klinke wurde mehrfach heruntergedrückt. »Du, Ivy, ich gehe mal wieder runter. Meinst du, du kannst nach den Kindern sehen? Ich lege dir in jedem Fall den Wohnungsschlüssel auf das Nachtschränkchen! Okay? Wer ist überhaupt dieser gut aussehende Mann, dessen Zeichnung da über deinem Schreibtisch hängt? Ist das dieser sexiest man alive Ryan Reynolds? Ist dir wirklich toll gelungen. Also, ich komme noch mal kurz hoch, bevor ich gehe.«

Ivy presste ihren Kiefer fest zusammen und zählte langsam bis zehn. Die Wohnungstür fiel ins Schloss. Ihr Herz wummerte. Die kleine Lucy. Ihr süßer Wurm.

»Ich weiß auch nichts Genaues«, seufzte Walter. »Nathalie hat vorhin nur kurz durchgerufen und Bescheid gegeben, dass sie mit Lucy auf der Intensivstation ist und dass man erst in ein paar Stunden sagen kann, ob sie ... ob sie durchkommt.«

»Und wo ist Peer?«

»Keine Ahnung, ob er bei den beiden ist. Es klang vorhin aber eher nicht so.«

»Fährst du hin?«

»Morgen früh nehme ich den ersten Zug und gucke mal, was ich tun kann.«

Ivy klapperte am ganzen Körper, als hätte sie, genau wie damals als Fünfjährige, den Elektrozaun der Schafweide angefasst und könnte ihn nicht wieder loslassen, weil der Strom sie einfach nicht mehr losließ. Draußen peitschte der Regen gegen das Badezimmerfenster, presste die kühle Luft des grauen Märzabends durchs Glas zu ihr und überzog ihre Arme mit Gänsehaut.

Minuten später stand Ivy noch immer benommen in der Mitte ihres Zimmers. Über dem Hof hing der bleierne Himmel und überzog alles mit einem schmutzig grauen, feuchten Schleier. Unter sich hörte sie Eve mit ihren Jungs diskutieren, eine Tür flog, dann wurde der Fernseher angeschaltet. Die quäkige Stimme von *Sponge Bob* drang zu Ivy nach oben. Ihre Füße steckten in den ausgetretenen Ugg-Boots, um ihre Beine schlackerte die dunkelblaue Jogginghose. Sie zog ihren Kapuzenpulli über und bemühte sich, einen klaren Gedanken zu fassen. Wenn Desmond doch nur hier gewesen wäre. Er hätte sie mit Sicherheit beruhigt und sich alle Mühe gegeben, sie zu zerstreuen.

Es klopfte schon wieder. »Ivy? Ich gehe jetzt! Hast du den Schlüssel gefunden?«

Und er hätte Eve ganz sanft darauf hingewiesen, dass die

anderen Menschen auch ab und an mit Schwierigkeiten zu kämpfen hatten und eines gewissen Maßes an Ruhe bedurften, um einen klaren Kopf zu behalten.

Ivy drehte ihren Kopf Richtung Nachtschränkchen, die armen Jungs mussten ihre aufgeregte Mutter aushalten, es war für sie vermutlich schon schwer genug zu verarbeiten, dass ihr Vater plötzlich ausgezogen war und sich nur noch sporadisch für sie zuständig fühlte. Dieser Stephen klang allerdings derart problematisch, dass man den Kindern da unten nur wünschen konnte, er möge seine Frau, mit der er in Oxford lebte, niemals verlassen, um zu Eve zu ziehen.

»Ivy?« Eve pochte von außen gegen die Tür.

»Ja! Ich hab den Schlüssel gefunden!«

»Und drück mir die Daumen, dass Stephens Frau nicht schwanger ist.«

Ivy riss die Tür auf. »Wie bitte?«

Eve lächelte geheimnisvoll. »Na ja, es könnte sein, dass sie schwanger ist. Leider bekommt sie ihre Tage wohl erst nächste Woche, bis dahin müssen wir Ruhe bewahren und abwarten. Er kauft ihr ja jetzt nicht einfach einen Schwangerschaftstest und lässt sie draufpinkeln, um für uns Gewissheit zu haben.«

Normalerweise hätte Ivy an dieser Stelle ein klares Machtwort sprechen müssen, um ihre verirrte Nachbarin endlich zur Vernunft zu bringen. Doch gerade waren ihre Angelegenheiten wichtiger. Also versprach Ivy nur: »Ich kümmere mich um deine Jungs.« Dann schloss sie die Tür.

Aber Eve drückte sie wieder auf. »Entschuldige. Ich hab nur noch eine letzte Frage: Du würdest jetzt einfach alles laufen lassen, oder? Ich meine, ich sag dem jetzt einfach, dass er sich scheiden lassen soll.«

»Ja.«

Ivy nickte. Die Tür war zu. Sie hörte Eve die Treppenstufen hinunterspringen, so als sei sie aus ihrem hundertjährigen Tiefschlaf erwacht. Ivys Aufmerksamkeit blieb am Bildschirm des Laptops hängen, der den Blick aus einem Segelflieger zeigte, der über die unendliche Weite einer sandfarbenen Steppe dahinglitt. Der hellblaue, wolkenlose Himmel erstreckte sich bis zum flimmernden Horizont, an dem sich Giraffen, Antilopen und Elefanten um ein Wasserloch sammelten. Unter dem Segelflieger galoppierte in wunderschönster Selbstvergessenheit eine gewaltige Zebraherde. Die Programmierung des Bildschirmschoners war Franks letzter nachbarschaftlicher Akt gewesen, bevor er Eve und seine beiden Söhne im Winter allein gelassen hatte. Nichts war ihm anzumerken gewesen, als er fröhlich zu ihr hochgekommen war. »Ivy-Pivy! Ich hab da was für dich! So kannst du dich im Fliegen üben.«

Jetzt galoppierten unter dem Flieger Herden von Antilopen und Elefanten über die grasbewachsene Ebene und wirbelten ordentlich Staub auf. War Desmond in dieser Gegend aufgewachsen? Dann hatte er diese prachtvolle, grenzenlose Schönheit bereits mit eigenen Augen gesehen und trug den glühenden Anblick noch immer in sich. Am Horizont glitzerte das Wasserloch im Abendrot. Würde sie jetzt gleich wieder nach Berlin fliegen müssen, um ihrer Schwester beizustehen? Sollte sie die Krankheit googeln, bevor sie Nathalie anrief? Um sie zu beruhigen? Oder ein paar Bilder von Madagaskar? Es war kurz vor zehn. Das bedeutete, in Berlin war es bereits kurz vor elf.

»Ivy! Oh, danke, dass du anrufst!«

Nathalie saß allein im Wartebereich der Kinderintensivstation. So also sah es auf Krankenhausstationen aus, auf denen Menschen mit dem Tod rangen. Nicht anders als die Entbindungsstation, auf der Nathalie Lucy vor knapp fünf Jahren unter unbeschreibbaren Schmerzen auf die Welt gebracht hatte. Es war, als hätte sich ihr Körper selbst zerquetschen wollen. Sie hörte Ivy fragen: »Wie geht es meinem Lucy-Wurm? Was ist denn los mit ihr?«

Sie zuckte die Achseln, ohne zu antworten. Der einzige Unterschied zum damaligen Klinikaufenthalt bestand darin, dass Peer ihr nun nicht Mut zusprach. Sie saß allein in diesem sterilen Raum, der jedes Mal ein ärgerliches Quietschen ausspuckte, wenn sie mit den Kreppsohlen ihrer Wildlederstiefel über den grauen Linoleumboden streifte. Wenn eine Schwester den Warteraum durchquerte, sah Nathalie auf, in der Hoffnung, dass das Warten, dieses ewige Warten, das einem alle Zeit der Welt raubte, endlich ein Ende hatte. Nicht einmal als Wartender auf der Intensivstation schaffte man es, sich wirklich ernsthafte Sorgen um denjenigen zu machen, um dessen Leben gerade da drinnen mit einer Menge antibiotischer Infusionen gekämpft wurde. Nur wieder über sich selbst zerbrach man sich den Kopf. Womöglich war für dieses Phänomen eine von der Natur eingerichtete Schutzmaßnahme verantwortlich, damit man nicht durchdrehte. Nathalie hatte wirklich alles versucht, mit den Gedanken bei Lucy zu bleiben, die Katheter im Fuß und in den Handrücken stecken hatte, doch es gelang ihr nicht gänzlich. Ihr Mitgefühl rutschte wie loses Gestein einen abschüssigen Geröllhang hinunter, zu Peers Vorleben, zu seinem Verrat, zur Befürchtung, dass es nichts mit der Kinderbuchautorenkarriere werden würde, zu ihrer Kindheit, in der sie – ihrer Ansicht nach – nie genügend gefördert worden war, zu den Schmerzen während der Geburt, zu all den Entbehrungen der letzten Jahre, zum Volvo, mit dem Peer täglich zur Arbeit fuhr, zu ihren Umbauplänen das Arbeitszimmer betreffend, zum strammen Workout, das sie in Zukunft an der Rudermaschine absolvieren wollte, und zu Tamaras verstörtem, flehendem Gesichtsausdruck, als sie Nathalie das Geheimnis über Ivys wahren Vater und den Tod ihrer Mutter offenbart hatte.

Und obwohl sie es besser wusste, gab Nathalie ihrer kleinen Schwester alle Schuld am Tod der Mutter. Denn ohne ihre Geburt wäre es nie zu dem tragischen Ende gekommen. Und womöglich war dies genau der Moment, in dem Nathalie Ivy am Telefon eröffnen würde, dass sie eine gewaltige Wut auf ihre selbstherrliche Art hatte, dass sie nur um sich selbst kreiste und sich niemals um die Befindlichkeit ihrer großen Schwester scherte. Warum auch? Sie hatte ja nie erfahren, was es bedeutete, eine Einzelkämpferin sein zu müssen, weil sich die Welt nicht um einen drehte, sondern um die kleine, besondere Schwester, die nicht einmal denselben Vater hatte. Ivy war mindestens so verwandt mit Tamara wie mit Nathalie. Und mit dieser Einsicht spaltete sich noch mehr Familie von Nathalie ab, noch größer wurde ihre Einsamkeit. Wann hatte Ivy denn überhaupt das letzte Mal wissen wollen, wie es ihr ging?

Mal abgesehen von jetzt gerade. Ihre Stimme klang zart und mitfühlend. »Bist du noch dran, Natti?«

»Ja, ich bin noch dran.« Nathalie stand auf und ging mit dem Telefon am Ohr in die hinterste Ecke des Wartebereiches zu dem Ständer mit den Broschüren.

»Wo bist du? Wie geht es Lucy? Wissen die Ärzte schon Genaueres?«

Nathalies Kopf war voller Dinge, die sie für sich behalten musste. Um sich abzulenken, um jetzt nichts Falsches zu sagen, starrte sie auf die Broschüren, auf der spielende Kinder und lächelnde Eltern abgebildet waren, die sich dankbar an einen starken Baumstamm schmiegten. *Leber-*

transplantierte Kinder auf der Intensivstation, Unser Kind kommt auf die Intensivstation, Was sind das für Kabel am kleinen Körper? Zum ersten Mal verspürte Nathalie eine gewisse Abneigung gegen Ratgeberbroschüren. Sie drehte sich weg und sah hinaus in den Klinikinnenhof, in dem hoher Farn rund um eine verrostete Rutsche wuchs. Die perfekte Kulisse für eine fröhliche Trollgemeinschaft im Elfenland. »Was willst du, Ivy?« Ihr tapferer Blick wanderte über die bläulich grünen Farne, weiter zur Desinfektionsschleuse, durch die die Besucher mussten, hin zur Glastür, die auf die Intensivstation führte. Dahinter eilten violett gekleidete Schwestern mit umgehängten Stethoskopen hin und her. Sie hörte ein Baby schreien.

»Ich wollte wissen, wie es Lucy geht«, stammelte Ivy.

Nathalie zuckte wieder nur die Achseln. Ivy störte sie in ihrem Einzelkämpferdasein und in ihrem unerbittlichen Versuch, sich zusammenzureißen. An den Wänden des Wartebereichs klebten Kinderbilder, auf die Eltern mit Filzstiften geschrieben hatten: »Unser uneingeschränkter Dank gilt dem Team der Kinderintensivstation.« Oder: »Wir danken den fürsorglichen Schwesternteam der Kinderintensivstation.« »Dem« fürsorglichen Schwesternteam. Nathalie zog einen roten Faserschreiber aus ihrer Handtasche und verbesserte den Grammatikfehler. Würde Lucy am Ende auch so ein Wachsmalkreidebild anfertigen, auf das Nathalie ein fehlerfreies Dankeschön schreiben würde? Oder würde sie nicht wieder gesund werden? Wie viele Kinder starben denn täglich auf der Intensivstation? Zu ihrer eigenen Verwunderung verspürte Nathalie keine Angst. Nur nie gekannte Zuversicht. Sie war weit weg von jeglicher Sorge um ihre Tochter.

Hingegen klang Ivy aufgeregt. »Wo bist du denn? Kannst du mir mal bitte antworten!?«

Das Babygeschrei wurde lauter.

»Wie Papa es dir bestimmt schon erzählt hat: im Warteraum der Kinderintensivstation.«

Hatte sich irgendjemand darum gekümmert, dass sie in der Grundschule unter schweißnassen Händen gelitten hatte? War irgendjemand daran interessiert gewesen, dass sie in der Pubertät Akne gehabt hatte? Oder dass sie unter starken Wachstumsschmerzen gelitten hatte? Nein. Niemand. Und auch jetzt würde sie diese Herausforderung alleine meistern.

Ivy stellte die nächste ärgerliche Frage. »Was ist denn passiert? Soll ich kommen?«

Nathalie zuckte teilnahmslos mit den Schultern. »Danke, ich komm schon zurecht. Ich sitze ja nur seit gefühlten hundert Stunden hier in einem leeren Wartezimmer auf einem Plastikstuhl herum und friere, weil ich in der Eile meine Jacke zu Hause vergessen habe. Davor haben Lucy und ich bereits ziemlich lange in der Notaufnahme gewartet, bis endlich mal eine von diesen trantütigen Assistenzärztinnen ankam und Lucy, die vor Schmerzen geschrien hat, grob fahrlässig untersucht hat und vollkommen ratlos war, was mein kleines Mädchen haben könnte. Wie die mich angesehen hat! Wie eine Kuh, die gemolken werden möchte. Als sie wieder draußen war und Lucy von einer anderen Schwester im Rollstuhl hoch auf die Kinderstation gebracht wurde, hab ich unter ihrer Fußsohle ein riesiges violett-schwarzes Blutgerinnsel entdeckt. Darauf musste *ich* erst einen der Kinderärzte hinweisen. Wenn ich in meinem Leben jemals so fahrlässig gearbeitet hätte, wäre ich nicht über meine Volontärsstelle hinausgekommen.«

»Hatte dieses Blutgerinnsel etwas zu bedeuten?«

»Offenbar ja!« Nathalie hatte einige Mühe, ihre Stimme

nicht über Zimmerlautstärke anschwellen zu lassen. »Der Arzt ist sofort hektisch geworden und hat angefangen, Lucy Blut abzunehmen und ihr irgendwelches Zeug zu spritzen.«

»Und was sagen sie, wann du zu ihr darfst?«

»Gar nichts. Sie haben nur gesagt, ich soll warten, bis sie mich rufen.«

»Haben sie gesagt, was Lucy hat?«

»Nach den Symptomen zu urteilen, wohl Hirnhautentzündung in Kombination mit einer Blutvergiftung.«

»O-okay. Und wo ist Peer?«

»Der kloppt sich beim Karate.« Nathalie lehnte sich mit der Schulter gegen die Wand und blickte hinunter auf ihre dunkelblauen Lederstiefel, die sie neulich erst gekauft hatte. Niemals hätte sie gedacht, dass sie damit jemals auf der Kinderintensivstation herumstehen würde. Peer, so viel war klar, konnte seinen Karatetrip im April knicken. Er hatte die Scherben seiner Ehe aufzukehren. Lucy würde nicht sterben. Da war sie sich seltsam sicher. All die Angst, die Panik der letzten Tage um Lucys Gesundheit waren verschwunden. Endlich war die Zeit der Hypothese vorbei. Endlich war die größte Sorge Wirklichkeit geworden. Endlich hatte Nathalie Gewissheit, dass tatsächlich etwas nicht stimmte. Mit dieser Gewissheit konnte man umgehen. Jetzt konnte sie ganz ruhig sein und allen beweisen, wie stark sie war.

»Hast du ihn nicht angerufen?« fragte Ivy. »Ich dachte, er macht gar kein Karate mehr.«

»Ich wollte ihn nicht einengen, weil ich ja jetzt auch wieder voll arbeite und …«

»Ja, und hast du ihm denn auf die Mailbox gesprochen?«

»Ja, klar.«

»Hat er sich noch nicht gemeldet?«

»Doch, schon. Aber ich konnte gerade nicht drangehen.«

»Warum das denn nicht?«

»Weil ich es satt habe, dass ich immer diejenige bin, die sich treudoof um alles kümmert. Wenn er zum Karate geht, dann muss er auch damit klarkommen, dass sein Kind in der Zwischenzeit auf die Intensivstation eingeliefert wird und er mich nicht erreichen kann. Ich hab hier noch einige Formulare auszufüllen …«

»Nathalie! Du rufst jetzt auf der Stelle deinen Mann an!«

Nathalie legte auf. Sicherlich hatte sie noch irgendetwas geantwortet, so etwas wie: »Ja, ich versprech's!« Genau wusste sie das allerdings nicht. Ihre Zunge lag trocken im Mund. Gerade versuchte sie herauszufinden, was schlimmer war, dass Peer sie offenbar allumfassend belogen hatte oder aber die Vorstellung, dass ihr Buch nicht die Anerkennung bekommen würde, die es verdiente. Das war doch gerade vollkommen unwichtig! Nathalie atmete tief ein und aus. Sie musste schaffen bei sich zu bleiben. Bei sich als Mutter! Sie beschwor sich: Du bist die Mama von einem kranken, kleinen Mädchen, das jetzt deine ganze Liebe und Fürsorge braucht. Mach nicht die gleichen Fehler wie deine Mutter. Lass deine liebste Lucy nicht allein. Sie braucht dich! Nathalie! Für ein paar Augenblicke war sie tatsächlich ganz da, erfüllt von Hingabe und zärtlicher Liebe. Doch gleich darauf kreisten ihre Gedanken schon wieder unkontrolliert in ihrem Kopf herum, um all die Belanglosigkeiten, die ihr weismachen wollten, wichtig und unabdingbar für das Erreichen ihres persönlichen Glücks zu sein: Und wenn sie selbst bei Amazon fünfzehn Buchbesprechungen unter falschen Namen schreiben würde, wenn sie selbst Buchkritiken für diverse Zeitungen verfassen und unter Pseudonym anbieten würde, wenn sie durch die Stadtbüchereien sämtlicher Kuhkäffer und Kindergärten und Grundschulen tingeln musste, sie würde alles tun. Sie würde durchstarten, sie würde den guten Ratschlägen ihrer Mutter folgen. Sie würde es genau so machen. So, wie ihre Mutter es damals immer gesagt hatte, als sie gemeinsam am Waldrand spazieren gegangen waren: »Verdien bloß dein eigenes Geld, mein Kind!«

»Frau Bachmann?«

Nathalie schlug die Augen auf. In der offenen Glastür stand eine pummelige Schwester in Violett und gab ihr mit ernstem Gesicht ein Handzeichen, dass sie bitte mitkommen solle. Nun hätte Nathalie doch gerne ihren Mann bei sich gehabt. Schwindlig erhob sie sich von ihrem Stuhl und lächelte die Schwester unsicher an. Als hätte sie Beton an den Füßen, schleppte sie sich hinter der Schwester an dem gläsernen Pavillon vorbei, in dem einige Schwestern mit umgehängten Stethoskopen herumstanden und aus gelben Kaffeebechern tranken. Das Baby schrie noch immer. Sie blieben vor dem Isolierzimmer stehen. Die Schwester reichte Nathalie einen Kittel. »Ziehen Sie den bitte über!«

Dann zupfte sie aus den an der Wand angebrachten Pappschachteln Handschuhe und einen Mundschutz hervor. »Ziehen Sie die bitte ebenfalls an. Und berühren Sie Ihr Kind nur am Arm, geben Sie ihm keinen Kuss. Die Frau Doktor kommt gleich. Und wenn Sie das Isolierzimmer verlassen, hängen Sie unbedingt innen den Kittel an die Tür, schmeißen den Mundschutz und die Handschuhe in den schwarzen Müllbeutel und desinfizieren sich gründlich die Hände.«

Nathalie nickte. Jetzt war sie voll da. Angekommen in der Rolle der tapferen Mutter eines schwerkranken Kindes auf der Intensivstation. Mit feuchten Augen schob sie die Tür zum Isolierzimmer auf und sah ihr bleiches, aufgedunsenes Kind mit nacktem Oberkörper im Bett liegen. Das Kopfteil war etwas angehoben. Unter der Decke kam ein Schlauch hervor, der in einem leeren Plastikbeutel endete, in beiden Händen steckten Kanülen. Das war doch nicht ihr Kind!

Die Schwester blieb hinter Nathalie stehen. »Ihre Tochter hat sehr starke Schmerzen. Sie bekommt von uns ein Breitbandantibiotikum und Schmerzmittel. Das wird bald zu wirken anfangen. Haben Sie schon Ihren Mann erreicht?«

Darauf reagierte Nathalie gar nicht. Sie ging um das Bett herum und setzte sich auf den freien Hocker, mit dem sie dicht an Lucy heranrollte. Auf ihrer Brust klebten Saugnäpfe, die mit bunten Kabeln an einer piepsenden Maschine angeschlossen waren. Neben Lucy wurde auf einem Monitor der Herzschlag angezeigt und dann noch einmal auf dem endlosen Papier, das sich langsam und surrend aus einer Art Seismograf herausschlängelte. Die Schwester war aus dem Zimmer verschwunden. Ihre kalte, behandschuhte Hand flirrte über Lucys Haar. »Mein kleines Mädchen. Mein süßer, süßer Wurm. Mama ist hier. Hörst du mich, mein geliebter Lucy-Schatz?« In Nathalies Handtasche klingelte das Handy. Sie nahm ab, obwohl das Telefonieren in den Räumen der Intensivstation strengstens untersagt war. »Peer?«

»Nathalie! Wo seid ihr?« Seine Stimme klang ziemlich gereizt.

Nathalie flüsterte: »Das frag ich dich! Ich kann dir nur sagen, du und ich haben zu reden. Und zwar dringend.« Und bevor sie sich stoppen konnte, kam sie direkt auf den Punkt. »Zufällig habe ich nämlich in deinen alten Schuhkartons ein paar hochinteressante Fotos von Jennys und deinem endlosen Liebesurlaub gefunden.«

»Wovon«, Peer räusperte sich, »wovon sprichst du?«

»Tu nicht so.« Natalie versuchte wirklich alles, um sich zu beherrschen und bei sich zu bleiben. Umsonst. Sie war von dem Hocker aufgestanden und klemmte jetzt zwischen der schwarzen Abfalltüte für die Einweghandschuhe, dem Waschbecken mit dem Desinfektionsspender und dem Kanister für die Flüssigseife. Sie senkte ihre Stimme. »Du weißt genau, wovon ich spreche. Ich bin kurz davor, zu explodieren. Ich fasse nicht, was ich da an Beweismaterial gefunden habe. Ich weiß nicht mal mehr, warum ich überhaupt noch mit dir rede. Eigentlich müsste ich gleich auflegen. Ich kann nicht mit einem unaufrichtigen Menschen zusammenleben. Das geht einfach nicht. Dafür ist mein Leben zu kurz, als dass ich es auf einer Lüge aufbaue.«

»Würdest du dich bitte beruhigen? Wir waren damals zwei Wochen auf Sri Lanka, mehr nicht.«

Nathalie stampfte mit dem Fuß auf. »Schwindel mich nicht an, Peer.«

»Mein Gott! Ich schwindle dich nicht an. Wir haben eine Reise gemacht, ist das so schlimm?« Peer schnaufte. »Hast du nie eine Reise mit einem deiner vielen Freunde gemacht? Was ist mit diesen ganzen gerahmten Fotos, die bei Walter im Regal stehen? Du und dieser ›Pirat‹ in den Rocky Mountains? Du und dieser Muskelberg im Kanu? Wer sitzt denn da auf der Crossmaschine hinter diesem Easy-Rider-Verschnitt? Ich frage mich ja schon, warum diese Bilder da noch stehen müssen. Da steht kein einziges Bild von mir. Ist dir das mal aufgefallen? *Ich* bin dein Mann!« Peers Stimme überschlug sich. »Hab ich möglicherweise etwas übersehen? Soll mir da etwas mitgeteilt werden? Dass ich auch nur auf der Durchfahrt bei dir bin, wenn ich mich nicht adäquat verhalte? Hab ich noch immer Probezeit? Werde ich mich jemals als anständiger Ehemann bei dir bewähren können? Oder sollte ich mich besser darauf einstellen, dass mir von dir jeden Tag aufs Neue etwas Unglaubliches unterstellt wird und ich mich vor deinem gnadenlosen Ein-Mann-Gericht behaupten und auf Freispruch hoffen muss? Du siehst in mir einen bösen Menschen, dem man nicht trauen kann, nicht wahr? Ich habe gar keine Chance gegen dich und deine Paranoia.«

»Du redest dich gerade um Kopf und Kragen, mein lieber Peer.« Nathalie beobachtete sich im Spiegel, der über dem Waschbecken hing. Sie sah nicht anders aus als sonst. Im Hintergrund dämmerte Lucy mit halb geschlossenen Lidern vor sich hin. Ihr Anblick half, sich unter Kontrolle zu behalten.

»Was tue ich bitte? Seit wir geheiratet haben, lebe ich wie ein Mönch. In totaler Isolation. Dir und deiner Verlustangst zuliebe. Und jetzt muss ich mir auch noch abstruse Vorwürfe anhören, weil ich einmal in meinem achtunddreißig Jahre währenden Leben Urlaub mit einer anderen Frau gemacht habe! Als hätte ich dich mit ihr betrogen! Jetzt reicht es. Ich kannte dich damals noch gar nicht …«

»Darum geht es nicht. Und das weißt du genau!« Nathalie zog den hellgrünen Mundschutz unters Kinn, so heiß war ihr Atem. »Es geht darum, dass du mich hinsichtlich deiner Beziehung zu dieser Jenny belogen hast. Außerdem habe ich neulich in deinem Handy eine SMS an sie gefunden, dass ihr euch zum Mittagessen trefft.«

»Ich fasse es nicht! Weißt du was? Ich glaube, ich mache tatsächlich mal zwei Wochen Urlaub. Mit irgendeinem Freund, einem, der noch nicht stinksauer ist, dass ich mich seit sechs Jahren nicht mehr bei ihm gemeldet habe. Mit dem fahre ich in die Berge oder mache einen Städtetrip. Irgendwas. Vielleicht gönnen wir uns sogar mal ein Spa-

Wochenende. Oder wir gehen Ski fahren, irgendetwas Lustiges wird uns schon einfallen.«

»Ah! Ski fahren, ja?« Nathalie haute hilflos auf den Hebel des Desinfektionsspenders, sodass eine ordentliche, nach Alkohol duftende Sprühwolke herausgeschossen kam und einen feuchten Fleck auf ihrem Kittel hinterließ. »Mit Après-Ski? Willst du zu solcher Bumsmusik mit Schneehasen tanzen? Dich besaufen? Das hast du nötig, nicht wahr? Du Armer, dass du dich so lange zusammenreißen musstest. So ein Typ bist du nämlich eigentlich! Ein Skipistenproll. So, wie ich eigentlich eine Intellektuelle bin, mich dir aber versucht habe anzugleichen, damit wir es irgendwie schaffen, wenigstens einige Jahre miteinander auszuhalten.«

»Mein Schatz, es ...!«

»Weißt du eigentlich«, Nathalie dämpfte die Stimme, »wie viel ich für dich aufgegeben habe? Damit du arbeiten kannst? Ich bin nicht dafür geschaffen, zu Hause rumzusitzen, Peer. Ich hätte es wissen müssen, es tut mir so leid. Ich hätte es wissen müssen, dass ich keine Vollblutmutter bin. Du kannst aus einem Käsebrötchen eben kein Wurstbrötchen machen.«

»Okay, Nathalie. Ich weiß gar nicht, was los ist.«

Die Ärztin kam herein. Mit kurzem Twiggy-Haarschnitt und dicker Bernsteinkette. »Würden Sie hier bitte das Telefon ausschalten?«

Nathalie nickte hilflos, mit dem Handy am Ohr. Sie konnte jetzt nicht auflegen. Hier mussten noch ein paar Dinge geklärt werden. Sie wollte Peer sagen, dass sie ihn liebte. So war es doch eigentlich. Aber sie befürchtete, wenn sie erst einmal aufgelegt hatte, würde sie ihn nicht noch einmal ans Telefon bekommen. Die Ärztin hatte sich den hellgrünen Kittel nur übergeworfen, er rutschte ihr beinahe vorne über die Schultern. Auf einen Mundschutz verzichtete sie ganz. War sie immun? Nathalie hob den Zeigefinger zum Zeichen, dass sie beinahe fertig war. Dann flüsterte sie. »Mein Schatz, ich bitte dich, lass uns aufhören zu streiten. Deine … deine Tochter liegt auf der Kinderintensivstation, vielleicht möchtest du herkommen?«

Am anderen Ende der Leitung war es mit einem Schlag still. Ganz still. Nathalie hörte nicht einmal mehr Peers Atmen. Es war still. Nur der endlos stille Raum, in dem sich das Telefon und Peer befanden, hallte in der Leitung wider. Nathalie horchte, während die Ärztin sich besorgt Lucys Hautausschlag ansah. Nathalies Herz wummerte. »Peer?«

»Ja.«

»Wo bist du überhaupt?«

Die Ärztin richtete sich nun auf und schüttelte ärgerlich den Kopf. Nathalie nickte entschuldigend und formte mit den Lippen: »Mein Mann ist dran.«

»Ich stehe in unserem Treppenhaus«, sagte Peer. »Mit einem Strauß Rosen und einer Flasche Champagner in der Hand, zur Feier unseres fünften Hochzeitstages.«

Nachdem Nathalie Peer, mit Blick auf ihre unberingte Hand, stockend die Klinikanschrift und die Zimmernummer durchgegeben hatte, atmete sie tief durch und betrachtete ihr kleines Mädchen, das bleich und apathisch vor ihr lag. An ihrem Hochzeitstag hatte sie ihren Ehering in den Hinterhof auf die Müllcontainer geschleudert. Sie müsste Peer anlügen, was den Verbleib des Rings anbelangte. Wie verlor man einen fest sitzenden Ring?

Die Babyschreie drangen zu ihnen durch.

Die Ärztin besah sich flüchtig Lucys ausgedruckten Herzschlag. »Morgen früh wissen wir mehr. Die Therapie, die wir jetzt eingeleitet haben, wird die Erkrankung erst einmal verschlimmern, das ist normal. Die Frage ist nur, wie widerstandsfähig Ihr Kind ist. Wenn Sie nach Hause fahren und ein bisschen schlafen wollen, können Sie das tun. Wir können Ihnen hier leider kein Bett anbieten. Wenn Sie hierbleiben wollen, können Sie versuchen, ein wenig auf dem Stuhl zu schlafen. Überlegen Sie sich das in Ruhe. Ich komme später noch einmal rein.«

Nathalie nickte, während sie versuchte, dem Gesagten irgendwie Bedeutung beizumessen.

Lucy flüsterte: »Ich will schlafen, Mama.«

Nathalie setzte sich zu ihr auf die Bettkante und griff vorsichtig nach ihrer schlappen Hand, in deren Rücken die dicke Kanüle steckte. »Das wirst du, mein süßer Wurm. Du wirst schlafen.«

10.

Ivy saß vor dem aufgeklappten Laptop an ihrem Arbeitsplatz im Atelier und öffnete das Mailprogramm. Heute war in jeglicher Hinsicht ein bedeutender Tag. Sie rechnete mit einer Antwort auf ihre mehrfach überarbeitete und aufs Wesentliche reduzierte Mail an Desmond Gayle. Außerdem würde sie gleich Vincent van Gogh die Augen einsetzen und ihn für Desmond mit dem Handy fotografieren, vorausgesetzt, er hatte ihr inzwischen geantwortet. Er sollte unbedingt wissen, dass er Ivy während der letzten Monate durchaus kreativ beeinflusst hatte. Noch nie zuvor war ihr eine Figur derart gut gelungen. Nie zuvor hatte sie eine solch überzeugende Lebendigkeit, eine solch natürliche Ausdruckskraft hinbekommen. Vincent sah beängstigend echt aus. Als würde er gleich zu sprechen beginnen und Ivy Anregungen geben, an welchen Körperstellen er noch zu verbessern war. Sie warf einen prüfenden Blick auf den reglosen Mann. Im meergrünen Leinenanzug bog er die Arme vor dem Körper zu einem O, während seine Lippen zu einem träumerisch-verklärten Kuss ansetzten. Ivy überlegte tatsächlich, ihren Mund auf seinen zu pressen. Nur um zu testen, wie es sich anfühlte, Vincent van Gogh zu küssen. Was sprach dagegen? Dass er sich nicht wehren konnte? Er war zum Mittler zwischen Desmond und ihr geworden. Er symbolisierte die Magie ihrer zufälligen Begegnung im Flugzeug.

Wahrscheinlich würde sie Vincent wirklich gleich küssen. Ein wenig Zeit blieb ja noch, bevor Willem gegen halb neun den Werkstattraum ganz und gar für sich vereinnahmte und enthusiastisch an seiner durchtrainierten Sandra-Bullock-Figur arbeitete. Bis das Mailprogramm vollständig geladen war, stellte sich Ivy vor Vincent und hob ihr Sweatshirt an, um ihm den ersten Spitzen-BH ihres Lebens zu präsentieren, den sie sich am Tag zuvor bei Agent Provocateur gekauft hatte.

»Wow! Was machst du da?« Willem stand schwer atmend in der Tür. »Versuchst du van Gogh anzubaggern?«

Schnell ließ Ivy ihren Pullover herunter. »Was willst du hier? Es ist noch nicht mal acht Uhr durch.«

»Ich hatte Sehnsucht nach Sandy. Was machst du hier? Striptease für Vincent?« Willem grinste. »Lass dich nicht stören. Ich gucke gerne zu.«

»Sehr witzig, Willy!«

Warum konnte nicht mal ihr simpelster Wunsch nach einem Mindestmaß an Intimsphäre in Erfüllung gehen? Ivy hatte nur zwei Minuten allein mit Vincent gewollt, um sich angemessen von ihm zu verabschieden. Sobald sie ihm die Augen eingesetzt hatte, würde sie ihn nach unten in die Galerie abtransportieren lassen müssen. Lag es an ihr, dass dauernd Menschen in ihr Leben brachen, wenn es ihr gerade überhaupt nicht passte?

In den frühen Morgenstunden war es die arme Eve gewesen, die angetrunken und zerzaust von ihrem Date mit Stephen nach Hause gekommen war. »Ivy, hast du meine Kinder gesehen? Sie liegen nicht mehr in ihren Betten.«

Nun stand Willem in seinen speziellen Rennradschuhen, die die Kraft direkt auf die Pedalen übertrugen, da. »Hey, Chuck! Sei doch nicht beleidigt. Ich hab Jennifer Lopez damals auch meine bruchsichere Karpfenrute aus Kohlefaser gezeigt. Was ist dabei? So sind wir Leute von Madame Tussauds nun mal. Wir lieben unsere Figuren und wollen, dass sie auch mal ein bisschen an unserem Leben teilhaben. Das ist ganz normal. Wir lernen ja sonst kaum jemanden kennen.«

Das war leider wahr.

Es wurde Frühling, die hellgrünen Blättchen der Bäume draußen auf der Marylebone schillerten in der Sonne, und Ivy hätte Willem am liebsten den Mund mit einem ordentlichen Stück Gaffer-Tape verklebt. Desmond schien wirklich der einziger Ausweg aus diesem gleichförmigen Leben zu sein. Unten vor den Türen schoben sich die Touristen auf den breiten Gehwegen aneinander vorbei, blieben vor den Souvenirshops stehen, besahen sich seelenruhig die I-♥-LONDON-Schlüsselanhänger oder kauften Postkarten, auf denen Londons Sehenswürdigkeiten auf briefmarkengroßen Bildchen zu einer quietschbunten Collage zusammengesetzt waren: die roten Telefonzellen, die Tower Bridge vor azurblauem Himmel, der rote Doppeldeckerbus, Westminster Abbey, die Scots Guards mit ihren riesigen Bärenfellmützen, der Buckingham Palace und Prince William und seine Kate auf einer grünen Rasenfläche. Ivy war extra früh aufgestanden, obwohl sie sich nachts mehrfach zu den weinenden Jungs von Eve hinuntergeschleppt hatte, um sie mit »Der Mond ist aufgegangen« und »Schlaf, Kindlein, schlaf« zu beruhigen. Was nichts gebracht hatte, nicht einmal, nachdem sie ihnen mit schläfriger Stimme mehrere Bilderbücher mit Soundeffekten vorgelesen hatte. Schließlich hatte sie die beiden verwaisten Jungs mit zu sich nach oben genommen und, in ihre schwarzen Darth-Vader-Umhänge gehüllt, in ihrem Bett schlafen lassen. Sie selbst hatte sich auf ihren gewebten Läufer gelegt und mit dem Bettüberwurf zugedeckt, bis Eve im Morgengrauen an ihre Tür geklopft hatte.

Nun redete schon wieder der nach Luft ringende Willem los, bevor sie überhaupt ihre Mails hatte checken können. »Hey, Chuck! Nimm's nicht persönlich. War doch nur ein Scherz. Heute ist der Tag des großen Abschieds, was? Wart ihr beiden gerade dabei, euch Lebewohl zu sagen? Soll ich noch mal raus vor die Tür?«

»Nein, danke!«

»Ich mein's ernst. Wenn du willst, geh ich noch mal raus.« Ihr Kollege zeigte mit dem Daumen hinter sich auf die ketchuprote Stahltür und nickte auffordernd. »Ist kein Problem. Ich kann mich ja auch nur ganz schlecht von meinen Schützlingen trennen. In den Nächten davor und danach schlafe ich total unruhig. Nachdem sie neulich Jesse James abtransportiert haben, hab ich dir das erzählt?«, Willem fuhr sich ergriffen durchs Haar. »Da bin ich nachts zweimal heulend aufgewacht. Ich kam mir vor wie der kleine Willy, der seine Mama in der jubelnden Menschenmenge beim London Marathon verloren hat und denkt, dass er sie niemals wiederfinden wird.«

»So schlimm ist es bei mir nicht«, bemerkte Ivy trocken. Sie musste sich dringend von Willems Besessenheit distanzieren.

Er zuckte mit den Schultern. »Du hast vollkommen recht. Im Grunde genommen ist es pervers. Da arbeitet man mehrere Monate an diesen Leuten, kennt sie inund auswendig, aber nie wechseln sie ein Wort mit dir, obwohl du ihnen so nahe bist wie deiner eigenen Mutter. Sie wissen nichts über dich, dabei weißt du alles über sie, sogar welche Form ihre Nasenlöcher haben. Meiner Meinung nach grenzt es an ein Wunder, dass du, Chelsy und ich nicht alle einen an der Waffel haben. Es ist, als säßen wir drei während unserer Arbeitszeit in Isolationshaft. Verstehst du? Das ist das absolute One-Way-Ticket, auf dem wir täglich fahren. In Japan oder so sollen sie ja eine Foltermethode entwickelt haben, bei der sie dem Gefangenen einen Helm aufsetzen, der verhindert, dass die Außenwelt ihn wahrnimmt. Er redet, aber niemand hört ihn. Null Reaktion, egal, wie laut er schreit. So ist es mit uns und den Figuren auch. Sie hören uns nicht. Wenn wir ehrlich sind, wissen sie nicht einmal, dass es uns gibt. Sogar wenn wir die lebenden Originale während tagelanger Sitzungen Zentimeter für Zentimeter vermessen, eine halbe Stunde später löschen sie uns für immer aus ihrem Gedächtnis. Weißt du, mit wie vielen Menschen diese Prominenten tagtäglich zu tun haben? Mit hunderten. Ständig will einer etwas von denen. Autogramme. Interviews. Ein Foto. Die interessieren sich nicht für dich. Dabei sind wir es, die sie verewigen, die ihnen ein bedeutendes Denkmal für die Nachwelt setzen. Das ist bitter. Findest du nicht?«

»Geht so.« Ivy hatte für diese Art von sentimentalem Gespräch keine Kapazitäten frei. Sie wollte nichts hören. 1. Weil sie nicht von Willem geschildert bekommen wollte, wie er nachts in seinem Bett wegen Jesse James weinte. 2. Weil sie es tatsächlich beunruhigend fand, Vincent gehen zu lassen. Es war, als müsste sie sich nicht nur von ihm, sondern auch von der Hoffnung, Desmond je wiederzusehen, verabschieden. 3. Weil sie gestern Nacht nur eine Stunde geschlafen hatte.

Keine zwei Minuten nachdem Eve ihre Jungs in ihren *Star-Wars*-Kostümen abgeholt hatte, war sie schon wieder zu Ivy nach oben gekommen, um sich ihr katastrophales Date mit Stephen von der Seele zu reden. Ohne Punkt und Komma, eine Zigarette nach der anderen rauchend, hatte sie von dem schwer ambivalenten Stephen erzählt, mit dem sie im Hotel enthemmten Sex gehabt hatte. »Im Stehen, auf dem Sessel, unter der Dusche, und hinterher erklärt er mir, dass er definitiv nicht vorhat, seine neuerdings schwangere Frau zu verlassen.« Eves vom Schmerz gezeichnetes Gesicht war mit einem Netz aus heruntergeronnenen Maskaratränen überzogen gewesen. »Sie ist schwanger, Ivy! Weißt du, was das bedeutet?«

»Nun ja …«

»Dass es mit Stephen und mir nichts wird!«

Das hätte Ivy ihr schon vorher sagen können. »Das tut mir leid, Eve. Wirklich. Aber vielleicht versuchst du erst einmal herauszufinden, warum Frank so plötzlich gegangen ist. Er ist doch dein Mann. Der Vater deiner Söhne. Ihr gehört doch zusammen.«

Gegen sieben Uhr dreißig hatte Nathalie angerufen, um zu melden, dass es sehr gut um Lucys *Überlebenschancen* – so hatte sie es tatsächlich ausgedrückt – bestellt sei und dass sie dennoch dankbar wäre, wenn Ivy so schnell wie möglich nach Berlin kommen würde, um ihrer Nichte in diesen bedrückenden Stunden beizustehen. »Auch, um Mamas versäumte Fürsorge wettzumachen.«

Über diesen Punkt wollte Ivy noch einmal in Ruhe mit ihrer Schwester reden. Die Einbildung, ihre Mutter habe sich nicht ausreichend um die emotionalen Belange ihrer älteren Tochter gekümmert, schien neu in Nathalies Repertoire erlittener Ungerechtigkeiten aufgenommen worden zu sein. Ivy rutschte der Magen in die Hose. Über das Übel, dass sie notgedrungen wieder nach Berlin fliegen musste, würde sie später nachdenken. Dieses Mal würde sie garantiert abstürzen. Wenn doch nur Desmond mit ihr fliegen könnte. Dann wäre alles gut. Sie würde sich an ihn klammern oder sich zumindest als heitere Gesprächspartnerin erweisen, die es wert war, dass man sein Leben mit ihr verbrachte. Vermutlich komponierte Desmond längst in Los Angeles die Musik für seine erste Liebeskomödie und war jetzt schon mit Renée Zellweger zusammen. Solche Leute wie er kamen überall gut an. Wenn Ivy nur gewusst hätte, warum Desmond sich nie bei ihr gemeldet hatte. Es konnte doch nicht sein, dass ihm damals entgangen war, dass sie sich mehr als nur gut verstanden.

Willem lüftete sein sonnengelbes *Cool-Kids-Can't-Die*-T-Shirt, das ihm feucht am Bauch klebte, und machte ein paar watschelnde Schritte in den Raum hinein, nachdem er seine Rennradschuhe gegen seine ramponierten Lederslipper ausgetauscht hatte. »Weißt du eigentlich, wie warm es draußen ist? Ich schwitze wie ein Schwein. Es ist Anfang April, und die Leute laufen in kurzen Hosen draußen rum. Sogar einige von diesen bleichen Studenten tragen Shorts. Ich sage dir, unser Klima kippt um. Im Vicky Park ist der gesamte See komplett mit Algen zugewachsen.«

Ivy zuckte mit den Schultern. »Ich finde das Wetter angenehm.« Zwischen Daumen und Zeigefinger knetete sie das hellrosa Fixierwachs für Vincents Augen weich, um ihrem Kollegen zu signalisieren, dass sie gerade in die alles entscheidende, letzte Phase ihrer Arbeit eintrat, bei der sie nicht gestört werden durfte.

»Du hast ja keine Ahnung, was diese unbezwingbare Masse an Algen für die Karpfen bedeutet.« Willem nahm seinen ehemals weißen Kittel, der mit bunten Ölfarbenspritzern verziert war, vom Haken und knöpfte ihn über dem Bauch zusammen. »Die Viecher ersticken qualvoll. Ich habe schon überlegt, ob ich nicht mal mit einer Art Schleppnetz über den See rudern sollte, um die Algen rauszuholen. Oder ich blase mit Hilfe von einem Schlauch Sauerstoff in die untersten Schichten.« Er stellte sich viel zu dicht neben Ivy und legte ihr seine weiche Pranke auf die Schulter. »Hilfst du mir dabei, die Natur zu retten?«

»Willem, bitte. Ich brauche mal eben Ruhe, um die Augen einzusetzen.«

»Tu dir keinen Zwang an.« Ihr Kollege nahm prüfend die Schachtel mit Vincents Augen hoch, die auf dem Rollwägelchen neben den Ölfarben stand. »Türkis, hm?«

»Smaragd.« Ivy würde den Tag loben, an dem Willem endlich eine Freundin hatte. Vielleicht würde er dann endlich einsehen, dass aus ihnen nie etwas werden würde.

Er hielt sich die beiden Glasaugen dicht vors sonnengerötete Gesicht. »Fragst du dich auch manchmal, was all diese Augen denken?«

»Bitte?« Ivy starrte auf seine Fingernägel, die bis zum Nagelbett heruntergekaut waren, während sie unaufhörlich das Fixierwachs knetete. Gab es denn gar keine Frau, die für ihn in Frage kam? Es passte ihr überhaupt nicht, dass er mit Vincents Augen herumspielte. Er sollte sich seinen iPod in die Ohren stöpseln, sich an seiner Sandra-Bullock-Figur abarbeiten und sie in Ruhe ihre privaten Mails lesen lassen.

Willem starrte Vincents Augen durchdringend an, als guckte er in das magische Kristallkugelpaar eines Wahrsagers. »Na ja, von der Biografie ihrer Besitzer ausgehend müssten zumindest einige der Augen über eine gewaltige Lebenserfahrung verfügen. Beispielsweise die von Mahatma Gandhi. Was die schon alles gesehen haben! Verzweiflung, Armut, Erniedrigung, Krankheit, Schmerz, Wahn, Erfolg und Niedergang, Hoffnung und Verlust. Denk ich manchmal.« Willems helle Wimpern zitterten begeistert.

Das Fixierwachs war inzwischen so weich geknetet, dass es Ivys Zeigefinger und Daumen restlos mit einem fettig schmierigen Film überzog. »Wenn es denn die echten Augen wären, Willy. Glücklicherweise arbeiten wir ja mit Imitaten.« Ivy konnte nicht anders. Ferngesteuert und unaufhaltsam bewegte sie sich zurück zu ihrem Laptop und wischte mit dem wachsüberzogenen Zeigefinger über das Mousepad. Der Pfeil ruckte über den Monitor hin zum Mailsymbol. Sie wusste, dass es dumm war, sich in Anwesenheit ihres feinfühligen Kollegen aufs emotionale Glatteis zu begeben. Würde sie eine Antwortmail von Desmond erhalten haben, würde sie zweifelsohne mit Herzrasen und unkontrollierbarem Schweißausbruch reagieren. Im Falle einer fehlenden Antwort würde sie ebenfalls von heftigsten Paniksymptomen heimgesucht werden, die Willem definitiv nicht entgehen würden. Voraussichtlich würde sie ihr Leben augenblicklich für wertlos und beendenswert erachten und sich umstandslos aus dem Atelierfenster runter zu den Touristen auf die Marylebone stürzen. Ivys Herz hüpfte aufgeregt zwischen ihren Organen und Rippenbögen hin und her. Sie hatte drei neue Mails.

Willem stand breitbeinig vor van Gogh und ließ seine Augen wie Yin-und-Yang-Kugeln in der Handfläche kreisen. Ivy empfand das als absolut unzulängliche Geste. »Könntest du die Augen bitte wieder weglegen?« Dann beugte sie sich vor zum Monitor und klickte die erste Mail an, die von ihrer Schwester kam. »Ich will nicht, dass sie herunterfallen. Außerdem spiele ich ja auch nicht mit deinen Augen.«

»Sei nicht so bourgeois, Chuck.« Willem drückte die Glasaugen zurück in das gelbe Schaumstoffkissen. »Nur weil du neulich mit Alice und ihrem Neurologenkollegen gegenüber im Globe beim Mittagessen warst, musst du nicht alles auf die rein wissenschaftliche Ebene herunterkochen.«

»Bitte? Was denn für eine wissenschaftliche Ebene?« Die Mail ihrer Schwester enthielt ein Handyfoto von der verkabelten Lucy auf der Intensivstation. Ivy stieß die Luft aus.

Um diesen herzzerreißenden Fall würde sie sich gleich nach dem Augeneinsetzen kümmern.

Willem seufzte. »Ich finde einfach, dass du in letzter Zeit ein bisschen abgebaut hast, was deine Fantasie anbelangt. Da dachte ich, dass dieser Neurologe mit seiner rationalen Sichtweise möglicherweise schuld daran ist.«

»Ich erzähle dir nie wieder, wenn ich mit jemandem zum Lunch gehe. Das ist ja unglaublich, was einem hier unterstellt wird.« Ivy redete wie aufgezogen, ohne bei der Sache zu sein. Winzig und verloren lag Lucy in dem großen Bett, den Blick fragend in die Kamera gerichtet. Betreff: »Tante Ivy, wo bleibst du?« So, wie es aussah, blieb Ivy gar keine andere Möglichkeit, als so schnell wie möglich nach Berlin zu fliegen, um ihrem kleinen Würmchen Gesellschaft zu leisten. Wie abrupt sich doch die Dinge ändern konnten.

Die zweite Mail kam zu Ivys großer Überraschung von Viola, Willems alter On-Off-Beziehung aus Studientagen, die sich inzwischen Viola Da Gamba nannte.

Liebe Ivy,
Überraschung! Ich hoffe, dir geht es gut. Willem kam gestern Abend in mein Atelier in der King's Road (!) geschneit und wollte wissen, ob ich eine Ahnung habe, wo der gute alte Javis steckt. Zufällig weiß ich es, da mein Mann Tobey hin und wieder mit ihm Musicalprojekte in den Trafalgar Studios 1 realisiert. Zuletzt das Stück *End of the Rainbow,* davon hast du bestimmt schon gehört. Es hat mehrere Auszeichnungen bekommen. Tracie Bennett singt die Hauptrolle der alternden Judy Garland kurz vor ihrem Tod. Tobey war der Chefkostümdesigner für das Stück, Javis singt den Part von Walterey. (WOW!) Standing ovations! In jedem Fall ist hier seine Telefonnummer für dich. Er ist übrigens verheiratet

und Vater eines Kindes. Ich hoffe, du bekommst deine Polly-Pocket-Dose von ihm zurück. Willem bemüht sich ja noch immer verzweifelt um dich – warum erhörst du ihn nicht endlich? Willem sagt, du bist seit Javis allein! Ich weiß, wie sich das anfühlt, wenn man etwas Geliebtes verliert. Im letzten Jahr hat sich meine Näherin selbstständig gemacht. Mach's gut und komm mich mal in der King's Road 430 besuchen! (Vivienne Westwoods alte Boutique. Ich hab's geschafft!) Yeah!

Deine Viola (Da Gamba)

Ivy beschloss, sich nicht über Violas mangelndes Feingefühl zu ärgern – sondern sich über ihre Hilfsbereitschaft und die Telefonnummer zu freuen. Jetzt konnte sie Javis anrufen, sich ihre Würde zurückholen und für alle Zeiten mit dieser unguten Episode abschließen. Augenblicklich sah sie sich stotternd am Telefon, mühsam ihr Anliegen hervorbringend. »Hast du damals zufällig meine kleine Polly-Pocket-Dose mitgenommen?« Vorab würde sie sich von Alice in ihren Praxisräumen coachen lassen. Diese Aktion musste fehlerfrei und souverän über die Bühne gebracht werden. Ganz professionell. Ganz ruhig. Sehr erwachsen. Unter keinen Umständen wollte Ivy versehentlich in ihre alte, bemitleidenswerte Rolle zurückfallen und mit Babystimme auf Javis einplappern. Auch wenn er sie vermutlich noch immer als trostlose Erscheinung vor Augen hatte. Ivy war längst aus der Asche seiner Respektlosigkeiten auferstanden. Schillernd und strahlend, neuerdings mit hübscher Flechtfrisur, die ihren anmutigen Hinterkopf beeindruckend zur Geltung brachte. Ivy hatte sich seit damals mächtig entwickelt. Das würde sie Javis bereits mit der Begrüßung vermitteln.

Die dritte Mail kam tatsächlich von Desmond. Ivy musste

ein paar Male hinsehen, um sich davon zu überzeugen, dass sie sich nicht täuschte. Es war ein echtes Wunder, dass dort, auf ihrem Monitor, sein Name angezeigt wurde. Ivy traute sich nicht, die Mail anzuklicken.

»Hat sich zufällig Viola bei dir gemeldet?« Schon wieder stand Willem dicht hinter ihr und atmete ihr in den Nacken. »Hübsche Flechtfrisur.«

»Danke!« Ivy klappte mit zittriger Hand den Laptop zu und drehte sich zu ihrem Kollegen um. »Und danke, dass du Viola nach Javis' Nummer gefragt hast.«

»Kein Problem. Wirst du ihn anrufen?« Willems Stimme klang mit einem Mal merkwürdig belegt. »Ich meine, wirst du dich mit ihm treffen?«

»Mit wem?« Ivy hatte Mühe, den Sinn hinter den Worten ihres Kollegen zu verstehen.

»Na, mit Javis.«

»Ich …«, Ivys Gedanken klebten an der ungeöffneten Desmond-Gayle-Mail, als sei darin das ultimative Urteil über ihr Leben enthalten. Sie hauchte. »Ich weiß es nicht. Mal sehen.«

Ihr Kollege strich sich die Haare zurück. »Versuch, cool zu bleiben, alles klar? Keine Dummheiten!«

»Was denn für Dummheiten?«

Willem sah Ivy mitleidig an. »Du neigst einfach dazu, sehr schnell die machohafte Sichtweise von Männern zu übernehmen, egal, wie dumm sie sind.«

»Bitte?«

»Ach, komm schon, Chuck. Was hat dieser Neurologentyp behauptet? Liebe sei nur ein chemischer Prozess im Gehirn? Das hatte der doch gesagt, oder? Du glaubst immer alles, was Männer dir sagen.«

»Ich hab ihm das nicht geglaubt!«

»Wie ein Lamm hängst du an ihren Lippen und rechnest

überhaupt nicht damit, dass sie gerade dabei sind, dich zu manipulieren.« Willem holte tief Luft. »Pass auf, dass du nicht ein zweites Mal auf Javis hereinfällst, alles klar? Liebe ist etwas wirklich Kostbares. Aus eigener Erfahrung kann ich dir nur sagen: Die wenigsten meinen es ernst.«

»Ich will doch gar nichts von ihm.« Ivy versuchte ein Lächeln. »Ich will doch nur meine Dose zurückhaben.«

Willem verschwand hinüber zu seiner halb fertigen Sandra-Bullock-Figur und formte alibimäßig an ihrem Ohrläppchen herum. »Und?« Jetzt nahm er die winzige Drahtschlinge zu Hilfe. »Hast du noch mal etwas von diesem Desmond gehört?«

»Nein. Wieso? Was soll denn das jetzt?«

»Ich dachte, wir betreiben ein bisschen Konversation. Es könnte ja sein, dass er sich noch mal gemeldet hat. Immerhin hatte er dich ja gefragt, ob du ihn zu seinen Eltern nach North Carolina begleiten willst. Aber offenbar ist er auch nur wieder eine von diesen Flachpfeifen gewesen. Wie auch immer. In jedem Fall war Viola gestern ziemlich entsetzt, dass du es einfach nicht schaffst, von Javis zu lassen. Sie meinte, du hättest dich damals derart verbogen, dass sie sich fragt, wie du diese jahrelange Selbsterniedrigung überhaupt überlebt hast.«

»Bitte?« Ivy fuhr herum. »Was hat sie gesagt?«

Willem zuckte lapidar mit den Schultern. »Ach, du kennst sie doch. Viola ist ein bisschen eifersüchtig. Sie hätte damals ihr letztes Hemd gegeben, nur um mit Javis Sex zu haben.« Ivy nickte, als hätte sie das bereits gewusst. Willem sollte einfach nur verschwinden.

»Erinnerst du dich nicht mehr, wie sie sich ständig auf seinen Schoß gepflanzt hat? Einmal, als du auf Studienfahrt in Paris warst, hat sie in deinem Zimmer versucht, mit diesem Loser herumzumachen. Hab ich dir das nie erzählt?«, fragte Willem mit hochgezogenen Augenbrauen, als sei die Angelegenheit gerade erst passiert.

»Nein, hast du nicht.« Ivy rieb sich hilflos das Fixierwachs von den Fingerspitzen, das inzwischen eine enge Verbindung mit ihrer Haut eingegangen war. »Brauchst du nicht zufällig eine Dose Cola?«

»Erst nach dem Lunch.« Stoisch blieb ihr Kollege neben ihr stehen und betrachtete konzentriert die Van-Gogh-Skizzen, die an der gegenüberliegenden Wand hingen, als handelte es sich dabei um die Phantombilder eines international gesuchten Schwerverbrechers. »Du weißt doch, sonst macht mein Magen schlapp.«

Aus dem Augenwinkel sah Ivy hinüber zu Vincent, der geduldig ein paar Schritte von ihnen entfernt auf dem niedrigen Holzpodest stand. Im meergrünen Leinenanzug, mit gleichfarbiger Weste und weißem, kragenlosem Hemd.

Willem seufzte. »Tut mir leid, Chuck, wenn ich gerade ein bisschen hart zu dir war. Ich meine«, er schluckte, »kannst du mir mal bitte erklären, was mit dir los ist? Du lässt mich überhaupt nicht mehr an deinem Leben teilhaben. Früher sind wir ins Globe zum Lunch gegangen oder ins Kino, du hast mich zum Angeln begleitet, ich bin sonntags zum Tee zu dir gekommen. Und jetzt sehen wir uns kaum noch.«

Ivy nickte abwesend, ohne den Blick von Vincents leeren Augenhöhlen abzuwenden. Sein Gesicht hatte eine leicht rötliche Einfärbung, von der Sonne Südfrankreichs. Sein dichtes rotes Echthaar glänzte im Neonlicht, Ivy hatte es in den letzten drei Wochen Strähne für Strähne unter der Wärmelampe in den weichen Wachsschädel eingestochen, bis sich ihr Handgelenk schmerzhaft bemerkbar gemacht hatte. Willem hielt noch immer das Kistchen mit den

Augen in der Hand und war fest entschlossen, um jeden Preis Kommunikation zu betreiben. »Manchmal stelle ich den Augen Fragen …«

Ivy band sich mit ruckartigen Bewegungen den Pferdeschwanz neu. »Fragen? Was denn für Fragen?«

Willem zuckte mit den massigen Schultern. »Keine Ahnung. Was ich mir am Abend kochen soll.«

»Und sie geben dir darauf eine Antwort?« Ivy gab sich alle Mühe, ihre Stimme nicht gereizt klingen zu lassen oder etwas Unüberlegtes zu tun, wie gegen das Rollwägelchen mit den Ölfarben zu treten, um diesen stetig zunehmenden inneren Druck loszuwerden. In ihrem Laptop befand sich eine Antwortmail von Desmond. Willem hatte wieder Oberwasser, da Ivy sich plötzlich wieder zu interessieren schien.

»Ja, stell dir vor: Letztens bekam ich von Albert Einstein den Tipp, mal über Bratkartoffeln mit Speck nachzudenken.«

Ivy zog die Augenbrauen hoch. »Okay …«

»Na ja …« Ihr Kollege setzte sich mit einer Pohälfte auf die Tischkante und griff nach dem Becher mit kaltem Kaffee, den er am Vortag auf der Arbeitsfläche hatte stehen lassen. »Der Trick ist: Du musst dich voll auf die Pupille konzentrieren. Total auf die schwarze Pupille fokussieren, wodurch du deinen Verstand ausschaltest. In dem Moment löst du dich aus dem Raum-Zeit-Gefüge und empfängst aus dem Äther die Information, die du brauchst. Du wirst sozusagen zum Medium. Kennst du doch noch aus dem Studium, Ivy. Der Künstler als Medium …«

»Bratkartoffeln mit Speck?«

»Probier es aus! Nimm dir ein Auge von, sagen wir, Kate Moss und verbinde dich mit ihr.«

»Nein, danke.« In Ivys Kopf blubberte es, als hätte jemand Spülmittel hineingefüllt und kräftig mit dem Schneebesen umgerührt.

»So weggetreten ist die gar nicht. Ich schwöre dir, sie kann dir helfen.«

»Wobei?«

»Keine Ahnung, man quält sich doch ständig mit irgendwelchen offenen Fragen herum. Warum man nicht die richtigen …«

»Ja?«

Willem hüstelte und rutschte von der Tischkante »… die richtigen Rezepte findet. Also, was man sich zum Abendessen kochen soll. Oder warum es so hart ist …« In der Bewegung zog er den Bund seiner ehemals schwarzen, jetzt grauen Bundfaltenhose nach oben und blickte Ivy mit wässrigen Augen an, als wollte er noch etwas sagen. Dabei hob er seinen kurzen Zeigefinger, gab dann aber doch nur ein leises Schnaufen von sich. »Wie auch immer … Du weißt ja, was ich sagen will.«

Ivy wusste beim besten Willen nicht, was Willem ihr hatte sagen wollen. Und es interessierte sie auch nicht. Willem war der erschütternde Beweis dafür, dass es tatsächlich Menschen gab, die unfreiwillig dazu verdammt waren, alleine durchs Leben zu gehen. Sein einziger Weggefährte war sein korallenroter Kampffisch Doodle, der bei ihm zu Hause auf dem Fensterbrett in einem Kugelglas zwischen einer Handvoll Spinatblättern herumschwamm. Willems Existenz machte Ivy Angst, Angst vor dem Schicksal, das sie womöglich auch ereilen konnte, wenn Desmond nicht mitspielte und sich in seiner Mail mehr oder wenig deutlich dazu bereit erklärte, ihr Mann fürs Leben zu sein.

Willem trank den abgestandenen Kaffee in einem Schluck aus und ging hinüber an seinen Arbeitsplatz. »Dem Hellen und Dunklen, welche der Zufall uns schickt, sollten wir mit ergriffener Verwunderung und Dankbarkeit begegnen. Wer hat das gesagt, Chuck?« Ohne auf eine Antwort zu warten, steckte er sich die Kopfhörerknöpfe seines iPods in die Ohren und betrachtete konzentriert die Teilfotografie einer hellbraun geschminkten Frauenoberlippe, die er sich hinter die beleuchtete Lupe geheftet hatte.

»Was?« Ivy sah ihn an. »Was hast du gesagt?« Sie rief es fast, um diesen Druck loszuwerden, der ihr Innerstes wie eine komplett ausgepresste Zitrone zusammendrückte, um doch noch ein wenig Saft herauszuquetschen. Willem reagierte nicht mehr. Wenn er arbeitete, war er für niemanden zu sprechen. Was gut war. Ivy benahm sich wie ein aufgekratztes Schulmädchen. Das war ihr klar. Was konnte ihr alter Freund dafür, dass sie momentan unter einem Anfall schlimmster, pubertärer Aufregung litt, dass ihre Nervenenden unter der Haut glühten, weil sie in einen Mann verliebt war, von dem sie nicht einmal wusste, wo er war. Und vor lauter unerfüllter Sehnsucht projizierte sie wie ein Teenager auf einen Pop-Star all ihre Liebe auf eine Wachsfigur, die einen vor über hundertzwanzig Jahren verstorbenen, psychisch kranken Künstler darstellte, mit dem sie die letzten Monate über intensive Zwiegespräche geführt hatte!

Konzentriert mischte Willem auf seiner Palette einige Beige- und Brauntöne zusammen und begann behutsam, seiner Sandra-Bullock-Figur die Lippen mit einem feinen Pinsel zu kolorieren, dazu flüsterte er vor sich hin. »Sie sind der funkelnde Stern am nächtlichen Sunset Boulevard, Mrs. Bullock.«

Ivy atmete tief ein und aus, um ruhig zu werden und wandte sich wieder Vincent zu. Sie kannte sein Gesicht genau, jede kleine Vertiefung, jede noch so winzige Wölbung, seine Nase, sein Kinn, seinen Bartansatz, seinen Hals, die darunter liegenden Sehnen, die Schlagader, seine Schläfen, die hohen Wangenknochen, die zusammengezogenen Augenbrauen, die Stirn und die feinen Äderchen unter der Haut. Sie mochte Vincents Hals. Mit der flachen Hand strich sie nun über die schön geschwungene kühle Seitenlinie; sanft und entschieden fühlte sich diese Stelle an. Für den Bruchteil einer Sekunde meinte sie sogar, unter der hauchdünnen Schicht aus Glasfaser seinen Pulsschlag zu spüren. Unglaublich, wie gut ihr dieser Mann gelungen war. Zum ersten Mal war sie wirklich stolz auf das, was sie mit ihren eigenen Händen erschaffen hatte. Stolz und erfüllt. Gerade wandelte sie auf ihrem Pfad des Glücks. Dicht stellte sie sich vor den Maler, der lediglich ein paar Zentimeter größer war als sie. Zärtlich wisperte sie. »Na, Vince?«

Sie legte ihm die Hände auf die Schultern und massierte diese ein wenig. Ihre Stimme hatte einen seltsam weichen Klang bekommen. »Entspann dich.«

Schließlich ließ Ivy ihre Hände sanft über das lichtgrüne Revers seines zerknitterten Jacketts gleiten und sah in seine leeren Augenhöhlen. »Dann wollen wir mal. Tut gar nicht weh.«

Ivy zog das Rollwägelchen mit den Pinseln und Farbtöpfchen zu sich heran und stellte die Schachtel mit dem Augenpaar darauf, das Willem neben seinem ausgetrunkenen Kaffeebecher hatte stehen lassen. Dann angelte sie mit dem Fuß das hellblaue Plastikbänkchen heran, streifte ihre weißen Baumwollhandschuhe über und polierte die Augen noch einmal mit einem kleinen gelben Brillenputztuch. »Okay.« Sie atmete tief ein. Dann wieder aus. Ihre Schultern schmerzten, ihre Hand zitterte leicht. Mit einem Mal schien das Auge unverhältnismäßig schwer. Irritiert legte sie es zurück in die Kiste. In den letzten Jahren hatte Ivy an die sechzig Augenpaare eingesetzt, überall auf der Welt standen Figuren, denen sie, ohne darüber nachzudenken, die Augen eingesetzt hatte. Wenn sie etwas gut konnte, dann war es Glasaugen einsetzen. Sogar Willem bat sie hin und wieder darum, das für ihn zu übernehmen.

Er ließ den Pinsel sinken. Sein Blick wanderte hinüber zu Ivy, die direkt vor van Gogh stand und sich nicht rührte. Normalerweise arbeitete sie schnell und für seinen Geschmack fast ein wenig zu routiniert. Jetzt setzte sie sich ihre Hornbrille auf und bewegte die Lippen. Da Willem aber Stöpsel im Ohr hatte, konnte er nichts hören außer Sandra Bullock, die auf einem amerikanischen Sender Ellen DeGeneres von ihrem eigenbrötlerischen Leben mit ihren Hunden erzählte. Wie sie nachts mit neun von ihnen in einem Bett schlief und einer von ihnen nur drei Beine hatte, was Willem etwas sonderbar vorkam. Nun denn. So war sie eben.

Ivy griff nach Vincents linker Hand und drückte sie leicht. Zu ihrem eigenen Erstaunen war sie kalt. Gleichzeitig hörte sie sich zu ihrer Überraschung flüstern. »Ist es schlimm, zu sterben, ohne jemals wirklich geliebt zu haben?«

Sobald sie ihm die Augen eingesetzt hatte, würde sie unten in der Galerie anrufen und ihn abholen lassen. Ohne ein Problem daraus zu machen. Und doch! Etwas, das spürte sie ganz deutlich, war anders als sonst. Normalerweise konnte sie die Figuren gut abtransportieren lassen. Augen rein und weg.

Zuerst wollte sie ihm das linke einsetzen. Doch es glitt ihr aus der Hand, fiel auf den Boden und sprang unter das Rollwägelchen. »Shit!« Ivy stieg vom Plastikbänkchen, ging hinunter auf die Knie und krabbelte Vincents Auge hinterher. Wenn das Ding auch nur eine kleine Scharte hatte, würde sie neue Glasaugen bestellen müssen und Vincent erst in den nächsten zwei Wochen fertigstellen können, um ihn für Desmond zu fotografieren.

»Alles in Ordnung?« Willem zog einen Kopfhörer aus dem Ohr und beobachtete Ivy perplex, die im weißen Kittel auf allen vieren um ihn herumkroch.

»Beweg dich einfach nur nicht. Oder hilf mir suchen!« Aber da hatte sie schon das smaragdgrüne Auge hinter Willems ausgetretenem Lederslipper entdeckt.

»Was machst du da?« Willem blickte zu ihr nach unten und vollzog eine Seitwärtsdrehung.

»Nicht bewegen!« Mit der einen Hand hielt Ivy seine stramme Wade fest, mit der anderen griff sie schnell nach dem Auge und erhob sich.

»Ich hab's!« Lächelnd hielt sie es hoch und pustete sich eine blonde Haarsträhne aus dem geröteten Gesicht. Zu Ivys großer Erleichterung schien das kostbare Sinnesorgan unversehrt zu sein.

Willem stöpselte sich den Kopfhörer zurück ins Ohr und wendete sich wieder seiner Sandra zu. Ivy polierte das Auge erneut und untersuchte es unter der Lupe nach eventuellen Kratzspuren. Nachdem sie festgestellt hatte, dass es keinen Schaden genommen hatte, setzte sie sehr vorsichtig und konzentriert zuerst das linke, dann das rechte Auge ein und überzog beide ganz zart mit leicht glänzendem Tränenlack. Täuschend echt sahen sie aus. Vincents fragender Blick war direkt auf den Betrachter gerichtet, um ihn in seine rauschhafte Welt hineinzusaugen. Van Gogh war vollendet. Ivy machte einen Schritt nach hinten, um ihr Werk ausgiebig zu begutachten. Dabei konzentrierte sie sich zuerst ganz und gar auf seine schwarzen Pupillen.

»Oh, mein Gott.«

Ivy stolperte rückwärts über das Plastikbänkchen, stieß gegen das Rolltischchen und versuchte, irgendwie am fliehenden Wägelchen Halt zu finden. Ihre Finger griffen hilflos ins Leere. »Willem!« Statt eines Rufens kam nur ein heiseres Krächzen. Sie taumelte und machte einen Ausfallschritt. Endlich hatte sie ihr Gleichgewicht wieder. In ihren Ohren rauschte es, als würde das flaschengrüne Nordmeer in ihnen branden und seine Gischt an ihren schroffen Schieferfelsen meterhoch emporsprühen. Jetzt hing nur noch ein Badelatschen an ihrem Fuß, der andere lag verwaist neben dem Hocker. Ihr Blick ruckte zurück zu Vincents Gesicht und blieb an ihm haften.

Ivy sah alles in seinen Augen.

Ihr gesamtes Leben auf einen Punkt gebracht. Die Bilder schossen auf sie ein, immer schneller, immer verwirrender, von überall her. Auf jedem Bild war sie. Immer wieder sie. Als Siebenjährige, wie sie zum ersten Mal die pinkfarbene Polly-Pocket-Dose aufklappte und ungläubig die winzige, perfekte Miniaturwelt bestaunte. Ivy als kleines Mädchen in dunkelblauen Frotteeunterhosen neben der Brunnenmauer. Das sanfte Rauschen der blätterbepackten Erlen in der Mittagshitze. Sie und Natti auf der Pritsche im Giebelzimmer, wie sie ihrer Mutter beim Zeichnen zusahen: »Wen malst du heute?« Sie am Strickjackenzipfel ihrer Mutter hängend. Ständig war sie ihr im Haus die Treppen hinauf- und hinuntergefolgt und quer durch den Obstgarten. Sogar beim Unkrautjäten war sie immer dicht bei ihr gewesen. Sie und Natti in Findhorn beim Morgenkreis auf der dunstigen Wiese, mit dreißig langhaarigen Erwachsenen die Fülle und Schönheit der Natur begrüßend. Als Zwölfjährige lief sie barfuß aus dem Wald heraus, auf das seichte Seeufer zu. Ihr Atem stach in der Brust. Sie hörte ihr eigenes Keuchen. Mit hängenden Armen stand sie im hellblauen Badeanzug vor ihrer angeschwemmten Mutter im weißen Sommerkleid, das sich feucht um ihren leblosen Körper schlang. Ihre erstaunten Augen starrten sie direkt an. Nie hatte sie Sommerkleider getragen, immer nur Jeans. Das wurde Ivy erst jetzt bewusst. Der weiße, durchbrochene Saum schwappte im seichten Wasser. Nathalie war im Bikini und mit bunter Badetasche hinter ihr hergekommen. »Was is'n da?«

Ivy, wie sie ein Jahr später auf dem Fenstersims des Giebelfensters balancierend versuchte, die grauen Schwalbennester mit einem dicken Ast unterm Giebel wegzuschlagen, während Nathalie auf dem Sitz eines blauen Motorrollers, die Arme um einen blonden Jungen mit Jeansjacke geschlungen, vom Hof knatterte.

Ivy wollte rufen: »Willem, halt mich.« Ihr wildes Herz schlug bis zum Hals. Vincent schien zu schlucken, sein Kehlkopf bewegte sich leicht nach oben, darüber seine feinen rötlichen Bartstoppeln, seine Lippen öffneten sich. Dahinter bewegte sich die Zunge. »Ich weiß, wie du dich fühlst.«

Willem warf seinen Pinsel und die Palette aufs Rollwägelchen und riss sich die Ohrenstöpsel aus den Ohren. »Ist alles in Ordnung, Chuck?«

Ivy fuhr sich über die Stirn. Ihre Lippen zitterten. »Ich weiß es nicht.«

Nach ein paar Schritten stand Willem neben ihr. »Bist du nicht zufrieden?«

Langsam wandte Ivy ihm das Gesicht zu, es war mit roten Flecken übersät, die Augen erschrocken geweitet, ihre Nasenflügel bebten. »Ich …«

»Geht's dir nicht gut?« Willem fasste sie fest an beiden Oberarmen und schüttelte sie leicht. Ihr fiebriger Blick streifte durch die helle Werkstatt. Da stand Vincent. Dort das Rollwägelchen. Weiter hinten die Farbtöpfchen im Regal. Willem. Im Hintergrund Sandra Bullock. Durch die ungeputzten Scheiben brach das glühende Rot der Aprilsonne und tauchte Ivys Welt in leuchtendes Orange. All die über Jahrzehnte niedergekämpften Bilder ließ sie gehen. Und mit ihnen ihre Mutter. Ivy wusste nicht, woran es lag. Aber etwas in ihr fühlte, dass sie sich wiedergefunden hatte. Ihr Funke glimmte auf. Lieblich flackerte er in ihrem Innersten und ließ sie gleichzeitig weinen und lächeln. Ivy schluchzte: »Willy, ich bin so glücklich.« Und ehe ihr Kollege wusste, wie ihm geschah, umarmte sie ihn, noch bevor sie Desmond Gayles Mail geöffnet hatte.

11.

Es war früher Samstagnachmittag. Ivy stand in ihrer hellgrauen Jogginghose mit den ausgebeulten Knien und dem leuchtend blauen Zahnpastafleck auf dem Oberschenkel am Fenster und blickte in den gelb gepflasterten Hof hinunter, in den es, obwohl die Sonne schien, träge nieselte. Erst vor ein paar Minuten hatte sie sich mühsam unter ihrer Bettdecke hervorgearbeitet und war widerwillig aufgestanden, nachdem sie seit Stunden ausdrücklich darum bemüht gewesen war, mit der Schlafbrille über den Augen immer weiterzuschlafen, um nicht über die verdrängte Verabredung mit Fortier nachdenken zu müssen, die ihr gegen fünf Uhr morgens – der Uhrzeit, in der statistisch die meisten Herzstillstände eintraten – wieder eingefallen war. Was nur sollte sie mit ihm reden? Gestern Abend hatte er sie an der Werkstatttür abgefangen und ihr beinahe flehend das Versprechen abgerungen, dass sie heute wirklich mit ihm essen würde. »Ivy! Dieses Mal entkommen Sie mir nicht! Lassen Sie mich bitte nicht wieder hängen. Im Kühlschrank steht seit Wochen der Chardonnay kalt.«

Was, wenn sie verspannt auf seinem neuen Sofa herumsaß und den quälenden Gedanken nicht loswurde, dass sie gerade verdammt viel Lebenszeit verpulverte? Mal abgesehen vom Flug nach Berlin und dem geplanten Telefonanruf bei Javis konnte sich Ivy momentan nichts Herausfordernderes vorstellen, als den Abend in Fortiers Wohnung zu verbringen und zu hoffen, dass er ihr keine Avancen machte. Sie wollte doch überhaupt nichts von ihm. Ein regelrechter Widerstand gegen die bevorstehende Pflicht drückte Ivy schwer aufs Gemüt. Seit fünf Uhr morgens überlegte sie, ob es nicht klüger wäre, ihn mit zugehaltener Nase anzurufen und zu behaupten, sie sei schon wieder an einer schweren Erkältung erkrankt. Genau wie in den Wochen davor. Oder würde diese erneute Absage schließlich doch irgendwelche beruflichen Auswirkungen nach sich ziehen? Sie würde Alice anrufen und sie nach ihrer psychologischen Einschätzung fragen.

Da das mit dem Einschlafen, durch das ununterbrochene Nachdenken über ihre eigentümliche Verpflichtung Fortier gegenüber, nicht geklappt hatte, war Ivy gegen sieben Uhr morgens gedanklich zu Desmonds eigentümlicher Antwortmail hinübergeschwenkt und hatte noch einmal alles drangesetzt, ihren rätselhaften Inhalt zu knacken, in der Hoffnung, darin einen brauchbaren Hinweis auf seine Gemütsverfassung ihr gegenüber zu finden. Mit Desmonds Offenbarung im Rücken wäre es ihr wesentlich leichter gefallen, sich entspannt in Fortiers Wohnzimmer zu setzen und mit ihm höflich Konversation zu betreiben, ausgestattet mit der schillernden Identität einer bereits vergebenen, souveränen, voll im Leben stehenden Frau, die von einem Amerikaner geliebt wurde. Doch anstatt der Bedeutung seiner Zeilen auf den Grund zu gehen, war Ivy mehr und mehr von einer fein verästelten Verwirrung eingesponnen worden, wie eine dem Tode geweihte Fliege im klebrigen Spinnennetz.

Liebe Ivy,
ich habe die Lichtverhältnisse geändert, um das Wesentliche zu finden. Gut, dass Sie an uns denken. Ich denke an Sie. Auf bald,
Ihr Desmond

Ivy war noch nie ein Fan kryptischer Schriftstücke gewesen. Es war ganz und gar unverständlich, warum Desmond ihr auf eine heitere Mail eine derart versponnene Antwort schickte. Wenn er ihr absolute Ablehnung hatte suggerieren wollen, war ihm das gelungen. Auf dieses studentische Geschwurbel würde Ivy nämlich nicht reagieren. Auch nicht mit einem Foto ihres fertigen van Gogh. Auf so etwas Unverständliches konnte man gar nicht antworten, ohne sich selbst die Gehirnwindungen zu verknoten. Ich habe die Lichtverhältnisse geändert. Ja und?

Ivy brauchte jemanden, der ihr bei der Entschlüsselung dieser verwirrenden Zeilen half, jemand, der hinter die Symbolik blicken konnte – es half ja nichts. Immerhin bestand die minimale Möglichkeit, dass Desmond einer weiteren Begegnung grundsätzlich nicht abgeneigt war, nur dazu neigte, dies auf seltsame Art und Weise kundzutun. Auch zu diesem Punkt würde sie Alice befragen. Solange es sich dabei nicht um ihre eigenen Belange handelte, verfügte sie über ein hohes Maß an Klarheit. Doch bevor Ivy sich weiter über Desmonds Antwort – die zugegebenermaßen relativ prompt erfolgt war – den Kopf zermartern konnte, war sie eingeschlafen und hatte einen seltsamen, wie wunderbaren Traum von Vincent van Gogh geträumt. Nackt hatte er sich langsam auf sie gelegt und sie wie selbstverständlich geliebt. Mit kraftvollen, hingebungsvollen Stößen hatte er Ivy an all das Schöne und Warme erinnert, das sie in all den Jahren ihres Alleinlebens in die Verbannung geschickt hatte. Während sie seine angespannte Brustmuskulatur mit der rötlichen Brustbehaarung und seine starken Oberarme ergeben betrachtet hatte, hatte sie gehofft, dass sie nie wieder aufwachen würde. Doch mitten im zärtlichsten Kuss hatte ihr Handy auf dem Nachtschränkchen vibriert. Notgedrungen hatte sie van Gogh von sich heruntergeschoben, die Schlafbrille auf die Stirn gezogen und das Handy ans Ohr gehalten. »Ja?«

»Ivy, hast du schon deinen Flug gebucht?« Ihre Schwester atmete gehetzt ins Telefon.

Ivy hatte sich aufgesetzt. »Wie geht es meinem Lucy-Wurm?«

»Schon viel besser.« Natalie schien beim Telefonieren eine belebte Verkehrsstraße entlangzulaufen.

»Das freut mich.« Ivy hatte sich vom Bett aufgerappelt und war hinüber ans Fenster getreten, aus dem sie nun in den Hinterhof hinaussah, in dem der Nieselregen die Oleanderkübel, die seit Einbruch des Winters in Blasenfolie gewickelt waren, mit einer kristallenen Haut überzogen hatte. Irgendjemand musste die armen Pflanzen auspacken. Normalerweise war das Franks Aufgabe gewesen, der in letzter Zeit so gut wie gar nicht mehr aufgetaucht war und sich offenbar auch für nichts mehr zuständig fühlte.

Nathalie japste. »Sie sieht im Krankenhaus den ganzen Tag fern. Um die Kinder ruhigzustellen, haben sie über jedem Bett eine Flimmerkiste aufgehängt. Ich bin mir gar nicht, entschuldige mal eben …« Jetzt schien sich Nathalie mit jemand anderem zu unterhalten. Ivy hörte eine zweite Frauenstimme. Es ging ein bisschen zwischen Nathalie und der Frauenstimme hin und her, bis ihre Schwester wieder in den Hörer sprach. »Entschuldige. Ich bin gerade bei Dunkin' Donuts, ich will Lucy eines von diesen rosa Teilen mitbringen. Sag mal, hast du einen Flug gebucht? Bitte, Ivy. Ich brauche dich hier. Wenn du es genau wissen willst, weiß ich gerade nicht, wo mir der Kopf steht.« Nathalie klang seit Langem mal nicht rigoros, sondern tatsächlich überfordert.

»Ich …« Ivy holte tief Luft und atmete langsam wieder aus. Dabei sah sie hinunter auf ihren Bauch, der sich unter ihrem grauen Schlaf-T-Shirt sanft wölbte. Jetzt bestand die einmalige Gelegenheit, ihre Schwester anzulügen. Um der zu erwartenden Enttäuschung auszuweichen, konnte Ivy einfach behaupten, sie habe sich längst einen Flug gebucht. Barfuß stand sie auf dem gestreiften Läufer, hielt sich das Telefon ans Ohr und bekam doch nur die Wahrheit heraus. »Tut mir leid, Natti. Ich hab's noch nicht geschafft. Ich kümmere mich aber gleich darum. Ich musste gestern erst noch van Gogh fertig machen.«

»Okay, aber kannst du bitte jetzt gleich einen Flug buchen? Ich brauche deinen Zuspruch. Und Lucy auch. Sie fragt die ganze Zeit nach dir.« Eine Wagentür schlug zu.

»Mach ich wirklich gleich, ich musste, wie gesagt, noch van Gogh fertig machen.«

»Ja, aber jetzt ist er ja fertig.« Im Hintergrund ließ Nathalie den Motor an.

Seit der frühesten Kindheit war es so, dass Nathalie Ivy herumkommandierte. Das merkte sie gar nicht. Es brachte also überhaupt nichts, es persönlich zu nehmen oder sich dieser Art zu widersetzen. So war Nathalie eben. Punktum. Also entschied sich Ivy, wie immer, darüber hinwegzuhören. »Und wo ist Peer?«

»Den musste ich gerade rätselhafterweise im Büro absetzen, weil er meint, er müsse noch ein wichtiges Projekt aufs Gleis setzen. Am Samstagnachmittag! Ich würde ihm das natürlich gerne glauben, aber …« Es knackte in der Leitung. Nathalies Stimme kam von weit her, als hätte sie das Telefon auf den Beifahrersitz gelegt. »Es sind leider einige, mich verunsichernde Details aus seinem Vorleben ans Licht gekommen, die er mir aus unerfindlichen Gründen verschwiegen hatte.« Jetzt kam ihre Stimme wieder näher heran. »Entschuldige, ich musste mir eben den Hörer ins Ohr stecken. Wie auch immer. Peer weigert sich, dazu Stellung zu nehmen, da er meint, dass ich aus einer Mücke einen Elefanten mache und er sich meinen Unterstellungen nicht aussetzen möchte.«

»Was denn für Details aus der Vergangenheit?« Ivy trat an den schmalen Spiegel heran, der zwischen Badezimmertür und Schrank hing, um zu überprüfen, ob sie aufgrund des Schlafmangels wieder dunkle Augenringe hatte.

»Was die Intensität seiner Beziehung zu dieser Jenny anbelangt. Du weißt schon, die er damals für mich verlassen hat. Offenbar war er mehrere Jahre mit ihr zusammen. Wogegen ich ja gar nichts habe, ich verstehe nur nicht, warum er damals so getan hat, als würde er sie kaum kennen.«

»Vielleicht wollte er nicht, dass du die Sache überbewertest.«

»Ja, aber ich hatte doch auch schon Beziehungen vor ihm. So ist das nun mal in unserem Alter. Das kann man sich doch erzählen, und dann ist es gut. Ich verstehe diese Geheimnistuerei nicht. Da frage ich mich automatisch, was er mir noch verheimlicht. Verstehst du? Ivy, im Moment zweifle ich regelrecht an der Welt, wenn du es genau wissen willst. Unter diesen Umständen finde ich es sehr schwierig, mich voll auf Lucy zu konzentrieren.«

»Ich bin mir sicher, du kannst Peer vertrauen. Wirklich.« Ivy starrte direkt in ihre flaschengrünen Augen. »Er liebt dich doch. Bestimmt wollte er dir einfach nur das Gefühl vermitteln, dass es noch nie in seinem Leben eine Frau wie dich gegeben hat.«

»Das kann ja alles sein. Aber wer weiß, was er sonst noch so treibt, weil es für ihn am Ende auch keine Bedeutung hat. Weißt du, was ich meine?«

»Vielleicht fühlt ihr euch beide gerade ein bisschen überfordert.«

»Ich würde das durchaus als handfeste Krise bezeichnen. Neulich habe ich im Affekt meinen Ehering raus in den

Hinterhof zu den Müllkontainern geworfen und hinterher nicht mehr wiedergefunden. Er ist weg! Ich habe vier Stunden lang in Mülltüten herumgewühlt.«

»Warum das denn?«

»Aus Reflex. Oder Wut. Nenn es, wie du willst. Du kennst mich doch. Ich wünschte, ich würde es schaffen, mal ein bisschen gelassener zu bleiben. Ich nehme es mir täglich von Neuem vor, aber dann passiert irgendetwas, und ich schaffe es nicht, mich zu zügeln, weil ich denke, dass ich jetzt auch mal ein Recht aufs Ausflippen habe.«

Ivy lächelte. Ja, da hatte sich Nathalie gut selbst erkannt. Und dafür liebte sie ihre Schwester. Für ihre Aufrichtigkeit sich selbst gegenüber.

Nathalie seufzte. »Ivylein, ich verstehe trotzdem nicht, wie alles von einem auf den anderen Tag so aus den Fugen geraten konnte. Peer und ich lieben uns doch.« Plötzlich fing sie an zu weinen. »Ivy, ich hab so eine Angst, ihn zu verlieren. Ich will keine schreckliche Ehefrau sein, die ihren Mann vertreibt.« Nathalie hupte. »Fahr endlich, du Trantüte!«

Es war so schwer herauszuhören, ob Nathalie sich etwas einbildete oder ob es tatsächlich Grund zur Beunruhigung gab. Ivy entschloss sich, vom Guten auszugehen. »Natti, glaub mir, Peer betrügt dich nicht.«

»Das dachte ich ja auch. Aber dann hab ich diese SMS von ihm an Jenny gefunden und den Kassenzettel vom Starbucks mit zwei Caffè Mocha, ich weiß doch auch nicht…« Nathalie schluchzte auf. »Wann kommst du denn?«

Ivys Zimmer wurde jetzt von rotem, dickflüssigem Licht geflutet. Draußen verdrängte die Sonne grell und glühend die Regenwolken und stand nun über den Dächern Notting Hills, als wollte sie allen Niederschlag mit einem Mal zum Verdampfen bringen. Ivy trat ganz dicht an den Spiegel heran, sodass das Glas von ihrem Atem beschlug. Sie ließ ihre Stimme sanft klingen. Sanft und heimelig. »Ich versuche, gleich für morgen früh einen Flug zu bekommen. Wirklich. Soll ich mal mit Peer sprechen?«

»Würdest du das tun?!« Nathalie schniefte dankbar.

»Ja, mein liebstes Nattilein. Das mache ich.« Das einfallende Licht legte sich weich und dunkelgolden über Ivys dem Fenster zugewandte Gesichtshälfte. »Und ich melde mich, sobald ich weiß, wann ich lande. Und versuch, ruhig zu bleiben. Das ist gerade alles ein bisschen viel für dich. War Papa schon da?«

»Ja, mit ihm wollte ich aber nicht über diese Geschichte mit Peer reden. Er ist sowieso schon in so einer seltsamen Verfassung. Die einzige Sache, die ihn momentan beschäftigt, ist, ob Mama damals viel gelacht hat oder wenig. Und wo das rote Fotoalbum ist. Hast du es nicht doch zufällig, Ivy? Er braucht es als Beweisstück, dass er Mama fotografiert hat.«

»Hat er doch gar nicht. Immer nur Tante Agnes. Erinnerst du dich noch? Wie wir alle immer zu ihm gesagt haben, er soll auch mal Mama fotografieren? Aber irgendwie war hinterher verlässlich die behäbige Tante Agnes in ihren geblümten Kittelkleidern drauf.«

»Trotzdem wäre ich froh, wenn das Album wieder auftauchen würde. Dann hätte er irgendetwas in der Hand, an dem er sich festhalten kann. Inzwischen hat er das komplette Haus auf den Kopf gestellt, nur um diese Fotos zu finden. Ich befürchte, er kommt nicht eher zur Ruhe, bevor er das Album nicht durchblättern kann.«

»Aber warum ist das denn so wichtig?«

»Aus irgendeinem Grund glaubt er plötzlich, dass Mama nicht mehr die ländliche Idylle ausgehalten hat. Irgendwie hat er die fixe Idee, nicht gemerkt zu haben, dass sie eigentlich lieber ganz woanders hätte leben wollen. Jetzt gibt er sich die Schuld an ihrem Tod, weil er meint, dass er das Unglück hätte verhindern können, wenn er aufmerksamer gewesen wäre. Keine Ahnung, wie er daraufkommt.« Nathalie machte eine kleine Pause, dann fragte sie: »Sag mal, kannst du dich eigentlich noch an Tamara von nebenan erinnern?«

»Ja, wieso? Was ist mit ihr?«

»In letzter Zeit war sie öfter mal da, um ihre Mutter zu besuchen. Inzwischen hat sie zwei Kinder. Ich hab nicht viel mit ihr geredet, nur, was sie jetzt so macht und dass Heidi und Papa sich gut verstehen und wohl viel gemeinsam unternehmen. Na ja, und sie meinte, ihr Vater, du weißt schon, Heiner, hätte ihr kurz vor seinem Tod noch so einiges erzählt.«

»Aha. Warum kommt sie damit ausgerechnet zu dir? Ich dachte …«

»Keine Ahnung. Vielleicht wollte sie nur plaudern.«

»Über das, was Heiner ihr kurz vor seinem Tod gesagt hat? Findest du das nicht ein bisschen merkwürdig?«

»Ach …« Mit einem Mal klang Nathalie betont fröhlich. »Ich glaube, sie wollte nur mal unsere alte Fehde beilegen.« Da Ivy nichts sagte, fuhr sie fort. »Und? Wie ist dein van Gogh gelungen?«

Bevor Ivy überhaupt klar war, was sie da ihrer Schwester antat, sprach sie es auch schon aus. »Natti! Er ist irgendwie richtig schön geworden. Ich hab mich glatt ein bisschen in ihn verliebt – würde ich sagen.«

»Verliebt?« Das Motorengeräusch erstarb. Die Handbremse wurde hörbar angezogen.

»Na ja, irgendwie …«, Ivy wand sich. Vor Nathalie war es keine gute Idee, sich selbst zu loben. Und doch wollte sie ihre Begeisterung über die gelungene Skulptur nicht einfach so zurücknehmen. Also fuhr sie fort: »Als ich ihm gestern die Augen eingesetzt habe, kam es mir plötzlich so vor, als könnte er in mich hineinsehen. Kurz hatte ich sogar den Eindruck, seine Lippen würden sich bewegen und ›Ich weiß, wie du dich fühlst‹ oder so etwas in der Art zu mir sagen. Wahrscheinlich liegt es daran, dass ich so lange an ihm gearbeitet habe und jede Wölbung seines Körpers so genau kenne und …« Ivy lachte. »Im Grunde genommen könnte ich behaupten, seit Langem ist mir kein Mann mehr so nahe gekommen. Verstehst du, was ich meine?«

Nathalie räusperte sich. »Entschuldige, ich muss jetzt mal aussteigen und zu Lucy reingehen. Mein süßes Würmchen wartet bestimmt schon auf mich. Ich freu mich, wenn du endlich hier bist. Guten Flug, Ivy! Bis morgen!«

»Bis morgen!« Ivy legte auf, schaltete den Ton ihres Handys ab und warf es hinüber aufs zerwühlte Bett. Langsam wurde es einmal Zeit, dass Nathalie damit klar kam, wenn Ivy ihr von ihrer gelungenen Arbeit berichtete. Was brachte es denn, die eigene Freude nicht offen zu zeigen, sondern ständig so zu tun, als sei alles immer nur schwierig oder mittelmäßig? Eigentlich, das merkte Ivy jetzt, wünschte sie sich am meisten, dass Nathalie und sie sich irgendwann mal wieder gemeinsam freuten. Über irgendetwas. Und wenn es nur die Tatsache war, dass Ivy erneut in einen Kaugummi getreten war. Von ihrem Platz am Spiegel aus sah sie, wie das Handydisplay bläulich aufleuchtete, erlosch und wieder aufleuchtete. Nathalie war noch einmal dran. Es hatte doch eigentlich nur ein kleiner Schwatz sein sollen. Mehr nicht.

Draußen stiegen watteartige Dunstschwaden in der Hitze des Nachmittags vom Boden auf, so als sei ganz Notting Hill bis auf Brusthöhe mit Weichzeichner überzogen. Gleichzeitig fiel von oben zögerlicher Nieselregen. Unten im Haus hörte sie Eve mit ihren beiden Jungs, begleitet von Spacepistolen-Geräuschen, die Treppe heraufkommen und in ihrer Wohnung verschwinden. Ivy überlegte, zur Artisan Bakery zu flüchten, um dort in Sicherheit einen Cappuccino mit Pain au raisin zu sich zu nehmen. Dorthin würde sich Eve erst einmal nicht mehr verirren, zu groß war die berechtigte Furcht, auf einen relaxten Frank und seine beiden Studentinnen zu treffen. Ivys Magen knurrte. Sie hätte sich in den flirrenden Strom hineingleiten lassen können. Draußen auf der Portobello Road saßen die Leute an wackligen Tischen vor den Cafés oder kauften im Ein-Pfund-Shop bunte Plastikaccessoires für Ostern ein. Ecke Lonsdayle Road spielten die Touristen die berühmte Filmszene zwischen Julia Roberts und Hugh Grand nach. Sie kippten sich, mit den entsprechenden Pappmasken getarnt, Orangensaft über die T-Shirts und ließen sich dabei von Studenten zur Erinnerung fotografieren. Und hier stand sie, Ivy, fernab von jeglicher Zivilisation.

Es klopfte. »Ivy, ich weiß, ich nerve. Kannst du mir trotzdem kurz eine Frage beantworten?«

Ivy rührte sich nicht. Sie lauschte mit angehaltenem Atem. Die arme Eve klopfte erneut und rüttelte am Türknauf. »Ivy! Bitte! Ich hab nur eine kurze Frage! Ich brauche nur mal eben deine Einschätzung!«

So gerne Ivy Eve ein bisschen Erleichterung verschafft hätte, es passte jetzt wirklich nicht. Sie musste dringend ihren Flug buchen und sich ernsthaft davon überzeugen, dass hier nicht doch irgendwo das alte Fotoalbum herumlag, nach dem ihr Vater so beharrlich suchte. Sie hörte, wie Eve schließlich die Treppe wieder nach unten trottete und ihre Wohnungstür ins Schloss fiel.

Auf Zehenspitzen und mit minimalsten Bewegungen machte Ivy sich daran, ihren Flug zu buchen und anschließend das Regal, die Kommode, sämtliche Ablagen und die Schreibtischschublade nach dem Album zu durchforsten.

Sogar unter dem Bett hinter den übereinandergestapelten Zeichenmappen sah sie nach. Als sie schließlich mit Staubmäusen in den Haaren triumphierend das mit rotem Stoff eingeschlagene Album in der Hand hielt, schwappte eine warme Welle der kindlichen Freude über sie. Doch bevor sich Ivy damit auf die Bettkante setzen und es Seite für Seite in aller Versunkenheit durchblättern konnte, blinkte erneut das Handydisplay zwischen den Falten ihrer Bettdecke. Widerwillig erhob sie sich vom Boden und nahm es hoch. Willem. Ivy stöhnte auf. »Was ist los, Willy?«

»Das frag ich dich!« Eilig kettete er sein Rennrad an dem Laternenpfahl vor Woods Buchladen an. Er war ziemlich außer Atem, feine Schweißperlen glänzten auf seiner blassen, sommersprossigen Stirn, seine Lippen standen halb geöffnet, als er sich aufrichtete und im Nieselregen durch den nass glänzenden Hof lief. Beunruhigt blickte er zu Ivys Fenster im zweiten Stock hinauf. Dahinter war es dunkel. In seinen Lungen brannte es, als hätte er einen Haufen Stecknadeln verschluckt. Innerhalb von dreißig Minuten war er vom Victoria Park über mindestens drei rote Ampeln bis in die Portobello Road gerast.

Ivy setzte sich auf ihre Bettkante. »Was soll sein? Ich bin zu Hause.«

»Deine Schwester befürchtet, du leidest womöglich unter einer Art Burn-out.« Willem hetzte an den in Blasenfolie verpackten Kübelpflanzen vorbei, auf den mit Glyzinien zugewucherten Hauseingang zu und drückte mehrmals hintereinander auf die Klingel.

»Wieso soll es mir nicht gut gehen?« Es klingelte. »Willem, ich kann jetzt nicht telefonieren, hier ist jemand an der Tür. Ich vermute, es ist Alice, die heute noch vorbeikommen wollte.«

»Mach auf! Ich bin's!«

»Wie? Du bist es?« Hörten diese überfallartigen Besuche denn niemals auf?

Willem keuchte atemlos. »Ich klingle gerade unten an deiner Tür, mach auf.«

Ivy drückte auf den Türöffner und wartete missmutig neben der offenen Wohnungstür, bis ihr Kollege schwer atmend die schmale, geschwungene Treppe heraufgekommen war. Er trug armeegrüne Anglerhosen mit Union-Jack-Hosenträgern und ein altes, ausgewaschenes, viel zu enges James-Dean-T-Shirt, das er in den Achtzigern als fanatischer Fan im Madame-Tussauds-Shop gekauft hatte.

Ivy trat zur Seite und ließ ihn herein. »Wie siehst du denn aus?«

»Ich war im Vicky-Park angeln.« Willem strich sich die hellroten Haare nach hinten und sah sich um. »Deine Schwester hat mich gebeten, sofort zu dir zu fahren, um zu sehen, ob bei dir alles in Ordnung ist.«

»Natürlich ist alles in Ordnung. Was soll sein?«

»Keine Ahnung! Sie meint, du redest wirres Zeug.« Willems Gummihose quietschte bei jedem seiner Schritte. »Ich hab alles stehen und liegen lassen, meine Angel in die Büsche geworfen und bin losgehetzt. Schon mal in solchen Hosen dreißig Minuten durch den Verkehr gerast bei der brütenden Aprilsonne da draußen? Das ist der Killer.«

»Warum tust du das?«

Ivy drückte die Tür ins Schloss und knipste die Deckenlampe an. Von Aprilsonne war hier drinnen schlagartig nicht mehr viel zu spüren. Von einem Moment auf den anderen schien sich der Himmel radikal verdunkelt zu haben. Willem schnappte noch immer nach Luft und fuhr sich wieder und wieder mit dem Handballen über die verschwitzte Stirn. »Weil ich dich nicht erreicht habe. Guck mal auf dein Handy, ich hab ungefähr sechsundneunzigmal versucht, dich dranzukriegen. Weißt du, was für Sorgen ich mir gemacht habe? Deine Schwester vermutet, du könntest aus Frust Tabletten mit halluzinogener Wirkung oder so etwas genommen haben. Wie damals, als du mit Javis zusammen warst. Du weißt schon, dieses Zeug.«

»Willy, was soll das? Du hast es auch genommen. Das ist Jahre her! Damals haben wir noch studiert und wussten nicht, was wir taten.« Ivy war in die Küche verschwunden, um leise bis zehn zu zählen. Was war nur mit ihrer Schwester los? Ganz offenbar brauchte sie mal ein bisschen Fürsorge und Entlastung.

Willy kam ihr nach. »Nathalie befürchtet, dir fehlt der emotionale Ausgleich zur Arbeit und dass du deswegen mit der Realitätsverschiebung bei Madame Tussauds nicht mehr klarkommst.«

»Wegen welcher Realitätsverschiebung?«

Ihr Freund zuckte hilflos mit den Schultern. »Weiß ich doch auch nicht. Wahrscheinlich denkt sie, dass du verdrängst, dass das keine echten Menschen sind, die wir modellieren.«

»Bitte? Nathalie kam nicht damit zurecht, dass ihr etwas gelungen war.«

»Sie wollte wissen, ob ich in letzter Zeit irgendwelche Veränderungen an dir bemerkt habe.« Willem lächelte verlegen. »Den Zwischenfall von gestern hab ich jetzt erst mal für mich behalten.« Er sah fast ein bisschen stolz aus. »Ruf sie an und sag ihr, dass es keinen Grund zur Beunruhigung gibt oder du dich aus dem Fenster gestürzt hast.«

»Warum sollte ich mich aus dem zweiten Stock stürzen?« Ivy drängte sich wieder an ihm vorbei, zurück ins Zimmer. »Das bringt doch gar nichts außer ein paar gebrochenen Knochen.«

»Ruf sie an«, bat Willem, als befürchtete er, Nathalie könnte ihn ab jetzt ständig anrufen.

»Nein, tu ich nicht. Es gibt überhaupt keinen Grund, derartigen Stress zu veranstalten.«

»Sag ihr das. Ich hab nur ihren Befehl ausgeführt. Außerdem finde ich ihre Mutmaßungen gar nicht so unberechtigt. Mir ist ja wie gesagt auch schon aufgefallen, dass man gar nicht mehr an dich herankommt.« Willem schien seinen Auftrag regelrecht zu genießen.

»Brauchst du ein Handtuch?« Ivy gab sich alle Mühe, ihrer Stimme einen milden Klang zu verleihen, und verschwand im Badezimmer, in dem der Wäscheständer den gesamten Raum ausfüllte und die Waschmaschine lief. Sie streckte ihren Arm aus, um aus dem schmalen Regal neben dem Waschbecken ein Handtuch hervorzuziehen, wobei der ganze Stapel aus dem Regal kippte und auf die Schachbrettfliesen fiel. »Shit!«

Eilig sah sich Willem um. Das Bett war nicht gemacht. Auf dem Nachtschränkchen stand ein leeres Wasserglas, daneben ein Notizzettel, auf den Ivy *Polly Pocket* gekritzelt hatte. Nirgendwo war ein Hinweis auf Desmond zu entdecken. Abgesehen vom Kohleporträt an der Wand über dem Schreibtisch. So außergewöhnlich sah der Typ nun auch nicht aus.

Ivy kam mit einem altrosa Händehandtuch zurück, das sie Willem reichte. »Guckst du dich um, ob du hier irgendwo Pillen entdeckst?«

»Überhaupt nicht.« Willem schüttelte empört den Kopf. »Ich glaube dir. Obwohl mich die gestrige Nummer mit Vince schon einigermaßen beunruhigt hat, sodass ich mich im Nachhinein gefragt habe, ob dir irgendetwas auf der Seele brennt.«

Ivy schloss für einen Moment die Augen. »Mir brennt nichts auf der Seele. Wirklich nicht. … Brennt dir irgendetwas auf der Seele? Etwas, das du mir unbedingt sagen möchtest?«

Willem schluckte. »Hast du was dagegen, wenn ich meine Hosen ausziehe?«

»Was?« Ivy riss die Augen auf. »Wieso das denn?«

»Ich ersticke, wenn ich noch eine Sekunde länger in diesen Gummischläuchen stecke.«

Erschlagen hob sie die Hände. »Tu, was du nicht lassen kannst.«

Ihr Kollege schien es wirklich nicht zu überleben. Immer mehr Schweiß trat auf seine Stirn, inzwischen war sein knappes James-Dean-T-Shirt komplett durchnässt.

»Danke.« Er riss sich die Hosenträger herunter, dann die dunkelgrüne Anglerhose und versuchte vergeblich, seine Füße aus den schweißnassen Gummistiefeln herauszubekommen, wobei er sich auf die Bettkante setzte und hilflos daran herumzerrte. »Entschuldige. Ich wusste ja nicht …«

»Schon gut.« Ivy atmete genervt aus. Sie lehnte sich gegen den Rahmen ihrer Küchentür. »Also, was hat meine Schwester dir erzählt?«

»Na ja …« Willem blies die Luft aus und sah sie flehend an. »Sag mal, kannst du mir vielleicht helfen? Ich krieg die Dinger nicht von den Füßen.«

Widerwillig bewegte sich Ivy hinüber zum Bett, drehte ihrem Kollegen den Rücken zu, nahm zuerst seinen rechten, dann seinen linken Fuß zwischen ihre Beine und zog kräftig am jeweiligen Gummistiefel. Nachdem sie Willem mit einiger Mühe aus der Anglerhose befreit hatte, saß er übergewichtig in nassem T-Shirt und mit Unterhosen auf ihrer Bettkante. Schon lange hatte kein Mann mehr dort gesessen, schon gar nicht ein fast nackter.

Im Kleiderschrank suchte sie nach etwas Passendem für ihn, was bei einem Mann seiner Statur ein ziemlich auswegloses Unterfangen war. Glücklicherweise fiel ihr wieder ein, dass Walter bei seinem Besuch im letzten Sommer seine kurze Hose bei ihr vergessen hatte. Ivy tastete hinter den Pullovern das Schrankbrett ab und zog dann triumphierend die cremefarbenen Shorts hervor. »Sieh an! Ist vielleicht nicht ganz deine Farbe, aber bestimmt die richtige Größe.«

»Chuck, lass gut sein.« Willem hob müde seine sonnengerötete Hand, stieg in die Shorts, die er gerade so mit Mühe und Not unter dem Bauch zugeknöpft bekam, und beäugte Ivy durchdringend. »Deine Schwester klang am Telefon so…äh…, sag mal, hast du einen Schluck zu trinken für mich?«

»Na klar.« Ivy holte aus der Küche ein Glas Leitungswasser und reichte es Willem. »Ja? Wie klang sie?«

Ihr Kollege trank das Glas in einem Zug aus und stellte es dann auf das kleine Nachtschränkchen neben dem Bett. »Na ja, sie meinte, du hättest dich…« Er räusperte sich. »Sie meinte, du hättest dich in deinen Vincent van Gogh verguckt… Chuck?«

»Ich fasse es nicht.« Ivy verschränkte die Arme vor der Brust und stellte sich zurück ans Fenster, inzwischen glommen draußen die Laternen, und die Portobello Road flackerte im gleichmäßigen Regen. Unglaublich, dass Nathalie Ivys Überschwang nicht als das annehmen wollte, was er gewesen war, nämlich der nett gemeinte Versuch, ihre Schwester in diesen anstrengenden Tagen etwas aufzumuntern. Stattdessen nutzte sie diese Geschichte, um den ewig verliebten Willem auf sie zu hetzen. Merkte man als Neurotiker eigentlich, dass man neurotisch war? Oder war man darauf angewiesen, dass einen die engsten Vertrauten darauf hinwiesen? Nathalie sollte endlich aufhören zu versuchen, sie über die Distanz von 1000 Kilometern zu verkuppeln. Vielleicht sollte Ivy Peer wirklich anrufen, aber nur, um ihm zu sagen, dass Nathalie endlich aufhören sollte, sich in ihr Leben einzumischen. Willem legte seine dicken Hände auf die Oberschenkel und nickte nachdenklich, dabei sah er Ivy weiterhin interessiert an. »Okay, Chuck. Sind wir inzwischen an dem Punkt angekommen, an dem wir uns vor lauter Frustration, dass uns niemand anderes haben will, in Wachsfiguren verlieben?«

»Wir?«

Willem hob die Hände. »Mein Gott, du weißt genau, was ich meine. Ich hab mal irgendwo gelesen, dass man in kniffligen Situationen besser von ›wir‹ als von ›ich‹ oder ›du‹ spricht, um dem anderen das Gefühl zu geben, dass er nicht alleine dasteht. Damit er sich nicht entblößt fühlt, was weiß ich. Es war ein Versuch. Also, Chuck: Hast du dich in deine Vincent-van-Gogh-Figur verliebt? Aus Verzweiflung, weil sich dieser Desmond nicht bei dir gemeldet hat?«

»Nein.«

»Deine Schwester meinte aber, du hättest so etwas erwähnt und würdest ihn sogar sprechen hören. Und, mal ganz ehrlich, nach der Nummer gestern im Atelier hab ich auch so meine Bedenken, dass du dir da etwas vormachst. Ich will dir nicht zu nahe treten, aber womöglich hast du während deiner Arbeit an Vincent in ihn eine Art lebendige Persönlichkeit hineininterpretiert, die real gar nicht existiert.«

»Ich fasse es nicht.« Ivy schüttelte langsam den Kopf, diese Situation war so seltsam und so – demütigend. Sie starrte Willem an, in der Hoffnung, dass er sich plötzlich selber ungeheuer blöd vorkam. Aber dem war nicht so. Er lehnte sich entspannt in ihren Kissen zurück, erfreut darüber, endlich einen Grund zu haben, einmal wieder in Ivys vier Wänden zu weilen, schlug er die nackten Beine übereinander und meinte: »Was ist an dem eigentlich so toll?«

»An wem?«

»Na, an Vince!«

»Meinst du das ernst?« Ivy zog sich ihren Schreibtischstuhl heran, setzte sich darauf und legte ihre Füße hoch auf die Bettkante. Sie hatte Hunger. Sie musste sich überlegen, was sie am Abend zu Fortier anzog. In jedem Fall etwas, das gleich signalisierte, dass sie als potenzielle Kandidatin für partnerschaftliche Zwecke nicht in Frage kam.

»Ja!« Willem nickte. »Was ist an dem so toll, dass die ganze Welt nicht aufhören kann, sich mit diesem Typen zu beschäftigen?«

»Keine Ahnung. Vermutlich weil er die Schönheit der Dinge gesehen hat, die die wenigsten von uns überhaupt bemerken. Und weil er an dieser Gabe zerbrochen ist, oder an der Einsamkeit, die diese Gabe mit sich gebracht hat. Er war allein, weil niemand die Welt so prachtvoll wahrnehmen konnte wie er.«

Willem nickte vor sich hin, dann, mit einem Ruck, sah er Ivy fürsorglich an, als sei ihm wieder eingefallen, warum er hier war. Er verlieh seiner Stimme einen ernsten, männlichen Klang. »Hast du vor, dir was – ich sage mal –, dir was – äh – anzutun, Chuck?«

»Was soll denn das?!« Ivy stand unwillig von ihrem Stuhl auf und ging hinüber ins Badezimmer, um sich die Zähne zu putzen. Grund genug hatte sie allemal, sich etwas anzutun. Eine neue Zahnbürste hätte sie auch gebrauchen können. Sie rief: »Kannst du übrigens mal damit aufhören, mich Chuck zu nennen? Wie dir vielleicht aufgefallen ist, trage ich seit unserem Abschluss keine Chucks mehr.«

»Soll ich dich Flipflop nennen?« Willem setzte sich wieder auf und stierte fragend in Richtung Badezimmer.

Durch die angelehnte Tür drang Ivys gedämpfte Stimme.

Offenbar putzte sie sich gerade die Zähne. »Nenn mich einfach Ivy. Und zu deiner Information: nein. Ich hab nicht vor, mir etwas anzutun. Was soll denn das alles? Langweilt ihr euch?«

»Ich will mich da ja nicht einmischen, aber deine Schwester vermutet, du könntest wunderlich …« Er räusperte sich und warf einen Blick in den schmalen Spiegel neben dem klobigen Bauernschrank. Er beobachtete sich, wie er theatralisch seine Hände hob. »Na ja, also, meine Güte! Meinst du, mir ist es angenehm, mit dir solche Gespräche zu führen?«

»Warum tust du's dann?« Ivy schrubbte sich mit der Zahnbürste die linken Backenzähne.

Für Willem ging gerade ein lang gehegter Traum in Erfüllung.

Entspannt ließ er sich nach hinten auf Ivys Bettdecke sinken. »Weil mich deine Schwester darum gebeten hat.«

»Woher hat sie überhaupt deine Nummer?« Ivy schrubbte ihre rechten Backenzähne.

Ihr Kollege richtete sich wieder auf. »Keine Ahnung. Von der Telefonauskunft?« Im Spiegel strich er sich seine hellroten Haare nach hinten und besah sich zufrieden seinen Look im Profil. Dann fuhr er fort. »Nathalie meinte, du und deine Mutter, ihr hättet wohl beide eine außergewöhnlich rege Fantasie, und sie mutmaßt, du könntest dich da in etwas hineinsteigern und …«

Mit dem Mund voller Zahnpasta rief Ivy plötzlich dazwischen: »Ich muss los, Will. Tut mir leid. In zehn Minuten bin ich mit Alice im Splendour verabredet.«

Über ihre Mutter wollte sie jetzt garantiert nicht auch noch mit ihm nachdenken.

»Ich dachte, Alice wollte zu dir kommen?«

»Wie auch immer.«

Draußen brach mit einem Schlag ein algenschwarzer Wolkenbruch los, der kalt und wütend gegen das Badezimmerfenster drückte. Dicke Tropfen prallten gegen das Glas und schossen daran herunter. Ivy spülte den Mund aus und kehrte zu Willem zurück, der sich glücklicherweise gerade mit seinem Handy ein Taxi rief. Als das erledigt war, stand er in den Shorts von Ivys Vaters vom Bett auf und atmete erschlagen aus. »Chuck, lüg mich nicht an, du bist heute Abend mit Fortier verabredet. Chelsy hat's mir erzählt. Und wenn du weiterhin Wert darauf legst, dass die Leute dir vertrauen, hör auf, sie anzulügen.«

Ivy drückte fröstelnd das gekippte Fenster zu, hinter dem der Wind den Regen quer über den Hof gegen die Gebäudewände trieb, und unternahm einen kurzen Ausflug in ihre Vergangenheit, bis zum Zeitpunkt ihrer Geburt. Wenn sie eines mit Sicherheit sagen konnte, dann, dass sie niemals gelogen hatte. Zum Beweis überflog sie ihr Leben. Da waren nichts als flatternde Schmetterlinge, wackelnde Milchzähne, aufgeschrammte Knie, Schaukelabstürze, nasse Füße, Fahrradunfälle, geschlagene Sahne auf Apfelkuchen, flackernde, bunte Kerzen, der erste BH, der erste Kuss, die erste Liebe, ihre Bettwäsche, ihr Jugendzimmer. Ivy hatte ausnahmslos die Wahrheit gesagt. Mal abgesehen von dieser einen hilflosen Behauptung, Alice würde im Sun in Splendour auf sie warten. Sie nickte. »Hast recht, Willy. Kommt nicht wieder vor.«

Er nickte: »Will er dich befördern?«

»Ich glaub, nach seiner Trennung braucht er ein bisschen Gesellschaft.«

»Sag Fortier, ich besuch ihn gern.« Vielsagend zog er die Augenbrauen hoch.

»Du kannst gern an meiner Stelle hingehen. Ich reiß mich nicht um einen Abend mit Fortier.« Ivy versuchte, auf

Willems Armbanduhr die Uhrzeit abzulesen. Soweit sie das entziffern konnte, musste sie sich ranhalten.

Ihr Kollege grinste gequält. »Er ist in dich verliebt. Stimmt's?«

»Nein …« Ivy blinzelte an ihrem Kollegen vorbei und ertappte sich, wie sie schon wieder nicht ganz die Wahrheit sagte. »Na ja, vielleicht ein bisschen.«

»Okay, alles klar.« Willem nickte hektisch. »Verstehe. Und was ist mit dir?«

»Nichts!« Ivy betrachtete mit harmlosem Blick ihren alten Freund, der kläglich um Fassung bemüht war. Warum verstand er denn nicht endlich, dass aus ihnen nie etwas werden würde? Warum hörte er denn nicht auf, sich an diese unrealistische Hoffnung zu klammern wie ein Ertrinkender bei Windstärke zwölf an den Rand seines gekenterten Bootes? Eine Sache aber interessierte sie seit diesem eigenartigen Zwischenfall im Atelier doch noch: »Willy, kennst du dich mit Auferstehung aus?«

»Wie bitte?«

»Ob du dich schon mal mit dem Thema Auferstehung beschäftigt hast, will ich wissen.«

Er fuhr sich über den hervorstehenden Bauch unter seinem knappen James-Dean-T-Shirt. »Nein. Wieso?«

»Ich hab mich nur gefragt, ob es theoretisch möglich ist, dass Menschen von den Toten auferstehen.«

Willem ließ die massigen Arme sinken. »Was soll das jetzt wieder? Willst du dir nicht ein vernünftiges Hobby suchen? Irgendwas? Besuch einen Tanzkurs für Singles, oder komm mit zum Angeln. Aber lass den Quatsch mit der Auferstehung. Dafür sind wir noch zu jung. Du glaubst doch nicht allen Ernstes, dass Vincent van Gogh wiederauferstanden ist, oder? Denn wenn du das denkst, würde ich dir dringend ein bisschen Urlaub empfehlen. Also? Denkst du das?«

»Ist doch egal. Ich will nur wissen, ob du generell an Auferstehung glaubst.«

Willem zuckte mit seinen Schultern. »Keine Ahnung, Chuck. Kann schon sein. Zumindest im übertragenen, religiösen Sinne. Warum nicht? Was spricht dagegen? Du kommst und gehst und kommst und gehst. Bis in alle Ewigkeiten. Wie die Gezeiten, weißt du? Aber um ehrlich zu sein, hab ich keine Ahnung von diesem ganzen Zeug. Ich könnte meine Tante Ethel fragen, die ist aktives Kirchenmitglied und liebt Jesus mehr als ihren Bruder, was keine große Kunst ist. Dennoch stellt sich die Frage, ob alles stimmt, was im Neuen Testament geschrieben steht. Also: ob es Jesus wirklich gab, ob er Blinde tatsächlich sehend machen konnte. Eben das ganze Wunderzeug. Wenn du das wissen willst, dann finde heraus, ob das Grabtuch echt ist, das sie im Turiner Dom ausstellen. Wenn das Teil zweifelsfrei von ihm ist, weißt du mit relativer Sicherheit, dass Jesus zumindest gelebt hat. Wenn er gelebt hat, musst du nur noch jemanden finden, der beweisen kann, dass er tatsächlich auferstanden ist. Dafür würde ich dir dann den Kontakt zu Tante Ethel anbieten. Oder check das doch mal auf Google.«

»Das ist pure Blasphemie.«

»Hab ich behauptet, dass ich gläubig bin? Ich bin Naturalist.«

Ivy gab es auf. Dieser Willy änderte dauernd seine ideologische Anhängerschaft. Mal hatte er etwas gegen blasphemische Äußerungen, dann wieder war er Atheist oder Naturalist. In jedem Fall war er früher wesentlich bereitwilliger gewesen, solche Eventualitäten geistvoll durchzuspielen. Nicht sie war *bourgoise* sondern er! Willem kochte alles auf die rein wissenschaftliche Ebene herunter, warf es ihr aber vor! Sehr freundlich. Vorne auf der Straße wurde ungeduldig gehupt.

Willem steckte sein Handy und das Portemonnaie in die Hosentaschen. »Ich muss los, Chuck. Mein Taxi wartet. Wenn du willst, komm morgen mit in den Vicky Park Karpfen angeln. Ein bisschen frische Luft wird dir guttun. Du bist total blass. Dieses Mal werde ich den Ostsee ausprobieren und dir zeigen, was der Sinn des Lebens ist. Fressen und gefressen werden.«

»Danke!« Ivy lächelte mit einem Anflug von plötzlicher Zärtlichkeit für ihren tapferen Freund. »Nächstes Mal komm ich mit. Morgen muss ich doch nach Berlin fliegen.«

»Verstehe. Guten Flug!«

»Darf ich dich trotzdem noch etwas fragen?«

»Immer.« Willem steckte die Hände in die Hosentaschen, bereit, den nächsten Tiefschlag würdevoll einzustecken.

»Also«, Ivy räusperte sich. Sie wusste, dass sie Willy diese Frage jetzt nicht auch noch antun musste. Aber sie schaffte es nicht, sich selbst daran zu hindern. Zu groß war das drängende Bedürfnis nach Aufklärung. »Desmond hat mir gestern zurückgemailt und …«

»Ach? Hat er, ja? Warum erfahre ich das erst jetzt?« Willems Gesicht färbte sich ganz leicht rot.

Ebenso Ivys Gesicht. »Ich wollte es dir noch erzählen, aber dann kam diese Sache mit Vincents Augen dazwischen und …« Ivy holte tief Luft, um ihr entlarvendes Gestammel irgendwie in den Griff zu bekommen. »Auf jeden Fall meint er, er habe die Lichtverhältnisse geändert, um das Wesentliche zu finden.«

»Wow!« Willy verschränkte seine mit Sommersprossen überzogenen Arme vor der Brust. »Das war's? Mehr nicht? Scheint ja ein echter Poet zu sein!«

Ivy blinzelte verlegen an ihm vorbei. »Na, und dass er sich freut, dass ich an ihn denke, er denkt an mich. Mehr nicht. Heißt das jetzt, er will mich sehen?«

Willem schüttelte sich angewidert, als sei ihm eine eklige Spinne hinten in den T-Shirt-Ausschnitt gekrabbelt. »Vergiss es. Der Typ hat einen Knall. Mail ihm so ein Smiley zurück, das sich mit dem Hammer selbst auf den Kopf haut.« Damit verschwand er aus der Tür die Treppe hinunter.

Als er fast unten war, beugte sich Ivy über das Geländer und rief durchs Treppenhaus: »Du bist ein echter Freund, Willy.«

Seine Stimme drang müde zu ihr nach oben. »Keine Ursache, Chuck. Ich hole morgen früh mein Rad und meine Angelhose bei dir ab und mach mir ohne dich ein schönes Wochenende.«

Unten fiel die Tür ins Schloss. Ivy drückte ihre Wohnungstür zu, unter der sich ein feuchtkalter Luftzug hindurchschlängelte und sich um ihre Knöchel legte. Desmond hatte keinen Knall! Nach über einem halben Jahr der Stille hatte er vielleicht einfach nur nicht die richtigen Worte gefunden. Noch wollte Ivy die Hoffnung nicht loslassen, einen Menschen getroffen zu haben, der zu ihr passte.

Auch, wenn es nicht gerade danach aussah, als würde sich Desmond je wieder bei ihr melden. Dann würde sie das eben tun. Nur: wie?

Ihr Blick wanderte hinüber zur meergrünen Überdecke, auf der Willems Gesäßabdruck noch immer wie eine fossile Versteinerung zu erkennen war. Zwischen zwei Faltenwürfen glänzte etwas. Ivy ging näher heran. Es war sein Schlüsselbund mit dem roten Plastikanhänger von Madame Tussauds. Willem würde durchdrehen, wenn er den Verlust bemerkte. Nach der Verabredung mit Fortier würde sie ihn ihm vorbeibringen, jetzt musste sie sich erst einmal umziehen, wollte sie nicht vollends zu spät kommen. Eilig zerrte sie aus dem Kleiderschrank ihr einziges Kleid hervor, das sie im letzten Sommer im Ausverkauf erstanden hatte, und steckte Willems Schlüsselbund in die kleine Harrods-Plastiktüte. Vermutlich fuhr er in den zu engen Shorts ihres Vaters in Richtung Sheperd's Bush weiter nach Ealing zum Gourmet Burger Kitchen, um alleine seine geliebten Mighty-Burger zu essen. Nächste Woche würde sie mit Willem ins Globe zum Lunch und ins Kino gehen. Bestimmt. Ivy zog sich ihren Cardigan, der noch immer nach Eves Parfüm duftete, über und die Gummistiefel an, die sie normalerweise nur trug, wenn sie mit Alice raus nach Cornwall fuhr und mit ihr am Strand entlang schlenderte, während ihre Freundin unaufhörlich davon redete, was für einen wunderbar ekligen Thriller sie gerade las. Ihre Ballerinas stopfte Ivy auch noch in die Harrods-Tüte. Die würde sie erst vor Fortiers Haustür anziehen. Wenn sie es schon nicht mehr schaffte, sich das Gesicht zu waschen und die Haare zu bürsten, wollte sie nachher wenigstens trockene Füße haben.

Draußen peitschte der Regen immer heftiger gegen die Backsteinfassaden, im Schein der Laterne rauschten die dicken Tropfen als dichter, glitzernder Perlenvorhang herunter. Bevor Ivy endlich die Wohnungstür öffnen konnte, gingen zeitgleich auf ihrem Handy und ihrem Laptop, von einem Klingeln und einem Plopp begleitet, Nachrichten ein. Auf dem Display leuchtete eine SMS von Willem: »Und: Chuck! Gib mir Bescheid, wenn ich dich vom Flughafen abholen soll. Und stürz nicht ab!« Dieser Schatz! Musste er sie ausgerechnet auf diese Weise an ihren morgigen Flug erinnern? Oder bezog sich der letzte Teil der SMS auf ihren bevorstehenden Abend bei Fortier. Mit einem mulmigen Gefühl im Magen, ausgelöst durch die bevorstehenden F. F.-Herausforderungen: »Fortier« und »Flug«, hastete Ivy zum Schreibtisch. Sie musste dringend los! Und auch, wenn sie nicht mehr daran glaubte, wollte sie sich trotzdem vergewissern, ob er ihr schrieb ... Ja, konnte es denn sein? Es befand sich tatsächlich eine neue E-Mail von Desmond Gayle in ihrem Postfach! Ivy riss die Augen auf. Das war mehr, als sie je in ihrem Leben hätte erwarten können. Ihr Finger zitterte über das Mousepad, um die Nachricht zu öffnen. Darin stand nur ein einziger Satz:

»Sind Sie inzwischen fertig mit Vincent van Gogh?«

Erfüllt vor Freude starrte Ivy auf diesen einen, endlos bedeutsamen Satz und las ihn wieder und wieder. Ihre Begeisterung hätte nicht größer sein können, hätte Desmond plötzlich direkt vor der Tür gestanden. Jetzt war es klar! Er wollte sie. Und sie wollte ihn. Vorausgesetzt, sie hatte sich nicht in den letzten sechs Monaten in eine irrige Fantasie hineingesteigert, was ihn und seine Vorzüge anbelangte! Und doch war diese Mail endlich mal ein Anfang, um genau das herauszufinden! Gerade als Ivy beschwingt die Wohnungstür aufziehen wollte, um sich schleunigst auf den Weg zu machen – mit einem kleinen Umweg in Woods Buchladen vorbei, hörte sie schon wieder ihre Nachbarin im Hausflur rufen: »Ivy, mach auf! Ich will dich auch nicht lange aufhalten! Wirklich!« Eve klopfte von außen gegen die Tür. »Bitte! Ich wollte dir nur kurz etwas Erfreuliches erzählen und mich mit den Jungs bei dir für deine unglaubliche Ge…«

Okay. Ivy atmete tief ein. Okay, ab Montag war sie wieder zu sprechen. Nur eben jetzt nicht! Sie griff nach ihrer Regenjacke, die am Haken an der Tür hing, zog sie über und rannte aus der Wohnung, an der perplexen Eve vorbei, die mit ihren beiden kleinen Jungs und einem Topfkuchen in Händen auf ihrem Fußabtreter stand, die Treppe hinunter, durch die Eingangstür, in den sintflutartigen Regen hinein.

12.

Als Ivy mit klitschnassen Haaren im hinteren Raum von Woods verwinkeltem Buchladen zwischen den windschiefen Bücherregalen nach Luft schnappte, wusste sie plötzlich nicht mehr, was sie hier eigentlich wollte. Mit einem Mal passierte so viel in ihrem Leben. Das war sie gar nicht mehr gewohnt. Sobald sie in der Nacht wieder zu Hause war, wollte sie eine treffsichere Mail an Desmond verfassen, um weitere Irritationen zu vermeiden. Ärgerlich war nur, dass sie Vincent, bevor er abtransportiert worden war, nicht mehr mit ihrem Handy fotografiert hatte. Aus Bockigkeit. Als Reaktion auf Desmonds unverständliche Mail. Offenbar hatte sie ihn irgendwie missverstanden. Mit dem Handballen wischte sie über die feuchten Augen, sodass sich die Wimperntusche als schwarze Schliere auf ihrer Wange verteilte. Nun hatte sie den Salat. Besäße sie ein Foto von ihrer Arbeit, hätte sie es an ihn verschicken können. Sogar Fortier hatte Vincent, als er am gestrigen Abend in die Werkstatt gekommen war, als außergewöhnlich gut gelungen beschrieben. »Mrs. Ivy, Sie haben van Gogh überraschend neu wahrgenommen und interpretiert und …«, An dieser Stelle hatte er wieder seinen Zeigefinger gehoben: »Sie haben ihn geradezu erschreckend echt zum Leben erweckt.» Vielleicht war ihr Chef feiner, als sie gedacht hatte. Auch, wenn seine künstliche Bräune stetig zunahm. Sogar Chelsy hatte sich schon despektierlich über diese Tatsache geäußert. »Er sieht aus wie ein indisches Curryhähnchen.« Ivy würde sich Mühe mit ihm geben. Sie würde ihre inneren Widerstände gegen diese heikle Abendveranstaltung aufgeben und sich höflich und charmant mit Fortier unterhalten. So, als seien sie gute Freunde. Jetzt fiel ihr auch wieder ein, was sie hier unten wollte: ein harmloses Mitbringsel für Fortier. Sie würde nur ein halbes Glas von seinem kaltgestellten Chardonnay trinken, um zu verhindern, dass sie am Ende – aus purerer Not und fehlender Kontrolle – auf das fruchtbarste aller Themen zu sprechen kam: ihre Flugangst. Das war im Prinzip der einzige Anknüpfungspunkt für eine Unterhaltung, der Fortier zur Verfügung stand. Es musste verhindert werden, dass er exakt an dieser Stelle einhakte, um erst einmal locker drauflos zu plappern. Dass er das gut konnte, hatte er ja unlängst bewiesen. Und dass Ivy es kaum schaffte, nicht wie eine Süchtige immer mehr von dem panikmachenden Stoff abzuzapfen, war auch klar. Ivy würde das Thema im Keim ersticken. Schließlich war sie es, die morgen in den Flieger steigen musste. Sie war es, die mit einem Absturz rechnete, auch, wenn sie zugeben musste, dass ihre Angst lange nicht so heftig war, wie beim letzten Mal. Eigentlich war sie sogar relativ entspannt, dafür, dass sie in gut zwölf Stunden in einem Flugzeug sitzen würde.

Diese Gelassenheit würde sie sich durch Fortiers persönlich erlebten Zwischenfälle im Luftverkehr nicht zunichte machen lassen. Sie würde endlich mit ihm über ihre nicht eingereichten Quittungen sprechen und darüber, wie die bereits von ihr ausgelegten Kosten irgendwie vom Unternehmen erstattet wurden. Sie würde darauf achten, dass sie am Tisch sitzen blieb. Fortier durfte keine Gelegenheit bekommen, sich hinter sie zu stellen. Neben ihr auf dem Sofa sollte er auch nicht Platz nehmen. Sollte sie ihm in der Küche beim Kochen zuschauen müssen, würde sie die ganze Zeit die Arme vor der Brust verschränken, um zu signalisieren, dass sie definitiv nicht an körperlichem Kontakt interessiert war.

Nachdem der alte Wood den letzten Kunden im vorderen Raum verabschiedet hatte und die vielen kleinen Messingglöckchen über der Tür schellten, kam der grauhaarige Buchhändler mit einem Stapel Bücher zu ihr nach hinten geschlurft und fing sofort an zu reden. Er fing grundsätzlich an zu sprechen, sobald Ivy in seinem Buchladen stand. Besonders seitdem sie damals bei ihm all die Bildbände über van Gogh gekauft hatte.

»Ich sage immer zu meiner Frau: Du solltest einen bewegenden Liebesroman schreiben und wir werden auf unsere alten Tage reich! Wenn Sie wüssten, was wir beide alles erlebt haben! *Krieg und Frieden* ist nichts dagegen. Das Dumme ist nur: sie will nicht. Aber Edith, sage ich, Edith, meine zarte englische Rose, wer könnte schöner über die Liebe und das Leben schreiben als du?«

»Ich wusste gar nicht, dass ihre Frau schreibt«, sagte Ivy mit Blick auf die Wanduhr. Sie musste dringend los. Ihr Chef rechnete jede Sekunde mit ihr. Sie wollte nur ein kleines Mitbringsel für Fortier. Und einen Ratgeber gegen Flugangst; wie ihr gerade bewusst wurde.

Wood stellte die Bücher zurück ins Regal. »Tut sie auch nicht. Dafür hat sie es mit mir altem Knochen fünfundvierzig Jahre ausgehalten. Das langt für einen dicken Schinken.«

Die wackeligen Holzregale reichten bis unter die Decke, es roch staubig und nach ranzigem Papier. Unter Ivys Füßen knarrten die ausgetretenen Dielen. Sie grinste Wood an. »Den Roman würde ich gerne lesen.«

Der Buchhändler machte mit der Hand eine wegwerfende Geste. »Ach, lass den alten Wood reden. Ich fantasiere nur so ein bisschen herum. Edith hat genug mit ihrem Garten zu tun. Außerdem hätte sie Sorge, dass es kein Bestseller wird. Sie ist so furchtbar ehrgeizig. Wenn sie erst einmal anfängt zu backen, kann sie nicht wieder aufhören. Einmal hat sie an einem Tag sechzig Muffins gebacken und das nur, weil unser Enkelkind zu Besuch kam. Sie ist nicht zu stoppen. Und hinterher beklagt sie sich, dass niemand ihre Arbeit würdigt. – Regnet ganz schön draußen. Was?«

Ivy lächelte. »Ja, als würde es nie wieder aufhören. Ich hoffe, morgen ist das Wetter besser. Ich muss nämlich nach Berlin fliegen und da wäre es mir lieb, wenn gute Sicht herrscht.«

»Wieso? Müssen Sie die Maschine selber fliegen?«

»Nein?«

Wood stellte das letzte Buch direkt neben Ivys Kopf ins Regal zurück. »Was machen Sie sich dann solche Gedanken?«

Neben dem schmalen Durchgang, der in den vorderen Raum führte, stand ein leerer Hundekorb, in dem eine zerkaute Flugente aus Gummi lag. Der dazugehörige Hund war nirgendwo auszumachen. Für gewöhnlich döste der alte Basset mit der Latexente zwischen den Vorderpfoten darin vor sich hin. Ivy blickte hinunter zum Korb, der seltsam verlassen da stand. Ja, was machte sie sich eigentlich für Gedanken um gute Sicht? So lange sie klar sah, war schon einmal viel gewonnen. Nur: woran merkte man, dass man klar sah und nicht blindlings in die falsche Richtung galoppierte, in Flugzeuge stieg, die man besser nicht besteigen sollte oder kryptische E-Mails für plumpe Absagen hielt? Woher wusste man, dass man all das, was um einen herum passierte, richtig interpretierte? Das würde sie Alice beim nächsten Treffen fragen. Der Buchhändler nahm die randlose Brille ab und rieb sich über die müden Augen. »Tja, den werde ich morgen mal zum Sperrmüll schaffen müssen.«

Ivy hob die Augenbrauen. Obwohl sie längst verstanden hatte, fragte sie: »Wie bitte?«

Wood setzte sich wieder die Brille auf. Mit der Hand wies er auf den leeren Schlafplatz. »Na, Puppys Korb. Den braucht er ja wohl jetzt nicht mehr.«

Um Fassung bemüht, sog er die Luft durch die Zähne ein. »Am letzten Mittwoch war's für ihn soweit. War ja abzusehen, mit seinen vierzehn Jahren. Na ja, weh tut's trotzdem. Besonders für meine Frau ist es schwer. Puppy war ein bisschen unser Kinderersatz, seitdem unsere beiden aus dem Haus waren. Plötzlich war es so still. Niemand lief mehr die Treppen hinauf und hinunter oder rief nach uns. Und nun ist es wieder so still. Kein Bellen. Die Tiere, Menschen und Dinge kommen und gehen, und man kann nichts dagegen tun; dachten Edith und ich jedenfalls. Aber dann hat meine Frau neulich im Fernsehen einen Bericht gesehen, über Leute, die ihre Haustiere haben ausstopfen lassen.«

In Ivys Regenjacke fiepte das Handy. Vermutlich war es Willem, der wissen wollte, ob er seinen Schlüssel bei ihr vergessen hatte. Sie konnte jetzt unmöglich das Telefon hervorziehen. Sie wusste ja, wie verstörend es war, sein Tier zu verlieren. Eben war es noch da, schon war es weg. Das hatte sie bereits damals bei ihrem Shetlandpony nicht begriffen. »Und das lassen Leute tatsächlich machen?«

»Ja.« Wood schien das nicht allzu sehr zu irritieren. »Die Leute stellen sich ihre Tiere einfach ins Wohnzimmer, so, als seien sie immer noch da. Sie reden mit ihnen, streicheln sie und bürsten ihnen das Fell. Wenn sie Geburtstag haben, bekommen sie einen Hundeknochen oder ein Wollknäul. Im Grunde genommen läuft das Leben wie gehabt weiter.«

Ivy nickte, bemüht, sich nicht ihre Verstörung anmerken zu lassen. Das war Verdrängung der Realität auf höchstem Niveau.

Vom Klingeln der Messingglöckchen abgelenkt, sah Wood an Ivy vorbei, Richtung Eingang, wo ein Kunde den Laden betrat. Augenblicklich senkte der Buchhändler seine Stimme ab: »Bis wir eine Entscheidung getroffen haben, was wir mit Puppy machen, müssen wir ihn allerdings noch in einem Müllsack in der Tiefkühltruhe aufbewahren. Es ist uns nicht leicht gefallen, ihn da in die Kälte zu legen. Das kann ich ihnen sagen. Aber etwas anderes bleibt uns leider nicht übrig, wenn wir ihn präparieren lassen wollen.«

Ivy schaute so verstehend wie nur möglich, während Wood hilflos blinzelte, um die Tränen daran zu hindern, sich in seinen Augen auszubreiten. Es gelang ihm nur schwerlich, weswegen er erneut die Brille abnahm und sich mit Zeigefinger und Daumen über die Augen wischte.

Ivy räusperte sich. »Das tut mir leid. Wirklich. Puppy hatte bestimmt ein erfülltes Hundeleben. Und wenn Sie ihn ausstopfen lassen …«

Weiter redete sie nicht. Ihr lief ein eiskalter Schauer über den Rücken.

»Ja.« Wood beugte sich zum verlassenen Korb hinunter und nahm die schlaffe Flugente hoch, die ein müdes Schnattern von sich gab. »Dann kann er sich noch ein bisschen mit uns die Zeit vertreiben. Es ist ja schier unbegreiflich, wenn so ein Wesen, das einen all die Jahre treu begleitet hat, mit einem Mal nicht mehr da ist. So wie es aussieht, werden wir ihn tiefgekühlt an die Präparatoren verschicken müssen. Meine Frau hat ja keinen Führerschein, und ich kann tagsüber nicht einfach den Laden schließen.«

Ivy nickte anteilnehmend, ohne zu erkennen zu geben, dass ihr die Idee, den eigenen Hund auszustopfen, mehr als obskur vorkam. Außerdem musste sie sich wirklich langsam auf den Weg machen. Doch bevor sie Wood nach dem Antiflugangst-Ratgeber und einem kleinen Mitbringsel für Fortier fragen konnte, war er schon mit der Flugente in den vorderen Teil des Ladens verschwunden, um den Kunden schnellstmöglich abzufertigen, hinter ihm die Tür abzuschließen und zu Ivy zurück zu kehren.

»Edith und ich«, sagte Wood, »wir stehen morgens auf und rufen nach ihm. Puppy! Fresschen! Heute Morgen hat meine Frau ihm sogar in der Küche Futter in den Napf gefüllt. Das war ein Schock, als sie begriffen hat, dass unser Puppy das gar nicht mehr aufessen wird.«

Ivy sah Woods Frau, die sie gar nicht kannte, im hellblauen Morgenmantel und in Hausschlappen vor sich, wie sie Hundefutter aus der Dose in einen alten Fressnapf füllte, ohne, dass ein Hund angetrottet kam. Ganz offenbar war dies so ein Moment, in dem man etwas Tröstliches sagen sollte. »Aber er hat es bestimmt aus dem Hundehimmel gesehen und sich gefreut.«

Oder aus der Kühltruhe.

Wood nickte freundlich. »Ja, bestimmt. Jetzt müssen meine Frau und ich die Fotoalben durchblättern, nach besonders gelungenen Bildern von Puppy, an denen sich die Präparatoren orientieren können.«

Wood ließ die schnatternde Ente zurück in den Korb fallen und musterte Ivy, die mit den Schultern zuckte und eine wegwerfende Bewegung machte. »Na ja, vielleicht ist ausstopfen gar keine so schlechte Idee. Im Grunde genommen mache ich ja etwas Ähnliches, wenn ich Wachsfiguren herstelle. Da orientiere ich mich auch an einer Menge Fotografien, um die Figuren so naturgetreu wie möglich nachzugestalten. Wenn man es so betrachtet, habe ich Vincent van Gogh auch gerade ausgestopft.«

Wood stieß die Luft aus und wand sich ein wenig. Offenbar war ihm das Gespräch unangenehm. Schließlich gab er zu: »Meiner Frau kann ich das ja nicht sagen, aber mich gruselt die Vorstellung etwas, unseren zusammengenähten Puppy im Haus zu haben. Vermutlich würde ich das Gefühl nicht loswerden, dass er noch irgendwie da in seinem Körper steckt und uns ununterbrochen beobachtet, wie wir ohne ihn weiterleben. Wissen Sie, was ich meine? Als würde er sich seinen Teil denken.«

Ivy atmete aus. »Ja, dieses Gefühl habe ich auch manchmal bei den Wachsfiguren, dass sie sich ihren Teil denken, sobald man ihnen den Rücken zukehrt. Um ehrlich zu sein, passiert es tatsächlich manchmal, dass ich anfange, mich mit ihnen zu unterhalten; um herauszubekommen, was in ihnen vorgeht. Natürlich ist da auch viel Interpretation dabei.«

Woods Lippen formten ein O und blieben so stehen. Dazu nickte er vor sich hin, bis schließlich das Gesagte bei ihm voll und ganz angekommen war. „Ich hätte nicht geglaubt, dass es Ihnen auch so geht, weil sie doch die Figuren herstellen. Ich dachte, sie würden da ganz professionell dran gehen. Stellen Sie sich nur vor, die Tierpräparatoren fürchten sich vor den ausgestopften Tieren, die sie bei sich in der Werkstatt herumstehen haben. Wie in *Friedhof der Kuscheltiere*. Den Film mussten Edith und ich uns damals mit unseren Kindern im Kino ansehen. Reagieren Sie auch so heftig auf Horrorfilme?«

»Ich weiß nicht.« Ivy kratzte sich verlegen hinter dem Ohr.

Wood fuhr aufgeregt fort. »Edith sagt ja immer, ich hätte zu viel Fantasie. Aber als ich letztes Jahr mit meinem Enkel da bei Ihnen, bei Madame Tussauds, war, hab ich mir die Figuren einmal ganz genau angesehen. Ich bin ganz dicht herangegangen und habe ihnen direkt in die Augen gesehen, und es kam mir vor, als würden sie mich genauso mustern, mich ebenfalls durchleuchten und analysieren. Diese Augen, die Gesichter, all das wirkt so verschlagen, als sei dahinter ein geheimes Leben verborgen. Und ich dachte die ganze Zeit: »Du kennst mich gar nicht!« Als ich vor Jack Nicholson stand, bin ich regelrecht wütend geworden. Meine Frau fand mich albern und hat sich von mir mit Humphrey Bogart und Marlon Brando fotografieren lassen. Und was soll ich ihnen sagen? Im Stillen habe ich vor mich hin geflüstert: »Fass bloß nicht meine Frau an, Jüngelchen!« Verstehen Sie? Ich war eifersüchtig auf die Wachsfiguren von Leuten, die längst unter der Erde liegen!«

»Absolut.« Ivy nickte. Darüber hatte sie sich bisher noch keine Gedanken gemacht, dass sie durch das naturgetreue Nachformen tote Menschen nicht gehen ließ. Sollte man sie nicht einfach loslassen? So, wie man vielleicht Puppy besser in Frieden lassen sollte. Oder überhaupt die Vergangenheit? Was brachte es denn, sich das, was nicht mehr da war, immer und immer wieder zu vergegenwärtigen, ohne es jemals verändern zu können? Es war, wie es war: vorbei. Sie räusperte sich, um Woods Aufmerksamkeit zurückzubekommen, der abwesend auf Puppys leeren Korb starrte.

»Es tut mir leid, ich muss leider dringend los und hätte nur gerne ein kleines Geschenk für meinen Chef. Haben Sie da etwas?«

Sie riss ihn regelrecht aus seinen Gedanken heraus. »Bitte?«

»Irgendein Buch für einen Herrn Anfang vierzig.«

»Hm. Lass mal sehen. Aus dem Bereich Unterhaltung? Oder eher etwas Literarisches? Oder einen Bildband?«

Ivy hob abwehrend die Hand. »Ich hab eher an etwas Kleines gedacht. Möglichst etwas Unverfängliches.«

Wood nickte verstehend. »Ich glaube, ich habe genau das Richtige für Ihren Chef. Meine Frau ist ja ganz begeistert von diesen Büchern, die sich mit paranormalen Erscheinungen beschäftigen. Erlebnisberichte über unglaubliche, aber wahre Geschichten, bei denen selbst Skeptiker den Boden unter den Füßen verlieren.«

Er machte ein paar schlurfende Schritte am Regal entlang und blieb dann vor einem dicken, in tannengrünes Leder eingebundenen Band stehen. Er sah über die Gläser seiner Lesebrille hinweg und tippte auf den Buchrücken, auf dem in goldener Schrift geprägt war: *Irreale Phänomene und Erscheinungen aus aller Welt.* »Ah! Ich wusste doch, dass das hier irgendwo stehen muss.« Er zog das schwere Buch heraus und reichte es Ivy. »Eine Rarität aus den späten Siebzigern. Ist immer noch der letzte Schrei auf ihrem Gebiet. Edith liebt es. In unserem Schlafzimmer liegt ein Exemplar davon auf ihrem Nachtschränkchen.«

Irritiert blickte Ivy auf den Einband, auf den eine goldene Pyramide mit einem Auge geprägt war, und fuhr mit der flachen Hand darüber. »Es ist sehr schön, aber ich glaube nicht ganz das Richtige. Vielleicht würde ein ... ein Kochbuch besser passen.«

»Ich weiß nicht.« Wood zog die Augenbrauen hoch, als ginge es darum, den Enigma-Code zu knacken. »Interessieren sich Männer denn für Kochbücher?«

»Genau das will ich herausfinden.« Ivy grinste und schlug das schwere Buch auf, wobei der lederne Rücken bedrohlich knarzte. Die hauchdünnen Papierseiten flogen und verbreiteten einen unangenehm-modrigen Geruch. Wood hatte schon komische Ideen. Dieses Buch konnte sie unmöglich Fortier mitbringen. Hinterher interpretierte er in dieses rätselhafte Geschenk noch etwas zu ihren Ungunsten hinein. Sie hätte ihm einfach das marokkanische Kochbuch mitnehmen sollen, das noch immer eingeschweißt in ihrem Bücherregal lag.

Wood hüstelte und zog sich seine graue, handgestrickte Jacke vor der Brust zu. »Na ja. Wie auch immer. Ich, an ihrer Stelle, hätte ihrem Chef dieses Buch mitgebracht.« Dann sah er demonstrativ auf seine Armbanduhr mit dem abgewetzten Lederarmband. »Jetzt muss ich aber auch los, Edith wartet mit dem Abendessen auf mich, und wenn ich zu spät komme, na, Sie wissen schon. Das haben die Frauen nicht gerne, wenn man sie warten lässt.«

Wood lächelte und nahm seine Brille ab. Seine Augen sahen unendlich müde aus. Ivy fuhr mit den Fingerspitzen über die goldenen Buchstaben auf dem breiten Buchrücken. »Nein, nein. Vielleicht haben Sie aber statt dessen einen Ratgeber für mich …«

»Einen Ratgeber?«

»Ja, einen Ratgeber. Einen gegen Flugangst vielleicht.«

Wood hob seinen Zeigefinger, und seine Miene erhellte sich augenblicklich. »Da hab ich was.« Er drehte sich um und verschwand zurück in den vorderen Teil des verwinkelten Ladens. Dort zog er aus einem Hängeregal, das unter der Treppe an die Wand geschraubt war, ein Taschenbuch hervor und legte es neben die alte Registrierkasse. »Das Ding kann ich nur empfehlen, nach der Lektüre ist meine Frau sogar mit mir nach Sardinien geflogen.«

Ivy betrachtete das Taschenbuch, auf dessen Cover eine gepflegte Frauenhand abgebildet war, von der ein Jumbojet startete. Darüber stand: *Sofort frei von Flugangst.*

»Das nehme ich.«

»Eine kluge Wahl.«

Wood kassierte das Geld ab und steckte das Buch in eine braune Papiertüte. »Na dann: guten Flug!«

»Vielen Dank! Drücken Sie mir die Daumen, dass ich nicht abstürze.« Ivy ging zur Tür, in deren Schloss bereits der dicke Schlüsselbund steckte.

Wood kam schnell hinter seinem Ladentisch hervor und eilte ihr nach. »Sie werden nicht abstürzen. Glauben Sie mir. Edith und ich haben schon die schlimmsten Turbulenzen überlebt.«

Er griff an ihr vorbei und schloss die Tür auf. Die Glocken klingelten, als er Ivy hinaus in den strömenden Regen entließ. „Kommen Sie halbwegs trocken nach Hause!«

»Danke! Und viele Grüße an Ihre Frau.«

»Danke, ich werd's ihr ausrichten.«

Ivy rannte durch den niederrauschenden Regen über den nassglänzenden Hof, in dessen unzähligen Pfützen sich das gelbliche Licht der Laternen spiegelte, während hinter ihr noch einmal die kleinen Messingglocken ertönten. Von den Glyzinien, die sich feucht und tropfend um ihren Hauseingang rankten, brach sie drei kleine blühende Stängel ab. Ein bisschen Leben würde Fortier in seiner neuen Wohnung nicht schaden.

13.

»Verdammt, was mache ich hier?« Hinter Ivy fuhr das Taxi wieder an, direkt durch die tiefe, glitzernde Pfütze, die sich am Straßenrand wie flüssiger Teer im Rinnstein angesammelt hatte. Das kalte Wasser spritzte empor und sickerte in eisigen Tropfen in den Saum ihres Sommerkleides. Die Schäfte der gelben Gummistiefel schlackerten lose um ihre nackten Waden, als sie über den schwarz glänzenden Asphalt direkt auf Eingang 3 zumarschierte. Je näher sie dem runden Gebäude mit der angestrahlten Kupferkuppel und dem rot leuchtenden, geschwungenen Schriftzug kam, desto stärker fing ihr Herz an, von innen gegen ihren Brustkorb zu schlagen, so als wollte es durch die Rippen brechen und alleine, ohne Ivy, auf der Straße weiterhüpfen. Momentan gab es diverse Gründe für diesen ungewohnt heftigen inneren Aufruhr. Einige Minuten bevor sie aus dem Taxi ausgestiegen war, hatte sich Ivy mit Javis für den späteren Abend verabredet. Sie würde zu ihm in die Wohnung nach Brompton fahren und sich holen, was er vor Jahren unrechtmäßig mitgenommen hatte. Am Telefon hatte er mit sonorer Stimme erklärt: »Chuck, es tut mir leid. Ich hätte nicht gedacht, dass dir das Plastikding fehlt. Ansonsten hätte ich dir die Dose längst zurückgegeben. Ich hab sie damals wohl aus Versehen mit eingepackt.«

»Sind noch alle Figuren vorhanden?«

»Ich denke schon.«

»Gut.«

Zuvor hatte sie den überraschten Fortier nach exakt sechzig Minuten allein in seiner Junggesellenwohnung zurückgelassen. Mit zwei flackernden Kerzen, einem opulenten Blumenstrauß, zwei leer gegessenen Spaghettitellern, einer halb ausgetrunkenen Chardonnayflasche, zwei unangetasteten Portionen Crème brûlée und enttäuschtem Gesichtsausdruck. »Sind Sie immer so schwer zu fassen?«

Nun klimperte Willems Schlüssel in ihrer Hand. Der Ton des Handys war abgeschaltet. Das, was sie vorhatte, grenzte an Wahnsinn. Ivy hatte in ihrem ganzen Leben noch nie etwas Verbotenes getan. Nicht einmal im heimischen Handarbeitslädchen hatte sie die bunt glitzernden Strasssteinchen geklaut, als diese Anfang der Achtziger extrem populär gewesen waren und sie nicht genügend Taschengeld gehabt hatte, um sich mehr als drei davon zu kaufen. Es wäre ein Kinderspiel gewesen, einige davon zu entwenden. Genau wie es jetzt ein Kinderspiel war, verbotenerweise ins Gebäude von Madame Tussauds einzudringen. Grundsätzlich war Ivy von klein auf dagegen gewesen, Dinge zu tun, die strafbar waren oder andere Leute schädigten. Das geplante Eindringen in die Tussauds-Galerie war also eine absolute Ausnahme. Und auch gegen dieses Vorhaben hätte sie einige Einwände vorzubringen gehabt, wenn nicht das Bedürfnis größer gewesen wäre, zu van Gogh vorzudringen, der längst in der Galerie stand. Sie wusste, dass sie hier gerade ihren Job aufs Spiel setzte, besonders nachdem sie Fortier so eilig verlassen hatte. Verletzte Männer konnten einem gefährlich werden, das wusste sie von Alices Praxisgeschichten. Allerdings: Wirklich einbrechen würde sie ja gar nicht. Mit Willems Schlüssel würde sie sich selbst die Haupttüren öffnen. Überhaupt hatte sie nur Harmloses im Sinn. Ivy wollte lediglich für

Desmond ihren fertigen van Gogh fotografieren, um ihm als Antwort auf seine Mail das Bild zurückzusenden. Morgen würde sie vor ihrem Abflug nicht mehr dazukommen. Und sie wollte doch so gerne wissen, was er zu ihrer Umsetzung seiner Überlegungen meinte.

Gestern Abend hatten die beiden Security-Männer in ihren dunkelblauen Uniformen und mit den Funkgeräten in den Ohren Vincent vor ihren Augen auf die Sackkarre geladen und weggeschoben. Wie ein Stück Holz. Bernie und Tony holten jedes Mal die Figuren ab, um sie nach unten in die Galerie zu bringen oder aber um sie zum Versenden nach Bangkok, Las Vegas, Shanghai oder Washington, D. C., fertig zu machen. Bisher war so eine Abholung, zumindest für Ivy, nie eine große Sache gewesen. Doch gestern fühlte es sich anders an. Befremdet hatte sie beobachtet, wie Bernie mit beiden Händen den stämmigen Vincent mit Schwung an der Hüfte gepackt und hochgehoben hatte, während Tony ihm die Sackkarre untergeschoben hatte.

Ivy spiegelte sich in der dunklen, von Holzstreben durchbrochenen Scheibe der Eingangstür. Hinter ihr rauschten die Autos über die mit Regen überschwemmte Straße. Wenn Willem nur geahnt hätte, dass sie drauf und dran war, sich mit seinem Schlüssel Zugang zur Galerie zu verschaffen. Alle Luft wäre aus ihm entwichen.

Sie zog sich die Kapuze ihrer Regenjacke über den Kopf, ging in die Knie und testete aus, welcher Schlüssel ins Schloss passte. Sie musste einige Male probieren, bis sie endlich mit ihren feuchten Fingern den richtigen gefunden hatte. Die Tür bewegte sich. Ivy richtete sich wieder auf und trat in den geräuschlosen, schwach beleuchteten Vorraum ein, in dem der Besucher gleich von einem finster dreinblickenden Jack Sparrow in kompletter Piratenmontur, mit wilder Dreadlock-Frisur und schwarz geränderten Augen empfangen wurde, den Ivy im vergangenen Sommer modelliert hatte.

Von drinnen zog sie die Tür vorsichtig wieder hinter sich zu. Willems Schlüsselbund hielt sie fest in ihrer Hand, damit er in der Harrods-Tüte nicht klimperte. Sicherlich streiften ein paar Sicherheitsmänner durch die Galerieräume, genau wusste sie das allerdings nicht. Auf dem roten, flauschigen Teppichboden stehend, sah sie sich um. Das Licht über dem Kassenschalter, der sich hinter einer gewölbten Plexiglasscheibe befand, war heruntergedimmt, sodass die weitere Umgebung nur diffus zu erkennen war. Auf der gegenüberliegenden Seite des runden Raumes musste sie durch die weiße Schwingtür, auf der ein Schild mit der Aufschrift *Private* angebracht war. Im blutrot gestrichenen Treppenhaus knipste sie das Halogenlicht an und lief, immer zwei Stufen auf einmal nehmend, die Treppe hinauf.

Was bitte sollte sie zu ihrer Erklärung hervorbringen, wenn sie auf einen der Security-Männer traf? Vor Aufregung fiel ihr nichts Vernünftiges ein außer der kindischen, unglaubwürdigen Ausrede, dass sie schlafwandelte. In Ivys Kopf war plötzlich unheimlich viel Platz. Dafür überhaupt kein bisschen Inhalt. Egal, wie sehr sie nach einer klugen Ausrede suchte, ihr fiel nichts ein. In der momentanen Verfassung, in der sogar schon das Schlucken zu einer echten Herausforderung wurde, war es unmöglich, einen klaren Gedanken hinzubekommen. Über diesen wichtigen, entscheidenden Punkt hätte sie zuvor, im Taxi, nachdenken sollen. Doch da war noch das Telefonat mit Javis zu erledigen gewesen, das überraschend unkompliziert verlaufen war, da er unumwunden zugegeben hatte, dass sich die Polly-Pocket-Dose in seinem Besitz befand.

In der zweiten Etage stieß Ivy die Schwingtür auf, die in die Galerie hineinführte, und stand direkt vor der unübersehbaren *You-are-here*-Schautafel, auf der die einzelnen Abteilungen der Galerie wie aneinandergekettete Bienenwaben aufgezeichnet waren. Zuerst musste sie an der sogenannten *A-list-Party* vorbei.

Dort drüben, im Halbdunkel, lehnte Will Smith in Jeans und Jackett an einer Säule. Schräg dahinter, in einer mit roter Tapete ausgekleideten Nische, stand Johnny Depp und hielt ganz entspannt einen Oscar in der Hand. Ivy bewegte sich eilig zwischen den Figuren hindurch. Angelina Jolies Hand ruhte wie immer, wenn sie gemeinsam auftraten, auf Brad Pitts Brust. Ivy ging weiter an der in Pose geworfenen Christina Aguilera im silbrigen Abendkleid und Nerzjäckchen vorbei. Ihre nackte Schulter glänzte leicht. Willem hatte sechs Wochen gebraucht, um ihr die hellblonden langen Haare Strähne für Strähne so einzusetzen, dass sie exakt so fielen wie bei ihrem Original. Anschließend hatte er wegen einer Sehnenscheidenentzündung drei Wochen pausieren müssen, die er zu seinem Ärger nicht mit Angeln hatte überbrücken können.

Das Laminat knarrte unter Ivys Schritten, als sie an dem niedrigen Podest vorbeikam, auf dem Helen Mirren im schwarzen Spitzenkleid, Leonardo DiCaprio im Smoking und Nicole Kidman in einer eng anliegenden Abendrobe wie Schattengestalten standen, bereit, sich im nächsten Augenblick in Bewegung zu setzen. Ivy drückte sich dicht an der Wand entlang, in sicherem Abstand zu Heinrich VIII. und seinen armen, von ihm zum Tode verurteilten Ehefrauen, die bekümmert dreinblickten und ganz und gar in schwere, kunstvoll bestickte Brokatkleider und üppige Halskrausen gewandet waren. Dann weiter an der aktuellen, fröhlich lächelnden Königsfamilie vorbei. Irgendetwas allerdings war mit der Frisur von Camilla Parker Bowles passiert. Als hätte einer von den Besuchern sie in einem Anfall von Übermut wild antoupiert.

Im anschließenden Raum schlich Ivy an dem riesigen Muhammad Ali in seinen seidenen Boxershorts vorbei, der sich in siegessicherer Wettkampfpose präsentierte. Den Manchester-United-Stürmer Wayne Rooney, der seine Faust triumphierend in die Luft streckte, hatte Ivy vor drei Jahren modelliert. Mit seinen weit auseinander stehenden Vorderzähnen hatte sie beim Nachbilden ganz schön zu tun gehabt. Schräg gegenüber von dem neu eingerichteten Stand, an dem die Besucher ihre Hände in heißes Flüssigwachs tauchen konnten, um sie als Abgüsse mit nach Hause zu nehmen, befand sich die wenig prätentiöse Ecke mit Europas wichtigsten Dichtern, Denkern und Künstlern. Dicht gedrängt stand Vincent mit den anderen seiner Sparte in der cremefarbenen Nische, deren Stellwände mit zitronengelber Tapete beklebt waren. Zuerst nickte Ivy Shakespeare zu, der in einem goldenen Brokatanzug mit Pumphosen und braunen Kniestrümpfen steckte. Einen knappen Meter von ihm entfernt saß schon Charles Dickens im langen Gehrock mit übereinandergeschlagenen, spinnenhaften Beinen und einer Halsbinde. Sein Blick ging irgendwie ins Leere, so als hätte er etwas Beängstigendes gesehen. Ihm hatte sie nicht die Augen eingesetzt, genauso wenig Picasso, der schräg hinter Dickens rittlings auf einem geflochtenen spanischen Stuhl saß. Die beiden waren weit vor ihrer Zeit modelliert worden. Picasso schaute den Besucher leicht amüsiert an, so als sei er bereits im Begriff, in ihm die kubistische Abstraktion zu erkennen. Ihr Blick rückte noch ein Stück weiter und blieb jetzt an Vincents sonnengerötetem Gesicht mit den smaragdgrünen Augen hängen. »Hallo«, flüsterte sie und machte ein paar lautlose

Schritte auf ihn zu. Dabei beobachtete sie genau seine Lippen, ob sie sich vielleicht wieder öffnen würden.

Als sie nur noch einen halben Meter entfernt von ihm stehen blieb, zögerte sie, noch einen weiteren Schritt auf ihn zuzumachen. Was, wenn er wieder anfing zu sprechen? Hier, in der menschenverlassenen Galerie, zwischen all den leblosen Wachsfiguren, deren lacküberzogene Augen im fahlen Licht seltsam funkelten, wäre sie vor Entsetzen augenblicklich ohnmächtig geworden. Mutig hob Ivy ihre Hand und legte sie sanft auf seine kühle Glasfaserhand. Mit ihr hatte sie sich so viel Mühe gegeben. All die feinen Äderchen, die Struktur der Haut, die darunter liegenden Pigmentflecken. Schicht für Schicht hatte sie die Farben aufgetragen, um das Durchscheinende der Haut naturgetreu nachzuempfinden. Intuitiv hatte sie sich für leicht abgekaute Fingernägel entschieden. Ivy stand nun doch so dicht vor ihm, dass sich beinahe ihre Bäuche berührten. Ihrer blubberte leicht. Sie vertrug einfach keinen Weißwein. Nachdem sie das erste Glas eilig geleert hatte, um sich schnellstmöglich in einen angenehmen, rauschhaften Zustand zu versetzen, hatte Fortier ihr Glas fürsorglich erneut gefüllt. Und sie hatte es dann doch augenblicklich ausgetrunken. Im nicht angetrunkenen Zustand hätte sie es unmöglich übers Herz gebracht, sich bereits nach einer Stunde kaltblütig vom Tisch zu erheben, bevor überhaupt ihr verdutzter Chef das Dessert servieren konnte, um mit zusammengebissenen Zähnen zu nuscheln: »Ich muss los.«

Noch immer war ihr Blick auf Vincents reglose Lippen geheftet. Sein roter Bart schmiegte sich dicht um seinen sanft geschwungenen, hellen Mund. Seine borstigen Haare waren ordentlich nach hinten gestriegelt. Ach, Ivy kannte jedes kleine Fältchen, jede noch so feine Linie, den farblichen Verlauf, von unter den Lidern bis hin zum Bartansatz.

Jetzt ließ sie ihren Blick an seiner schmalen, geraden Nase hinaufgleiten, hinauf zu seinen tiefgrünen Augen. Sie versuchte, ihren Blick ruhig und konzentriert zu halten. Still war es um sie herum. Still und unheimlich. Um möglichst keinen Laut zu machen, kramte sie vorsichtig in ihrer Harrods-Tüte, um ihr Handy zum Fotografieren hervorzuziehen. Hauptsache, dafür war es hier nicht zu dunkel.

Hinter sich hörte sie ein Räuspern. »Was tun Sie hier?«

Ivy fuhr herum. »Ich …« Es gab keine vorbereitete Ausrede. Gar nichts. Nichts, was sie zu ihrer Erklärung, zu ihrer glaubhaften Verteidigung hätte hervorbringen können.

Mit einer immens starken Taschenlampe wurde ihr direkt ins Gesicht gestrahlt. Reflexartig hob sie den linken Arm und hielt ihn schützend vor die Augen, in der Hoffnung zu erkennen, wer die Taschenlampe in der Hand hielt. Der Versuch war vollkommen zwecklos. Ivy zog den Kopf ein, aber auch das half nichts. Es konnte sich nur um einen der Sicherheitsleute handeln. Sie hatte ihn gar nicht kommen hören. Wenigstens trug sie Gummistiefel. Damit assoziierte sie nur erfolgreiche Momente aus der Kindheit. Kaulquappen mit dem Marmeladenglas fangen!

Weil Ivy nichts Besseres einfiel, lächelte sie fröhlich. Auch das hatte in der Kindheit oft geholfen, wenn es eigentlich hätte Ärger geben sollen. Sie lächelte unerschrocken vor sich hin, während die strenge Männerstimme jetzt mit noch mehr Nachdruck fragte: »Was Sie hier tun, will ich wissen.«

»Könnten Sie vielleicht die Taschenlampe ein wenig zur Seite nehmen?«

Der Lichtkegel zog sich aus ihrem Gesicht zurück, sodass Ivy ihren Arm in der raschelnden Regenjacke herunternehmen konnte. Vor ihr stand Bernie. Was für ein Zufall!

Eilig schob sie ihre Kapuze vom Kopf, damit auch er sie erkannte. »Hi, ich bin's. Ivy, von oben, aus der Werkstatt.«

Er schien ungerührt.

»Das sehe ich, aber was tun Sie hier?«

»Ich ...«, Ivy suchte nach den richtigen Worten. »Ich ... ich konnte nicht schlafen, weil ich plötzlich dachte, ich hätte ... ich hätte van Goghs rechtes Auge nicht richtig – fixiert ...« Ivy wies mit dem Daumen hinter sich. »Ich dachte, dass ich sicherheitshalber noch mal nachschaue, nicht ... dass sich die Besucher morgen erschrecken oder der gute Ruf von unserem Unternehmen durch meine Unachtsamkeit beschädigt wird ... Das wäre mir wichtig.«

Bernie sah sie mit hochgezogenen Brauen an. Das Mädel machte ja einen vollkommen desolaten Eindruck. »Ist Ihnen das denn schon mal passiert, dass ein Auge nicht richtig eingesetzt war?«

Ivy schüttelte den Kopf und gab geknickt zu: »Vermutlich hab ich mich da in etwas hineingesteigert.«

Bernie nickte und musterte sie von unten nach oben. »Waren Sie draußen auf dem Land?«

»Ich?« Ivy schüttelte den Kopf. »Nein, es hat nur so geregnet, und ich wollte das Auge überprüfen und ...«

Bernie ließ nun die Taschenlampe sinken und streckte seinen anderen Arm Richtung Decke aus. In der Hand hatte er eine Fernbedienung, mit der er das gedimmte Licht heller werden ließ. Er trug ein kurzärmeliges dunkelblaues Hemd mit goldenem Anstecker auf der rechten Brusttasche, der aussah wie ein echtes Polizeiabzeichen. Der Security-Mann war ziemlich untersetzt, an seiner linken Schulter klemmte ein schwarzes Minifunkgerät, aus dem es unaufhörlich rauschte und surrte. Seine Augen guckten verwirrt, als wollten sie dem Gehirn die Denkarbeit abnehmen. Schließlich seufzte er und nahm das kleine

Funkgerät von der Schulter. Mit seinem dicken Daumen drückte er auf den Sprechknopf, nachdem eine männliche Stimme mehrfach besorgt durch das Rauschen gefragt hatte, ob bei ihm alles in Ordnung sei. Ohne Ivy aus den Augen zu lassen, meldete er: »Jep, alles roger. Over.«

Anschließend heftete er sich das kleine Funkgerät wieder an die Schulter und beugte sich vertraulich zu Ivy vor. »Ich verstehe Ihre plötzliche Unruhe. Geht mir oft genauso. Wenn ich aus der Wohnung raus bin, muss ich noch zehnmal zurück, auch wenn ich schon unten auf der Straße stehe. Nur um zu gucken, ob ich auch wirklich die Kaffeemaschine ausgestellt habe. An manchen Tagen ist es ganz schlimm. Das weiß ich schon, wenn ich morgens aufwache. Ich spüre sofort: Heute ist wieder so ein verhunzter Tag, an dem ich alles zehnmal kontrollieren muss. Inzwischen schalte ich die Kaffeemaschine schon gar nicht mehr an, sondern gehe gleich los. Aber auch das hilft nichts. Dann überlege ich: Hast du auch alle Lichter ausgeschaltet? Hast du vielleicht gestern vergessen, den Sandwichmaker aus der Steckdose zu ziehen, oder glüht er inzwischen? Und zack, muss ich noch mal die Treppen hoch. Verstehen Sie?«

Ivy nickte, als sei sie voll bei der Sache. »Absolut.«

Bernie zog sich, um die Heftigkeit seines Geständnisses zu unterstreichen, mit beiden Händen den Hosenbund hoch, was nicht viel brachte, da er den Gürtel nicht über seinen massigen Bauch bekam. Augenblicklich rutschte die Hose wieder schlaff nach unten.

Ivy ließ das Handy in die Tasche von ihrer Jacke gleiten und klatschte beflissen in die Hände. »Na, dann will ich mich trotzdem mal eben von der Haltbarkeit seiner Augen überzeugen – wo ich schon mal hier bin.«

Sie stellte sich auf die Zehenspitzen und tastete fachmännisch an Vincents Augenlidern herum. »Scheint alles in Ordnung zu sein. Wenn Sie nichts dagegen haben, würde ich dennoch gern zum Beweis ein Foto machen wollen. Nicht, dass ich zu Hause wieder ins Zweifeln komme. Sie kennen das ja. Was, Bernie?«

Der Wachmann machte hilfsbereit einen Schritt zurück. »Nur zu.«

Ivy lächelte dankbar. »Ich bin auch gleich weg.«

Bernie beobachtete sie, wie sie Vincent aus unterschiedlichen Perspektiven fotografierte, und fasste noch einmal den Verlauf ihrer nächtlichen Begegnung zusammen. »Von da drüben hab ich Sie herumschleichen sehen. Von da drüben. Ich stand ungefähr drei Schritte von Justin Bieber entfernt unter der Discokugel. Mir ist ganz schön die Düse gegangen, als ich Sie entdeckt habe. Konnte ja nicht ahnen, dass Sie es sind. Ich hab gedacht, was will hier jemand nachts? Da fallen einem ja erst mal nur perverse Sachen ein, wenn Sie wissen, was ich meine.«

Ivy zog ihre Brauen hoch und machte eine Schnute, um möglichst arglos auszusehen. »Nein?«

»Manchen Leuten kommen die merkwürdigsten Ideen, was sie mit den Figuren anstellen könnten. So ein Irrer ist mir glücklicherweise noch nicht untergekommen, aber meinem Kollegen Eric, der hatte vielleicht ein Pech, sag ich Ihnen. Neulich hat jemand kurz vor Feierabend, als die meisten Besucher schon draußen waren, plötzlich die Hose runtergelassen und versucht, sein Ding in die Hand von …«

Sie wollte hier nur noch raus. »Entschuldigen Sie, Bernie, ich hatte nicht vor, Sie zu erschrecken. Um ehrlich zu sein, ich bin froh, dass Sie hier sind. Sogar für mich bedeutet es eine echte Herausforderung, mich ganz allein zwischen all den Figuren aufzuhalten. Das hat ja was wirklich Gespenstisches an sich.«

»Zufall, reiner Zufall!« Er hob bescheiden die Hand. »Normalerweise arbeite ich ja nur von morgens bis nachmittags, aber der Nachtwächter musste seine Frau ins Krankenhaus begleiten, Stichwort: Geburt des ersten Kindes.« Bernie machte das Daumenzeichen und drückte dabei ein Auge zu. »Danken Sie dem Ungeborenen! Wäre mein Kollege hier gewesen, hätte der Sie gleich bei Scotland Yard abgeliefert.«

Er zwinkerte wieder, offenbar war auch er erleichtert, dass es sich beim vermeintlichen Einbrecher lediglich um Ivy handelte. Sie reichte ihm die Hand. »Na, dann werde ich mal wieder.«

Er streckte ihr seine kräftige Hand entgegen und drückte ordentlich zu, sodass Ivy innerlich vor Schmerzen das Gesicht verzerrte, aber nach außen hin lächelte sie. »Dann noch eine schöne Nacht.«

Sie drehte sich um, ihr prüfender Blick streifte Vincent ein letztes Mal. Für eine Millisekunde meinte sie, nun doch wieder ein leichtes Zucken um seinen Mund wahrgenommen zu haben. Ihr Blick ruckte zurück und blieb an seinen Lippen hängen. Nein. Nein. Da war nichts. Gar nichts. Sie murmelte: »Bis dann, Bernie. Und nochmals danke!«

Sie ging ruhig an ihm vorbei, Richtung Treppe. Als ihre Hand schon auf dem Messingbeschlag der weißen Schwingtür lag, rief der Security-Mann hinter ihr her: »Noch eine Frage …!«

Ivy drehte sich um, ihr Magen zog sich zusammen, ihre Kiefer verschoben sich gegeneinander: »Ja?«

Langsam kam er auf sie zu, jetzt lächelte er nicht mehr. »Wie sind Sie hier eigentlich reingekommen?«

»Äh …« Ivy zwang sich mit aller Gewalt, cool zu bleiben. Sie leckte über ihre trockenen Lippen, wieder war da nichts in ihrem Kopf, keine brauchbare Antwort, kein Gedanke, nicht mal ein Wort. Ihr Kopf war vollkommen leer. So, als sei sie fremdgesteuert, von einer höheren Macht, streckte sich ihr Arm nach vorne, ihre Hand entfaltete sich wie eine hellrosa Magnolienblüte und legte den Schlüssel frei, den ihre Finger bis eben fest umklammert hatten. Bernie hob entschuldigend die Hand. »Alles klar! Nichts für ungut! Bis Montag!«

Ivy stieß die Tür auf, sodass sie hinter sich den Luftzug spürte, als sie zurückschwang, dann ging sie erst schleppend, Stufe für Stufe, die Treppe hinunter, wurde dabei immer schneller, bis sie schließlich rannte. Die letzten Stufen sprang sie hinunter, rannte durch die Schwingtür, in die Eingangshalle, über den roten, flauschigen Teppich und stieß die Tür zur Marylebone Road auf.

Bevor sie es schaffte, sich die Kapuze aufzusetzen, klatschen von oben dicke Tropfen auf ihren Kopf, ihre Schultern und in den Nacken. Der Asphalt glänzte wie schwarze Lakritze, die rote Madame-Tussauds-Leuchtreklame über ihr spiegelte sich in den Pfützen am Straßenrand, durch die rücksichtslos ein Wagen raste. Das Schmutzwasser spritzte bis hoch in ihr Gesicht. Ivy atmete die Abendluft tief ein, um sich irgendwie zu beruhigen und zu begreifen, was gerade passiert war. In ihrer Jackentasche vibrierte es. Mit nervöser Hand zog Ivy ihr Handy hervor, auf dessen augenblicklich nass geregnetem Display verwaschen Willems Name aufblinkte. Ivy seufzte und hielt sich das Telefon ans Ohr. »Willem?«

»Bist du noch bei Fortier?«

»Keine Ahnung, wo bist du?«

Und während sie das fragte, verlor sie für einen kurzen Augenblick die nötige Achtsamkeit. Willems Schlüsselbund mit dem Madame-Tussauds-Anhänger rutschte ihr aus der Hand und fiel direkt zwischen zwei Gullystreben in den feuchten, mit Algen bewachsenen Schlund des Kanalrohrs. »Shit!« Ungläubig starrte sie auf das Gullygitter, auf dem sie mit ihren gelben Gummistiefeln stand.

Am anderen Ende der Leitung hörte sie Willem aufgeregt rufen: »Was soll das heißen, ›keine Ahnung‹? Seit ungefähr einer Stunde hocke ich in klitschnassen Klamotten in deinem Hauseingang und friere mir den Arsch ab, nur um dich nicht bei deinem Rendezvous mit unserem Chef zu stören. Bist du noch da oder nicht mehr? Ich muss das wissen, denn vermutlich hab ich meinen Schlüssel oben in deiner Wohnung liegen lassen, hoffe ich jedenfalls. Im Vicky Park, wo ich im strömenden Regen sämtliche Sträucher, Hecken und Grasbüschel durchforstet habe, war er nämlich nicht. Weißt du, wie Leute auf Männer in weißen Shorts reagieren, die sich durch Büsche kämpfen?«

»Nein?!«

»Hysterisch!«

Als sie hinter dem grauen Regenvorhang verschwommen ein leuchtendes Taxischild entdeckte, hob sie den Arm. Mutig trat sie auf die Straße hinaus, um ja nicht übersehen zu werden. »Ich komme, so schnell ich kann«, versprach sie Willem und stieg ein.

Der Barnaby Place, an dem Javis wohnte, lag nicht mehr als dreihundert Meter vom Sumner Place entfernt, wo Ivy gerade mal eine Dreiviertelstunde zuvor Hals über Kopf Fortiers Wohnung verlassen hatte. Hier also wohnte Javis. In einem der weißen Stadthäuser, vor denen dicht an dicht die Birken ausschlugen. Die schmiedeeiserne Pforte vor der Nummer 16 war lediglich angelehnt, sodass Ivy sie nur mit der Hand anstupsen und hindurchgehen musste. Dicke Regentropfen klatschten vom Kapuzenschirm auf ihre Nase, die verlaufene Wimperntusche brannte in ihren Augen.

Inzwischen hatte sie, trotz der Gummistiefel, nasse Füße. Von oben flossen unablässig kalte Rinnsale auf der Innenseite der Schäfte in ihre Stiefel hinunter. Bei jedem ihrer Schritte quietschte das Wasser unter ihren nackten Füßen. Daran ließ sich nun auch nichts ändern. Es war, wie es war: Nass. Sie stieg die vier mit feinstem Mosaik verzierten Stufen zur dunkel gebeizten Haustür hinauf und drückte auf die Klingel. Hinter den Fenstern rechts und links von der Eingangstür war es dunkel. Nur im ersten Stock brannte Licht hinter der Balkontür. Um die Zeit zu überbrücken, bis ihr geöffnet wurde, sah sich Ivy um. Sie blickte an den weißen Säulen vorbei, die das Vordach hielten, hin zu einem roten Bobby Car, der auf dem sandigen Vorplatz zwischen den Buchsbaumtöpfen verlassen dastand. Die Straße war menschenleer, um die Laternen sammelte sich milchiger Nebel. Dahinter hing der regendurchtränkte Nachthimmel.

Endlich ging die Tür auf. Javis hatte zugenommen, und sein ehemals schwarzes Haar schimmerte an den Schläfen silbrig grau. Er trug einen dunkelblauen, maritim anmutenden Anzug mit goldenen Kapitänsknöpfen und einen verwegenen Sieben-Tage-Bart. Wie nicht anders zu erwarten, rauchte er.

»Ivy!« Seine Stimme klang müde, noch immer zog er beim Reden den linken Mundwinkel leicht nach oben. »Wie geht es dir?« Er breitete seine Arme aus, als wollte er sie an Bord seines Luxusdampfers begrüßen. »Lange nicht gesehen. Komm rein.«

Bevor Ivy irgendetwas sagen konnte, sprach er gleich weiter und zog sie, wie ein tollpatschiges Kind, an ihrer Regenjacke ins Haus hinein.

»Was bringst du mir denn für ein Wetter mit, hä? Jahrelang sehen wir uns nicht, dann kommst du mir mit so einem Wetter. War die Sonne ausverkauft, oder was?«

Javis drückte die schwere Holztür ins Schloss und knipste das Licht in der Halle an, deren Wände von riesigen Leinwänden mit abstrakter Malerei bedeckt waren. Ivy blieb gleich auf dem Fußabtreter stehen, zog sich die Gummistiefel aus und die Ballerinas an. Javis war inzwischen vorausgegangen, ohne überhaupt zu merken, dass Ivy ihm nicht gefolgt war. Was typisch für ihn war. So war es immer gewesen. Ständig war Javis vorgeprescht, ohne auf ihre Geschwindigkeit zu achten. Erstaunt drehte er sich am Ende des Flures um. »Wo bleibst du denn?« Als er sah, wie Ivy in ihre mitgebrachten Ballerinas schlüpfte, lachte er. So wie er immer gelacht hatte, wenn er es unerträglich albern fand, was Ivy tat. »Was tust du da? Ich fasse es nicht! Hast du dir etwa für deinen Besuch bei mir Hausschuhe eingepackt? Wow! Wie lange willst du bleiben?«

Ivy öffnete den Mund. Doch bevor sie ihm erklären konnte, dass sie definitiv nicht für ihn die Ballerinas eingepackt hatte, war er schon nach rechts in einem Zimmer verschwunden. Ivy hätte gerne gewusst, ob sich noch jemand im Haus aufhielt. Ob gleich seine Frau die Treppe herunterkam, oder sie das Kind aufgeweckt hatte, dem der Bobby Car draußen im Vorgarten gehörte. Ivy folgte Javis an der perfekt ausgestatteten Küche vorbei, von deren Decke eine ganze Batterie Kupferkessel und Pfannen in verschiedenen Größen hing, ins Wohnzimmer, wo zwei schwere Clubledersofas vor einem gemauerten Kamin standen, in dem ein beachtliches Feuer loderte. Die ganze Einrichtung war erschreckend konventionell. Ideenlos. Ein einziges Reiche-Leute-Klischee. Genau wie Javis nichts weiter als ein typisches Söhnchen aus der Upperclass war. Über seine verklemmte Herkunft würde er nie hinwegkommen, egal, ob er in den Trafalgar Studios in einem Musical mitsang oder

Biogemüse anbaute. Ihm fehlte der Druck, Geld verdienen zu müssen.

»Komm rein.« Javis reichte ihr einen Whiskeytumbler, er selbst hielt längst einen in der Hand, den er in einem Zug leerte und erneut aus einer klobigen Kristallkaraffe füllte. Augenscheinlich war er nach wie vor Alkoholiker.

»Meine Frau und mein Sohn sind gerade bei meinen Schwiegereltern draußen in den Cotsworlds, eine Auszeit auf dem Land nehmen. Stephanie und ich haben im Moment ein paar Schwierigkeiten und wollen herausfinden, ob wir weitermachen oder nicht.«

Ivy nippte an dem Glas, die sirupartige Flüssigkeit rann langsam und heiß ihre Kehle hinunter. »Was für Schwierigkeiten?« Sie wusste es längst. Javis war das Problem.

Er zündete sich eine Zigarette an, anschließend hielt er Ivy die American-Spirit-Packung hin. »Auch eine?«

»Nein, danke. Ich rauche immer noch nicht.«

Javis zuckte lapidar mit der Schulter. »Keine Ahnung. Stephanie ist einfach ständig unzufrieden. Pausenlos hat sie etwas zu mosern. Von morgens bis abends läuft sie mit leidendem Gesichtsausdruck herum, nichts kann man ihr recht machen. Weißt du, was es bedeutet, mit so einer Frau zusammenzuleben? Das ist Folter. Inzwischen bin sogar ich so weit, dass ich sage, es hat keinen Zweck mehr. Es bringt ja nichts für unseren Kleinen, wenn er mit zwei unglücklichen Eltern leben muss.«

Typisch, dass Javis die Niedergeschlagenheit seiner Partnerin nicht auf sich bezog. Das war schon damals so gewesen. Er konnte sich einfach nicht in andere Menschen hineinfühlen. Schlecht für einen Schauspieler! Ivy ließ ihren Blick durchs Zimmer schweifen, bis er an einem antiken Tischchen hängen blieb, auf dem Familienfotos in Silberrahmen gestaffelt aufgebaut standen. Sie trat näher heran und nahm ein Bild hoch, das eine hübsche Frau mit blondem Pferdeschwanz und einem kleinen Jungen auf dem Schoß zeigte. »Ist sie das?«

Javis blies verächtlich die Luft aus. »Ja, aufgenommen während eines seltenen Moments der Zufriedenheit.«

Vorsichtig stellte Ivy das Bild zurück zu den anderen Bildern. Im Gesicht dieser Frau, in ihrem tapferen, hoffnungswilligen Blick erkannte sie sich. Dieser Frau konnte sie nur wünschen, dass sie irgendwann den Schuss hörte und Javis verließ. »Was arbeitet deine Frau?«

»Wenn ich das wüsste!«, rief Javis. »Sie weiß es ja nicht einmal selbst. Ständig fängt Stephanie etwas Neues an. Erst wollte sie Fotografin werden, dann doch lieber ein Café eröffnen oder einen Laden mit importierten Einrichtungsstücken. Dann war eine Zeit lang die Rede von einer eigenen Galerie, und zum Schluss wollte sie Gesellschaften organisieren, um Leute aus verschiedenen Bereichen zusammenzubringen. Aber dann hatte sie wieder Bedenken, dass Jefferson, unser Kleiner, zu kurz kommt und …«

»Wie alt ist er denn?«

»Jefferson ist letzten Monat drei Jahre alt geworden.«

Ivy nickte. »Aha.« Und rechnete nach. An den weinrot gestrichenen Wänden hingen ebenfalls große Leinwände, die mit rußartigen grauschwarzen Farbschlieren gestaltet waren. Sie ließ sich auf der glatten Sofalehne nieder. »Drei sagst du?« Das Leder quietschte.

Tröpfchenweise sickerte nun auch bei Javis durch, dass er gerade seinen eigenen Betrug offengelegt hatte. Er lachte. »Wow! Shit! Erwischt!« Er prostete Ivy anerkennend zu. »Gratuliere, du hast mich erwischt!«

Ivy nahm einen größeren Schluck. »Gern geschehen, Javis.«

Er drückte seine Zigarette im Aschenbecher aus, der auf

dem Kaminsims stand, und grinste weiter. Dabei sprach er mit solcher Inbrunst, begleitet von ausladender Gestik, als würde er auf einer Theaterbühne gerade seinen großen, hochemotionalen Auftritt haben. »Okay, ich geb's zu. Damals, als ich mit Stephanie was hatte, waren wir noch zusammen. Ich hab Mist gebaut. Tut mir leid. Kommt nicht wieder vor. Ich musste einfach raus aus dieser unerträglichen Enge. Meine künstlerische Energie war vollkommen verpufft.«

Ivy lächelte verstehend. »Gibt es noch weitere Kinder, die drei sind oder älter?« Bevor sie von Javis eine niederschmetternde Antwort bekam, erhob sie sich eilig von der Lehne und stellte den halb geleerten Tumbler mit dem schweren Glasboden sicherheitshalber auf einer antiken Kommode ab, neben einem intensiv duftenden Strauß weißer Lilien. Nicht, dass sie ihn am Ende unkontrollierterweise als Wurfgeschoss verwendete. Sie neigte nicht zu unüberlegten, reflexhaften Handlungen. Doch dieser Javis weckte in ihr eine ungeahnte Lust, ihm gehörig den Hintern zu versohlen, um diese unerträgliche Kaltschnäuzigkeit aus ihm herauszuprügeln. Doch auch das hätte nichts gebracht. Bis zum letzten Atemzug würde er ein durch und durch widerlicher, selbstbezogener Egoist bleiben.

»Weißt du«, Javis kam einige Schritte auf dem dicken Perserteppich hinter ihr her und erklärte in besänftigendem Tonfall: »Ich hab es dir vielleicht nie gesagt, Ivy. Aber ich war schon immer ein Fan von deinem trockenen Humor. Vielleicht wollte ich es damals nicht wahrhaben, aber ich fand dich wirklich witzig. Deine selbstironische Ader. Auch wenn du es mir schwer gemacht hast, dich zu lieben, hast du mich doch irgendwie verzaubert.«

»Ich hab es dir schwer gemacht, mich zu lieben?... Wieso?« Ivy überflog die gemeinsamen Jahre. Da war nichts. Nichts, was für Javis in irgendeiner Form hätte schwer oder belastend sein können. Außer ihrer uneingeschränkten Liebe und ihrem Bedürfnis, angemessen von ihm behandelt zu werden. Im Gegenzug fielen ihr allerdings seine heftigsten Grobheiten ein.

Er zündete sich eine neue Zigarette an und blies den Rauch dicht an ihrer Wange vorbei. »Na ja, nach den ersten erlittenen Verletzungen hab ich mich kalt gemacht, um mich vor dir zu schützen. Ich gebe zu, anschließend muss es für dich schwierig gewesen sein, mich noch irgendwie zu erreichen. Ich dachte: Das kann's doch nicht gewesen sein. So soll Beziehung aussehen? Diese Enge. Dieser Stillstand. Künstlerisch war ich vollkommen lahmgelegt. Keine Inspiration. Verstehst du? Offenbar hat mich deine Liebe regelrecht erdrückt, zugegeben: Du konntest machen, was du wolltest, ich empfand dich als eine einzige Zumutung. Tut mir leid, Ivy. Auf der anderen Seite wollte ich mal wissen, wie weit ich gehen kann und du mich trotzdem noch liebenswert findest.«

»Okay.« Ivy schluckte. »Das tut mir wiederum leid. Ich hab nicht gewusst, dass ich dich so gequält habe. Das wollte ich bestimmt nicht.« Ihre Lippe zitterte. Schon glitt die erste Träne an ihrem Nasenflügel hinunter und tropfte in den Ausschnitt ihres Sommerkleides.

»Oh, bitte! Nicht weinen!« Javis lachte verlegen. Er legte seinen Arm um Ivys Schulter und zog sie an sich. »He! Nicht weinen! Ist doch alles längst vergessen.«

Es half nichts. Aus Ivy brach die Erschütterung hervor. Die nackte, kalte Erschütterung über das Ausmaß an Kaltblütigkeit und Faktenverzerrung. Ständig war sie zu seinen Theaterproben mitgegangen, hatte anschließend mit ihm darüber diskutiert und ihn motiviert. Nie zuvor hatte er sie so fest umarmt, niemals hatte er sie so gehalten, wie ein Mann es eigentlich tun sollte, um seine Frau zu schützen, zu trösten und ihr beizustehen. Niemals hatte er darauf reagiert, wenn sie geweint hatte, außer mit Verachtung und Hohn. Jetzt war es ihr egal, vor Javis zu weinen. Die Neugier war viel zu groß, zu erfahren, wie viel erlittener, durch ihn verursachter Schmerz sich in ihr über all die Jahre eingekapselt hatte. Er sollte sich in diesem Augenblick in seinem ganzen hässlichen Ausmaß zeigen. Wie ein Schwarm wütender Insekten, quoll er aus ihr hervor und erfüllte surrend und brummend den gesamten Raum, bis auch das letzte Insekt seine Flügel im knisternden Feuer des Kamins versengt hatte.

Javis reichte Ivy ein Papiertaschentuch, das er inzwischen aus der Gästetoilette geholt hatte. »Wir haben uns einfach in einer sehr schwierigen Phase unseres Lebens kennengelernt und uns beide nicht geschont. Außerdem haben es uns die Leute, die uns umgeben haben, auch nicht unbedingt leichter gemacht.«

Ivy war zu müde, um Einspruch zu erheben. Sie wusste nicht, von welchen Leuten er sprach. Bis zu dem Moment, in dem sie ihn zum ersten Mal getroffen hatte, war sie mit sich im Reinen gewesen. Dieser Javis hatte sich im Lauf der Jahre eine verdrehte Geschichte zurechtgelegt, die es ihm erlaubte, grundsätzlich im Recht zu sein. Augenscheinlich war er das Opfer ihrer missglückten Verbindung. Ivy wollte nur noch ihre geliebte Polly-Pocket-Dose haben. Sie knautschte das feuchte Taschentuch in ihrer Hand, sodass feine Zellstoffkrümelchen auf den Teppich rieselten. Sie hätte nicht herkommen sollen, um sich einen erneuten Tritt abzuholen. Sie sah ihn direkt an, in seine hellblauen Gletscherseeaugen. »Du hast mir damals das Herz gebrochen, Javis.«

»Ich dir? Du hast mich doch abserviert, weil Alice dir eingeredet hatte, ich sei nicht gut für dich.«

Es war kaum auszuhalten, wie dieser Javis die Vergangenheit verzerrte, während er sich entspannt ein weiteres Glas Whiskey eingoss. »Wenn ich mir meine verwüstete Kindheit so ansehe, dann wundert mich gar nichts mehr. Ich habe durch die Trennung meiner Eltern, einfach nie gelernt zu lieben.« Er stellte sich ans Fenster und blickte versonnen hinaus in die regnerische Nacht. Jetzt verlieh er seiner Stimme eine süßlich melancholische Tiefe. »Weißt du, in letzter Zeit ist mir überhaupt erst bewusst geworden, wie viel von Anfang an in meinem Leben schiefgelaufen ist, wie viel ich schon als Junge durchleiden musste. Ständig wurde ich von meinen Eltern für ihre Zerwürfnisse verantwortlich gemacht. Wenn ich mir heute vor Augen führe, unter welchen emotional schwierigen Umständen ich aufgewachsen bin, könnte ich mir den Strick nehmen. Es ist hart, aber irgendwann musste ich einsehen, dass ich vermutlich niemals glücklich werden kann. Es ist einfach zu viel Mist gelaufen. Davon erholst du dich nicht. Kannst du gar nicht.« Er seufzte. »Na ja, Ivy. Es kann ja nicht jeder so behütet und idyllisch aufwachsen wie du. Auf dem Land, mit ein paar Schafen, mit Eltern, die sich nicht plötzlich scheiden lassen, wenn man gerade mal elf Jahre alt ist.«

Ivys Blick fiel auf Javis' Lederschuhe, die bestimmt ein Vermögen gekostet hatten. Von welchen erlittenen Schmerzen in der Anfangszeit sprach er denn? Wusste er gar nicht, dass sich ihre Mutter das Leben genommen hatte? Ivy konnte sich beim besten Willen nur daran erinnern, wie sie andauernd von ihm gedemütigt und beschimpft worden war. Wessen Erinnerung war denn am Ende nun verzerrt? Ihre oder seine? Sie sah dicht am weißen Fensterkreuz vorbei hinaus in den dunklen Garten, der hinter dem Haus lag. Eine Laterne erhellte die schmale, von Mauern umgebene Grünfläche, in der ein einsamer Baum stand, an dessen Ast eine tropfnasse Kinderschaukel hing. »Gibst du mir die Polly-Pocket-Dose?«

Javis schüttelte den Kopf. »Du bist wirklich lustig, dass du wegen diesem geschmacklosen Teil extra vorbeikommst. Ganz ehrlich: Ich hab's nicht geglaubt, dass dieses Plastikding der wahre Grund für deinen Besuch sein soll.«

Langsam kam Ivy wieder zu sich. Die Dinge mussten beschleunigt werden. Der arme Willem saß zitternd und durchnässt in ihrem Hausflur, in der Hoffnung, dass er oben in ihrer Wohnung seinen Schlüssel wiederfinden würde, der unwiederbringlich in den Gully gefallen war. Sollte sie nicht besser Eve anrufen, dass sie ihn zu sich hereinließ, bis sie endlich wieder zu Hause war? »Was sollte sonst der Grund sein?«

»Keine Ahnung.« Javis' Mundwinkel hingen nach unten. Plötzlich sah er ganz erbärmlich einsam und unsicher aus. »Ich dachte, vielleicht willst du mich sehen. Ob du es glaubst oder nicht, Ivy, in den letzten Monaten ist mir klar geworden, dass du trotz deiner erschütternden Naivität ein netter Mensch bist. Du bist einfach nur naiv. Kann man dir das vorwerfen? In deinem bisherigen Leben ist eben alles glattgelaufen, du kennst keinen bodenlosen Abgrund, der dir emotionale Tiefe verleihen würde. Ist halt so. Irgendwann geht's auch dir an den Kragen. Dann wirst du wissen, wovon ich spreche.«

Javis stolzierte mit erhobenem Kinn aus dem Zimmer, Ivy folgte ihm in den Flur hinaus, während sie eine SMS an Eve tippte, mit der Bitte, den treuen Willem zu sich in die Wohnung zu holen, bis Ivy nach Hause kommen und ihn mutig über den Verbleib seines Tussauds-Schlüssels aufklären würde. Außerdem bedankte sie sich für den Kuchen und wünschte Eve alles Gute. Sie stieg die mit Teppich bezogene Treppe hinauf in den ersten Stock, wo sich am Ende des Flures Javis' Arbeitszimmer befand. Im Laufe der Jahre hatte er nichts dazugelernt. Im Gegenteil. Er war noch unausstehlicher als je zuvor. Ivy war heilfroh, keine Waffe dabeizuhaben. Noch mehr von diesem dummen Zeug anzuhören, schaffte sie beim besten Willen nicht. Wie konnte man so einem Charakter klarmachen, dass er gewaltig auf dem Holzweg war? Umgehend würde sie sich von Alice ein Psychogramm von Javis erstellen lassen. Einfach nur, um zu wissen, ob es einen Fachbegriff für diese Art von psychischer Störung gab. Beinahe hätte sie ihm gesagt: »Du bist ein Arschloch, Javis.«

Javis knipste das Licht an. Im Zimmer roch es unangenehm nach kaltem Rauch. Auf einem langen Tapeziertisch lag, neben einem hoffnungslos überfüllten Aschenbecher und zwei zerdrückten American-Spirit-Softpacks, ein Haufen zerfledderter Drehbücher und Theaterstücke. Auf dem Boden stapelten sich alte Magazine und Bücher und ein paar leere Cola-Dosen. Die Wände waren mit großformatigen Fotos tapeziert, die Javis in schauspielerischer Aktion zeigten. Ausgehend von den vorherrschenden Lichtverhältnissen, musste Ivy stark annehmen, dass er, trotz seiner elaborierten Ausbildung an der Royal Academy of Dramatic Art, vornehmlich als Laienschauspieler tätig war. Das Bühnenlicht war viel zu grell und hart. Die Bühnen klein, die Kulissen schäbig. Auf einem halbhohen Regal, das zwischen den beiden Fenstern stand, lag es. Das pinkfarbene Polly-Pocket-Herz. Neben einer leeren Bierflasche und einem Handyaufladekabel. Beinahe dreißig Jahre alt war die Dose nun schon. Ein Wunder, dass Javis sie noch besaß. Er überreichte sie Ivy mit ausgestrecktem Arm. »Da. Bitte. Deine wertvolle Polly-Pocket-Dose. Viel Spaß damit.«

Am liebsten hätte Ivy sie gleich aufgeklappt und hineingesehen in diese freundliche, heile Welt. Doch sie hielt sich zurück und ließ sie augenblicklich in ihre kleine Harrods-Tüte plumpsen. »Danke, Javis, dass du sie für mich aufbewahrt hast.«

»Was heißt: aufbewahrt? Ich bin einfach noch nicht dazugekommen, sie wegzuschmeißen. Meinst du, ich lasse so was freiwillig bei mir herumliegen?«

Ivy fühlte sich mit einem Mal sehr wohl. Nichts an diesem Javis war anbetungswürdig. Irritierend war nur, dass sie es jetzt erst merkte. Er zündete sich eine neue Zigarette an und starrte ungläubig auf Ivys Plastiktüte.

»Sag mal, brauchst du nicht mal eine neue Handtasche? Kann dir dein Mann nicht mal eine schenken? Irgendwas Geflochtenes von Bottega Veneta. Was ist denn das für ein Trottel, der dich noch immer mit einer Plastiktüte rumrennen lässt?«

»Ja, er ist ein sehr großer Trottel. Ich werd's ihm ausrichten.« Ivy drehte sich mit einem ergebenen Lächeln um, verließ das Zimmer und ging die Treppe hinunter, den Flur entlang bis zur Eingangstür, wo ihre gelbe Regenjacke über den Schirmständer gebreitet hing. Seelenruhig zog sie ihre Gummistiefel an, verstaute die Ballerinas in der Tüte und wandte sich dann ganz gefasst zu Javis um, der einige Schritte von ihr entfernt stehen geblieben war. »Ich geh dann mal.«

»Eigentlich«, sagte er »eigentlich bist du gar nicht so übel, Ivy. Vermutlich bist du sogar richtig cool. Ich hab's nur nicht geschnallt. Wahrscheinlich hab ich einen echten Fehler gemacht, als ich dich damals verlassen habe. Tja. Mit der Gewissheit muss ich jetzt leben.«

»Na dann.« Ivy hob die Hand. »Vielen Dank. In jedem Fall wünsche ich dir und deiner Frau alles Gute.«

Ivy fasste nach der Klinke und zog die Tür auf. Die kühle

Nachtluft floss über ihr erhitztes, jetzt sehr fröhliches Gesicht, als sie sich ein letztes Mal zu ihm umdrehte. »Javis, eine Sache wollte ich dir noch sagen«, Ivy machte eine Pause, in der ihre Augen regelrecht anfingen zu strahlen. »Du bist ein ganz schlechter Schauspieler.«

In der Manteltasche vibrierte ihr Handy. Javis öffnete den Mund, aber es kam kein Laut heraus. Ivy winkte ihm aufmunternd zu und zog im Hinausgehen ihr Telefon hervor. Ohne sich noch einmal zu dem Mann umzudrehen, der ihr Jahre zuvor so viel Kummer bereitet hatte, fiel hinter ihr die Tür ins Schloss. Er hatte keine Macht mehr über sie. Wie dumm und blind er doch war. Javis hatte es ganz richtig erkannt. Er würde es niemals schaffen, glücklich zu werden. Dafür verabscheute er sich und die Welt viel zu sehr. Inzwischen hatte es aufgehört zu regnen. Die regengesättigte Luft war frisch und klar. Dicht über dem Asphalt hingen feine Nebelschwaden. »Natti?«

Ivy trat aus dem Vorgarten hinaus auf die Straße und machte sich mit dem Telefon am Ohr auf, Richtung Underground, um mit der Circle Linie nach Hause zu fahren. Am anderen Ende der Leitung hörte sie ihre Schwester fragen: »Störe ich dich gerade?«

Ivys Schritte machten leise Patschgeräusche. »Nee, ich laufe gerade die Straße runter. Was gibt's?«

Ganz ruhig und gefasst sagte Nathalie: »Ich hatte mit allem recht.«

14.

Nathalie schlug die Augen auf und blinzelte. Durch die Fensterfront, die hinaus auf die mit blühenden Pflanzenkübeln vollgestellte Dachterrasse führte, drängte sich das frühlingshafte Vormittagslicht. Gestern Abend hatte sie sich gar nicht mehr die Mühe gemacht, ins Bett zu gehen, nachdem sie das Handy ausgeschaltet und auf das weiß lackierte Beistelltischchen gelegt hatte. Sie nahm ihre Armbanduhr hoch, die neben ihrem Kopf auf dem roten Polster lag, und hielt sie sich dicht vor die Augen. Acht Uhr zehn war es. Irgendetwas hatte sich verändert. Irgendetwas Großes, etwas Welterschütterndes war in ihrem Leben vorgefallen. Nichts war mehr so, wie es einmal gewesen war. Der schwere Fels der Unsicherheit, der all die Monate niederdrückend auf ihr gelastet hatte, war von ihr genommen worden. Die nackte Wahrheit breitete sich in ihrer gläsernen Schönheit vor ihr aus. Zum ersten Mal seit Langem gab es keine offenen Fragen mehr, keine Mutmaßungen, keine Vorahnungen, nichts Bedrohliches enterte ihre Gedanken. Klar und deutlich sah sie ihre Lebenssituation vor sich. Endlich hielt sie alle Fäden in der Hand. Sie hatte alles unter Kontrolle. Der einzige quälende Faktor war aus ihrem Leben verschwunden. Die Angst vor Verlust.

Nathalie blieb auf der Seite liegen, rieb sich die Augen, und es dauerte, bis sie sich wieder ganz aus dem Albtraum der vergangenen Nacht in den Tag hineingeschraubt hatte, in ihr Familienwohnzimmer. In ihrem Traum hatte nichts mehr am angestammten Platz gestanden. Die Bilderrahmen waren von den Wänden gerissen, die Sofakissen lagen über den Boden verstreut, die bunten Bauernhofmagneten waren von der Kühlschranktür gefallen, die Bücher, CDs und DVDs, die sie nach Genres sortiert im Bücherregal regelmäßig abgestaubt hatte, lagen zerknickt oder zertreten zwischen den Scherben der gläsernen Blumenvase und dem zertrümmerten Lampenfuß aus weißer Keramik.

Jetzt war sie wach und alles war gut.

Peers befreiende Offenheit.

Es waren keine Hirngespinste gewesen. Sie hatte mit allem recht gehabt. Peer hatte sich mit Jenny bei Starbucks getroffen. Er hatte sich mit ihr SMS geschrieben und unten auf der Straße heimlich telefoniert, als er sich eine Cola geholt hatte. Und Nathalie hatte diese leichte Verschiebung, die sich in ihrer Ehe vollzogen hatte, gespürt.

Und als sie Peer dann endlich ohne Vorhaltungen alles hatte erzählen lassen, war sie ganz ruhig geworden. Sie hatte einfach nur still dagestanden und gemerkt, dass nichts davon sie bedrohte. Im Gegenteil. Seine Ehrlichkeit brachte sie dazu, die Wohnung nicht zu zerlegen. Erst im Traum hatte sie das nachgeholt.

Heute war Sonntagmorgen. Alles stand noch an seinem angestammten Platz. Nichts war verrückt. Auf keinen ihrer gesellschaftspolitischen Artikel war sie je so stolz gewesen wie auf diese Leistung, nicht die Nerven verloren zu haben, sondern zu vertrauen. In einer Stunde etwa wäre sie normalerweise mit ihrem Mann und ihrer Tochter aufgebrochen, um schräg gegenüber im Café frühstücken zu gehen. Sie lebten im Prenzlauer Berg – dem Viertel, in dem das perfekte Glück, als der immer währende Moment zu einer Art Wohnberechtigungsschein geworden war. Nun blieb sie liegen und gab sich noch ein wenig der vollkommenen Stille hin. Zum letzten Mal rief sie ihr Schicksal auf, das sie sich in der Vergangenheit wie eine Süchtige immer wieder ausgemalt hatte, um sich auf den Schlag vorzubereiten, mit dem sie so lange gerechnet hatte und der sie bis heute nicht getroffen hatte. Sie war nicht mehr das Kind, das von seiner Mutter verlassen worden war. Sie war Nathalie. Eine erwachsene Frau. Das musste sie einsehen. Das, was ihre Mutter getan hatte, musste sich nicht wiederholen. Im Gegensatz zu ihr würde sie es schaffen, sich mit ihrem Mann zu verbinden. Während ihr Vater sich seiner Forschungsarbeit als Historiker hingegeben hatte, war ihre Mutter suchend durch die Umgebung gestreift, in der Hoffnung, jemanden zu finden, der ihr all das geben konnte, was er ihr vorenthielt. Hingabe. Leidenschaft. Vertrautheit. Und ungebrochene Freude. Es war nicht erstaunlich, was die arme Tamara damals Nathalie im Garten hinter den Himbeersträuchern offenbart hatte. Es war nicht erstaunlich, dass ihre Mutter mit Heiner, Tamaras Vater, eine Liebschaft begonnen hatte. Es war ganz und gar nachvollziehbar, dass so eine Frau wie ihre Mutter nicht ungesehen in dieser verschlafenen Rundlingssiedlung hatte altern wollen. Sie war keine Frau gewesen, mit der man in die Einöde zog, um dort, weit weg vom flirrenden Leben, Ruhe zu finden.

Doch all das hatte nichts mit Nathalie zu tun.

Zärtlich strich sie über den nackten, geliebten Arm, der über ihrer Taille lag. Sie strich über die warme Haut bis zu den Fingerspitzen, über den Ehering ihres Mannes, der eng hinter ihr lag und vertraut in ihren Nacken murmelte: »Ich liebe dich. Hörst du? Nathalie? Ich liebe dich.«

All das, was ihre Mutter sich so sehr gewünscht hatte, besaß Nathalie längst. Nur erkannte sie es jetzt erst.

Die Nacht über hatten sie und ihr Mann, ohne sich zu bewegen, eng umschlungen auf dem Sofa gelegen und gleichmäßig miteinander geatmet.

Sie lächelte und nickte. »Ich höre dich, mein Liebling. Ich liebe dich.«

Nie wieder wollte sie so hässlich über Peer denken, der ihr all seine Fürsorge und Treue schenkte. Sie hob seine Hand zu ihrem Mund und küsste sie, so wie ihre Mutter die Hand ihres Vaters jeden Morgen vor dem Aufstehen geküsst hatte, um ihm zu versichern, dass sie seine Frau war. Nur hatte er damit so wenig anfangen können. Es war seltsam, was sich die Menschen, die sich das Versprechen gegeben hatten, sich zu lieben und zu ehren, gegenseitig für Kummer antaten, anstatt sich aufeinander zuzubewegen. Bockig gaben sie sich Versuchungen hin, von denen sie meinten, dass sie Linderung in ihrer Not brachten. Ihre Mutter war ihrer Sehnsucht nach Verbundenheit zum Opfer gefallen. Nach zwölf Jahren hatte sie endlich erkannt, dass sie nicht zu einem anderen gehen musste, um ihren Mann zu erreichen. So, wie Peer es geschafft hatte, Nathalie zu erreichen. Doch sie war nicht mehr dazugekommen. Heiner hatte nur einen Augenblick die Beherrschung verloren. Am Seeufer hatte er Veronika bittend an den Armen gepackt, um ihr ins Gewissen zu reden, das gemeinsame Geheimnis für sich zu behalten. So hatte Tamara es Nathalie damals mit zittriger Stimme berichtet. »Natti, verzeih mir. Ich konnte es nicht länger mit mir herumtragen. Jetzt, wo sich meine Mutter und dein Vater neu kennenlernen …« Nathalie hatte diese Frau, die sie ihre gesamte Jugend über als Konkurrentin empfunden hatte, in den Arm genommen und gehalten. »Schschsch, es ist gut so. Es ist gut.«

Heidi ahnte nichts. Genauso wenig Walter.

Nathalie und Tamara würden das Vergangene für sich behalten. Darauf hatten sie sich geeinigt. Was brachte es, die schmerzvolle Wahrheit aufzudecken? Würde die Tatsache, dass ihre Mutter sich nicht das Leben genommen hatte, etwas für Ivy ändern? Warum sollte sie ihrer kleinen Schwester den Vater nehmen und durch einen längst verstorbenen ersetzen? Nathalie drängte sich näher an Peer heran und drehte ihren Kopf nach hinten, um ihm in die Augen sehen zu können. Sie flüsterte: »Warum haben nicht alle Frauen so viel Glück wie ich?«

Peer legte seine Arme fest um Nathalies Oberkörper. Er hatte sie vermisst. All die Monate, in denen er sich nicht getraut hatte, ihr offen zu erzählen, wie verzweifelt Jenny bemüht gewesen war, sich zurück in sein Leben zu drängen, indem sie ihn mit Nachrichten und hilflosen Androhungen bombardiert hatte.

»Es tut mir leid, dass ich uns nicht zugetraut habe, dass wir diese Sache gemeinsam bewältigen.«

Nathalie umklammerte seine Hände. Ihr Ringfinger war nackt. »Nein, mein Liebling. Mir tut es leid, dass ich dir nicht vertraut habe. Und ich schäme mich dafür.«

Kurz vor neun stieg Walter in den ICE nach Berlin. Er setzte sich auf den ersten freien Platz im Großraumabteil und blickte hinaus auf den sonnigen Bahnsteig, auf dem Heidi lächelnd die Hand hob. Sie sah müde, aber dennoch fröhlich aus. Ihre hellblauen Augen strahlten, von der Gartenarbeit war ihre Haut schon wieder sanft gebräunt, was im Kontrast zu ihrem weißgrauen Haar schön aussah, das sie kinnlang trug. Walter hob die Hand und nahm sie erst wieder herunter, als der Zug ruckend anfuhr. Bis spät in die Nacht hatten sie in der Küche gesessen und geredet. Darüber, warum sie beide beflissen über den Fakt hinweggesehen hatten, dass Tamaras jüngste Tochter aussah, als sei sie Ivy wie aus dem Gesicht geschnitten. Weiter und weiter waren sie in die Vergangenheit zurückgegangen und hatten, sich an den Händen haltend, eingestanden, was all die Jahre offensichtlich vor ihnen gelegen hatte. Walter hatte es längst gespürt: Ivy war nicht sein Kind. Natürlich hatte er geahnt, dass seine Frau mit Heiner schlief. Möglichkeiten hätte es genug gegeben, das offenkundige Auseinanderdriften anzusprechen und zu versuchen, es aufzuhalten. Damals, als junger Mann, hatte er es aber nicht einsehen wollen, dass ausgerechnet seine Frau sich von ihm abgewandt hatte. Ihm waren seine Arbeit und der Zaun um die Schaafweide wichtiger gewesen. Vielleicht war ihm der Preis, für seine Frau das Leben im Wendland aufzugeben und in die Stadt zurückzukehren zu hoch gewesen.

Und doch hatte er sie geliebt. Mehr, als er es jemals für möglich gehalten hätte. Noch heute verging kein Tag, an dem er nicht an Veronika dachte und sich wünschte, sein Abgewandtsein gutzumachen. Er sah sie lachend im Garten stehen, ihr kupferrotes, lockiges Haar wehte. Im Herbst. Unter dem purpurnen japanischen Ahorn. Wie eine Corona hatten sich ihre Haare in der Sonne glühend um ihren Kopf gelegt. Er hatte ihr gemeinsames Leben als zu selbstverständlich hingenommen.

Ihn fröstelte.

Wie sie im Haus unermüdlich die Treppen hinauf- und hinuntergelaufen war. Gelaufen, gelaufen, gelaufen. Um für alle da zu sein. Das Leben hatte sich um seine Frau formiert. Als hätte sie es angelockt. Und wenn sie oben im Giebelzimmer gestanden und gezeichnet hatte, begannen die Jelängerjelieber draußen rund um den Fensterrahmen aufzublühen. Viel zu selten war er oben bei ihr gewesen, um zuzuschauen, wie ihre Hand sicher einen Strich nach dem anderen vollzogen hatte, um ihre eigene, stimmige Märchenwelt vor ihren Augen und denen der Mädchen entstehen zu lassen. So viel Wunderbares, was sie gesehen hatten, hatte er nicht bemerkt.

Walter atmete tief ein.

Die frühlingshafte Landschaft flog hinter dem Fenster an ihm vorbei.

Er war auf dem Weg zu seinen Töchtern, um sie aufzuklären über das, was wirklich passiert war.

Nichts zwischen ihm und Ivy würde sich verändern. Die Zuneigung für Veronika, diese einzigartige Frau, würde sie verbinden.

Oben, in Findhorn, war seine Frau unermüdlich auf den schmalen Wegen unter den tief hängenden Ästen der Trauerweiden unterwegs gewesen, während er mürrisch vor dem Trailer auf einem Klappstuhl gesessen und den *Guardian* gelesen hatte, um sich über die Nachrichten den Kopf zu zerbrechen. Nie war er auf ihre Begeisterung eingegangen, hatte sich geweigert, mit den anderen zu reden, den Morgenkreis zu begehen oder im Café auszuhelfen. Die Sommerferien, seine kleinen Mädchen, all das schien nichts mit ihm zu tun zu haben. Das einzige Unglück hatte für ihn darin bestanden, nicht zu Hause an seiner Forschungsarbeit tüfteln zu können.

Er war auf dem Weg, seinen Töchtern die Wahrheit zu sagen. Nicht ihre Mutter war am Leben gescheitert, sondern sie, sie beide.

Morgen würde er zurückkehren zu Heidi, und ihr das geben, was er über all die Jahrzehnte für sich behalten hatte.

Anfang der Achtziger hatte er, aus welchem Grund, wusste Walter nicht mehr, oben auf der Pritsche im Zeichenzimmer gesessen. Gedankenverloren, mit Veronikas meergrüner Strickjacke über den Knien. Niemals hätte sie ihn verlassen, sie wollte ihm und den Mädchen nicht die Familie nehmen. Sie hatte nur nach etwas gesucht, worum sie Walter so lange gebeten hatte. Lächelnd war Veronika durch den schmalen Türspalt ins Zimmer gehuscht und war eng an Walter gerutscht. Er konnte ihren feinen Duft fast riechen. Sie hatte seine Hand genommen und sie leicht gedrückt. Und mit dieser Berührung war eine gewaltige Welle sattester Freude durch Walter geschossen. Seine Frau hatte ihm das sommersprossige Gesicht zugewandt und geflüstert: »Hör nicht auf, deine Frau zu lieben. Hör niemals damit auf.«

Um neun Uhr fünfzig saß Ivy ganz hinten im Flieger auf Platz 28c. Die beiden Plätze neben ihr waren noch nicht besetzt. Obwohl die Maschine erst in zwanzig Minuten starten würde, war sie bereits fest angeschnallt. Das graue Plastikrollo vor dem Fenster hatte sie vorsichtshalber heruntergezogen. Sollte sich kein Passagier auf den freien Fensterplatz setzen, wollte sie nicht Gefahr laufen, während des Starts aus Versehen doch noch durch die Scheibe zu gucken und entsetzt auf Londons Architektur aus achttausend Metern Höhe zu starren. Auf ihrem Schoß lag das in roten Soff eingebundene Fotoalbum, in das sie noch immer nicht hineingesehen hatte. Zumindest hatte sie es geschafft, ihrem Vater eine SMS mit der erleichternden Botschaft zu schicken, dass sie das verzweifelt gesuchte Objekt gefunden hatte. Die Zugfahrt zum Flughafen hatte sie damit zugebracht, zwischen Fahrgäste eingeklemmt im Anti-Flugangst-Ratgeber, mit dessen Hilfe Woods Frau es geschafft hatte, nach Sardinien zu fliegen, die wichtigsten Kapitel zu lesen und sie sich beinahe wortwörtlich einzuprägen:

– *Wenn alle Triebwerke ausfallen.*
– *Wenn die Tragflächen abfallen.*
– *Wenn der Pilot versagt.*
– *Wenn schwere Turbulenzen herrschen.*

In der inzwischen stark ramponierten Harrods-Tüte, die neben ihr auf dem freien Sitzplatz stand, lag die pinkfarbene Polly-Pocket-Dose, die sie Lucy am Nachmittag im Krankenhaus, bei ausgeschaltetem Fernseher, überreichen wollte. Ivy griff hinein und zog das knubbelige Plastikherz hervor. Wie einzigartig und vollkommen damals der Moment gewesen war, in dem Cynthia, die Freundin ihrer Mutter, ihr dieses besondere Ding aus London überreicht hatte. Ivy hatte im Garten gesessen, unter den Apfelbäumen, auf dem Schoß ihrer Mutter. Sie hatte das Herz wieder und wieder gestreichelt und geküsst und sich vorgenommen, es niemals zu verlieren. Von ihrem Vater hatte sie sich damit vor dem Brunnen posierend fotografieren lassen, um sicherzustellen, dass es niemals aus ihrem Leben verschwinden würde. Wie das Fotoalbum hatte sie das handtellergroße Plastikherz ebenfalls noch nicht geöffnet. Diesen speziellen Augenblick wollte sie voll auskosten. Tatsächlich hatte der Anti-Flugangst-Ratgeber es geschafft, Ivy so weit zu beruhigen, dass sie, obwohl sie im Flieger kurz vor dem Abflug saß, zu normalen Handlungen fähig war, ohne dabei von panikartigen Symptomen beeinträchtigt zu werden. Lediglich ihr Herz schlug etwas heftiger. Zu ihrer eigenen Verwunderung schaffte Ivy es sogar, sich nicht hektisch nach den Stewardessen umzusehen oder angespannt auf verdächtige Geräusche zu lauschen. Um diesen angenehmen Zustand zu erhalten, vergegenwärtigte sie sich sicherheitshalber noch einmal die wichtigsten Passagen aus dem Ratgeber:

Turbulenzen bedeuten für ein modernes Flugzeug keine größere Bedrohung als Kopfsteinpflaster für ein Auto. Sie mögen unangenehm sein, aber es gibt in der Geschichte der Luftfahrt keinen einzigen Absturz, der von Turbulenzen ausgelöst wurde, und ganz sicher gilt: Bedrohlich sind sie nicht.

Gleich würde sich das Flugzeug träge Richtung Rollfeld in Bewegung setzten, dann gab es kein Entrinnen mehr. Dann war es zu spät auszusteigen. Ivy atmete tief ein und aus. War es vielleicht doch ein Fehler, dass sie sich entschlossen hatte, sich der Technik hinzugeben? Würde sie ihren Mut gleich mit dem Leben bezahlen? Langsam öffnete sie die Dose. Die kleine perfekte Welt darin hatte in Javis Obhut keinen Schaden genommen. Im Obergeschoss befand sich das winzige, aufgeräumte Badezimmer mit Wanne, Waschbecken und Toilette. Das pinkfarbene Handtuch hing noch am Halter, die Shampooflasche stand im Regal. In der ersten Etage lagen der gelbe Hut von Polly Pocket auf dem frisch gemachten Bett, und das hellblaue Buch aufgeschlagen auf dem violetten Schreibtischchen. Im Erdgeschoss war der Küchentisch gedeckt, die lilafarbene Katze hockte brav in ihrer Ecke, und im Wohnzimmer saß Polly auf dem pinkfarbenen Sofa, neben sich das hellblaue Telefon und eine gelbe Stehlampe. Im hübsch bepflanzten Garten stand der Liegestuhl bereit. »Hallo, kleine Polly!«, flüsterte sie ergriffen. »Ich bin's, Ivy!«

Die letzten Passagiere eilten in den Flieger und suchten sich, mit Blick auf die Sitznummern, ihre Plätze. Schwer atmend stopften sie ihr sperriges Handgepäck in die restlos überfüllten Gepäckablagen. In knapp zwei Stunden würde Ivy in Berlin landen und ihre gebeutelte Schwester und den tapferen Peer in die Arme schließen.

Ivy ließ die Dose zurück in die tannengrüne Harrods-

Tüte gleiten. Aus dem Augenwinkel sah sie hinüber zu Platz 28a. Ivy versuchte sich zu erinnern, wie es gewesen war, neben Desmond zu sitzen. Sie wollte seine Blicke und seine Mimik rekonstruieren, als säße er jetzt wieder dort. Dann hätte sie mit Sicherheit beim Start kaum Angst gehabt. Sie hätten sich viel zu erzählen. Wenn sie nur wüsste, wo er war.

Wenn Sie der erste Mensch auf der Erde und unsterblich wären, hätten Sie von Ihrer Geburt an bis zum Jahr 2011 nonstop herumfliegen können, ohne ein einziges Mal den Ausfall von zwei Triebwerken gleichzeitig erlebt zu haben. Die Wahrscheinlichkeit läge bei eins zu 100 000 000 000 000, und um überhaupt diesen unwahrscheinlichen Fall zu erleben, müssten Sie noch weitere 100 000 Millionen Jahre alt werden, das entspräche dem Hunderttausendfachen der Zeit, die ein Mensch im Durchschnitt lebt.

Ivy schaltete ihr Handy aus und ließ es ebenfalls in die Harrods-Tüte plumpsen. Sobald sie abgehoben hatten, und abzusehen war, dass der Flieger in der Luft blieb, würde sie das nach Staub riechende Fotoalbum aufschlagen und sich die Bilder ansehen, die mittlerweile bestimmt alle einen leichten Rotstich aufwiesen, wie fast alle Fotografien, die Anfang der Siebziger aufgenommen worden waren. Ivy war sich sicher, dass sie kein Foto ihrer Mutter darin finden würde. Aber dafür eine Menge Schnappschüsse von Tante Agnes, die sich unwillig hinter Regentonnen, Bretterverschlägen und Onkel Hans' umgedrehten Ruderboot versteckte. In der nächsten Woche würde sie sich mit der inzwischen erwachsenen Emma Watson treffen, um von Kopf bis Fuß Maß zu nehmen. Sie würden sich beraten, in welcher Pose sie sich verewigen lassen wollte und in welchem Kleid.

Vielleicht in dem schwanenhaften von Oscar de la Renta. Darin hatte sie auf dem Trafalgar Square das Ende einer Ära gefeiert und furchtbar geweint. Ja, Warum sollte nicht auch mal eine Wachsfigur weinen? Eine weinende Emma Watson. Das wär's!

»Lassen Sie mich durch?«

»Bitte?« Ivy schlug die Lider auf und sah hinauf in die Richtung, aus der die Stimme gekommen war. Desmond Gayle stand lächelnd neben ihrem Platz im Gang, über der Schulter hing sein schwarzer Nike-Rucksack. Ivy zwinkerte, ohne sich zu rühren. Reines visualisierendes Wunschdenken. Sicherlich gab es so etwas. Verdurstende in der Wüste sahen doch auch am Horizont glitzernde Wasserfälle und üppig gefüllte Obstkörbe. Da sich Ivy beinahe sicher war, dass Desmond unmöglich neben ihr stehen konnte, streckte sie ihre Hand nach seinem Bein aus, das in einer hellen Cargohose steckte, und fasste zu. Sie berührte einen Widerstand, der sich wie trainierte Muskelmasse anfühlte. Um sich zu vergewissern, dass all das echt war, fuhr sie mit der Hand ein Stück am Oberschenkel hinauf. Offenbar stand hier tatsächlich ein Mann neben ihrem Platz, der eine gewisse Ähnlichkeit mit Desmond hatte. Eilig zog Ivy ihre Hand zurück.

»Verzeihung… Natürlich.« Umständlich schnallte sie sich ab und sprang von ihrem Platz auf, wobei sie dem Mann versehentlich auf den Fuß trat. »Entschuldigung.«

»Kein Problem.« Der Mann, der aussah wie Desmond, nahm seinen Rucksack ab und zwängte sich an Ivy vorbei auf den Platz am Fenster. Sobald er saß, verstaute er seinen Rucksack unter dem Vordersitz, genau wie beim letzten Mal. Er lehnte sich zurück und lächelte Ivy erwartungsvoll an, als sie sich sofort wieder anschnallte. Dabei vermied sie es tunlichst, ihn anzusehen, um sich nicht durch ein breites Grinsen zu verraten. Mit ernster Miene ließ sie die Schnalle zuklicken und überlegte, was sie sich zur Ablenkung ansehen konnte. Neben der Harrods-Tüte lag der Anti-Flugangst-Ratgeber. Den nahm sie hoch ohne, dass Desmond das Cover sehen konnte. Sie blätterte das Buch auf und las immer wieder folgende Passage:

Haben Sie jemals Sorge gehabt, dass die Erde aufhören könnte, sich zu drehen? Natürlich nicht! Weil dieser Fall so unwahrscheinlich ist, dass es sich gar nicht lohnt, weiter darüber nachzudenken. Genauso ist es mit dem Fliegen. Die Wahrscheinlichkeit, dass etwas Bedrohliches passieren könnte, ist so minimal, dass Sie auch darüber nicht weiter nachzudenken brauchen!

Desmond hörte nicht auf, Ivy anzustarren. Er konnte sein Glück nicht fassen, dass sie tatsächlich wieder neben ihm saß. Wie oft war er in den letzten Monaten auf Platz 28a geflogen, in der Hoffnung, diese Frau wiederzusehen, die sich mit Ivy vorgestellt hatte. Er strahlte, und beinahe hätte er seine Hand nach ihrem Unterarm ausgestreckt, der auf der Armlehne lag, um ihn kurz und kräftig zu umfassen. Wie schön sie aussah. Ihre Wangen waren leicht gerötet, um den Hals trug sie ein buntes Tuch. Ihre schwarz getuschten Wimpern bogen sich mit Schwung nach oben. Offenbar freute sie sich nicht sonderlich, ihn zu sehen, auch wenn sie ihm erst am Morgen Fotos von ihrem fertigen Vincent van Gogh gemailt hatte. Allerdings kommentarlos. Und auf seine vorherige Mail war sie auch nicht angesprungen, die er ihr sofort auf ihre erste Mail zurückgeschickt hatte. Womöglich hatte er sich in den vergangenen Monaten in eine ausschließlich für ihn stimmige Liebesgeschichte hineingesteigert, die ihn zu schöpferischen

Höchstleistungen motiviert hatte. Nicht der Liebeskummer war es, der ihn eifrig komponieren ließ, sondern die Verliebtheit, die Begeisterung darüber, dass es tatsächlich einen Menschen auf dieser Welt gab, der für ihn wie geschaffen war. Doch, so wie es jetzt aussah, würde die von ihm ersponnene Zukunft eine reine Illusion bleiben. In Gedanken hatte er sie mit nach North Carolina genommen und war mit ihr hinunter zum Hafen gelaufen. Eng umschlungen waren sie abends barfuß den Sandstrand entlang geschlendert und hatten sich vom Wind die Haare zerzausen lassen. Er war mit ihr an den flachen Outer Banks entlanggesegelt. Gemeinsam hatten sie bei ihm zu Hause am Esstisch gesessen und sich angeregt über ihre Pläne unterhalten. Sie hatten gelacht und sich in der Nacht im Gästezimmer seiner Eltern geliebt.

Er war für sie zu einem Stück Kiefernwald mit Lichtung geworden, auf der die Leute saßen und Bier tranken. Sie waren nach New York geflogen, um sich in den Hamptons die schönsten und unbezahlbarsten Strandhäuser für den Lebensabend anzusehen. Mit dieser Frau hatte er, in den Dünen sitzend, hinaus aufs milchige Meer gesehen.

Und nun war er ihr so nah. Ein Sitzplatz trennte sie voneinander. Nur: Erkannte sie ihn am Ende nicht mehr? Beharrlich blätterte sie in diesem Taschenbuch herum, wobei ihre Augen ruhelos über die Zeilen wischten. »Haben Sie Angst?«

Ivys Blick flog nach oben, direkt in seine Augen. »Bitte?«

Desmond schnallte sich an. »Ich hab gefragt, ob Sie Angst haben.«

»Wovor?« Ivy konnte nicht anders, als so zu tun, als hätte sie keine Ahnung, was er meinte.

»Na ja«, Desmond wand sich und schob verlegen die Fensterluke hoch. Und sofort wieder herunter, als ihm einfiel, dass Ivy die Luke vermutlich absichtlich geschlossen hatte.

»Ich dachte, vielleicht haben Sie Angst vor … vor dem Fliegen.«

»Es geht so.« Ivy grinste, bis ihr Blick auf einen schräg vor ihr sitzenden Passagier mit Baseballkappe und Turnschuhen fiel, der ganz offenbar betete. »Ich hab mir ein Ratgeber gegen Flugangst besorgt.« Ivy hielt das Buch hoch.

»Und? Hat's geholfen?«

Ivy nickte. Er kam ihr seltsam vernagelt vor. Desmond lächelte verkrampft. »Sie tragen gar nicht mehr den … den Verlobungsring. Haben Sie ihn verloren?«

Sie schüttelte langsam den Kopf. »Nein, er liegt zwischen den Polstern von meinem Sessel.«

»Aha. Okay.« Desmond kniff die Lippen zusammen. Dieses Gespräch lief äußerst zäh. Er hatte sich ihr Wiedersehen wesentlich feierlicher oder zumindest zwingender vorgestellt. Womöglich hatte sie längst einen Freund, den sie heiraten wollte.

Die Maschine setzte sich ruckend in Bewegung. »Wohin fliegen Sie?« Ivy zwang sich, sich nicht nach der Stewardess umzudrehen, sondern weiterhin blindlings auf die Technik und die Könnerschaft der Piloten zu vertrauen. Der betende Passagier schlug endlich wieder seine Augen auf, atmete tief und seufzend ein. Offensichtlich hatte er gerade mit seinem Leben abgeschlossen.

»Nach Greensboro, zu meinen Eltern. Ihr neues Haus ist fertig. Das wollte ich mir mal ansehen.«

»Okay.« Ivy zog die Augenbrauen hoch, um uneingeschränkte Anteilnahme zu demonstrieren. »Es ist bestimmt toll geworden.«

Desmond wiegte den Kopf. »Jep. Das denke ich auch. Übrigens: Ihr Vincent ist auch ganz … äh … ganz … toll …

geworden. Mir gefällt, was er mit seinen Armen macht, so als würde er zwischen seinen Händen einen Wasserball halten.«

»Ja.« In Ivys Kopf rauschte es. Mit einem Schlag war sie ganz offenbar blöd geworden. Sie sah Desmonds Pianistenhände auf seinen Oberschenkeln liegen, so vieles hätte sie ihn gerne gefragt, doch alles schien ihr irgendwie nichtig. Um das Gespräch dennoch am Laufen zu halten fragte sie schließlich: »Und? Welchen Sport betreiben Sie?«

»Wenn ich Zeit habe …«, er räusperte sich. »Wenn ich Zeit habe, jogge ich auf dem Laufband.« Desmonds Wimpern vibrierten. Dieses Gespräch war sogar für echte Hohlköpfe peinlich.

Ivy nickte interessiert. »Ich frage nur deshalb, weil ich gerade bemerkt habe, dass Ihre Oberschenkel sehr muskulös sind.« Hatte sie das tatsächlich gesagt? Ihr limbisches System brach gerade zusammen. In ihr Blut wurde viel zu viel Adrenalin ausgeschüttet. Hätte ihr jemand einen Zettel untergeschoben, auf den sie ihren Namen hätte schreiben müssen, hätte sie nicht einmal gewusst, wie sie hieß. Aber dafür hätte sie bei vollem Bewusstsein am Herzen oder an irgendeinem anderen Organ operiert werden können, ohne Schmerzen zu verspüren.

Desmond knibbelte nervös an seinen Fingernägeln herum. Früher, in der Highschool war er ein echter Nagelkauer gewesen. Was hätte er in diesem Moment dafür gegeben, an den Nägeln zu kauen, um sich nervlich zu beruhigen. Doch er schaffte es, die Hände im Schoß zu falten und sich zu disziplinieren. Keine Frau der Welt wollte mit einem Nagelkauer zusammen sein. Da wurde man sofort für unsicher gehalten.

Ivys entsetzter Blick fiel auf seine Hände. Betete er nun auch?

Die Turbinen heulten auf, die Maschine schoss die Startbahn hinunter. Ivy und Desmond wurden in ihre Sessel gedrückt. Es ging schneller und schneller. Ivy versuchte, sich sonst wohin zu denken, wo ihr nichts passieren konnte. Desmond starrte auf die Kopfstütze des Vordersitzes, so als würde auch er nichts Gutes erwarten.

Ivy schloss die Augen. Würden sie beide sterben?

Desmond wollte alles tun, damit sie sich sicher fühlte. »Wie heißen Sie denn eigentlich wirklich? Bei der Personalabteilung bei Madame Tussauds kennt man Sie nicht, zumindest nicht unter ihrem Namen. Ich habe mehrfach dort angerufen und wurde jedes Mal brüsk abgewimmelt. Ivy drehte ihren Kopf in Desmonds Richtung und schlug widerwillig die Lider auf. »Yvonne. Haben Sie das wirklich?«

»Sicher habe ich das. Ich wollte Sie wiedersehen.«

»Und warum haben Sie sich dann nicht vor den Eingang von Madame Tussauds gestellt, um mich abzufangen?

»Ich habe dort auf Sie gewartet. Neben dem Hotdogstand!«

»Wann?«

»Na, morgens. Einen Tag nachdem wir uns im Flieger begegnet waren.«

Ivy setzte sich auf. Mit einem Mal war sie hellwach. »Wirklich?«

»Ich war um kurz nach acht da, weil ich annahm, dass Sie eine Frühaufsteherin sind. Stimmt das nicht?«

»Doch.« Am liebsten hätte Ivy vor Kummer oder Rührung geweint. »Ja,… aber warum haben Sie mich denn nicht gesehen? Ich war zwanzig nach acht da. Und um kurz nach zehn hab ich mich auch noch mal neben den Imbiss-Wagen gestellt.«

»Neben diesen Hotdogstand? Da stand ich ab Viertel

nach acht bis kurz vor zehn im strömenden Regen und habe mich komplett durchnässen lassen. Für Sie!« Desmond sah Ivy an.

Der Flieger legte sich in eine steile Linkskurve.

Ivy zwinkerte nervös. »Auf welcher Seite vom Imbisswagen standen Sie denn?«

»Auf der rechten, von der Marylebone aus gesehen.«

»Ich bin schnell links vorbei, in den Personaleingang hinein, weil es so geregnet hat.«

Die Maschine richtete sich wieder aus. Nun lag der Flieger ganz ruhig in der Luft. Ivy richtete sich ebenfalls auf und strich mit der Hand über den roten Stoff ihres Albums. »Haben Sie vielleicht Lust, sich mit mir das Fotoalbum meiner Familie anzusehen?«

»Gern. Sobald die Anschnallzeichen erloschen sind.« Desmond grinste. Und Ivy verstand.

»Und haben Sie schon etwas für eine Komödie komponiert? Mit Reese Witherspoon?«

Desmond wiegte den Kopf. »Komponiert habe ich, aber nicht für Reese Witherspoon. Davon hatten Sie mir ja dringend abgeraten. Wegen ihrer unschönen Füße im Johnny-Cash-Film.«

Ivy biss sich verlegen auf die Lippe. Schließlich gestand sie es aber doch: »Es war sehr schwierig, Ihre Mailadresse bei ABC herauszubekommen. Ich musste dort wirklich sehr oft dort anrufen.«

»Danke, dass Sie sich die Mühe gemacht haben. …« Mit einem Mal bekam Desmonds Gesicht eine leicht rötliche Färbung.

»Nur … warum haben Sie so lange nicht auf meine Mail reagiert?«

Ivy zuckte mit den Schultern. »Weil ich sie nicht verstanden habe.«

Bevor Desmond antworten konnte, kamen die Stewardessen mit ihrem Getränkewagen vorbei und wollten wissen, was Ivy und Desmond trinken wollten. Nachdem sie ihnen zwei Baileys auf Eis serviert hatten, fuhr Ivy fort: »Was meinten Sie denn damit, dass sie die Lichtverhältnisse geändert haben?«

Desmond nippte an seinem Plastikbecher. Offenbar war ihm seine Mail inzwischen selber etwas unangenehm. Er nuschelte: »Ich hatte gehofft, dass sie mich das per Mail fragen.«

Ivy zog die Augenbrauen hoch. »Ach, ja?«

»Ja! Dann hätte ich Ihnen erzählt, dass ich nach Südfrankreich geflogen war, um für Sie die Orte zu besuchen, die Sie vermutlich in nächster Zeit nicht bereisen würden, es sei denn Sie stehen auf tagelange Zugfahrten.«

Ivy konnte nicht anders, als benommen den Kopf zu schütteln.

»Also bin ich durch Arles gelaufen und hatte Sie immer dicht bei mir.«

»In Arles?« Plötzlich wusste Ivy wieder, was sie sich ausgemalt hatte, ihm alles zu erzählen. Alles, von Anfang an, bis gestern Abend. Wie er sie und ihre Arbeit über die Monate begleitet hatte. Wie sie sich vorgestellt hatte, er sitze im Atelier und sehe ihr beim Modellieren zu.

Desmond blickte verlegen auf seine Hände. »Wenn Sie es genau wissen wollen, haben wir uns in meiner Vorstellung an den Händen gehalten und sind abends an der Rhône entlanggelaufen. Außerdem habe ich noch das Haus von einem Psychiater gefunden. Genau genommen handelte es sich viel eher um eine Ruine, mitten in der Stadt. Ich nahm an, dass dort van Goghs Nervenarzt gelebt haben musste, also bin ich durch das Tor in den zugewucherten Innenhof getreten, der ziemlich heruntergekommen war. An der Felssteinwand hingen zwei gerahmte Fotografien, die bestimmt hundertfünfzig Jahre alt sein mussten und den Arzt mit seiner Frau zeigten. Ich stieg die Treppen des Hinterhauses hinauf, auf deren Steinstufen Katzen zwischen vergilbten Topfblumen und Gummistiefeln wohnten. All das habe ich mir für Sie angesehen. Ich habe in Saint-Rémy auf der Terrasse eines in den Feldern liegenden Châteaus gesessen und umgeben von riesigen, blühenden Oleandertöpfen frische Feigen gefrühstückt. Ich wollte Ihnen von Marseille erzählen, wie mir beim Hafenrundgang ein kleiner Junge nachts aus Versehen seinen Fußball gegen den Hinterkopf geschossen hatte. Ich wollte Ihnen von der verdorbenen Fischsuppe erzählen und dem Loup de Mer, den ich allein gegessen hatte. Und doch waren Sie immer bei mir, weil ich gehofft habe, dass wir uns wiedersehen würden.« Desmond machte eine kurze Pause. »Nun ist es wohl so weit.«

Die Anschnallzeichen erloschen über ihren Köpfen. Ivy öffnete ihren Gurt und tat etwas, das bis vor kurzem undenkbar für sie gewesen wäre: Mutig setzte sie sich einen Platz weiter neben den erstaunten Desmond. »Ich wäre sehr gerne überall dabei gewesen. Im Übrigen habe ich ihnen auch einiges zu erzählen.«

Sie schlug den Deckel des Fotoalbums auf, die dünne Pergamentseite flog zur Seite weg und legte ein rotstichiges Foto frei. Ivys Mutter. Sommersprossig lachte sie direkt in die Kamera, ihre grünen Augen blitzten vergnügt, und ihr rotes, wildes Haar legte sich in Wellen um ihr Gesicht und über ihre Schultern. Ivy blinzelte ungläubig. »Das, das ist meine Mutter. Ich wusste nicht, dass es ein Foto von ihr gibt. Mein Vater hat sie nie fotografiert. Zumindest dachte ich das.«

Ivy blätterte die Seite um. Wieder nur ein Bild ihrer

Mutter. In Schlaghosenjeans, kariertem Hemd und ihrer meergrünen Strickjacke unter der herbstlichen Magnolie im Garten. Die Sonne kam schräg von hinten, sodass ihr Haar, wie eine einzige strahlende Corona, ihren Kopf umrahmte.

Desmond rutschte näher zu ihr heran. Ivy spürte seinen warmen Atem unter ihrem Ohr. Es war gut, ihn bei sich zu haben. Er räusperte sich: »Sie war sehr schön.«

»Ja.« Ivy schluckte. »Ich habe sie so lange nicht mehr gesehen. Seit über zwanzig Jahren nicht mehr. ...Mein Vater hat überall bei uns zu Hause nach dem Album gesucht, und ich hab es erst gestern bei mir gefunden, ohne zu wissen, dass sie so nah bei mir war, all die Jahre, in denen ich sie hätte gut gebrauchen können.«

Das nächste Bild zeigte Ivy als Baby im Arm ihrer Mutter in der Küche. Dann draußen im sonnigen Hof neben dem Brunnen. Sie, Nathalie und ihre Mutter in Buenos Aires auf der Veranda vor dem Haus von Onkel Hans.

Desmond beugte sich über die Fotografien. »Sie hat immer gelacht, was?«

»Genau nach diesem Beweis hat mein Vater gesucht«, sagte Ivy. »Dass sie glücklich war.«

»Wo ...«, Desmond fuhr sich mit der Hand über das Kinn, unsicher, ob er es aussprechen sollte. »Ich meine, was ist mit ihr passiert?«

Ivy öffnete den Mund, ohne etwas zu sagen. Sie sah sich am seichten Seeufer stehen, in der Mittagshitze dieses einen Augusttages. Ungläubig hatte sie auf ihre Mutter hinuntergesehen, die die Arme, ganz wie es ihre Art war, ausgebreitet hatte. Die Hände lagen wie Muschelschalen, in denen sich feiner Sand und Wasser gesammelt hatte. Der Saum des weißen Sommerkleides schwappte mit den sanften Wellen hin und her. Desmond blickte Ivy von der Seite an, mit einem Mal hatte sich ihr Gesicht verändert, zu dem eines allein gelassenen Kindes, eines Mädchens, das keinen Trost gefunden hatte. Ihre Hände umklammerten das Album. Sie holte Luft und flüsterte. »Sie hat sich das Leben genommen. Und wir wissen nicht, warum.«

Desmond legte seinen Arm um Ivy. Ganz fest hielt er sie. So fest, wie er in seinem Leben noch nie einen Menschen gehalten hatte, und er spürte, wie all seine Kraft, seine Stärke und sein Vertrauen, dass immer alles gut werden würde, in diese Frau hineinfloss, die er sein Leben lang halten wollte, um mit ihr zu sein. »Hat sie denn keine Nachricht hinterlassen?«

Ivy zuckte mit den Schultern, während ihr rechts und links an der Nase die Tränen hinunterglitten.

Sie blätterte die nächste Seite um. Es folgte eine Reihe von Urlaubsfotografien aus Buenos Aires, wo sie mehrere Sommer bei ihrem Onkel Hans und seiner Familie im Haus verbracht hatten. Und tatsächlich hatte ihr Vater besonders häufig seine übergewichtige Schwester Agnes fotografiert, um sie zu ärgern. Denn sobald sie mitbekommen hatte, dass Walter sie im Visier hatte, war sie hinter der Verandatür oder den Eseln, die träge in der Nachmittagssonne neben dem Holzschuppen grasten, in Deckung gegangen. Ivy strich lächelnd über die Bilder. »Das war in Mar del Plata bei meinem Onkel.«

»Sie haben früher tatsächlich Intercontinentalflüge angetreten?« Desmond grinste hoffnungsfroh.

»Ja!« Ivy lächelte und bemerkte entschlossen. »Und irgendwann, wenn die Gelegenheit günstig ist, werde ich es vielleicht wieder tun.«

Drei Seiten weiter tippte Desmond auf eine Fotografie, die kurz vor Ivys elftem Geburtstag auf dem Gemeindefest rund um die gotische Siedlungskirche entstanden war. Ivy,

Nathalie und Tamara standen eingerahmt von Heiner und ihrer Mutter, die zu Ivys Verwunderung auf diesem Bild wie das eigentliche Ehepaar aussahen. Heiner hatte einen Arm um ihre Mutter gelegt. Seine freie Hand ruhte auf Ivys Schulter.

»Und wer ist das?« Desmond beugte sich wieder etwas weiter nach vorne. »Ihr Vater?«

Ivy schüttelte den Kopf. »Nein, der hat das Foto gemacht. Das war unser Nachbar.«

»Ihre Mutter und er sehen ziemlich, nun ja, wie soll ich es ausdrücken …?«

»Vertraut aus?«

Desmond zuckte mit der Schulter. »Na ja …«

Ivy lehnte sich zurück. Ihre Mutter und Heiner hatten oft beieinander gestanden. Im Garten. Im Hof. Am Auto. Ab und an waren sie auch alleine zum Waldrand hinunter spaziert. Einmal hatte Ivy, auf der Suche nach ihrer Mutter, mittags das stille Nachbarhaus betreten. In der Küche hatte auf dem Tisch eine Schale mit Äpfeln gestanden. Ivy war durch die Räume getigert, sicher, ihre Mutter hier zu finden. Nachdem sie nach ihr gerufen hatte, war sie mit glühenden Wangen die Treppe heruntergekommen. »Ist alles in Ordnung, mein Schatz?«

Desmond sah Ivy irritiert an. »Geht es Ihnen nicht gut?«

»Doch … doch. Offenbar war das Leben meiner Eltern turbulenter, als ich dachte.« Sie lächelte und griff nach Desmonds Hand. »Wie schön, dass wir gemeinsam fliegen.«

»Ja.« Er nickte zuversichtlich. »Es scheint ein ruhiger Flug zu werden.«